Romancing Mister Bridgerton

ブリジャートン家

4

恋心だけ秘密にして

ジュリア・クイン 村山美雪 訳
by Julia Quinn

Raspberry Books

Romancing Mister Bridgerton
by
Julia Quinn

エイヴォン・ブックスの女性たち、仕事仲間たち、友人たちのすべてに――一日じゅう誰かしら話し相手になってくれて、ありがとう。

あなたがたの支援と友情は、わたしにとって言葉にはできないほど大切なものです。

そして、ポールに。あなたの専門分野でロマンスに最も近いことといえば、〝死の接吻《せっぷん》〟と称した講義ぐらいのものだけれど。

リサ・クレイパスと、ステファニー・ローレンスに、
既刊作品の登場人物の使用を快く認めてくださったことを心より感謝いたします。

ブリジャートン家4　恋心だけ秘密にして

主な登場人物

ペネロペ・フェザリントン……………………フェザリントン家の三女。

コリン・ブリジャートン…………………………ブリジャートン子爵家の三男。

アンソニー・ブリジャートン……………………ブリジャートン子爵。

ヴァイオレット・ブリジャートン………………先代ブリジャートン子爵の未亡人。

ケイト・ブリジャートン…………………………アンソニーの妻。

ベネディクト・ブリジャートン…………………ブリジャートン子爵家の次男。

ソフィー・ブリジャートン………………………ベネディクトの妻。

ダフネ・バセット…………………………………ブリジャートン子爵家の長女。サイモンの妻。

サイモン・バセット………………………………ヘイスティングス公爵。アンソニーの親友。

エロイーズ・ブリジャートン……………………ブリジャートン子爵家の次女。

フランチェスカ・スターリング…………………ブリジャートン子爵家の三女。

グレゴリー・ブリジャートン……………………ブリジャートン子爵家の四男。

ヒヤシンス・ブリジャートン……………………ブリジャートン子爵家の四女。

ポーシャ・フェザリントン………………………フェザリントン夫人。

フェリシティ・フェザリントン…………………フェザリントン家の四女。

クレシダ・トゥオンブレイ………………………上流階級の婦人。

レディ・ダンベリー………………………………伯爵夫人。

『四月が迫り、ここロンドンではまた新たな社交シーズンが幕をあける。野心満々の母親たちが社交界に初登場《デビュー》する愛娘《まな》たちを連れ、結婚か未婚かの運命を分けると信じる魔法の夜会ドレスを求めて街じゅうの婦人服店をめぐっている。

その標的――意志強固な独身紳士たち――となる人気の花婿候補の筆頭は、今年もまた、ミスター・コリン・ブリジャートンだが、いまだ最近の旅行先から帰国していない。ミスター・ブリジャートンは爵位こそないものの、容姿に恵まれ、少なからぬ資産を持ち、その魅力的な人柄は、ロンドンにわずかでも過ごしたことのある者には誰にでも知られている。

ところが、三十三歳という、いささか高めの年齢に達しているにもかかわらず、これまでのところいずれの若き令嬢にも関心すら示しておらず、この点においては、一八二四年も一八二三年となんら変化が見込めるとは考えにくい。

愛らしい初登場《デビュタント》の令嬢たちは――いや、野心満々の母親たちのほうにこそお伝えすべきことかもしれないが――、ほかをあたるほうが賢明だろう。ミスター・ブリジャートンが花嫁を探しているとすれば、その願望を巧みに隠しているに違いない。

ともあれやはり、令嬢たちがあえて挑むべき標的とは言いがたいのではなかろうか？』

〈レディ・ホイッスルダウンの社交界新聞〉より

プロローグ

一八一二年四月十六日、十六歳の誕生日のちょうど二日前、ペネロペ・フェザリントンは恋に落ちた。

ひと言でいえば、衝撃だった。天地が揺れた。心臓が跳ねあがった。一瞬、息を呑んだ。そして、相手の男性、コリン・ブリジャートンも、まったく同じように感じていたことは、ある程度自信を持って言える。

といっても、彼の側には恋愛感情が含まれていたわけではない。一八一二年当時、コリンは断じてペネロペに恋はしていなかった（一八一三年、一八一四年、一八一五年も然《しか》り、ああ、一八一六年から一八二二年のあいだも、一八二三年になっても、その状態はけっして変わらなかった。そもそも、コリンは、その間しじゅう国外へ出かけていた）。けれどもそのとき、コリンが立つ地面も揺れ、その心臓は跳ねあがり、ペネロペと同じように息を奪われたことに疑いの余地はない。

落馬した人間は、そのように感じるものだからだ。

何が起きたのかというと……。

ペネロペは母親とふたりの姉たちとともにハイド・パークを散歩中、ふいに足もとに轟《とどろ》くような地響きを感じた（すなわち、これが前述の地面の揺れを指している）。母はたいしてこちらに関心を向けていなかったので（ペネロペが母に関心を向けられることはめったにない）、そっとその場を離れて、何事だろうかと辺りを見まわした。フェザリントン家のほかの三人は、子爵未亡人のレディ・ブリジャートンと、その娘でロンドンの社交界に出て二シーズン目に入ったばかりのダフネ嬢とのお喋りに夢中で、地響きにはそしらぬ顔をしていた。ブリジャートン家はじつに有力な一族であり、その人々との会話をないがしろにできるはずもなかった。

ペネロペがとりわけ幹の太い木の向こうへまわると、ふたりの人物がそれぞれ猛烈な速さで馬を走らせてくるのが見えた。馬の背にいるのはどう見ても、おのれの身の安全や健康などおかまいなしの愚か者としか言いようがなかった。ペネロペの鼓動は速まった（ただでさえ、そのような刺激的な光景を目にすれば脈拍を穏やかに保つのは難しいのに、いよいよ恋に落ちるというときに、心臓が跳ねあがらずにいられるだろうか）。

そのとき、いかなる運命のいたずらなのか、突如として風が強まり、婦人帽《ボンネット》（顎の下のリボンが擦り切れてきちんと結べず、母の機嫌を損ねていた）が飛ばされ、駆けてくる片方の馬の乗り手の顔を直撃した。

ペネロペが息を呑んだ瞬間（このとき息を奪われた！）、男性は馬から落ちて、そばの泥のぬかるみになんとも不恰好に着地した。

ペネロペは考える間もなく無事を問いかけながら駆け寄ったが、くぐもった悲鳴のようなものしか出せていなかったかもしれない。いうなれば、彼は見事に馬から落とされて泥まみれになったのだから、紳士なら誰しも当然ひどく気分を害するはずで、憤慨しているに違いなかった。ところが、男性はようやく立ちあがって服についた泥をできるかぎり払い落としたあとも、詰め寄ってくる様子はなかった。辛らつな罵《のの》り言葉はなく、声を荒らげもせず、睨みつけさえしなかった。

男性は笑った。

笑い声をあげた。

ペネロペはそれまであまり男性の笑い声を聞いた覚えがなく、記憶にある数少ない笑い声も耳に心地良いものではなかった。でも、その男性はとても濃い緑色の目に楽しげな表情を浮かべ、気の毒なほど絶妙に泥を被《かぶ》った頬をぬぐって言った。「あんまり格好良くなかったかな？」

その瞬間、ペネロペは恋に落ちた。

そして、どうにか声を取り戻し（少しでも知性が働けば、ゆうにあと三秒は早く答えられていたはずだ）、答えた。「あら、そんな、わたしのほうこそ謝らなければいけないんです！　わたしのボンネットが飛んでしまって……」

先に謝られたわけでもないので、的外れな言葉を発したことに気づいて口ごもった。

「どうってことありませんよ」彼は言い、いくぶん面白がるふうに微笑んだ。「ぼくが——あれっ、やあ、ダフネじゃないか！　公園に来てたのか」

ペネロペがくるりと振り返り、ダフネ・ブリジャートンと向きあうと、その隣に立っていたフェザリントン夫人がさっそく非難がましく口を開いた。「いったい何をしているの、ペネロペ・フェザリントン？」そう問われても、ペネロペに返せる言葉は何ひとつなかった。実際、今回の事故は完全に自分のせいだ。しかも、母の表情はあきらかに、最上の花婿候補の面前で愚かな失態を演じてしまったことを示していた。

フェザリントン夫人はその男性にペネロペを娶《めと》ってもらえる可能性を見込んでいたわけではない。当時はまず、ふたりの姉を結婚させることに野心を燃やしていた。それに、ペネロペはまだ社交界に登場すらしていなかった。

しかし、フェザリントン夫人はさらに娘を叱りたくても、きわめて有力なブリジャートン一族から注意をそらすわけにもいかず、言葉を継げずにいた。ということはつまり、いまや泥まみれの男性もその一族のひとりなのだと、ペネロペは即座に理解した。

「ご子息は、けがをされなかったかしら」フェザリントン夫人がレディ・ブリジャートンに言った。

「なんのことはありません」コリンは、レディ・ブリジャートンに母親らしいきつい小言を浴びせられる前に抜け目なく口を挟んだ。

互いに紹介を受けたものの、あとはたいして会話が続かなかった。それはおそらく、コリンがすぐさま的確に、フェザリントン夫人が花婿探しに躍起の母親であることを見抜いたからに違いない。コリンが早々に退散したのもペネロペには意外なことではなかった。

けれども、その出会いの影響はすぐにも表われ、ペネロペの夢みる日々が始まった。その晩遅く、ペネロペはふたりの出会いの場面をおよそ千回は頭のなかで再現し、もしもダンスの前に手に口づけられて恋に落ちたと言えたなら、どれほどよかっただろうかと思いめぐらせた。あの緑色の目をいたずらっぽく輝かせた彼に、儀礼的な挨拶にしてはやや強めに手を握られるのだ。そうでなければ、風吹きすさぶ荒野を勇ましく馬で駆けてくる姿に恋をしたかった。コリンは風などものともせず、（馬ではなく）本人の意思でこちらへ（むろん馬に乗ったまま）向かって来る……。

でも、実際にペネロペが恋をしたのは、馬から落ちて泥のぬかるみに尻餅をついたコリン・ブリジャートンだった。いたって突発的で、ちっともロマンチックではない光景だが、思いも寄らない出来事であるだけに、ある種の詩的なめぐり合わせも感じずにはいられなかった。

なぜ、けっして振り向いてはもらえない男性に無駄な恋心を抱いてしまったのだろう？風吹きすさぶ荒野で出会う相手は、実際に将来をともに歩める人であってこそ意味がある。まだ十六歳になる二日前のペネロペにもわかることがひとつあるとすれば、コリン・ブリジャートンを将来の夫として思い描いてはならないということだった。

自分がコリンのような男性を惹きつけられる娘ではなく、残念ながらそのような女性にはけっしてなれないこともわかっていた。

一八一三年四月十日、十七歳の誕生日のちょうど二日後、ペネロペ・フェザリントンはロンドンの社交界に初登場《デビュー》を果たした。みずから望んだことではなかった。母には一年先に延ばしてほしいと頼んでいた。せめてあと十二、三キロは体重を落としたかったし、いまだ緊張すると顔にぽつぽつとにきびが表れる厄介な体質が治らなかった。この世にロンドンの舞踏会ほど緊張するものはないのだから、結局いつも顔ににきびをこしらえていた。

美貌などうわべのことに過ぎないと自分に言い聞かせようとしても、ほかにとりえを見つけられなければ、しょせん慰めにはならなかった。個性もなく、美しくもない女性ほど、人の気を滅入らせるものもない。結婚市場に出て一年目のペネロペは、まさにそのような存在だった。美しくもなく、個性もまったく――いいえ、せめて自分では少しはあると思いたかった――ないとは言わないまでも、とりたてて目立つところのない娘。

ほんとうは聡明でやさしく、冗談も頻繁に思いつく性格なのだが、その個性はどういうわけかいつも胸から口にたどり着くあいだにどこかへ消え去り、気がつけば的外れなことを口走り、たいていは黙り込んでしまうことが多かった。

母親に好きな服を選ばせてもらえないことも、ペネロペの魅力をくすませていた。ほとんどの若い令嬢たちが必ずまとう白いドレス（もちろん、彼女の肌を少しも引き立てる色ではない）のほかは、まるで似合わない黄色や、赤や、オレンジのドレスを着せられた。ペネロペが一度、緑色を提案してみると、フェザリントン夫人はふくよかというにはいささか大きすぎる腰に手をあてて、緑は陰気な色だと断言した。

黄色こそ幸せの色で、幸せそうな娘が花婿をつかめるのよ、と。

ペネロペはそのひと言で、母の考え方を理解しようとしてはいけないのだと悟った。

そうして、あきらかに不幸せそうに見えようと、褐色の目と赤みがかった髪がかえってくすんでしまおうと、黄色やオレンジ、ときには赤のドレスを身につけた。衣装についてはどうすることもできないのだから、つらさに耐えて笑っていようと思い定めた。どうしても笑うことができないとしても、せめておおやけの場で涙を見せたくはない。

その決意を守ることで自尊心を保っていた。

付け加えるなら、一八一三年は、レディ・ホイッスルダウンを名乗る婦人によって週三回発行の〈社交界新聞〉が創刊された年でもあった。レディ・ホイッスルダウンの正体は誰にもわからなかったが、みなそれぞれに持論を口にした。何週間、いや、じつに何カ月ものあいだ、ロンドンじゅう、その話題で持ちきりとなった。〈レディ・ホイッスルダウンの社交界新聞〉は、二週間――貴族たちがちょうど病みつきになる頃まで――無料で配布されたあと、ある日突然、新聞配達の少年に一部五ペンスという法外な代金を支払わなければ購入できなくなった。

けれども、その頃には誰もが、ほぼ毎日でもゴシップを目にしないではいられない状態に陥っていたので、おのずと小銭を差しだした。

どこかの謎の婦人（あるいは紳士ではないかとの説も囁《ささや》かれていた）が、まさに着々と富を肥やしているに違いなかった。

〈レディ・ホイッスルダウンの社交界新聞〉が、それまで社交界に配られていた新聞とあきらかに異なるのは、筆者が記事に取りあげる人物を実名ではっきりと表記している点だ。ミスターＰ、レディ・Ｂといった略称でぼやかしはしない。レディ・ホイッスルダウンは取りあげる人物について必ず略さずに実名を記す。

ペネロペ・フェザリントンについての記事でも、当然その名を記した。ペネロペは〈レディ・ホイッスルダウンの社交界新聞〉で初めて取りあげられたとき、こう書かれた。

『ペネロペ・フェザリントン嬢は不似合いなドレスを身につけているせいで、残念ながら、熟しすぎたオレンジのようにしか見えなかった』

たしかにずいぶんと辛らつな批評だが、事実にほかならない。

二度目に取りあげられた記事も似たようなものだった。

『ペネロペ・フェザリントン嬢からは、ひと言も聞こえてこなかった。だが、無理もなかろう！　気の毒にも、ドレスのひだ飾りのなかに埋もれていたのだから』

あいにく、ペネロペの評判を上げるようなことは何も書かれていなかった。

とはいえ、そのシーズンはペネロペにとってまったく悪いことばかりというわけでもなかった。数少ないながらも会話を楽しめそうな相手を見つけたからだ。なかでも、レディ・ブリジャートンには気に入られ、母とはけっして話せないようなことを、この美しい子爵未亡人といつしかよく会話するようになっていた。レディ・ブリジャートンとのお喋りをきっかけに、愛しいコリンの妹、エロイーズとも親しくなった。エロイーズもちょうど十七歳に達していたが、ブリジャートン一族の端麗な容姿と魅力を存分に受け継ぎながら、母親の賢明な判断によって、社交界への初登場は一年先に決められていた。

そういうわけで、ペネロペはブリジャートン館《ハウス》の緑色とクリーム色の柄に彩られた客間で午後を過ごすようになり（といっても、もっぱらエロイーズの寝室に上がって、少女ふたりでくすくすと笑い声をあげ、ありとあらゆることを夢中で話し込んでいた）、たまにコリンに出くわすこともあった。当時二十二歳のコリンはまだ家族の館にいて、独身紳士用の住まいに移っていなかった。

以前から彼に好意を寄せていたとはいえ、実際に言葉を交わすようになってからの想いはそれまでとは比べものにならない。コリン・ブリジャートンは機知に富み、颯爽としていて、女性たちを虜《とりこ》にするやんちゃで冗談好きな資質の持ち主で、なんといっても……。

すてきだった。

すてき。なんて陳腐な言葉だろう。ありふれた言い方かもしれないが、その表現がなによりぴったりあてはまる男性だった。コリンは会えば必ず気の利いた言葉をかけてくれたし、ペネロペがようやく勇気を奮い起こして何かしら言葉を（ごく基本的な挨拶に過ぎない）返せるようになると、きちんと耳を傾けてくれた。おかげで顔を合わせるたびに話しやすくなっていった。

その社交シーズンの終わりには、コリン・ブリジャートンはペネロペにとって、唯一まともに会話のできる男性となっていた。

その想いは愛だった。そう、愛、愛、愛、愛、愛。繰り返してどうなるものでもないにせよ、ペネロペは実際にとんでもなく高価な便箋《びんせん》にその言葉を書き連ね、さらには、〝ミスター・コリン・ブリジャートン〟、〝ペネロペ・ブリジャートン〟、〝コリン、コリン、コリン〟と書きつけて、廊下から足音が聞こえたとたん炉火に投げ入れた。

すてきな人を愛するとは――たとえ片想いであろうと――なんてすばらしいことなのだろう。とても前向きな気持ちにさせてくれる。

もちろん、コリンがブリジャートン家のほかの兄弟たちと並んで容姿端麗であることはいうまでもない。いかにもブリジャートン一族らしい栗色の髪、大きな笑みを浮かべる唇、広い肩幅、百八十センチを超える長身はさることながら、コリンの場合にはいっそう顔立ちの美しさを際だたせる、とりわけ印象的な緑色の瞳を持っていた。

女性たちに夢をみさせてくれる瞳。

そして、ペネロペは何度も何度も夢をみた。

一八一四年四月、ペネロペはロンドンで二度目のシーズンを迎えた。前年同様、求愛者はひとりとして現れなかったものの、じつのところ、さほど悪いシーズンでもなかった。十三キロ近く体重を減らし、〝ひどく太っている〟のではなく、〝ややぽっちゃりしている〟程度に痩せたせいもあるだろう。当世風の細身にはほど遠いにしろ、衣装をすべて買い換えなければならないくらいには痩せていた。

ただし、残念ながら、その娘に母はまたしても黄色やオレンジの衣装を選び、ときには、けばけばしい赤いドレスを着せた。そして今度は、レディ・ホイッスルダウンにこう書かれた。

『ペネロペ・フェザリントン嬢（フェザリントン姉妹のなかでは最も分別がある）は、口が酸っぱくなりそうなレモン色のドレスを身につけていた』

たしかに皮肉な言いまわしとはいえ、少なくともペネロペが家族のなかで最も知性があることがほのめかされていた。

けれども、辛らつなゴシップ記者に指摘を受けていたのはペネロペだけではない。濃い色の髪のケイト・シェフィールドも、黄色いドレスを着た姿が焦げたラッパズイセンのように見えると書かれた。それでものちに、コリンの兄で、おまけに子爵の、アンソニー・ブリジャートンとの結婚に至った。

だから、ペネロペも希望を抱いた。

もちろん、さして大きな希望ではない。コリンが自分と結婚するはずがないのはわかっていた。それでも、少なくとも舞踏会では必ずダンスの相手を務めて笑わせてくれるし、時どきは自分も彼を笑わせることができた。それで満足しなければならないことは承知していた。

そんなぐあいに、ペネロペの日々は過ぎていった。三シーズン目、さらに四シーズン目が終わった。ふたりの姉、プルーデンスとフィリッパもついに夫を見つけて、嫁いでいった。プルーデンスとフィリッパがともに五シーズン目で花婿を射止めたので、フェザリントン夫人は三女にもまだ良縁に恵まれる可能性があると希望を抱いていたが、ペネロペ本人は独身で生きる定めなのだと悟りはじめていた。コリンをどうしようもなく愛しているのに、ほかの男性と結婚しようと思えるはずがない。それにたぶん、心の奥底に――どうしても憶えきれないフランス語の動詞活用や、使いようのない算術の記憶の裏に隠れた片隅に――わずかな希望のかけらを残していたのだろう。

あの日までは。

七年後のいまですらなお、〝あの日〟と胸のうちで呼んでいる。

ペネロペはその日もたびたび訪れていたブリジャートン家に赴き、エロイーズ、その姉妹たち、レディ・ブリジャートンとお茶の時間を楽しんだ。それはちょうどエロイーズの兄ベネディクトが、当時はまだ正体が明かされていなかったソフィーと結婚する少し前のことだった――その日の一件にはたいしてかかわりのないことだが、ソフィーの正体はこの十年で、レディ・ホイッスルダウンが暴《あば》けなかった唯一の重要な秘密と言えるだろう。

それはさておき、ペネロペはひとりで帰ろうと大理石の床に靴音を響かせて玄関広間を歩いていった。マント式の外套を整え、自宅までのわずかな距離を歩く心積もりで玄関扉を出ようとしたとき、話し声を耳にした。男性たちの声。ブリジャートン家の男性たちの声だった。

ブリジャートン家の年長の三兄弟、アンソニー、ベネディクト、コリンが話していた。いつものように三人は互いに冗談めかしたぼやきや、からかいの言葉を飛ばしあっているらしかった。ペネロペは以前から、ブリジャートン兄弟がそんなふうにやりあう姿を見るのが好きだった。ほんとうに家族らしい光景だからだ。

玄関扉の向こうに三人の姿は見えていたが、外に足を踏みだすまで、何について話しているのかは聞きとれなかった。そして、生まれつき悩まされてきた間《ま》の悪さの証しであるかのような、コリンの思いやりのない言葉を耳にした。

「……ませんし、ペネロペ・フェザリントンと結婚することはありえない！」

「ああ！」思わず漏らした甲高い声が、調子はずれの口笛のように空《くう》をつんざいた。

ブリジャートン家の三兄弟がそろって同じ驚愕の表情で振り返り、ペネロペは、間違いなく、生涯で格別につらい五分間になることを覚悟した。

永遠にも感じた沈黙のあと、自分に備わっているとは思いもしなかった毅然とした態度で、コリンをまっすぐ見据えて言った。「あなたに結婚してと頼んだ覚えはないわ」

コリンのピンク色がかった頬が赤く染まった。口を開いたが、言葉が出てこない。彼にとっては生涯で初めて言葉を失った瞬間なのかもしれないと、ペネロペは胸のうちで苦笑した。

「それに、わたしは——」喉を引きつらせて唾を飲み込んだ。「わたしは、あなたに結婚を申し込まれたいなんて誰にも言ってない」

「ペネロペ」コリンがようやく言葉を発した。「悪かった」

「あなたはわたしに謝るようなことはなさってないわ」ペネロペは言った。

「いや」コリンはむきになった。「したよ。きみの気持ちを傷つけて——」

「あなたは、ここにわたしがいたことを知らなかったのですもの」

「そうだとしても——」

「あなたはわたしと結婚するつもりはない」ペネロペ自身の耳にもその声は妙にうつろに響いた。「それはべつに悪いことではないわ。わたしだって、あなたのお兄様のベネディクトと結婚するつもりはないもの」

見ないふりを決め込んでいたベネディクトが、その言葉でさっと視線を上げた。

ペネロペは両脇に垂らしたこぶしをぎゅっと握りしめた。「だからといって、あなたのお兄様は傷つきはしないわ」ペネロペはベネディクトのほうを向き、じっと見つめた。「そうでしょう、ミスター・ブリジャートン？」

「おっしゃるとおり」ベネディクトは即座に答えた。

「これで、解決ね」ペネロペはきっぱりと言い、たまには自分の口も的を射た言葉を発するものだと皮肉っぽく思った。「傷ついてなどいません。それでは、みなさん、家に帰りたいので失礼していいかしら」

三人の紳士たちがただちに後ろにさがって道をあけたので、これですんなり立ち去れると思ったとき、コリンが唐突に声をあげた。「付き添いは連れていないのかい？」

ペネロペは首を振った。「すぐそこに住んでいますから」

「それはそうだけど――」

「わたしがお供しよう」アンソニーがすかさず言葉を挟んだ。

「ほんとうに必要ありませんわ、子爵様」

「どうか聞き入れてください」子爵は選択の余地を与えぬ毅然とした口調で言った。

ペネロペはうなずき、ふたりは通りを歩きだした。三軒ほど通り過ぎた辺りで、アンソニーがひどくかしこまった様子で切りだした。「弟は、あなたがいたことを知らなかったのです」

ペネロペは口もとがこわばるのを感じた――怒っていたわけではなく、あきらめまじりのもの憂い気分のせいだった。「わかっています。非情な方ではありませんもの。きっと、お母様に結婚をせつかれているのですわね」

アンソニーはうなずいた。レディ・ブリジャートンが八人のわが子それぞれに幸せな結婚をさせようとする意気込みは、もはや伝説となっている。

「わたしを気に入ってくださってますわ」ペネロペは続けた。「子爵様のお母様のことです。残念ながら、だからといってどうなるものでもないのですけれど。現実には、コリンの花嫁となる女性が、お母様の気に入る相手かどうかはたいして問題ではありませんものね」

「いや、そうとは言えないな」アンソニーは、いたく恐れられ敬われている子爵というより、孝行息子といった真面目な調子で答えた。「わたしは母の気に入らない相手と結婚しようとは思わなかった」畏怖と敬意を強くにじませたしぐさで首を振った。「生来の強さを備えた女性ですから」

「お母様のこと、それとも奥様？」

アンソニーはほんの半秒も考えずに即答した。「両方とも」

少し黙って歩いてから、ペネロペはだし抜けにつぶやいた。「コリンは、もう行くべきなんだわ」

アンソニーがふしぎそうに見つめた。「どういうことだろう？」

「行くべきなんです。旅に。コリンには結婚するつもりがないのに、お母様は結婚を勧めずにはいられない。お母様は良かれと思って……」ペネロペははっとして唇を噛んだ。レディ・ブリジャートンを批判しているとは子爵に思われたくなかった。彼女ほどすばらしい女性はイングランドにいないくらいだと考えているのだから。

「母はつねに良かれと思って行動していますよ」アンソニーが温かな笑みを浮かべて言う。

「だが、あなたの言うとおりかもしれません。コリンは去るべきなのでしょう。弟は旅を楽しんでいますからね。ちょうどウェールズから戻ったばかりなんだが」

「そうでしたの？」ペネロペは、コリンがウェールズにいたことはまったく知らなかったとでもいうように慎ましく問いかけた。

アンソニーはうなずきで応じて言った。「さあ、着きました。こちらのお宅ですよね？」

「ええ。お送りくださって感謝します」

「どういたしまして、では失礼」

ペネロペは子爵の姿を見送ってから家に入り、声をあげて泣いた。

その翌日、〈レディ・ホイッスルダウンの社交界新聞〉には次のような記事が掲載された。


『昨日、ブルートン通りのレディ・ブリジャートン邸の正面階段前が、なんと騒がしかったことか！

まずはそこで、ペネロペ・フェザリントンが、ひとりでもふたりでもなく、三人ものブリジャートン兄弟と一緒にいるところを目撃されたのである。壁の花と呼ばれがちの不遇なペネロペ嬢にとっては、間違いなく、これまでにありえなかった快挙であろう。残念ながら（まあ予想どおりではあるが）、そこを離れる際には、三人のなかで唯一の既婚者の子爵に手を取られていたが。

もしもペネロペ嬢がブリジャートン兄弟のいずれかと結婚できたならば、いわば世も末、筆者は潔く何も知らなかったことを認め、ただちにこの職を辞さなければならないだろう……』

レディ・ホイッスルダウンすら、ペネロペのコリンへのむなしい恋心を察していたらしい。

数年の月日が流れ、いつしかペネロペは自分でも気づかぬうちに花婿探しをあきらめ、付き添いのご婦人方と並んで坐って、妹フェリシティ――フェザリントン家ではまさに唯一、生来の美貌と魅力に恵まれた娘――が、ロンドンのシーズンを楽しむ姿を眺めるようになっていた。

コリンの旅好きはとどまるところを知らず、ロンドンの外で過ごす時間はますます増え、数カ月ごとに新たな目的地へ出かけているようだった。街に戻ってきたときには必ずペネロペともダンスを踊り、笑顔を見せた。ペネロペのほうもどうにか何事もなかったかのようにふるまえるようになっていた。あたかも、好意がないことを公然と宣言されたことなどなく、希望はまだ砕かれてはいないのだとでもいうように。

そして、コリンがロンドンに滞在しているあいだは、そうよくあることではなかったが、深いとは言えないまでも気楽な友人関係を築けているように思えた。もう二十八になろうという独身女性が、それ以上のことを望めるだろうか？

報われずとも愛しつづけるのはけっして生易しいことではないが、少なくとも、ペネロペ・フェザリントンはその状態に慣れはじめていた。

1

『花婿探しに躍起の母親たちがいっせいに歓声をあげるに違いない——コリン・ブリジャートンがギリシアから帰ってきた！　今年ロンドンにやってきたばかりの親愛なる（不案内な）読者のみなさまのために付記しておくと、このミスター・ブリジャートンは名高きブリジャートン家の八人きょうだいの第三子にあたる（それゆえ名はCで始まるコリンだ。その上にアンソニー、ベネディクトがおり、下にダフネ、エロイーズ、フランチェスカ、グレゴリー、ヒヤシンスが続く）。

ミスター・ブリジャートンは爵位を持たず、継承できる可能性はきわめて低いが（ブリジャートン子爵の継承順位は、現子爵のふたりの子息、兄ベネディクト、その三人の子息に次いで第七位）、その資産、容姿、そしてなにより魅力的な人柄から、今シーズンもとりわけ人気の花婿候補のひとりと目されている。しかしながら、ミスター・ブリジャートンが今シーズンに婚姻の至福に屈するや否やは予測しがたい。結婚すべき年齢であることは（三十三歳）たしかなのだが、相応の家柄の令嬢たちにとりたてて興味は示しておらず、さらに厄介なことに、暇さえあればロンドンを離れ、いずこの異国へと旅立ってしまう困り者なのである』

一八二四年四月二日付〈レディ・ホイッスルダウンの社交界新聞〉より

「これを見て！」ポーシャ・フェザリントンが金切り声をあげた。「コリン・ブリジャートンが帰ってきたわ！」

ペネロペは刺繡《ししゅう》道具から顔を上げた。母が、自分なら建物から落ちかけてロープをつかむときでもなければ出せそうもない力強さで、〈レディ・ホイッスルダウンの社交界新聞〉の最新号を握りしめている。「知ってるわ」ペネロペはぼそりと答えた。

ポーシャが顔をしかめた。誰であれ自分より先にゴシップを入手されるのが気に入らないのだ。「わたしより先に、どうやって〈ホイッスルダウン〉を手に入れられたのかしら？ブリアーリーに、誰にもさわらせずにわたしに見せるよう申しつけて――」

「〈ホイッスルダウン〉で知ったのではないわ」ペネロペは気苦労の多い哀れな執事が母に咎《とが》められる前にさえぎった。「フェリシティに聞いたのよ。きのうの午後。フェリシティはヒヤシンス・ブリジャートンから聞いたと言ってたわ」

「あなたの妹はずいぶんと長い時間をブリジャートンのお宅で過ごしているものね」

「あら、わたしもよ」ペネロペは会話の行方を憂いつつ指摘した。

ポーシャが片側の頰をとんとんと指で叩いた。母が何かしら一計をめぐらすときに必ずするしぐさだ。「コリン・ブリジャートンも、そろそろ妻を娶ってもいい年頃だわ」

ペネロペは目を剝《む》きかけて瞬きでこらえた。「コリン・ブリジャートンが、フェリシティと結婚するはずがないわ！」

ポーシャは小さく肩をすくめた。「予想外のことも起こるものなのよ」

「わたしには起きたためしがないけれど」ペネロペはつぶやいた。

「アンソニー・ブリジャートンにしても、ケイト・シェフィールドと結婚したでしょう。あのお嬢さんは、あなたより人気がなかったはずなのに」

そうとは言いきれない。ふたりの社交界での人気の低さは、ほぼ同程度だったとペネロペは考えていた。とはいえ、そのシーズンで最下位ではなかったのだと三女を褒《ほ》めているつもりらしい母に、そのようなことを指摘するのは的外れに思える。

ペネロペは自然と唇をとがらせた。母の褒め言葉にはいつも、スズメバチに刺されたかのような、ちくりとした痛みを感じる。

「非難しているつもりはないのよ」ポーシャは急にいたく気づかわしげな顔になって続けた。「実際、あなたが独り身でいてくれることはありがたいと思っているわ。娘たちがいなければ、わたしはこの世でひとりきり。そのうちのひとりが老後の面倒をみてくれるとすれば、安心だもの」

ペネロペは将来――母の思い描く将来――を想像し、ふと、家を飛びだして誰とであれ結婚してしまいたいという衝動に駆られた。生涯独身で過ごすことになるのは仕方がないと、とうの昔に覚悟を決めてはいるが、ぼんやりと思い描いていたのは、自分のこぢんまりとしたテラスハウスで生きる姿だった。そうでなければ、海辺の心地よい小さな田舎家《コッテージ》でもいい。ところが最近、母は、自分の老後や、ペネロペに面倒をみてもらえればどれほど幸せかといった話をたびたび持ちだすようになった。といっても、姉のプルーデンスもフィリッパも裕福な紳士と結婚し、母親に不自由ない暮らしをさせられるくらいの資金的な余裕はある。それに、ポーシャ自身の資産についても、実家の計らいで結婚持参金の四分の一が個人の口座に取りおかれていて、わりあい裕福なほうと言えるだろう。

つまり、ポーシャの〝面倒〟という言葉は、資金のことを指しているのではない。母が求めているのは奴隷《どれい》なのだ。

ペネロペはため息をついた。心のなかだけとはいえ、母にきびしい言い方をしすぎているかもしれない。それも、頻繁に。母は自分を愛してくれている。母に愛されていることはわかっている。それに、自分も母を愛している。

時どき、あまり好きではなくなるだけで。

できれば親不孝なことを言いたくはない。けれども実際、母は、きわめて親切にやさしく接する娘たちの忍耐強さを試すようなことをするので、たまにはどうしても少しばかり皮肉を返さずにはいられなくなる。

「どうして、コリンがフェリシティと結婚するはずはないと思うの？」ポーシャが訊く。

ペネロペはぎくりとして目を上げた。その話題はすんだものと思っていた。けれど、予想外のことでもない。母の一番のとりえは粘り強さだ。「ええと」ペネロペはゆっくりと言葉を継いだ。「第一、あの子は彼より十二も年が若いわ」

「ふふん」ポーシャが尊大に手を振って言う。「そんなこと、なんでもないわ。あなたもそれくらいわかるでしょう」

ペネロペは眉をひそめ、うっかり針を指に刺して、小さな悲鳴をあげた。

「それに」母が嬉々として続ける。「彼は」――〈ホイッスルダウン〉を見おろして正確な年齢をちらりと確認する――「三十三歳なのよ！　妻と十二歳くらい離れているからといって気になさるかしら？　むしろ、あなたの年頃の婦人と結婚することのほうが考えにくいわ」

ペネロペはひどく無作法なことだと知りながら、針を刺してしまった指を吸った。何か恐ろしくいやみな言葉を吐いてしまわぬよう口をふさがざるをえなかった。

母の言ったことはすべて事実だ。貴族の男性の多く――ほとんどと言うべきかもしれない――が、十二歳どころか、それ以上に歳の離れた若い女性と結婚している。それなのに、コリンとフェリシティの年の差だけがどういうわけか大きく感じられるのはたぶん……。

ペネロペは嫌悪の表情を隠せなかった。「フェリシティは彼の妹のようなものだもの。まだ幼い妹なのよ」

「そうかもしれないわね、ペネロペ。だからといって――」

「まるで近親結婚じゃない」ペネロペはつぶやいた。

「なんですって？」

ペネロペは慌てて刺繍を再開した。「なんでもないわ」

「何か言ったはずよ」

ペネロペは首を振った。「咳をしたのよ。きっとお母様の空耳――」

「たしかに聞こえたわ。間違いないわ！」

ペネロペは唸った。この先に待ち受けている長く退屈な人生が頭をかすめた。「お母様」

聖人とまではいかなくとも、敬虔な修道女並みの辛抱強さで言った。「フェリシティは、ミスター・オルバンズデールと婚約しているのも同然なのよ」

ポーシャは実際に手を擦りあわせだした。「コリン・ブリジャートンを捕まえられたら、その婚約はなくなるわ」

「フェリシティは、コリンを追いかけさせられるくらいなら死んでしまうわ」

「そんなことがあるものですか。あの子は賢いのよ。コリン・ブリジャートンのほうが好ましいお相手なのは誰が見てもわかるでしょう」

「でも、フェリシティは、ミスター・オルバンズデールを愛してるのよ！」

ポーシャは布張りの椅子にたちまち沈み込んだ。「それが問題なのよ」

「それに」ペネロペは意気揚々と言いつのった。「ミスター・オルバンズデールは申しぶんのない資産をお持ちだわ」

ポーシャは人差し指で頰を叩いた。「そうだわね」辛らつな口調で言う。「ブリジャートン家の男子の資産ほどではないけれど、重要な点には違いないわ」

ペネロペは打ち切る頃合だと知りつつ、もうひと言、口にせずにはいられなかった。「お母様、まぎれもなく、彼はフェリシティにとってすばらしいお相手だわ。わたしたちは祝福してあげるべきではないかしら」

「ええ、わかっていますとも」ポーシャが唸るように言う。「わたしはただ、娘たちのうちのひとりを、どうしてもブリジャートン家に嫁がせたかっただけよ。すてきでしょう！　実現すれば、わたしは何週間もロンドンの話題の的になっていたはずよ。いいえ、何年もかもしれない」

ペネロペは脇のクッションに針を突き刺した。いかにも愚かしい怒りのぶつけ方だが、そうでもしなければ立ちあがって、〝まだわたしがいるでしょう？〟と叫んでしまいそうだった。母は、フェリシティが嫁いでしまえば、ブリジャートン家と親類になる望みが完全に絶たれるものと思い込んでいる。でも、わたしもまだ未婚の娘だ――それなのに、数のうちにも入らないというの？

ほかの三人の姉妹と同じ程度には、自分のことも母に認めてほしいと考えるのは高望みなのだろうか。コリンが自分を花嫁に選んでくれることはないと知りつつ、母親ならば少しくらいわが子をひいき目に見てくれてもいいのにとペネロペは思った。姉のプルーデンス、フィリッパにしろ、妹のフェリシティですら、ブリジャートン家の男子と結婚できる見込みがあるとは誰も考えていなかった。それなのにどういうわけか、母はその三人のほうがペネロペよりも魅力的だと思っているらしい。

たしかに、フェリシティが、三人の姉たちを合わせても敵わない人気を博しているのは認めざるをえない。けれども、プルーデンスとフィリッパについては、どちらもけっしてとりたてて目立つ存在ではなかった。ふたりともペネロペと同じように舞踏場の周囲をうろうろしていた。

それでも、もちろん、ふたりともいまは結婚している。どちらの夫もペネロペにとっては惹かれる相手ではなかったとはいえ、ともかく、ふたりの姉は妻の座を射止めた。

さいわい、ポーシャの関心はすでにより魅力的な思いつきへ移っていた。「ぜひとも、ヴァイオレットを訪ねなくてはいけないわ」母が言う。「コリンが戻って、どれほどほっとなさっていることかしら」

「レディ・ブリジャートンはきっと、お母様のご訪問を喜んでくださるわ」ペネロペは応じた。

「気の毒なご婦人だものね」ポーシャが大げさにため息をついて言う。「息子さんを心配なさるお気持ちといったら――」

「そうよね」

「ほんとうに、並みの母親の気苦労どころではないはずよ。まったく、息子さんは旅して歩いてばかりで、行き先には当然、異教徒の国々も含まれているでしょうし――」

「ギリシアはキリスト教を信仰しているはずよ」ペネロペはつぶやくと、刺繍に目を戻した。

「知ったふうな口を利いてはいけませんよ、ペネロペ・アン・フェザリントン。カトリック教徒の国でしょう！」ポーシャは身ぶるいして言った。

「カトリック教徒ではないわよ」ペネロペは言い、刺繡を続けるのはあきらめて道具を脇に置いた。「ギリシア正教会だもの」

「つまり、英国国教会ではないのね」ポーシャは鼻を鳴らして言った。

「ギリシア人たち自身はそれでじゅうぶん満足しているのよ」

ポーシャの目が非難がましく狭まった。「ところで、あなたはどうしてそんなにギリシアの信仰について詳しいの？ いいえ、やっぱり答えなくていいわ」大げさに手を振って制した。「どうせ何かで読んだのでしょうから」

ペネロペはとりあえず目をしばたたいて、適切な返答を考えようとした。

「読書もほどほどにしなさいよ」ポーシャはため息をついた。「あなたがもっと社交のたしなみに意識を向けていたら、きっと何年も前に嫁げていたでしょうし、そのうちだんだんと……」

ペネロペは尋ねずにはいられなかった。「だんだんとどうなるの？」

「わからないわよ。なんであれ、しじゅうぼんやり宙を眺めて空想にふけっているのはよくないわ」

「考えごとをしているだけだわ」ペネロペは静かに言った。「たまにちょっと考えてみたくなるのよ」

「何を？」母は興味を示した。

ペネロペはただ微笑むしかなかった。ポーシャの質問には母と娘の相容れない部分が凝縮されているように思えた。「なんでもないわ、お母様」ペネロペは答えた。「ほんとうに」

ポーシャはさらに何か言おうとしたものの、やめたほうがいいと判断したらしい。あるいは空腹だっただけなのかもしれない。茶器の盆からビスケットをつまんで、口に放り込んだ。

ペネロペは最後の一枚のビスケットに手を伸ばしかけて、やはり母にゆずろうと思いなおした。母の口をふさいでおいたほうが賢明だ。このうえ、コリン・ブリジャートンについて新たな話題を持ちだされることだけは避けたかった。

「コリンお兄様が帰ってきたわ!」

ペネロペが〈ギリシア小史〉から目を上げると、エロイーズ・ブリジャートンが部屋に飛び込んできた。いつものように、エロイーズは案内を受けずに現れた。フェザリントン家の執事もいまや心得たもので、エロイーズには家族の一員のように応対している。

「そうなの?」ペネロペはいかにも冷静に無関心なそぶり(自分としては)を装って答えた。もちろん、〈ギリシア小史〉は前年に大流行したS・R・フィールディングの小説『マチルダ』の後ろに隠した。『マチルダ』は誰もがベッド脇のテーブルに置いている本であり、〈ギリシア小史〉を隠せる厚みもある。

エロイーズがペネロペの書き物机の椅子に腰かけた。「ほんとうよ、それもすっかり日焼けして。たぶんずっと太陽の下にいたのね」

「ギリシアに行かれていたのでしょう？」

エロイーズが首を振った。「兄が言うには、ギリシアは戦争が激しくなって、とても危険な状態らしいわ。それで、キプロスへ行くことにしたんですって」

「あら、それなら」ペネロペは微笑んで言った。「レディ・ホイッスルダウンが書いていたことは間違いなのね」

エロイーズがいかにもブリジャートン一族らしく、いたずらっぽくにんまり笑った。そして、ペネロペは改めて、彼女と親友でいられることを嬉しく思った。エロイーズとは十七のときから離れがたい関係を築いている。ともにロンドンの社交シーズンを過ごし、ともに大人に成長し、互いの母親に眉をひそめられつつ独身をとおしている。

エロイーズは、ふさわしい相手とめぐりあえていないのだと説明していた。いうまでもなく、ペネロペのほうは理由を尋ねられることもない。

「キプロスを楽しまれたのかしら？」ペネロペは訊いた。

エロイーズがため息を吐いた。「すばらしかったそうよ。わたしもぜひ旅してみたいものだわ。みんな、わたしをおいてどこかへ行ってしまうような気がする」

「わたしがいるわ」ペネロペが励ました。

「そうよね」エロイーズが応じた。「あなたにはほんとうに感謝してる」

「エロイーズったら！」ペネロペは声をあげて、枕を親友に投げつけた。でも、自分も同じようにエロイーズには心から感謝している。毎日。一生、親しい友人に恵まれずに過ごす女性たちも多いというのに、自分にはなんでも話せる相手がいる。いや、なんでもとは言いきれない。エロイーズにはなんとなく気づかれているのではないかと思いながら、コリンへの想いはけっして打ち明けることができなかった。ずば抜けて機転の利くエロイーズがあえて尋ねないのだとすれば、やはりコリンが自分を愛してくれる可能性はないのだと考えざるをえない。エロイーズがわずかなりとも親友にコリンの妻になれる見込みがあると考えたなら、いずれの将軍をも驚かせる容赦ない縁結びの策略をくわだてるはずだからだ。

その類いのことにかけては、エロイーズはきわめて優れた才能を発揮する。

「……そうしたら、あまりに波が荒かったものだから、兄はとうとう船のへりから嘔吐してしまったんですって。それで……」エロイーズがふくれっ面をした。「わたしの話を聞いてないでしょう」

「ええ」ペネロペは認めた。「あの、でも、ほんとうに所々は聞いていたわ。コリンが吐いたことをあなたに言うなんて信じられない」

「あら、わたしは妹だもの」

「それをわたしに話したと知ったら、怒るのではないかしら」

エロイーズが手を払って否定した。「兄は気にしないわ。あなたも妹のようなものだもの」

ペネロペは微笑んだものの、同時にため息を吐きだした。

「母はいつものように兄に、今シーズンはロンドンに残れるかどうかを尋ねたわ」エロイーズが続ける。「そうしたら、兄はいつものようにあれこれ言い訳していたけれど、ここはわたしが説得しなきゃと思って――」

「あなたならやれるわ」ペネロペはつぶやいた。

エロイーズが枕を投げ返す。「そしてついに、残ると言わせたの。兄はいても二、三カ月のつもりなのだけれど、それは母に言うなと約束させられたわ」

「ということは、たった――」ペネロペは咳払いをした。「――お兄様はとても賢明だわ。お兄様のいる時間がかぎられていると知れば、お母様はいつにもまして結婚させようと躍起になるはずだもの。どうやらほんとうに結婚を避けたがっているようね」

「まるでいまやそれが兄の人生の目的みたいに思えるわ」エロイーズが同調した。

「お母様に慌てることはないのだと思い込ませることができれば、きっとそれほどしつこくせっつかれることもないものね」

「なかなかいい考えだけれど」エロイーズが言う。「現実には頭で考えるようにはいかないのではないかしら。兄を結婚させようという母の決意は相当に固いから、これ以上張りきらせるかどうかなんて問題ではないのよ。いまの意気込み方でもじゅうぶん、兄は気が変になりかけてるわ」

「それ以上、結婚に駆り立てられることもありうるのかしら」ペネロペは思いめぐらせて言った。

エロイーズが小首をかしげた。「わからない。知りたいとも思わないし」

ふたりともしばし沈黙し（ふたりでいるときにはしごくまれなことだ）、やがてエロイーズがだし抜けに立ちあがって言った。「もう行かなくちゃ」

ペネロペは微笑んだ。エロイーズをよく知らない人間なら、しばしば（それも唐突に）話題を変える癖があるように感じるかもしれないが、その行動の理由がまったくべつのところにあることをペネロペは承知していた。エロイーズはいったん何かを思いつくと、けっしてあとまわしにできなくなる。つまり突然帰ると言いだしたということは、おそらくこの午後の会話にかかわる何かをしようと思いついたに違いなく――。

「コリンお兄様が茶会に出ることになっているの」エロイーズが説明した。

ペネロペはにっこりした。推測が当たったことが嬉しかった。

「あなたにも来てほしいわ」エロイーズが言う。

ペネロペは首を振った。「お兄様はご家族だけで過ごされたいのではないかしら」

「そうかしら」エロイーズは答えて、小さくうなずいた。「まあ、とにかく、わたしは行かなくちゃ。すぐに失礼することになってしまって、ほんとうにごめんなさい。でも、コリンお兄様が帰ってきたことをきちんとお知らせしておきたかったのよ」

「〈ホイッスルダウン〉に書いてあったものね」ペネロペはさりげなく言った。

「そうなのよ。あのご婦人はどこから情報を得たのかしら？」エロイーズがふしぎそうに首を振る。「あまりにうちの家族について詳しいから、怖いような気もするくらい」

「いつまでも書きつづけることはできないわよ」ペネロペはひと言答えて、友を見送るため立ちあがった。「いつかは誰かに正体を暴かれる日が来るのではないかしら？」

「どうかしら」エロイーズがドアノブをつかみ、まわしてドアを引く。「わたしも以前はそう思っていたわ。でも、もう十年でしょう。正確にはもっと経つわ。見つかるような人なら、とうに見つかっていたのではないかしら」

ペネロペはエロイーズの後ろから階段をおりていった。「いつかは過ちをおかすわ。きっとそうよ。彼女だって人間なのだから」

エロイーズは笑った。「あら、わたしは小さな神なのかもしれないと思っていたわ」

ペネロペは思わず笑みを漏らした。

エロイーズが急にとまって振り返ったので、ふたりはまともにぶつかり、危うく一緒に残りの数段を踏みはずしかけた。「何か知ってるの？」エロイーズが強い口調で訊く。

「推測すらできないわよ」

エロイーズが顔色ひとつ変えずに言った。「彼女はもう、過ちをおかしていると賭けてもいいわ」

「どういうこと？」

「あなたもそう言ったじゃない。彼女――わたしは彼の可能性もあると思うけれど――は、十年以上もコラムを書きつづけているのよ。そんなに長く書いていて、一度も間違わないことはありえないもの。わたしの言いたいことはわかるわよね？」

ペネロペはもどかしげにただ両手を左右に広げてみせた。

「つまり問題は、彼女の間違いに気づけない愚かなわたしたちのほうにあるというわけ」

ペネロペはしばし友をじっと見つめてから、いきなり笑いだした。「もう、エロイーズったら」目に滲んだ涙をぬぐいながら言う。「あなたのことが大好き」

エロイーズがにっこり笑う。「独身のわたしにはありがたい言葉だわ。わたしたちがどちらも三十を過ぎてすっかり老婦人になってしまったら、一緒に住まいをかまえるのもいいわよね」

ペネロペは、その救命艇のような提案に飛びついた。「ほんとうに実現できるかしら？」興奮ぎみに言った。それから、ちらちらと廊下の先を窺って、声をひそめた。「このところ、母が恐ろしいほど頻繁に老後のことを口にするようになったの」

「どうしてその話をされるのが恐ろしいの？」

「母はすっかり、わたしを手足のようにこき使う気でいるのよ」

「まあ、お気の毒」

「予想外に穏やかな反応ね」

「ペネロペったら！」と声をあげつつ、エロイーズの顔は笑っていた。

「わたしは母を愛してるわ」ペネロペは言った。

「わかってるわ」エロイーズがなぐさめるような声で言う。

「ほんとうにそう思ってるのよ」

エロイーズの口の左端がぴくりと引きつった。「あなたがほんとうにそう思っていることは、わかってるわ。ほんとうに」

「ただ――」

エロイーズが片手をあげてとどめた。「それ以上言う必要はないわ。ちゃんとわかってるから。わたしは――あら！　こんにちは、フェザリントン夫人！」

「エロイーズ」ポーシャは呼びかけて、廊下を急ぎ足でやって来た。「来ているとは知らなかったわ」

「いつものように厚かましくも」エロイーズが言う。「こっそりお邪魔していたので」

ポーシャがにこやかに微笑んだ。「お兄様がロンドンに戻られたそうね」

「はい、みな大喜びですわ」

「もちろん、そうでしょうとも、とりわけお母様は」

「そうなんです。母は有頂天になっています。いま頃きっと、リストをこしらえてますわ」

ゴシップになりそうな種を嗅ぎつけたときにはいつもそうなのだが、ポーシャの表情がとたんに活気づいた。「リスト？　どんなリストなのかしら？」

「母が年頃に達した子供たち全員に作っているリストのことですわ。結婚相手の候補やら何やらが書いてあるんです」

「変ね」ペネロペがそっけない口調で言う。「どうして、候補以外の何やらが書いてあるのかしら？」

「母は時どき、本命の候補をより目立たせるために、あきらかに不相応な人たちをひとりかふたり書き加えるのよ」

ポーシャが笑った。「だったらきっと、コリンのリストにはあなたが加えられているわよ、ペネロペ！」

ペネロペは笑わなかった。エロイーズも笑わない。だが、ポーシャがそれに気づいた様子はない。

「では、そろそろ失礼します」エロイーズは言い、廊下に立つ三人のうちふたりの気まずさを咳払いでごまかした。「兄のコリンが茶会に出ることになっているんです。母から家族全員出席するよう言われているので」

「全員、集まれるの？」ペネロペは尋ねた。レディ・ブリジャートンの家は大きいとはいえ、ブリジャートン家の子供たち、配偶者、孫たちは総勢二十一人に及ぶ。まさに大一族だ。

「ブリジャートン館に集まることになってるのよ」エロイーズが説明した。彼女の母、レディ・ブリジャートンは長男の結婚後、ブリジャートン子爵家のロンドンでの本邸から転居していた。十八歳のときに子爵を継いだアンソニーにその必要はないと言われても、母ヴァイオレットは長男夫婦ふたりの生活を尊重すべきだと主張した。というわけで、ブリジャートン館にはアンソニーとケイトが三人の子供たちとともに住み、ヴァイオレットは未婚の子供たち（べつに家を借りているコリンを除く）とともに、ほんの数ブロック先のブルートン・ストリート五番地に暮らしている。転居から一年ほどしてもレディ・ブリジャートンの新たな家にふさわしい名が見つからなかったため、一族はそのまま〈五番地〉と呼ぶようになった。

「楽しんでいらしてね」ポーシャが言う。「わたしはフェリシティを探さなくてはいけないわ。仕立て屋に予約した時間に遅れてしまうから」

エロイーズはポーシャが階上に消えるのを待って、ペネロペに言った。「あなたの妹さんはずいぶん長い時間を仕立て屋で過ごされているわよね」

ペネロペは肩をすくめた。「フェリシティは着替えばかりさせられて神経がまいりかけてるわ。でも、母にとってあの子は、唯一、本物の玉の輿に乗せられるかもしれない期待の娘なの。フェリシティにすてきなドレスを着せさえすれば、公爵をつかまえられると信じているのよ」

「妹さんは、ミスター・オルバンズデールとの婚約が決まっているのよね？」

「来週にも、正式な申し込みにいらっしゃると思うわ。でもそれまで、母はほかの候補も探しつづけるつもりなの」ペネロペはぐるりと目をまわした。「あなたもご兄弟に近づかないよう助言しておいたほうがいいわ」

「グレゴリーのこと？」エロイーズが信じられないといったふうに訊く。「あの子はまだ大学を出てもいないのよ」

「コリンよ」

「兄のコリン？」エロイーズはぷっと噴きだした。「そんなの、ばかげてるわ」

「わたしもそう言ったんだけど、母がいったん思い定めればどうなるか、わかるでしょう」

エロイーズがくすりと笑った。「わたしみたいになるわけね」

「とことん粘るの」

「粘るのはとても有効な手立てなのよ」エロイーズは指摘した。「時と場合によるけれど」

「そうなのよ」ペネロペは皮肉っぽい笑みで答えた。「つまり時を間違えれば、とんでもない悪夢になる」

エロイーズが笑い声をあげた。「友よ、元気を出しなさい。少なくともあなたは、もうこれまでのように黄色いドレスを着なくてもすむようになったのだから」

ペネロペは昼間用のドレスを見おろした。口に出して言うのは憚《はばか》られるが、青い柄はなかなか自分に似合っている。「母はとうとうわたしの婚期が過ぎたと見かぎって、衣装を選ばなくなったわ。結婚する見込みのない娘に、衣装を指南する時間や精力を使う価値はないものね。仕立て屋についてこなくなってからもう一年以上経つのよ。ほんとうに幸せ！」

エロイーズは、涼しげな色合いの服を着ると顔が明るく引き立つ友に微笑みかけた。「あなたが自分で衣装を選べるようになったことは誰の目にもあきらかだわ。レディ・ホイッスルダウンも記事で触れていたわよね！」

「その記事は母から隠したわ」ペネロペは打ち明けた。「母の気持ちを傷つけたくなかったから」

エロイーズは目を数回しばたたいてから言った。「あなたって、ほんとうにやさしいのね、ペネロペ」

「わたしにだって慈悲や思いやりはあるもの」

「慈悲や思いやりがある人に欠かせない要素は」エロイーズがふっと鼻で笑って言う。「そういう部分を人に気づかせない能力なのよ」

ペネロペは口をとがらせて、エロイーズを玄関扉のほうへ押しやった。「もう帰らなくちゃ行けないんでしょう?」

「はいはい、帰るわよ!」

そして、友は帰っていった。


コリン・ブリジャートンは最上等のブランデーを口に含み、やはりイングランドに帰って来てよかったという思いを嚙みしめた。

実際、なんとも妙なことだが、旅立ったときと同じぐらい家に帰ってきたときには喜びを感じた。どうせあと数カ月で——長くとも半年——ふたたび出かけたくてたまらなくなるのだろうが、いまのところ、四月のイングランドはすばらしく心地いい。

「いいものだろう?」

コリンは目を上げた。兄のアンソニーがどっしりとしたマホガニーの自分の机にもたれて、飲みかけのブランデーのグラスを掲げてみせた。

コリンはうなずいた。「これほどいいものだとは、帰ってきて初めて気づきましたよ。ギリシアのリキュール、ウゾーもそれなりにうまいですが、こちらは」グラスを持ちあげる。

「極上です」

アンソニーは苦笑いを浮かべた。「それで、今度はどのくらいいられるんだ？」

コリンはぶらりと窓辺へ歩いていき、外を眺めるふりをした。長兄は弟の放浪癖へのいらだちをたいして隠そうともしなかった。それでも、兄を責めることはできない。時には実家に手紙を書くこともままならず、家族への無事の知らせを一カ月、長いときには二カ月も待たせることもあるからだ。だが、待ちわびる家族の側にはなりたくないと思いつつ——愛する人の生死もわからず、配達人が玄関扉をノックするのをじっと待ちつづけることなど耐えられない——、そう頭で考える程度では、イングランドの地にしっかりと腰を落ち着ける気にはなれなかった。

時どき、どうしてもこの地を離れたくてたまらなくなる。ほかには説明のしようがない。長子以外の男子が、自分を愛想のいいやんちゃ者としか見ていない貴族たちや、イングランドから離れようと思えば、軍人や聖職者になる道を考えがちだが、コリンの気質はそのどちらにも向かなかった。無条件に愛してくれる家族とすら離れて、自分が心の奥底でほんとうに何を求めているのか、いまだ手がかりすらつかめない。

長兄のアンソニーは子爵を継ぎ、あまたの責任を負っている。領地を統括し、一族の財務を管理し、領地の数えきれないほどの住民や使用人の生計を担っている。四歳上の兄ベネディクトは、画家として名声を得た。当初は鉛筆画を描いていたのだが、妻の熱心な勧めで油絵に転向した。兄の風景画はまもなく開館する国立絵画館《ナショナル・ギャラリー》にも展示されることになっている。

アンソニーは、第七代ブリジャートン子爵として永久に家系図にその名を刻まれる。ベネディクトが描いた絵は、描き手がこの世を去ったあとも長く生きつづける。

けれども、コリンには何もなかった。分与されたささやかな地所を管理し、数々のパーティに出席するだけ。楽しくないと言うつもりは毛頭ないが、時どき、楽しいだけではない何かがもう少しほしいと思う。

目的を持ちたい。

何かをこの世に遺したい。

たとえ生きているうちには知られなくとも、せめて亡きあと、〈レディ・ホイッスルダウンの社交界新聞〉以外のところに名を残しておきたかった。

コリンはため息をついた。これほど頻繁に旅に出たくなるのも当然ではないだろうか。

「コリン？」兄が返事を促した。

コリンは振り返って目をしばたたいた。たしかに兄に何か質問を受けていたはずなのだが、とりとめのないことを考えているうちにすっかり忘れていた。

「ああ、そうそう」コリンは空咳をした。「少なくとも、シーズン中はいるつもりです」

返事はなくとも、兄の満足げな表情は見逃しようがなかった。

「いずれにせよ」コリンは伝説的な皮肉っぽい笑みを貼りつけて言い添えた。「兄さんの子供たちのお守り役がいりますよね。シャーロットにはまだまだ人形が足りないでしょうし」

「まだたった五十個だからな」アンソニーがとりすました口調で答えた。「放ったらかしにされた、気の毒な娘なんだ」

「彼女の誕生日は今月末でしたよね？　もうしばらく知らんぷりしていたほうが良さそうだな」

「誕生日といえば」アンソニーは言うと、机の後ろの大きな椅子に腰かけた。「来週には母上の誕生日がやって来る」

「ぼくがなぜ慌てて帰ってきたと思うんです？」

アンソニーが片眉を上げた。弟がほんとうに母の誕生日のために早く帰ってきたのか、ありがたい偶然に都合よく調子を合わせているだけなのかを見きわめようとしているのが、はっきりとわかった。

「母上のためにパーティを開くことになっている」アンソニーが言う。

「母上は了承したんですか？」コリンの経験からすれば、ある程度の年齢に達したご婦人方は誕生祝いを喜ばないものだ。そして、母はいまなお格別に美しいとはいえ、むろん、ある程度の年齢に達している。

「脅しを使わざるをえなかったけどな」アンソニーは認めた。「パーティを了承しなければ、ほんとうの年齢をばらすと脅した」

間の悪いことに、コリンはちょうどブランデーを口に含んだところだった。むせて、兄に向かって吐きだす手前でどうにかこらえた。「その場に、ぜひ居あわせたかったですよ」

アンソニーは悦に入った笑みを浮かべた。「われながら、見事な手並みだったぞ」

コリンは残りのブランデーを飲み干した。「母上がそのパーティを、ぼくの花嫁探しに利用しない見込みはありますかね？」

「ほとんどないな」

「ですよね」

アンソニーは椅子の背にもたれた。「おまえはもう、三十三だよな、コリン……」

コリンはいぶかしげに兄を見つめた。「やだなあ、兄さんまで小言を始めるつもりですか」

「そんなつもりはない。ただ、今シーズンはしっかり目を開いておいたほうがいいと言おうとしたんだ。積極的に花嫁を探しまわる必要もないが、結婚の可能性を考えておくぐらいはしてもさしつかえはないだろう」

コリンはすぐにでも通り抜けるつもりで戸口を見やった。「ぼくはべつに結婚を拒んではいませんよ」

「そうとは思えんがな」アンソニーが疑わしげに言う。

「といって、急ぐ理由も見つからない」

「まあ、たしかに」アンソニーが応じた。「特に急ぐ理由はないだろうが、母上を喜ばせたくないのか？」

コリンは空のグラスを持っていたことを忘れて手から滑り落とし、絨毯にどすんと転がる音を聞いてはっとした。「そんな」かすれ声で言う。「母上はご病気なんですか？」

「まさか！」アンソニーは驚いて大声で力強く否定した。「おそらくは、われわれ子供たちより長生きするに違いない」

「だったら、どういうことです？」

アンソニーはため息をついた。「わたしはただ、おまえに幸せになってほしいだけだ」

「ぼくは幸せです」コリンは断言した。

「そうなのか？」

「なんたって、ロンドン一の幸せ者ですからね。〈レディ・ホイッスルダウン〉を読めばわかります。あのご婦人がそう書いてるんですから」

アンソニーは机の上の新聞を見おろした。

「いえ、たぶんそれではなくて、昨年出た新聞のなかに書いてあったんです。レディ・ダンベリーが辛口だと書かれている回数より多く、ぼくは人気者だと書かれてますよ。どちらも、うまく言いあてられたものです」

「人気者だからといって、必ずしも幸せなわけでもないだろう」アンソニーがやんわりと言う。

「こんなこと、してる暇はないな」コリンはつぶやいた。ドアがこれほどありがたいものに見えたことはない。

「おまえがほんとうに幸せなら」アンソニーが食いさがった。「旅に出かけてばかりいるだろうか」

コリンはドアノブに手をかけて足をとめた。「アンソニー兄さん、ぼくは旅が好き、、なんです」

「それほどしじゅう出かけなければならないのか?」

「そうです。そうでなければ、出かけませんよ」

「逃げ口上にしか聞こえないがな」

「だって」コリンは兄に茶目っ気のある笑みをみせた。「逃げようとしてるんですから」

「コリン!」

だが、弟はすでに部屋を出ていた。

2

『貴族たちが退屈だとぼやく風潮はいまに始まったことではないが、今年のパーティ参加者たちはよりいっそう退屈ぶりをきわめている。このところ、社交界行事の会場に一歩入るや必ず、「まったく飽き飽きする」だの、「どうしようもなくつまらない」といった声を耳にする。実際、クレシダ・トゥオンブレイが最近、これ以上調子はずれの音楽会に出席させられたら、退屈すぎて間違いなく死んでしまうと嘆いていたとの情報を耳にした。

（この点については筆者も同意せざるをえない。今年お披露目された令嬢方は揃って気立てがいいものの、まともな音感の持ち主は見あたらない。）

そんななか、日曜日にブリジャートン館で開かれる祝宴は、一服の良薬となるであろう。子爵未亡人の誕生日を祝うため、ブリジャートン一族全員と、百人ほどの親しい友人たちが集まる予定となっている。

ご婦人の年齢に触れるのは無礼なので、レディ・ブリジャートンの何歳の誕生日であるかは明かすまい。

だが、心配ご無用……筆者はちゃんと知っている！』

一八二四年四月九日付〈レディ・ホイッスルダウンの社交界新聞〉より

いき遅れた老嬢《オールド・ミス》といえば、怯えか哀れみのどちらかを誘いがちな言葉だが、ペネロペは、未婚の境遇にもあきらかに有利な点があると思うようになっていた。

なによりもまず、舞踏会で老嬢にダンスを申し込む男性はほとんどいないので、ペネロペももう、ダンスになど興味がないというふりであちこち眺めつつ舞踏場の周辺をうろつかずともすむようになった。いまはほかの独身女性や付き添いのご婦人方と隅に並んで腰かけていられる。もちろん、いまもダンスはしたいけれど――ダンスをするのはわりと好きで、誰にも知られていないが、じつはかなり上手に踊れる――円舞曲《ワルツ》を踊る男女から離れるほど、関心のないふりもやりやすくなる。

ふたつめに、苦痛な会話に費やさなければならない時間が大幅に減った。フェザリントン夫人はペネロペに夫を射止める見込みはないとおおっぴらに見かぎると、花婿のいわば第三候補の独身紳士たちに手あたりしだいに押しやることもしなくなった。母はもともと、ペネロペに第一候補や第二候補の独身男性を惹きつけられる可能性があるとは信じていなかった。それはたしかに事実かもしれないが、第三候補に分類される独身紳士たちにはやはりそれなりの理由があり、残念ながら、人柄に問題や欠点があることが多い。そのうえペネロペのほうも人見知りをするたちなので、会話が活発にはずむはずもなかった。

そしてもうひとつ、ありがたいのは気がねなく食べられるようになったことだ。一般に貴族たちのパーティで供される料理の量からすればひどくもどかしいことだが、花婿を探す女性たちは鳥がつつく程度にしか食べられない。これこそ、老嬢の一番の特権に違いないとペネロペはほくそ笑み、おそらくはフランス以外の場所で食べられるエクレアのなかでは最上のひとつを頬張った。

「ほんとうに、よかった」もごもごとつぶやいた。罪悪を形あるもので表さなければならないとすれば、たぶん焼き菓子がぴったりだろう。それもチョコレート掛けのほうが望ましい。

「何がよかったんだい？」

ペネロペはエクレアを喉に詰まらせ、クリーム混じりの咳を撒き散らした。「コリン」息を呑んで言い、大きな菓子屑が彼の耳をかすめていませんようにと心から願った。

「ペネロペ」コリンは温かに微笑んだ。「また会えて嬉しいよ」

「わたしもよ」

コリンがきょとんとした目を――一回、二回、三回――またたいて言った。「元気そうだな」

「あなたも」食べかけのエクレアの置き場所を探すのに懸命で、気の利いた返答にまで頭がまわらない。

「そのドレスは似合ってるよ」コリンが緑色の絹地のドレスを手ぶりで示して言う。

ペネロペはやや悲しげに答えた。「黄色ではないものね」

「たしかにそうだな」コリンはにやりと笑い、場をなごませた。女性は概して好きな男性の前で口が重くなるものだというが、コリンにはふしぎと誰の心もくつろがせてしまう力がある。

きっと彼を好きになったのは心地良い気分にさせてくれるせいもあるのだろうと、ペネロペはたびたび思うことがあった。

「キプロスですばらしい時間を過ごされたとエロイーズから聞いたわ」

コリンがにっこり笑った。「アフロディーテの誕生の地を見ずにはいられなくてね」

ペネロペも同じように笑い返していた。「みんなが言うように、愛と美の女神の話題はできるだけ避けたいとはいえ、コリンの陽気さについつられていた。「みんなが言うように、陽が降り注いでいるのかしら？」ペネロペは問いかけた。「いいえ、やっぱり答えてくださらなくてもいいわ。あなたの顔を見ればじゅうぶんわかるもの」

「ちょっと日焼けしてしまった」コリンがうなずいて言う。「母はぼくを見て卒倒しかけたんだ」

「それは嬉しさのせいよ」ペネロペはきっぱりと答えた。「あなたがいないと、とても寂しがっていらっしゃるもの」

コリンが身をかがめた。「おいおい、ペネロペ、きみまでぼくに意見を始めるつもりかい？　母、アンソニー兄さん、エロイーズ、ダフネに囲まれていると、罪悪感に打ちのめされそうになる」

「ベネディクトお兄様は？」ペネロペは指摘せずにはいられなかった。

コリンがちらりといたずらっぽい笑みを浮かべた。「ロンドンにいない」

「なるほど、だったら何も言われないわよね」

コリンが腕組みをして、さらには目を狭めた。「きみはそんなに生意気だったろうか？」

「いつもは上手に隠しているもの」すまして答えた。

「うちの妹と気が合うわけだな」コリンがさらりと言う。

「褒め言葉と受けとっていいのかしら？」

「そうでないと言えば、わが身が危うくなるからな」

ペネロペが機知に富む返し文句を思いめぐらせたとき、ぺちゃっと何かが濡れたような音がした。見おろすと、食べかけのエクレアから、黄色いクリームの大きな塊が美しい板張りの床に落ちていた。ふたたび目を上げると、コリンが口もとだけは真剣そうにつぐみつつ、このうえなく深みのある緑色の目を愉快そうに輝かせていた。

「まあ、恥ずかしいことをしてしまったわ」ペネロペは、どうしようもない恥ずかしさを隠すにはわかりきっていることを言う以外にないと思った。

「こういうときは」コリンが片眉をすばらしく優美な形に吊りあげて言う。「さっさと逃げるにかぎる」

ペネロペは手に残った中身のないエクレアの皮を見やった。コリンがそれに応えてそばの鉢植えのほうへ顎《あご》をしゃくる。

「だめよ！」ペネロペは目を丸くして言った。

コリンが身をかがめて近づいた。「やれるかな」

ペネロペはエクレアの皮から鉢植えに視線を移し、ふたたびコリンの顔を見やった。「できないわ」

「いたずらのなかでは、かなり控えめなほうさ」コリンがそそのかす。

それは挑発だった。ペネロペはふだんそのような子供じみたたくらみに乗せられはしないのだが、コリンの微笑には抗えなかった。「わかったわ」ペネロペは肩をいからせ、エクレアの皮でクリームをすくい、植木の土にのせた。一歩あとずさって自分の細工を観察し、辺りを見まわして、コリン以外に目撃者がいないことをたしかめてから、かがみ込んで枝葉で隠れるよう鉢植えの向きをずらした。

「やれるとは思わなかったな」コリンが言う。

「あなたが言うように、たいしたいたずらではないもの」

「ああ、だが、母上のお気に入りの椰子《やし》の鉢植えなんだ」

「コリン！」ペネロペはすばやく振り返って、鉢植えからエクレアを取り戻そうと手を伸ばした。「どうしてそれを早く言って――ちょっと待って」背を起こして目を細めた。「これは椰子ではなわ」

コリンはそしらぬふりをしている。「そうかい？」

「鉢植え用のオレンジの木よ」

コリンが目をぱちくりさせた。「そうだったかな？」

ペネロペはコリンを睨みつけた。少なくとも睨みつけたつもりだった。コリン・ブリジャートンを睨みつけるのは容易にできることではない。彼の母親ですら、叱りつけることはなかなかできないと漏らしていたほどだ。

たとえばコリンが申し訳なさそうに微笑んで、何かおどけた言葉でも口にすれば、相手はもはやどうにも怒れなくなってしまう。

「わたしに罪の意識を抱かせようとしたのね」ペネロペは言った。

「誰でも椰子とオレンジの木を間違えることはあるさ」

ペネロペは目をぐるりとまわしたい衝動をこらえた。「オレンジの実がなければね」

コリンが考え込む目つきで下唇を噛んだ。「ううむ、まあ、ちょっとした目印にはなるだろうな」

「あなたって、そんなに嘘《うそ》をつく人だったかしら?」

コリンは背を伸ばし、ベストの裾をわずかに引いて顎を上げた。「たしかに、ぼくはきわめつきの嘘つきだ。だが、ほんとうに得意なのは、ばれたときには素直に恥じて、かわいげのある態度をとれることさ」

そう言われて返せる言葉があるだろうかとペネロペは思った。たしかにこうして背中で手を組んで、ちらちらと天井を見やりつつ、あっけらかんと唇をすぼめて口笛を吹くコリン・ブリジャートンほど、かわいげのある態度で恥じらえる(恥じらったふりをするというべきか)者はいない。

「子供のとき」ペネロペは唐突に話題を変えた。「お仕置きをされたことはある?」

コリンがすぐさまぴんと姿勢を正した。「どういうことだい?」

「子供の頃にお仕置きされたことはある？」ペネロペは繰り返した。「もういまとなっては、お仕置きをされることはないものね？」

何か思惑があって訊いているのだろうかとコリンはいぶかしみ、まじまじと見つめた。たぶん何も含みはないのだろう。「そうだな」ほかに答えようがないのでほとんど仕方なくつぶやいた。

ペネロペがどことなく横柄なため息をついた。「ないわよね」

さほど寛大な男でなければ、そして相手が悪気はないとわかっているペネロペ・フェザリントンでなかったら、憤慨していたに違いない。けれども、コリンは並外れて鷹揚なたちであるうえ、相手は妹と久しく友情を築いているペネロペ・フェザリントンなので、睨みつけるようなことはせず（どのみち、そういった表情はまるで得意ではない）、ただ微笑んで静かに言った。「何が言いたいんだい？」

「あなたのご両親を批判するつもりはないのよ」ペネロペは無邪気さといたずらっぽさの両方が混じった表情で言った。「あなたが甘やかされて育ったと言うつもりもないわ」

コリンはにこやかにうなずいた。

「ただ――」ペネロペはいかにも重大な秘密を打ち明けるように身を乗りだした。「――あなたならきっと、悪事を働いても見逃してもらえると思うのよ」

コリンは咳き込んだ――喉のつかえをとるためでも、気分を害したからでもなく、見事に不意をつかれたからだ。ペネロペはなんと愉快な個性の持ち主なのだろう。いや、それだけでは言い表せない。ペネロペは……驚くべき女性だ。そうとも、それこそ彼女にふさわしい表現だ。ペネロペの本来の姿を知る者はほとんどなく、むろん、じつは話し上手であるという評判が立ったこともない。三時間のパーティをろくに口もきかずに過ごしたこともあるはずだ。

だが気のおけない相手といるときのペネロペは――コリンは自分もおそらくそのうちのひとりに見なされていると自負していた――さらりと皮肉を言い、茶目っ気たっぷりに笑い、ずば抜けた知性を発揮する。

とりわけ目立つほどの美貌ではないので、ペネロペにひとりとして真剣に求婚する紳士がいないのは仕方のないことなのかもしれない。けれども、よくよく近づいて見れば、コリンが思っていた以上に魅力的だった。やや赤みがかった褐色の髪は、揺らめく蠟燭《ろうそく》の明かりに照らされていっそう輝きを放っている。それに、肌はとりわけ美しく、ほかのご婦人たちがつねに白粉《おしろい》を塗りたくらなければ叶えられない、色白でほんのり赤みの差した理想的な肌つやをしている。

ペネロペのそうした魅力に男性たちは概して気づかない。さらに、ふだんから内気で、たまに口ごもりさえするせいで、彼女本来の個性が隠されていた。

それにしても、ペネロペの人気の低さはあまりに忍びない。申しぶんのない良き妻になれるはずなのだから。

「つまり、きみは」コリンはその場の会話に思考を戻して、つぶやいた。「ぼくに罪深い人生を悔い改めるべきだと？」

「そんなことは言ってないわ」ペネロペはしとやかな笑みを浮かべた。「あなたなら、どんなことでも上手に言い逃れられるのではないかと思っただけよ」するとふいに真面目な態度に変わり、静かに言った。「うらやましいわ」

コリンは気がつくと手を差しだし、口走っていた。「ペネロペ・フェザリントン、ぼくとダンスを踊るべきではないかな」

驚いたことに、ペネロペは笑いながら言葉を返した。「ご親切に感謝するわ。でも、もうわたしとは踊らなくていいのよ」

コリンの自尊心がちくりと疼《うず》いた。「それはいったい、どういうことだろう？」

ペネロペは肩をすくめた。「わたしが婚期を逃したのは、すでにおおやけのことだわ。お相手にあぶれたわたしを気づかって踊ってくださる必要はもうないの」

「そういうつもりできみと踊っていたんじゃない」コリンは否定したが、まさしく彼女の言うとおりだった。しかも思いだせるだけでも、その半分は母に強く背中を突かれ、せかされてダンスを申し込んだのだ。

ペネロペにわずかに哀れむような目で見られ、コリンはいらだちを覚えた。ペネロペ・フェザリントンに哀れまれるとは思ってもいなかった。

「もしもきみが」コリンは背筋のこわばりを感じつつ言葉を継いだ。「ぼくとのダンスから逃れられると思っているのなら、考え違いもいいところだ」

「いやがってはいないことを証明するだけのために、わたしと踊る必要はないのよ」

「ぼくはきみと踊りたいんだ」コリンはほとんど唸るように言った。

「わかったわ」ペネロペはばかばかしいといわんばかりに長い間をおいてから続けた。「お断わりするのは無作法になるものね」

「ぼくの意図を疑うことのほうが無作法だろう」コリンは言うと彼女の腕を取った。「でも、きみがみずからの非を認めるというのなら、ぼくも喜んできみを許そう」

ペネロペが口ごもったのを見て、コリンは微笑んだ。

「認めるわ」ペネロペは声を絞りだした。

「けっこう」コリンはやさしい笑みを浮かべた。「きみに罪の意識を感じながら生きてほしくないからな」

ちょうど音楽が流れだし、ペネロペは彼に手を取らせると膝を曲げてお辞儀をして、メヌエットを踊りはじめた。ダンスをしながら話すのは難しいので、ペネロペはしばしひと息ついて考えをめぐらせた。

コリンに少し冷たすぎる態度をとってしまったかもしれない。ダンスを申し込んでくれたというのに、非難するような言葉を返すべきではなかった。じつを言えば、コリンとダンスを踊ったひとときは、格別に大切な思い出として胸に刻まれていた。たとえ哀れみから踊ってくれていただけだとしても、なんの問題があるというのだろう？　一度も申し込まれていなかったとしたら、もっと惨めな思いをしていたはずだ。

ペネロペは顔をゆがめた。このうえやはり謝らなければならないのだろうか？

「あのエクレアには何か問題があったのかい？」互いがちょうど近づいたところで、コリンが問いかけた。

まる十秒かかってふたりがふたたび近づくと、ペネロペは答えた。「どういう意味？」

「とんでもないものを飲み込んでしまったように見えたからさ」コリンは次にふたりが近づく機会が待ちきれないらしく、大声で言った。

数人が目を向けて、あたかもペネロペが舞踏場にすぐにも嘔吐するのではないかというように、踊りながらさりげなく離れていく。

「みなさんの前で叫ぶようなことではないでしょう？」ペネロペが叱る口調で返した。

「たしかに、こんなに大声のひそひそ話は聞いたことがないな」音楽が終わりに近づき、コリンは優雅に頭をさげた。

しゃくにさわる人ね、という言葉は下手な恋愛小説のせりふにしか聞こえないだろうと思い、ペネロペは口をつぐんだ。ちょうど先日、女性主人公がその言葉（あるいはそのような意味の言葉）を頻繁に口にする小説を読んだばかりだ。

「踊ってくださって感謝します」ペネロペは舞踏場の外側にさがると言った。あやうく、〝これで務めを果たしたことを、お母様にご報告できるわね〟と言いかけて、すぐさまその考えを改めた。コリンはそのような皮肉を言われなければならないことはしていない。母親に迫られて仕方なくダンスを踊る男性たちに罪はない。しかも、コリンはその務めを果たすあいだ、あきらかにほかの男性たちよりも微笑み、笑い声を聞かせてくれる。

コリンが礼儀正しく頭をさげ、低い声で礼の言葉を返した。そして、ふたりがちょうどべつべつの方向へ離れようとしたとき、女性の大きな声に呼びとめられた。「ミスター・ブリジャートン！」

ふたりはその場に固まった。どちらにも聞き覚えのある声。誰もが知っている声だ。

「助けてくれ」コリンが呻くように言う。

ペネロペが肩越しに振り向くと、恐るべきレディ・ダンベリーが、人込みを掻きわけて進んでくる。つねに携えている杖を不運な若い婦人の足もとについたのを見て、ペネロペは身をすくませた。「もしかしたら、べつのミスター・ブリジャートンを呼んだのかもしれないわ」ペネロペはそれとなく言った。「その名で呼ばれる人はひとりだけではないのだから、きっと――」

「このままそばにいてくれたら、十ポンド払うよ」コリンがすかさず言葉を挟んだ。

ペネロペは息を呑んだ。「何言ってるのよ、わたし――」

「二十でどうだ」

「手を打つわ！」ペネロペはにっこりして答えた。べつにお金がほしいわけではなく、コリンからせしめられるという立場がとても愉快に思えたからだ。「レディ・ダンベリー！」ペネロペは呼びかけて、老婦人のそばに駆け寄った。「お会いできて嬉しいですわ」

「わたしに会えて嬉しいと思う人間はいないはずだわ」レディ・ダンベリーがきつい調子で

言う。「まあ、甥《おい》はべつかもしれないけれど、それにしたって、たいして信じてはいないわ。とはいえ、あなたも嘘をついてくれてありがとう」

コリンは押し黙っていたが、レディ・ダンベリーはかまわず向きあって、彼の脚を杖でぴしゃりと打った。「ダンスのお相手の選び方には感心ね。わたしのお気に入りなのよ。彼女の知性には、母親と残りの姉妹全員の脳を足しても叶わないわ」

ペネロペが妹にだけは知性があることを弁解しようと口を開いたとき、レディ・ダンベリーが「ふん！」と声をあげ、ほとんど間をおかずに続けた。「どちらも反論の言葉はないようね」

「あなたにお会いできるのはいつも楽しみなんですよ、レディ・ダンベリー」コリンは言い、オペラ歌手でも見つめるように微笑みかけた。

「まったく口がうまいのだから」レディ・ダンベリーがペネロペのほうを向いて言う。「この紳士には用心しなければだめよ」

「さほど心配はいりませんわ」ペネロペは答えた。「ほとんど国外にいる方ですから」

「ほうら！」レディ・ダンベリーがまたも得意げに声をあげた。「わたしが言ったとおり、利口な婦人でしょう」

「ご覧のとおり」コリンがよどみなく言う。「ぼくは異を唱えるつもりはありません」

老婦人は満足げに微笑んだ。「たしかにそうだわね。あなたも年齢とともに賢くなってきたじゃないの、ミスター・ブリジャートン」

「ええ、もっと若い頃はたまに、分別が足りないと言われてましたから」

「あらまあ、少しはあったと言いたいわけね」

コリンは目を狭めてペネロペを見やった。彼女はあきらかに笑いをこらえている。

「わたしたち女性は、互いに気を配りあわなければいけないわ」レディ・ダンベリーが誰にともなく言う。「それができる人が、ほかにはどうも見あたらない」

コリンはその場を離れる好機だと見定めた。「母のところへ行かなければ」

「逃がさないわよ」レディ・ダンベリーが言い放った。「下手な嘘はおやめなさい。だいたい、あなたが母上のところに行くわけがないでしょう。あなたのお母様はドレスの裾をすり減らしたどこかのおばかさんのお相手をしているわ」いまや目を涙で潤ませて懸命に笑いをこらえているペネロペのほうを向く。「一緒にわたしに応待すれば、いくら払うと言われたの？」

ペネロペは思わずつぶやいた。「なぜそれを」はっとして片手で厄介な口をふさいだ。

「いや、もう、なんとでも言ってくれ」コリンがおおらかな口調で言う。「もうじゅうぶん助けてくれたから」

「二十ポンドもらおうだなんて思ってないわ」ペネロペが言う。

「払うつもりもなかったさ」

「たったの二十ポンドなの？」レディ・ダンベリーが訊き返した。「まったく、せめて二十五ポンドくらいの価値はあると思っていたのに」

コリンは肩をすくめた。「ぼくは三男ですよ。残念ながら、終生、富には恵まれないんですから」

「はっ！　あなたの財力と変わらない伯爵が三人はいるわよ」とレディ・ダンベリー。「まあ、伯爵とは言わないまでも」少し考えて言い足した。「子爵なら同等の人が何人かいるでしょうし、ほとんどの男爵には太刀打ちできるはずよ」

コリンは穏やかに微笑んだ。「人々の集まる場所で、お金についての話題は無作法ではないですかね？」

レディ・ダンベリーは鼻息にも忍び笑いにも聞こえる音を漏らして――コリンにはどちらなのか見きわめがつかなかった――言った。「お金の話は人々の集まる場所でもそうでなくとも無作法だけれど、わたしくらいの歳になると、ほとんど何をしても許されるのよ」

「そのお歳になっても」ペネロペが独りごちるように言う。「できないことってなんなのかしら」

レディ・ダンベリーがペネロペに向きなおった。「なんですって？」

「ほ、ほとんど何をしても許されるとおっしゃったので」

レディ・ダンベリーは信じられないといったふうに見つめてから、にやりと大きく笑った。コリンも思わず微笑んでいた。

「なかなかだわね」レディ・ダンベリーは売り物の彫像を見せるようにペネロペを指し示して言った。「彼女を気に入っていると言ったでしょう？」

「ええ、おっしゃってました」コリンはぼそりと答えた。

レディ・ダンベリーがペネロペのほうを向き、しごく真剣な顔つきで言った。「悪事を働けば、さすがに見逃してはもらえないけれど、それは仕方のないことだわ」

ペネロペとコリンは揃っていきなりぷっと噴きだした。

「何よ？」レディ・ダンベリーが言う。「何がそんなに可笑しいの？」

「なんでもありません」ペネロペが息を詰まらせて答えた。コリンのほうはと言えば、声すら出せずにいる。

「なんでもないはずがないでしょう」老婦人が食いさがる。「理由を言うまで、一晩じゅうでもここに残って問いつめるわよ。あなたたちの思いどおりにはいきませんからね」

ペネロペは目から涙をぬぐった。「ちょうど話していたところだったんです」コリンのほうへ首をかしげて言う。「彼なら、悪事を働いても見逃してもらえるだろうって」

「そうだったの？」レディ・ダンベリーは、ほかの人ならば顎をさすりそうなところを杖で軽く床をつきながら深く考え込んで言った。「まあ、正しいかもしれないわね。ロンドンで、これ以上に愛嬌のある男性にはお目にかかったことがないもの」

コリンが片眉を上げた。「つまり、褒められていると受けとっていいわけですよね、レディ・ダンベリー？」

「鈍いわね、もちろん褒め言葉だわ」

コリンはペネロペのほうを向いた。「今度こそ、間違いなく褒め言葉のようだ」

レディ・ダンベリーがにこやかに笑い、「宣言するわ」と言った（実際に、声高らかに告げた）。「これが今シーズンで最も楽しいひとときだわ」

「光栄ですよ」コリンが穏やかに笑った。

「今年は特に退屈だと思わないこと？」レディ・ダンベリーがペネロペに訊く。

ペネロペはうなずいた。「昨年も少し退屈な年でしたわ」

「でも、今年ほどひどくはなかったわよね」レディ・ダンベリーが念を押す。

「ぼくには訊かないでくださいよ」コリンが愛想よく言う。「国外にいたんですから」

「まったく、自分がいないせいで、わたしたちがみな退屈していたんだろうとでも言いたいの」

「めっそうもありません」コリンが屈託のない笑みで言う。「でも、そういう考えがあなたの頭によぎったのだとすれば、たぶん多少の影響はあったということですよね」

「ふん。なんであれ、わたしは退屈なのよ」

コリンがペネロペを見やると、笑いをこらえようとしているのか、ひたすら自分自身をしかと抱きしめている。

「ヘイウッド！」レディ・ダンベリーが突如呼びかけて、中年の紳士に手を振った。「わたしの考えに賛同なさるわよね？」

ヘイウッド卿はややうろたえた表情を浮かべてから、逃れられないと観念し、言葉を返した。「わたしはつねにあなたの意見に賛同するよう努めています」

レディ・ダンベリーがペネロペに向きなおって言う。「わたしの空耳かしら、それとも、紳士たちが知恵をつけたのかしら？」

ペネロペはただあいまいに肩をすくめてみせた。じつに聡明な女性だとコリンは感心した。肉厚な顔のヘイウッドがせわしく目をしばたたいて空咳をした。「ちなみに、正しくは、わたしは何に賛同したのだろうか？」

「社交シーズンが退屈だということにです」ペネロペが如才なく答えた。

「おや、フェザリントン嬢」ヘイウッドが偉ぶった調子で言う。「そこにいらしたとは気づかなかったな」

コリンがそっと見やると、ペネロペは唇を引き結んでいらだたしげに微笑んでいた。「あなたのすぐお隣にいましたわ」

「そうでしたか」ヘイウッドは陽気に答えた。「ええ、たしかに、恐ろしく退屈なシーズンですよ」

「今シーズンがつまらないという話ですか？」

コリンは右側を見やった。ひとりの紳士と、ふたりの婦人が話の輪に加わってきて、それぞれ熱っぽく同意の言葉を口にした。

「退屈だ」紳士がつぶやく。「まったく飽き飽きしますな」

「もう、ありふれたパーティにはうんざり」婦人の片方がこぼして、気どった吐息をついた。

「母に報告しておきましょう」コリンはいかめしく答えた。いたっておおらかな男の部類とはいえ、さすがにそのような侮辱を聞き流せない。

「いえ、このパーティのことではありませんわ」婦人が慌てて弁解した。「暗くて陰気な夜会が山のようにあるなかで、この舞踏会はほんとうに唯一、光輝いて見えますもの。わたしが言いたかったのはつまり――」

「もう、おやめなさい」レディ・ダンベリーが命じた。「足を踏みつけられる前に」

婦人はぴたりと口をつぐんだ。

「妙ね」ペネロペはつぶやいた。

「あら、フェザリントン嬢」暗く陰気な夜会を嘆いた婦人が言った。「そこにいらしたのね」

「何が妙なんだい？」コリンは、また誰かがいかにペネロペが目立たない存在であるかを語りだす前に問いかけた。

ペネロペはちらりと感謝の笑みをみせてから、自分の発言の意味を説明した。「社交界のみなさんが退屈だとこぼしあうことを楽しんでいるように見えるのが、妙だと思って」

「どういうことですかな？」ヘイウッドが困惑顔で言う。

ペネロペは肩をすくめた。「つまり、多くの方々が、どれだけ退屈であるかを話して、楽しんでいるということですわ」

その説明に場が静まり返った。ヘイウッド卿は困惑顔のままだし、ふたりのご婦人のうちひとりは、目に小さなごみでも入ったのか、しきりに瞬きしている。

コリンは思わず微笑んでいた。ペネロペはたいして難しい話をしているわけではない。

「楽しみと言えば〈ホイッスルダウン〉を読むことくらいだわ」瞬きをしていないほうの婦人が、まるでペネロペの発言はなかったかのように言った。

その婦人の隣の紳士も同意の言葉をつぶやいた。

そのとき、レディ・ダンベリーの顔に笑みが広がった。

コリンは警戒心を抱いた。老婦人の目の表情が変わっている。ぞっとさせられる目つきだ。

「いい考えがあるわ」レディ・ダンベリーが口を開いた。

誰かが息を呑み、べつの誰かが唸り声を漏らした。

「すばらしい思いつきよ」

「あなたの思いつきなのですから、間違いありませんよ」コリンはきわめて愛想のいい口ぶりで応じた。

レディ・ダンベリーは片手を振ってコリンに黙るよう合図した。「実際、この世に本物の謎と呼べるものはどれほどあるのかしら？」

誰も答えないので、コリンはあてずっぽうに言った。「四十二かな？」

老婦人はコリンにわざわざしかめ面を向けようともしなかった。「わたしがいまから話すことについては……」

全員が身を乗りだした。コリンですら、この芝居がかった場面に胸を躍らせずにはいられなかった。

「あなたがた全員が証人よ」

コリンはペネロペのつぶやきが聞こえたような気がした。「早く言って」

「千ポンド」レディ・ダンベリーが言う。

老婦人を囲む人々の数が増していく。

「千ポンド」レディ・ダンベリーは声量を上げて繰り返した。舞台上であったなら、ちょうどいい声の大きさなのだろう。「千ポンドお支払いするわ……」

舞踏場全体が厳かな静寂に包まれたかのように思えた。

「……レディ・ホイッスルダウンの正体を暴いた人物に！」

3

『職務怠慢とお叱りを受けぬよう、ご報告する。昨夜、ブリジャートン館で催された誕生日舞踏会で最も話題をさらった場面は、レディ・ブリジャートン（年齢未公表）の誕生日を祝った乾杯ではなく、レディ・ダンベリーの場違いな決意表明だった。かの老婦人は、千ポンドを払うと請けあった……。

筆者の正体を暴いた人物に。

社交界の紳士、淑女のみなさまがた、存分に挑まれるがいい。この謎が解き明かされる見込みはない』

一八二四年四月十二日付〈レディ・ホイッスルダウンの社交界新聞〉より

レディ・ダンベリーの突拍子もない懸賞金の発表は、きっかり三分で舞踏場じゅうに広まった。老婦人がその言葉を発したとき、ペネロペはたまたま大きな（しかも、ケイト・ブリジャートンによれば、きわめて正確な）振り子時計と向きあっていたので、たしかに断言できた。〝レディ・ホイッスルダウンの正体を暴いた人物に千ポンド〟という言葉が告げられたとき、時計は十時四十四分を指していた。長針がまだ四十七分を指しているうちに、レディ・ダンベリーの周りにたちまち膨れあがった人だかりへナイジェル・バーブルックが飛び込んできて、老婦人の奇妙なくわだてを「むちゃくちゃ面白い！」と褒め称えたのだ。

ナイジェルが耳にしたということは、すなわち全員の耳に届いたということだ。なにぶん、ペネロペの姉の夫であるこの紳士に、知性、注意力、聞き取り能力といったものは見受けられない。

そのうえ語彙も足りないらしい、とペネロペは胸のうちで苦笑した。むちゃくちゃ、だなんて。

「それで、あなたはレディ・ホイッスルダウンが誰だと思うの？」レディ・ダンベリーがナイジェルに訊いた。

「さっぱりわかりませんね」ナイジェルが答えた。「まあ、ぼくでないことはたしかです！」

「そんなことはみな知ってるわよ」レディ・ダンベリーが言う。

「あなたは誰だと思う？」ペネロペはコリンに尋ねた。

コリンが片方の肩を持ちあげてみせた。「ぼくはロンドンを離れていることが多いから、推測できないよ」

「よく言うわ」ペネロペは続けた。「あなたがロンドンにいるあいだにこれまでパーティや夜会に出てきた時間を考えれば、いくつか仮説を立てられそうなものだもの」

コリンは即座に首を振った。「ほんとうにわからないんだ」

ペネロペは必要以上に、さらに正直に言えば、礼儀をはずれるほどじっと長くコリンを見つめた。コリンの目がどこか妙に思えた。束の間、読みとれない表情がよぎった。社交界ではただの楽天的な美男子であるかのように思われがちだが、彼は見かけよりはるかに知性が高い。何かしら見当をつけていることは間違いない。

けれども、なんらかの理由で、その考えを打ち明けるつもりはないようだ。

「きみは誰だと思うんだい？」コリンは自分への質問をやり過ごして訊き返した。「きみは社交界に出てから、レディ・ホイッスルダウンとちょうど同じぐらいの長さになるだろう。きみなら見当がつくんじゃないか」

ペネロペは舞踏場のなかを見まわし、あちらこちらの人物に視線を移してから、最後には自分の周りの小さな集団に目を戻した。「レディ・ダンベリーがとてもあやしいと思うわ。凝った冗談を投げかけたつもりなのではないかしら？」

コリンは、奇抜なくわだてをみんなに表明して至福の時を過ごしている老婦人を見やった。杖で床を打ちながら意気揚々と話し、クリームと魚と七面鳥の丸焼きを与えられた猫のように笑っている。「筋はとおるな」コリンは考え込むように言った。「へそ曲がりらしいやり口だ」

ペネロペは自然に口もとをゆるめた。「相当なへそ曲がりだものね」

レディ・ダンベリーを見ているコリンをもうしばらく眺めてから、静かに言葉を継いだ。

「でも、あなたは彼女だとは思ってないのね」

コリンはゆっくりと向きなおり、片眉を上げて無言の問いかけを放った。

「あなたの顔を見ればわかるわ」ペネロペは答えた。

コリンはおおやけの場でよく見せる人懐っこい笑みを浮かべた。「考えを読みとられない自信があったのに」

「残念ながら無理なようね」ペネロペは答えた。「少なくとも、わたしには」

コリンはため息をついた。「暗く、陰のある英雄にはなれない定めってことか」

「誰かさんの英雄にはなれるわよ」ペネロペは請けあった。「まだそのときが来ていないだけで。だけど、暗く、陰のあるほうがいいの？」と微笑んだ。「まるで似合わないわ」

「ひどいなあ」コリンは快活に言い、お馴染みのもうひとつの笑みを見せた――口もとをゆがめた少年っぽい笑み。「暗く、陰のある男にはどんな女性も惹きつけられる」

ペネロペはさりげなく咳をした。女性たちを難なく惹きつけられるコリン・ブリジャートンがそのような言葉を口にしたことに、少し驚いたからだ。コリンはにっこりして返事を待っている。ここは淑女らしく上品に怒りを示すべきなのか、話のわかる相手を気どってくすりと笑いとばすべきなのかを決めかねていると、エロイーズがふたりの目の前に文字どおり滑り込んできた。

「ねえ、知ってる？」エロイーズが息をはずませて訊く。

「走ってきたの？」ペネロペは訊き返した。これほど混雑した大広間のなかを走りぬけるのはまさしく離れ業だ。

「レディ・ダンベリーが、レディ・ホイッスルダウンの正体を暴いた人に千ポンド払うんですって！」

「知ってるよ」コリンが兄だけに許される、やや見下した口調で答えた。

エロイーズが落胆のため息を吐きだした。「知ってるの？」

コリンはまだほんの数メートル先にいるレディ・ダンベリーを身ぶりで示した。「その発表の場に居あわせたんだ」

エロイーズのひどくいらだたしそうな顔を見て、ペネロペはその胸のうち（ほぼ確実に翌日の午後に聞かされることになるだろう）を正確に読みとった。大事な瞬間を見逃したこと、さらにはその一部始終を兄が見ていたことがどうしようもなくいらだたしいのだ。

「もうすっかり、その話題で持ちきりよ」エロイーズが言う。「まさに大騒ぎになってるわ。これほどみんなが湧き立っているのを見るのは何年ぶりかしら」

コリンがペネロペのほうを向いて囁いた。「これだから、ぼくはしょっちゅう国外に逃亡するのさ」

ペネロペは笑わないようこらえた。

「どうせ、わたしのことを話しているんでしょうけど、気にしないわ」エロイーズはほとんど息もつかずに続けた。「きっと大変な騒動になるわよ。とりわけ賢明な人たちは口を閉じていたとしても、あとはみんな、誰も彼もが憶測をめぐらせるでしょうね。ほかの人に当てられるのはしゃくだもの」

「ぼくは困っているわけでもないし、千ポンドには駆り立てられないな」

「でも、大金には違いないわ」ペネロペが思いめぐらせて言う。

コリンはいぶかしげな面持ちで振り向いた。「まさかきみまで、こんなばかげたゲームに加わるつもりじゃないだろうな」

ペネロペは小首をかしげ、なるべく謎めいて――とまではいかなくとも、せめて少しはいわくありげに――見えるよう意識して顎を持ちあげた。「わたしは、千ポンドの懸賞金におとなしくしていられるほど裕福ではないもの」

「きっとわたしたちが力を合わせれば……」エロイーズが持ちかけた。

「勘弁してくれ」それがコリンの返事だった。

エロイーズは兄を無視してペネロペに言った。「賞金はふたりで分けましょうよ」

ペネロペが答えようと口を開いたとき、突如レディ・ダンベリーの杖が目の前にびゅんと突きだされた。コリンが耳を切りとられまいとすばやく脇に退く。

「フェザリントン嬢！」レディ・ダンベリーの声が轟いた。「まだあなたの推測を伺っていないわ」

「そうだ、ペネロペ」コリンがややわざとらしい笑みを浮かべて言う。「答えなくちゃな」

ペネロペは一瞬、小声で何かつぶやけば、老齢のレディ・ダンベリーが、相手のせいではなく自分の耳が遠くて聞きとれないのだとあきらめてはくれないものだろうかと考えた。ところが、振り向くまでもなく、隣でコリンが特有のいたずらっぽい笑みでせかしているのがひしひしと感じとれた。ついにペネロペはわずかに胸を張り、いつもよりほんの少しだけ顎を上向かせた。

コリンがそばにいると自信が湧き、大胆になれる。彼がいるともっと……自分らしくなれる。少なくとも、なりたいと思う自分に近づけるような気がした。

「じつは」ペネロペは切りだして、レディ・ダンベリーをほぼまっすぐ見据えた。「あなただと思います」

周囲でいっせいに息を呑む音が響いた。

そして、ペネロペ・フェザリントンは生まれて初めて、まぎれもなく注目の的に立っていた。

レディ・ダンベリーが、鋭敏そうな淡い青色の瞳で値踏みするようにペネロペを見つめた。それから、なんとも驚くべきことが起こった。老婦人の口角が引きあがった。そして、その口はいつしか微笑むどころか、はっきりと笑いかけていた。

「これだから、あなたを気に入ってるのよ、ペネロペ・フェザリントン」レディ・ダンベリーは言うと、爪先のすぐ前に杖をぽんとついた。「おそらく、この舞踏会に来ている人々の半分は同じ考えでしょうけれど、それをわたしに言う勇気のある者はほかにいない」

「わたしも同じですわ」ペネロペは認めて、コリンに脇腹を肘で突かれて小さく唸った。

「あきらかに」レディ・ダンベリーが目に新たな光を灯して言う。「あなたは言いきったではないの」

ペネロペはどう答えるべきかわからなかった。励ますように微笑んでいるコリンを見てから目を戻すと、レディ・ダンベリーは……まるで母親のような表情をしていた。不可思議な光景に違いなかった。なにしろ、自分の子供たちにすら母親らしい表情を見せていたのかどうかも疑わしい婦人なのだから。

老婦人はペネロペだけにしか聞こえないよう、身をかがめて囁いた。「人の、思いも寄らない一面を知るのは、すてきなことではなくて？」

そうして老婦人は歩き去り、残されたペネロペは、自分にも思いも寄らない一面があるのかもしれないと考えた。

きっと、ほんの少しくらいは何かべつの一面があるに違いない。

翌日は月曜日で、ペネロペは〈五番地〉へブリジャートン家の女性たちとの茶会に出向くことになっていた。いつの頃からだったか定かではないが、もう十年近くも続いている習慣なので、月曜日の午後に姿を見せなければ、まず間違いなく、レディ・ブリジャートンが迎えをよこすはずだった。

ペネロペは午後にお茶とビスケットを味わうブリジャートン家の習慣を心から楽しんでいた。ごく一般的な儀式というわけではなく、実際、ペネロペはそのような日課のある家をほかに聞いたことがない。けれども、レディ・ブリジャートンは、晩餐が遅くなりがちなロンドンではなおさら、昼食から夕食までの時間を持ちこたえられないと主張した。そういうわけで、毎日午後四時、何人もの子供たち（しばしば友人がひとりふたり加わる）と階上の家族用の居間で軽食を楽しんでいる。

外気はかなり温かいものの霧雨が降っていたので、ペネロペはすぐそこの〈五番地〉まで黒い日傘を差して歩いていった。それはこれまで何百遍と通った道のりで、数軒先のマウント・ストリートとデイヴィス・ストリートの角を折れ、バークリー・スクウェアの外側をまわって、ブルートン・ストリートに入る。けれども、この日はなぜか少しばかり浮かれ気分で、たぶんちょっぴり童心も呼び起こされたのだろう。濡れた草をただぴちゃぴちゃとブーツで踏みつけたいばかりに、バークリー・スクウェアの北端を横切って行くことにした。レディ・ダンベリーのせいだ。そうとしか思えない。ゆうべの出来事以来、ペネロペの気分はすっかり舞いあがっていた。

「わたしは……自分で思っていたような……人でない」ブーツの底が地面を踏む拍子に合わせて口ずさみながら歩いていく。「もっとべつの面がある……もっとべつの面がある」

一段と湿った草地にさしかかり、スケートをするように足を前へ滑らせつつ歌った（もちろん、静かに。歌声を堂々と誰かに聴かせたいと思えるほど、人はひと晩で変われはしない）。「もっとべつの面があ……るう」

ちょうどそのとき、案の定と言うべきか（少なくとも自分では、歴史上、最も間の悪い人間であると確信しているので）、自分の名を呼びかける男性の声を聞いた。

ペネロペは慌てて足をとめ、濡れて汚れた草地に尻餅をつく寸前で体勢を立てなおせたことに心から感謝した。

もちろん、それは彼だった。

「コリン！」ペネロペはためらいがちな声で言って立ちつくし、コリンが自分のそばに来るのを待った。「びっくりしたわ」

コリンは笑いをこらえているように見える。「踊ってたのかい？」

「踊ってた？」ペネロペは訊き返した。

「踊っているように見えたけど」

「ああ。違うの」厳密に言うと嘘ではないのだが、踊っているような気分ではあったので、やましさを感じて唾を飲み込んだ。「そんなことをするはずがないでしょう」

コリンの目の端にわずかに皺が寄った。「だったら、残念だな。せっかくお相手を務められると思ったのに。バークリー・スクウェアでダンスを踊ったことはまだないんだ」

もしも同じせりふをほんの二日前に言われていたなら、その冗談に笑って、コリンの機知と茶目っ気にただ感じ入っていただろう。けれども、レディ・ダンベリーの声がふたたび頭の奥で聞こえた気がして、ふいにもう、かつてのペネロペ・フェザリントンには戻りたくはないと思った。

茶目っ気で応じよう。

ペネロペは自分でもできるとは思っていなかった笑みを浮かべた。いたずらっぽい、謎めいた笑み。コリンがことさら大きく目を見開いたので、思いどおりの笑みを浮かべられたのだと信じて囁いた。「それはお気の毒。とっても楽しいのに」

「ペネロペ・フェザリントン」コリンが間延びした声で言う。「さっきは、踊るはずがないと言ってなかったかい」

ペネロペは肩をすくめた。「嘘をついたのよ」

「そういうことなら、ぜひともダンスのお相手をお願いしよう」

ペネロペは内心慌てふためいた。レディ・ダンベリーの囁きに乗せられるべきではなかった。束の間なら大胆に魅力的な態度がとれたとしても、そのあと、どう行動すればいいのか見当もつかない。

かたや、コリンは当然のごとく狡猾な笑みを広げて腕を伸ばし、ワルツを踊るかまえを完璧に整えている。

「コリン」ペネロペはうろたえた声で言った。「ここはバークリー・スクウェアなのよ！」

「わかってるさ。だからさっき、ここで踊ったことはないって言っただろう？」

「でも――」

コリンがたしなめるように小さく舌を鳴らして腕組みをした。「反論は認めないし、言い逃れようとしても無駄だぞ。それに、バークリー・スクウェアでのダンスだなんて、人生で一度は試してみるべきだと思わないかい？」

「誰に見られてしまうかわからないわ」ペネロペは躍起になって囁いた。

コリンは肩をすくめて、彼女の反応をむしろ楽しんでいることを隠そうとした。「ぼくはかまわない。きみは？」

ペネロペの頰がピンク色がかってきて、たちまち赤く染まった。必死の様相で言葉を発した。「あなたがわたしに言い寄っているように見られてしまうわ」

それでなぜ困るのかを理解しかねて、コリンはまじまじとペネロペを見つめた。ふたりが交際していると思われたところで、どうして気にする必要があるのだろう？　そんな風説はすぐに偽りだとわかるだろうし、社交界を煙に巻くのも愉快なものだ。どうせなら、みんなに泡を食わせて楽しもう、と喉もとまで出かかって、口をつぐんだ。ペネロペの褐色の目の奥に、何かまったく読みとれそうもない感情が垣間見えたからだ。

自分には覚えのない感情であるのだろうと察した。

そして、ペネロペ・フェザリントンを傷つけることだけはしたくないと思った。ペネロペは妹の親友であるうえ、端的に言って、きわめて気立てのいい令嬢だからだ。

コリンは眉をひそめた。いまや令嬢という呼び名はふさわしくないだろう。三十三歳の自分に子息という呼び名がそぐわないように、二十八歳の婦人はもはや令嬢とは呼べない。

ようやく、細心の注意を払い、精一杯の思いやりを込めて尋ねた。「ぼくたちが交際していると見られたとして、何か心配する理由はあるのかな？」

ペネロペが目を閉じ、コリンは一瞬、やはり傷つけてしまったのだと思った。ふたたび開いた彼女の目はどこか切なげだった。「たしかに、とても楽しめるかもしれないわね」ペネロペが言う。「最初のうちは」

コリンは何も言わず、続きの言葉をじっと待った。

「でも、そのうち、じつは交際していないことがあきらかになれば……」ペネロペが口ごもって唾を飲みくだす。本人が見せようとしているほど内心では平静ではないことを、コリンは読みとった。

「きっと」ペネロペが続ける。「あなたのほうから関係を断ったのだと思われるわ、だって——いいえ、そうなるはずなのよ」

コリンは反論しなかった。彼女の言うとおりであることはわかっている。

ペネロペが悲しげに息を吐きだした。「そんなふうに取り沙汰されたくないのよ。たぶん、レディ・ホイッスルダウンにも書かれるでしょうし。書かないはずがないわよね。格好のゴシップの種を放っておかないはずだもの」

「悪かったよ、ペネロペ」コリンは言った。何に対して謝っているのかわからないが、そうするのが正しいように思えた。

ペネロペは小さくうなずいて応えた。「人に何を言われようと気にすべきではないのはわかっているけれど、気にしてしまうの」

コリンはふと気づくとわずかに向きを変え、彼女の言葉の意味あいを考えていた。いや、その声の調子についてだろうか。たぶん、両方なのだろう。

コリンはつねに社交界をいくぶん上から見おろしているようなところがあった。たしかにその世界で生きていて、たいていいしっかりと楽しめているのだから、正確には外から見ているというわけではない。けれども、おのれの幸せは他人の見方に左右されるものではないとずっと考えてきた。

しかしひょっとすると、考え方を誤っていたのかもしれない。つねに好意的に見られていれば、人の目を気にせずにいるのはたやすいことだ。だが、自分もペネロペのような立場におかれれば、さっさと社交界の人々に見切りをつけていたのではないだろうか？

ペネロペはけっして疎外されているわけでも、醜聞を取り沙汰されているわけでもない。ただ……人気が低いのだ。

もちろん、みな彼女に礼儀正しく接するし、ブリジャートン家は全員親しくつきあっているのだが、コリンの記憶にあるペネロペといえばほとんど、舞踏場の周辺に立ち、踊っている男女から懸命に目をそらすようにして、いかにもダンスなど踊りたくないふりを装っていた。そういうときにはたいてい自分が近づいていってダンスを申し込む。ペネロペはいつも嬉しそうに応じるが、ややばつが悪そうでもあった。なぜなら、互いに、コリンがほんの少しは哀れみを感じて申し込んでいることを承知しているからだ。

コリンはペネロペの身に自分をおきかえて考えようとした。簡単なことではない。自分の場合はつねに注目される立場で生きてきた。学校でも友人たちから尊敬を集めていたし、社交界に出てからは必ず女性たちが群がってきた。人々にどう思われようと気にしないと言えるのも当然だろう。率直に言ってしまえば……

好かれることを楽しんでいるのだから。

突如として、コリンはなんと答えればいいのかわからなくなった。どんなときも言うべきことを心得ていたはずなので、妙な気分だ。実際、いつでも口にすべき言葉を知っていることについてはちょっとした名声をとっている。考えてみれば、それも高い人気を得ている理由のひとつなのだろう。

とはいえ、自分の次の言葉がペネロペの気持ちに大きな影響を与えることはたしかなうえ、この十分ほどのどこかの時点から、彼女の気持ちが自分にとってきわめて大事なものに思えはじめていた。

「きみの言うとおりだ」どんなときも相手を肯定しておけば間違いはないだろうと見越して、ようやく言葉を発した。「ぼくはとても無神経だったよ。いっそ、初めからやり直すというのはどうかな？」

ペネロペは目をしばたたいた。「どういうこと？」

コリンはそれですべて説明がつくとばかりに手を振った。「出会いからやり直す」

ペネロペのなんともかわいらしい困惑顔に、コリンのほうも困惑した。彼女のことをかわいらしいとはこれまで思ったことがなかったからだ。

「だけど、わたしたちはもう、十二年前からの知りあいなのよ」ペネロペが言う。

「もうそんなに長くなるのか？」コリンは記憶をたどったものの、初めての出会いの場面はどうしても思いだせなかった。「まあ、いいじゃないか。ぼくはきみというお嬢さんに、きょうの午後、会ったばかりなんだ」

ペネロペがおそらくは無意識に笑みをこぼした。そのほんとうの理由はわかるはずもないが、お嬢さんと呼んだのは正解だったのだろうとコリンは感じた。

「では、こうしよう」コリンは長い腕で大きく身ぶりをつけて、ゆっくりと考えを説明した。「きみはバークリー・スクウェアを横切って歩いていて、遠くにぼくの姿を見つけた。ぼくはきみの名前を呼びかけて、きみはそれに応えて……」

ペネロペは下唇を噛み、なぜだかわからないが湧いてくる笑いをこらえようとした。コリンといえば、つねに言うべきことを心得た魔法の星のもとに生まれた男性ではなかったのだろうか？　笛吹き男さながらに、行く先々で幸せな気分とにこやかな笑顔のみを呼び起こす。ロンドンで、このブリジャートン家の三男に恋焦がれている女性が自分だけではないことについては、レディ・ダンベリーの千ポンドの懸賞金をはるかに上まわる金額を賭けてもいい。

コリンがわずかに首を傾けてから、言葉を促そうとするように頭を起こした。

「わたしはそれに応えて……」ペネロペはゆっくりと言った。「応えて……」

コリンが二秒待ってから言葉を継いだ。「ほんとうに、どんな返事でもいいんだ」

ペネロペは明るい笑顔をこしらえようとして、ふとすでにごく自然に口もとがほころんでいたことに気づいた。「コリン！」いかにも偶然通りがかった彼に驚いた調子で言った。「これからどちらへ？」

「見事な返答だ」コリンが言う。

ペネロペは指を立てて振った。「演技を忘れてるわ」

「おっと、そうだった。すまない」コリンはひと呼吸おき、二度瞬きをしてから言った。「これでぼくたちは出会った。次はこういうのはどうかな。たまたまきみと同じように、ぼくも〈五番地〉の茶会に行こうとしていた」

ペネロペはいつしかすっかり会話の調子に乗せられていた。「それではまるで、あなたも訪問しようとしているみたいだわ。いまはそこにお住まいなのでしょう？」

コリンが顔をしかめた。「できれば住むのは来週いっぱいまでにしたいと思っている。長くても二週間だな。新しい住まいを探しているところなんだ。キプロスに旅立つときに前に借りていた部屋は引き払わなければならなかったんだが、まだ適当な代わりの部屋が見つからない。ちょうどピカデリーで所用をすませて歩いて帰るところだったんだ」

「雨のなかを？」

コリンは肩をすくめた。「今朝出かけるときには降ってなかった。それにいまもただの霧雨だし」

ただの霧雨、とペネロペは胸のうちで反芻した。その霧雨が、コリンの妬ましいほど長い睫毛を濡らし、完璧な緑色の瞳を際だたせている。これまで、その瞳に惹かれて（とてつもなく下手な）詩を綴った女性はひとりやふたりどころではないだろう。分別があると自負しているペネロペですら、ベッドで天井を見つめてその瞳だけを思い描く晩をあまた過ごしてきた。

たしかに、彼からすれば、ただの霧雨なのだろう。

「ペネロペ？」

ペネロペははっとして背を伸ばした。「えっ、そうね。わたしはちょうどあなたのお母様の茶会に行くところなの。月曜はいつもお伺いしてるわ。たまにはほかの曜日にも。なんていうか、うちにいても何も面白いことがないときに」

「気がねする必要はないさ。母は楽しい女性だ。茶会に招かれているのなら、行くべきだよ」

相手の言葉の行間を読みとろうとするペネロペの悪い癖が出て、コリンがじつは、あのような母親がいるのではきみが時どき逃げたくなるのも無理はないとほのめかしているのではないかと憶測した。

そう思うと、どういうわけか説明のつかない悲しみが胸をよぎった。

コリンがしばし間をとって言った。「おっと、雨のなかで引きとめてはいけないよな」

少なくとも十五分はその場に立っていたので、ペネロペは微笑んだ。それでも、コリンがまだ出会ったばかりの芝居を続けるつもりなら、喜んでつきあいたい。「わたしは日傘を持っているもの」ペネロペは答えた。

コリンは唇をわずかにゆがめた。「そうだな。そうはいっても、もっと快適な場所へご案内しなければ、紳士として失格だ。それについて言えば……」コリンが眉をひそめて辺りを見まわした。

「何について？」

「紳士についてさ。ぼくたち紳士にはご婦人方を安全に送り届ける務めがある」

「だから？」

コリンが腕組みをした。「女中を連れて来なかったのかい？」

「すぐそこに住んでいるのよ」ペネロペはコリンがそれを憶えていなかったことに少しがっかりして答えた。自分も妹も、彼の妹たちとそれぞれ親友同士だ。彼自身にも一度や二度は送り届けてもらったことがある。「マウント・ストリートよ」そう付け加えても、コリンは眉をひそめたままだった。

わずかに目を細めてマウント・ストリートのほうを見つめているが、いったいそんなことをして何になるのか、ペネロペは想像もつかなかった。

「もう、いい加減にしてよ、コリン。デイヴィス・ストリートと交わる角からすぐのところよ。あなたのお母様の家まで歩いて五分とかからない。とりわけ気分がはずんでいれば、四分で着くわ」

「その道のりに暗がりや奥まった場所がないか、たしかめてたんだ」コリンはペネロペのほうに向きなおった。「どこに犯罪者がひそんでいるかわからない」

「メイフェアに？」

「メイフェアに」コリンがいかめしい顔で言う。「絶対に、うちへの往復の際にも女中に付き添わせるべきだ。きみに何かあっては困る」

知りあいの女性たちには誰にでも同じように配慮しているのはわかっていても、その気づかいはペネロペの胸に妙に響いた。コリンはそういう男性であるというだけのことなのだけれど。

「もっと遠出をするときには、いつもきちんと作法を守っているのよ」ペネロペは続けた。「でも、ほんとうに今回は近いわ。実際、ほんの数ブロックだもの。わたしの母ですら心配しないわよ」

コリンの顎が急にひどくこわばったように見えた。

「言うまでもないことだけれど」ペネロペは言い添えた。「わたしは二十八だし」

「それとどういう関係があるというんだ？　念のために言っておくが、ぼくは三十三だ」

ペネロペはコリンのことをほとんどすべて知っているのだから、もちろん、そんなことは承知している。「コリン」声にいらだった響きをわずかに滲ませて言った。

「ペネロペ」コリンもそっくり同じ声の調子で答えた。

ペネロペは長く息を吐きだしてから言った。「わたしはもう確実にいき遅れなのよ、コリン。十七のときに守らなければならなかった規範はどれも必要ないわ」

「ぼくはそうは思わな――」

ペネロペは自然に片手を腰にあてていた。「信じられないのなら、妹さんにお尋ねになって」

コリンは突如かつて見せたことのない真剣な顔つきになった。「良識にかかわることについて妹に尋ねるつもりはない」

「コリン！」ペネロペは声をあげた。「なんてひどいことを言うの」

「妹を愛していないと言ってるんじゃない。好きではないとも言ってない。きみもよく知っているように、エロイーズのことはとても大切に思っている。ただ――」

「ただ、で始まる言葉は好ましくないものだと決まってるわ」ペネロペはつぶやいた。

「エロイーズは」コリンらしからぬ高慢な口ぶりで言う。「もう結婚すべき年齢だ」

その口ぶりのせいでよけいに腹立たしく思えた。「あなただってきっと」ペネロペは良識人ぶってわずかに顎を上向かせて言い返した。「もう結婚すべき年齢だと言われているのではないかしら」

「おい、そんな――」

「あなたは誇らしげに三十三だと教えてくださったわよね」

コリンはどこか面白がるような顔つきだったが、かすかに差したいらだちの色が、いつまでもそのままではいられないことを物語っていた。「ペネロペ、そんなことは――」

「年寄りじゃないの！」甲高い声をあげた。

コリンが小さく毒づいたのを聞いて、ペネロペは驚いた。彼が婦人の前でそのような言葉を吐く姿を見たことはない。危険な徴候と受けとめるべきなのだろうが、ペネロペのいらだちはおさまらなくなっていた。古いことわざは的を射ている――勇気はさらなる勇気を生む。

それとも、大胆さはさらなる大胆さを駆り立てるとでもいうべきなのか、ペネロペは茶目っ気たっぷりにコリンを見つめて言った。「あなたのふたりのお兄様は、三十までにはご結婚されていたわよね？」

意外にも、コリンはただ微笑んで胸の前で腕を組み、ふたりの頭上に幹を広げた木に肩の片側を寄りかからせた。「ぼくは、兄たちとはまったく違う人間なんだ」

その言葉には多くの意味が込められているのだとペネロペは悟った。なにしろ、ブリジャートン兄弟がそっくりだというのは、レディ・ホイッスルダウンを含め、きわめて多くの貴族たちが断言している事実だ。ブリジャートン兄弟のなかに、そう言われるのを好まない者がいるとは思えなかった。それどころか、とても仲の良い兄弟なので、似ていることを喜んでいるのだろうと推測していた。でも、その見方はどうやら間違っていたようだ。

あるいは、自分がそれほどよく見ていなかっただけなのかもしれない。

妙なことだ。なにしろ、人生の半分はコリン・ブリジャートンを見つめて過ごしてきたようなものなのだから。

けれどもペネロペに思いだせるかぎり、コリンはたとえ怒りのようなものを感じたとしても、けっしてそれを見せないということだけはわかっていた。それとも、三十までに彼の兄たちが結婚したことをちょっぴり皮肉って怒らせてやろうという思いつきは、調子に乗りすぎていたのだろうか。

いいえ、でも、コリンの反撃方法はもの憂げな笑みと、巧みに間合いを計った冗談のはずだ。もし怒り心頭に発するようなことがあったとしたら……。

ペネロペは気づかれないくらいわずかに首を振った。コリンはけっして怒りを見せない。

少なくとも、自分の前では。ほんとうに真剣に、いや心から怒らなければ冷静さを失いはしないだろう。そうした怒りは、ほんとうに真剣に、心から気にかけている相手に対してしか引き起こされないものなのに違いない。

コリンは自分をじゅうぶん――たぶん、彼が気に入っているほとんどの人よりも――好いてくれてはいても、気にかけてくれてはいないのだ。それほどには。

「きっと見解の相違を認めあうべきなのよね」ペネロペはようやく言った。

「何について？」

「ええと……」思いだせない。「ええと、いき遅れた女性がすべきことと、しなくてもいいことについてだったかしら？」

コリンは曖昧な返答を面白がるように言った。「ということはつまり、ある程度、妹の見解に従わなければならないのだろうが、きみのご想像どおり、ぼくには非常に難しいことなんだ」

「でも、わ、わたしの見解に従うことはかまわないの？」

コリンはもの憂げないたずらっぽい笑みを浮かべた。「ほかの誰にも言わないと約束してくれるなら」

もちろん、本気で言っているのではなかった。そして、コリンはあきらかに、本気ではないのはペネロペにもわかっていることを承知していた。コリンらしいやり方だ。茶目っ気と笑顔でどのような道も通り抜けてしまう。しかも腹立たしいことに、見事に功を奏し、ペネロペはため息をついてふっと微笑み、思わず口走っていた。「もういいわ！　あなたのお母様のお宅へ行きましょう」

コリンはにやりと笑った。「ビスケットは用意されているかな？」

ペネロペは目で天を仰いだ。「用意されているはずよ」

「よかった」コリンは言うと、ペネロペを半ば引きずるようにして軽やかに歩きだした。

「家族のことはむろん愛しているが、じつは食べ物が目あてなんだ」

4

『ブリジャートン家の舞踏会では、筆者の正体探しをくわだてたレディ・ダンベリーの決意表明以外、これといった出来事を挙げるのは難しいが、以下の事項をご報告しておく。

ミスター・ジェフリー・オルバンズデールが、フェリシティ・フェザリントン嬢とダンスを踊っていた。

フェリシティ・フェザリントン嬢は、ミスター・ルーカス・ホッチキスともダンスを踊っていた。

ミスター・ルーカス・ホッチキスは、ヒヤシンス・ブリジャートン嬢ともダンスを踊っていた。

ヒヤシンス・ブリジャートン嬢は、バーウィック子爵ともダンスを踊っていた。

バーウィック子爵は、ジェーン・ホッチキス嬢ともダンスを踊っていた。

ジェーン・ホッチキス嬢は、ミスター・コリン・ブリジャートンともダンスを踊っていた。

ミスター・コリン・ブリジャートンは、ペネロペ・フェザリントン嬢ともダンスを踊っていた。

そして、この仲間内の〝輪になって踊れごっこ〟は、ペネロペ・フェザリントン嬢とミスター・ジェフリー・オルバンズデールとのお喋りで締めくくられた（ダンスも踊っていたならば、出来すぎと思われたのではなかろうか、読者のみなさま）』

一八二四年四月十二日付〈レディ・ホイッスルダウンの社交界新聞〉より

ペネロペとコリンが居間に入っていくと、エロイーズとヒヤシンスがすでにふたりのレディ・ブリジャートンとお茶を飲んでいた。未亡人のヴァイオレットは茶器の前に陣どり、その嫁で、現子爵アンソニーの妻のケイトは、二歳の娘シャーロットをおとなしくさせようと四苦八苦していた。

「バークリー・スクウェアで偶然会ったんだ」コリンが言った。

「ペネロペ」レディ・ブリジャートンがやさしい笑みで迎えた。「お坐りなさいな。お茶はまだちょうどいい温かさだわ。それに、料理人がお得意のバター・ビスケットを焼いたのよ」

コリンは妹たちにはほとんど目もくれず、まっすぐ食べ物のほうへ歩み寄った。

ペネロペはレディ・ブリジャートンの手招きに応じてそばの椅子に腰をおろした。

「ビスケットはおいしい」ヒヤシンスがペネロペのほうへ皿を差しだした。

「ヒヤシンス」レディ・ブリジャートンはやんわり咎めるような調子で言った。「きちんとした文で話しなさい」

ヒヤシンスが驚いた表情で母を見やった。「ビスケット、は、おいしい」小首をかしげる。

「ちゃんと文は通じてるわ」

「ヒヤシンス」

レディ・ブリジャートンは娘を叱ろうと怖い顔をこしらえているつもりのようだが、ペネロペにはあまり成功しているようには見えなかった。

「たしかに文は通じてるな」コリンが言って、にやりと笑った顔から菓子屑を払った。「その文、は、正しい」

「教養のある話し方とは言えないけれど、たしかにこのビスケットはおいしいわ」ケイトはちくりと皮肉って、ビスケットに手を伸ばした。「これで四枚目なの」ペネロペに言って、恥ずかしそうな笑みを浮かべた。

「コリンお兄様、大好き」ヒヤシンスはケイトにはそしらぬ顔で言った。

「わかっているとも」コリンがつぶやく。

「言わせてもらえば」エロイーズがおどけた調子で言う。「わたしが文章を書くときには、名詞の前に冠詞を置くようにしてるわ」

ヒヤシンスが鼻で笑い、「文章を書くとき？」と、おうむ返しに訊いた。

「わたしはたくさん手紙を書いているわ」エロイーズが鼻を鳴らして言う。「日記もつけているし。とてもためになる習慣があるのよ」

「鍛錬になるものね」ペネロペは口を挟んで、レディ・ブリジャートンから差しだされた受け皿付きのカップを手に取った。

「あなたも日記をつけてるの？」ケイトが振り向きもせずに訊いた。側卓にのぼろうとしている二歳の娘をつかもうと椅子から立ちあがる。

「つけてないわ」ペネロペは首を振った。「わたしにとっては大変な鍛錬が必要だもの」

「わたしは、必ずしも名詞の前に冠詞を置かなくてもいいと思うわ」ヒヤシンスが、きょうばかりは絶対に議論からおいてきぼりをくうものかとばかりに主張した。

残りの面々には不運なことに、エロイーズも負けじと切り返した。「一般的な意味で名詞を使うときには、冠詞を省いてもかまわないわ」いくぶん見下したふうに唇をすぼめる。

「でも、今回は特定のビスケットを指しているわけだから……」

断言はできないものの、ペネロペの耳にはレディ・ブリジャートンの唸り声が聞こえたような気がした。

「……厳密に言って」エロイーズが眉を吊りあげる。「正しくないわ」

ヒヤシンスがペネロペのほうを向く。「お姉様の〝厳密に言って〟という言葉の使い方は、絶対に間違ってるわよね」

ペネロペはふたたびバター・ビスケットに手を伸ばした。「それについては発言を控えさせていただくわ」

「臆病者め」コリンがつぶやく。

「違うわ、お腹がすいているだけよ」ペネロペはケイトのほうを向いた。「おいしいビスケットだわ」

ケイトも同意してうなずいた。「ねえ、聞いたわよ」ペネロペに言う。「あなたの妹さんが婚約されるそうだと」

ペネロペは驚いて目をぱちくりさせた。フェリシティとミスター・オルバンズデールとの交際が知れ渡っているとは思わなかった。「ええ、でも、その話をどこから聞いたの？」

「もちろん、エロイーズよ」ケイトがこともなげに答えた。「彼女はいつでもなんでも知っているから」

「そして、わたしが知らないことは」エロイーズが屈託なく笑って言う。「たいがいヒヤシンスが知っているわ。すごく便利よね」

「まさか、おまえたちのどちらかがレディ・ホイッスルダウンではないだろうな？」コリンが茶化した。

「コリン！」レディ・ブリジャートンが声を張りあげた。「どこからそんなことを考えついたのかしら？」

コリンが肩をすくめてみせた。「ふたりともなかなか賢いですから、それくらいのことはやってのけるだろうと思ったんです」

エロイーズとヒヤシンスがにんまり笑った。

レディ・ブリジャートンまでもが、その褒め言葉にまんざらでもなさそうなそぶりだ。

「そうね、でも」軽く咳払いをする。「ヒヤシンスは若すぎるし、エロイーズは……」いかにも愉快そうに続きを待っているエロイーズを見やった。「とにかく、エロイーズはレディ・ホイッスルダウンではありません。間違いないわ」

エロイーズがコリンを見やった。「わたしはレディ・ホイッスルダウンではないわよ」

「がっかりだな」コリンが答えた。「もしそうだったら、いま頃たんまり貯め込んでいるだろうと思ったのに」

「そうよね」ペネロペが思案顔で言う。「それが彼女の正体を見抜く手がかりになるかもしれないわ」

五人がいっせいに目を向けた。

「その人物は、不相応なお金を持っているはずだということよ」ペネロペは説明した。

「鋭い指摘だわ」ヒヤシンスが言う。「といっても、それぞれに相応な資産がどれくらいなのかなんて、わたしにはまったくわからない」

「もちろん、わたしにもわからないわ」ペネロペも応じた。「でも、だいたいの常識というのはあるわよね」ぽかんとした顔のヒヤシンスに説明を続ける。「たとえば、わたしが突然、ダイヤモンドの宝石をひと揃い買っていたら、とてもあやしいでしょう」

ケイトがペネロペを肘で突いた。「もしかして最近、ダイヤモンドの宝石をひと揃い買ってない？　そうしたら、わたしが千ポンド獲得できるのに」

現ブリジャートン子爵婦人のケイトにはむろん千ポンドが必要なはずもないので、ペネロペは一瞬目をぐるりとまわしてから答えた。「断言できるわ。ダイヤモンドはひとつも持ってません。指輪さえも」

ケイトはむくれたふりで「ふう」と息を吐きだした。「ということは、あなたである可能性はないわけね」

「お金だけの問題じゃないわ」ヒヤシンスが高らかに言った。「名誉なのよ」

レディ・ブリジャートンがお茶にむせた。「失礼。でも、ヒヤシンス、いったいなんの話をしているの？」

「レディ・ホイッスルダウンをついに見つけた人物は、称賛を受けられるってことよ」ヒヤシンスが言う。「名誉を得られるわ」

「つまり」コリンがわざとらしくにこやかな表情を浮かべて尋ねた。「賞金についてはどうでもいいというのかい？」

「そんなことは言ってないわ」ヒヤシンスは生意気そうに微笑んで答えた。

ペネロペはふと、ブリジャートン一族のなかでも、ヒヤシンスとコリンはとりわけ似ているのではないかと思った。コリンがしじゅう国外に出かけていてちょうどいいのかもしれない。コリンとヒヤシンスが真剣に手を組めば、世界征服も夢ではないだろう。

「ヒヤシンス」レディ・ブリジャートンがきっぱりと言った。「レディ・ホイッスルダウン探しは、あなたが精力を注ぐべきことではありません」

「でも――」

レディ・ブリジャートンは片手をあげてその先の反論を制して、急いで言い足した。「推測をめぐらせたり、少しばかり質問したりすることまで、我慢しなさいとは言ってないわ。なにしろ四十年近くも母親をしていれば、たとえ愚かなことであれ、あなたが一度夢中になれば、とめられないことくらいはわかっているつもりよ」

ペネロペは口もとにティーカップを近づけて笑みを隠した。

「ただ、あなたは時どき」レディ・ブリジャートンはしとやかに咳払いをした。「ひとつのことに熱中しすぎてしまうから……」

「お母様！」

レディ・ブリジャートンは、ヒヤシンスの反応はおかまいなしに続けた。「……いまは花婿探しという重要な仕事があることを忘れてほしくないのよ」

ヒヤシンスはもう一度、「お母様」という言葉を口にしたが、今度は抗議というより唸り声に近かった。

ペネロペがエロイーズをちらりと見やると、じっと天井に目を据え、あきらかに笑いをこらえているのがわかった。エロイーズは何年ものあいだ母親からの容赦ない結婚の勧めに耐えてきたが、ついに母親があきらめたらしくヒヤシンスへ標的を移しても、意に介する様子はまるで見受けられなかった。

じつのところ、レディ・ブリジャートンがとうとうエロイーズの結婚を断念したらしいことに、ペネロペは驚いていた。なんといっても、八人の子供たち全員に幸せな結婚をさせることを、堂々と人生最大の目標に掲げてきたご婦人なのだ。そして、四人については、その目標を成し遂げた。まずは、ダフネがサイモンと結婚してヘイスティングス公爵夫人となった。その翌年には、アンソニーがケイトと結婚した。その後は少しあいだがあいたが、ベネディクトはソフィーと、フランチェスカはスコットランド人のキルマーティン伯爵と、それぞれ一年と間をおかずに結婚に至った。

フランチェスカは不運にも結婚からわずか二年で夫に先立たれた。いまはスコットランドの亡き夫の家と、ロンドンを行き来して暮らしている。けれどもロンドンにやって来ても、ブリジャートン館や〈五番地〉ではなく、キルマーティン邸で暮らすことを頑なに守りつづけていた。非難できることではないとペネロペは思った。自分も未亡人となったなら、しっかりと自立して有意義に生きていきたいと望むに違いない。

かたや、ヒヤシンスは、いつか結婚したくなるともかぎらないからとペネロペに話し、母親の結婚の勧めをおおむね愛想良くしのいでいた。母親に奮闘してもらい、もしもふさわしい男性が現れたなら結婚してもいいだろうというわけだ。

ヒヤシンスはいつもの愛想の良さを発揮して母の頬にキスをすると、花婿探しを最も優先させると神妙に約束しつつ、いっぽうで兄や姉にはこっそり生意気そうな笑みを向けた。そして椅子に腰を戻すなり、大声で全員に問いかけた。「それで、彼女はつかまると思う？」

「あら、まだホイッスルダウンなるご婦人のお話が続いていたの？」レディ・ブリジャートンが嘆くように言う。

「エロイーズの仮説については、みなさん、お聞きになった？」ペネロペは訊いた。

全員の目がペネロペに集まり、それからエロイーズに向けられた。

「あの、わたしの仮説って?」エロイーズが訊く。

「ほら、ちょうど一週間前だったかしら」ペネロペは続けた。「ふたりでレディ・ホイッスルダウンの話をしたときのことよ。わたしは、永遠に正体を隠しつづけられるはずがないのだから、そのうち彼女も過ちをおかすに違いないと言ったでしょう。そうしたら、エロイーズは、もう十年以上も隠しつづけてこられたのだから、見つかるような人ならとうに見つかっているはずだと答えたわよね? それでわたしは、彼女もただの人間で、永遠に過ちをしないことはありえないから、うっかり尻尾をだしてしまうのではないかと――」

「ああ、思いだしたわ!」エロイーズがさえぎった。「あなたの家のあなたの部屋で話したのよね。すばらしい考えを思いついたのよ! レディ・ホイッスルダウンが、間違いなくすでに過ちをおかしているとすれば、それに気づけないわたしたちのほうがまぬけなだけなのだと、ペネロペに話したの」

「なんだか、ぼくたちにとっては嬉しくない言葉だよな」コリンがつぶやいた。

「あら、わたしたちというのは、ブリジャートン一族だけではなくて、社交界の人々みんなを指しているのよ」エロイーズがとりすまして説明した。

「ということはたぶん」ヒヤシンスが考えをめぐらせて言う。「レディ・ホイッスルダウンの正体を知るにはまず、これまでの彼女のコラムを読み込むことが必要ね」

レディ・ブリジャートンの目がやや慌てた色を帯びた。「ヒヤシンス・ブリジャートン、その顔つきは感心しませんよ」

ヒヤシンスはにっこりして肩をすくめた。「千ポンドあれば、とっても楽しめそうなんだもの」

「神よ、お救いください」それが母の返答だった。

「ペネロペ」コリンが唐突に口を挟んだ。「フェリシティ嬢の話がまだ途中だったよな。妹さんが婚約されたというのはほんとうなのかい？」

ペネロペは飲みかけのお茶をごくりと飲み干した。誰でもこんなふうにコリンに緑色の瞳でまともに見つめられれば、この世界にふたりきりでいるかのような錯覚に陥ってしまう。情けなくもペネロペの場合には、そのうえ自分が口のまわらない愚か者のように感じられた。ふつうに会話している最中ならばたいがい動じずにいられるが、こうしてすっかり壁紙と溶け込んで安心しきっているときに不意をついて視線を向けられては、うろたえずにはいられなかった。

「えっ、ええ、たぶんそうなると思うわ」ペネロペは答えた。「ミスター・オルバンズデールはその意思を示されていますから。でも、結婚の申し込みを決意したらまず、イーストアングリアの伯父のもとを訪ねて、結婚のお伺いを立てることになると思うの」

「伯父様？」ケイトが問いかけた。

「伯父のジェフリーのことよ。ノリッジの近くに住んでいるの。わたしたちにとってはいちばん近い男性の親族なのだけれど、じつを言うと、それほど頻繁に会っているわけではないわ。でも、ミスター・オルバンズデールは慣習を重んじる方なのよ。直接母に結婚のお伺いを立てることには抵抗があるのではないかしら」

「フェリシティにもきちんと申し込んでほしいわよね」エロイーズが言う。「殿方が本人に結婚を申し込む前に、その女性の父親にお伺いを立てるのは、前々からばかげていると思っていたのよ。父親と一緒に暮らすわけでもないのに」

「そういう考えだから」コリンがティーカップの後ろから愉快げな笑みを覗かせて言う。「おまえはまだ未婚なんだろうな」

レディ・ブリジャートンが息子をきっと睨みつけ、咎めるように名を呼んだ。

「あら、いいのよ、お母様」エロイーズが言う。「わたしは気にしてないわ。老嬢の立場を心から楽しんでいるのだから」つんとすました目をコリンに向けた。「退屈な人と結婚するよりはずっとましだもの」大げさな口ぶりで付け加える。「ペネロペだってそうよね！」

ペネロペは突如エロイーズに手を振られてたじろぎ、背をぴんと伸ばして答えた。「えっ、ええ。もちろんよ」

けれども、内心では親友のように断固として言いきれる自信はなかった。エロイーズのように六回も結婚の申し込みを断わったことがあるわけではない。一度も申し込まれたことがなければ、断わりようもない。

コリンだけを想いつづけているのだから、たとえほかの男性に結婚を申し込まれても受け入れることはできないのだと、ペネロペは信じてきた。でも、実際は、結婚市場であきらかに敗北を喫している自分をなぐさめるための口実だったのだとしたら？

もしもあす、誰か――愛せなくとも好きになれる見込みはじゅうぶんにある、いたって親切で申しぶんのない男性――に求婚されれば、受け入れてしまうのではないだろうか？

たぶん。

それを認めればすなわち、じつはコリンをあきらめていることになるのだと思うと、憂うつな気分に沈んだ。結局、自分で考えていたほどに想いは一途ではなかったのだろうか。家庭を築き、子供をもうけるためならば、納得のいかない相手とでも結婚できるということだ。

毎年、おそらくは何百人もの女性たちがしていることなのだろうが、ペネロペはこれまで自分にもできることだとはけっして考えていなかった。

「急に深刻そうな顔になったな」コリンが声をかけた。

ペネロペは物思いをさえぎられてびくんとした。「わたしのこと？　あの、なんでもないのよ。ちょっと考え事をしてただけ」

その言葉にコリンは軽くうなずいてから、ふたたびビスケットに手を伸ばした。「まだ断然、食べ物が足りないよな？」鼻に皺を寄せて言う。

「あなたも茶会に出るとわかっていたら」母が淡々とした声で答えた。「この二倍は用意させていたのに」

コリンは立ちあがり、呼び鈴の引き紐のほうへ歩いていった。「もっと持って来させよう」紐をぐいと引いてから振り返って尋ねた。「レディ・ホイッスルダウンについて、フェザリントン嬢の推測はご存じですか?」

「いいえ、まだだわ」レディ・ブリジャートンが答えた。

「見事な思いつきなんです」コリンが言い、そこにやって来た女中にサンドイッチを注文してから言葉を継いだ。「正体は、レディ・ダンベリーだと言うんですよ」

「なるほど」ヒヤシンスは見るからに感じ入っている。「すばらしい推測だわ、フェザリントン嬢」

ペネロペはお礼のしるしにわずかに首を横に傾けた。

「いかにもレディ・ダンベリーのやりそうなことだものね」ヒヤシンスは付け加えた。

「コラムのこと、それとも懸賞金を申し出たこと?」ケイトが這っていこうとするシャーロットのつなぎ服の腰帯をつかまえて訊いた。

「どちらもよ」ヒヤシンスが答えた。

「しかも」エロイーズが言葉を差し挟んだ。「ペネロペはそれを本人に言ったのよ。面と向かって」

ヒヤシンスがぽっかり口をあけ、ペネロペは自分への評価はあきらかに上昇――向上というべきか――したのだろうと見てとった。

「その場面をぜひこの目で見たかったものだわ!」レディ・ブリジャートンが誇らしげに笑みを広げて言う。「それにしても、今朝の〈ホイッスルダウン〉に触れられていなかったのは妙ねえ」

「きっと、レディ・ホイッスルダウンは、自分の正体への仮説にいちいち論評を加えるつもりはないんですわ」ペネロペは答えた。

「どうして？」ヒヤシンスが訊く。「注意をそらすには格好の手立てではないかしら。たとえば」仰々しく姉のほうへ手を差し向ける。「正体はエロイーズお姉様だと、わたしが思ったとするでしょう」

「エロイーズではありません！」レディ・ブリジャートンが否定した。

「わたしじゃないわ」エロイーズがにっこり笑った。

「あくまで仮定よ」ヒヤシンスがいかにも辟易した声で言う。「そして、わたしがその推測をおおやけの場で話したとするでしょう」

「そんなことは絶対にさせません」母がきつく言い放った。

「そんなことは絶対しないわ」ヒヤシンスがそっくり言葉を返した。「でも、とにかく形式上、そうしたことにさせてよ。それで、ほんとうにエロイーズお姉様がレディ・ホイッスルダウンだったとするでしょう。もちろん、ほんとうは違うけれど」母にまたさえぎられる前に慌てて付け足した。

レディ・ブリジャートンはあきらめて無言で両手を上げた。

「そうしたら、コラムでわたしのことを皮肉ることほど、読者の目をそらすのに有効な手立てはないわ」

「もちろん、レディ・ホイッスルダウンがほんとうにエロイーズだったらの話だけれど

「……」ペネロペはぼそりと言った。

「違います！」レディ・ブリジャートンが声をあげた。

ペネロペは笑わずにはいられなかった。「でも、もし彼女が……」

「ああ」エロイーズが言う。「ほんとうに、わたしだったらいいのに」

「そうやって、わたしたち全員をかついでいるのではないわよね」ペネロペは続けた。「もしそうならもちろん、水曜日のコラムにヒヤシンスの推測を皮肉る記事は出ないはずだわ。あなたがレディ・ホイッスルダウンだとわたしたちに知られてしまうから」

「あなたが、ホイッスルダウンでなければね」ケイトがペネロペのほうを見て笑った。「それこそ、巧妙な仕掛けだわ」

「論理的に考えれば」エロイーズが笑いながら言う。「ペネロペがレディ・ホイッスルダウンだとすれば、ほんとうにわたしがレディ・ホイッスルダウンだとみんなに思わせるために、わたしがホイッスルダウンだというヒヤシンスの推測を水曜日のコラムで皮肉るのではないかしら。皮肉っておいて読者の目をそらすというヒヤシンスの説を逆手にとるってわけ」

「まったくわけがわからないな」コリンが誰にともなくぼやいた。

「コリンお兄様だけは、レディ・ホイッスルダウンではなさそうだけど……」ヒヤシンスがいたずらっぽく目を輝かせて言う。

「もう！」レディ・ブリジャートンが声を発した。「いい加減になさい」

とはいえ、みなヒヤシンスの発言に噴きだして、すでに会話は途切れていた。

「可能性を挙げたらきりがないわ」ヒヤシンスは言い、目の端の涙をぬぐった。

　「まずはみんな、それぞれ自分の左側を見てみるべきだ」コリンが椅子に坐りなおして提案した。「いいかい、その人物がかのレディ・ホイッスルダウンの可能性もじゅうぶんにある」

全員、左側を向いた。エロイーズだけは右側の……コリンを見やった。「わたしの右側に坐ったときから」面白がるふうに笑って訊く。「そう言おうと思ってたんでしょう？」

「とんでもない」コリンはさらりと否定し、ビスケットの皿に手を伸ばしてから、空《から》であることに気づいて手をとめた。

それでも、エロイーズと目を合わせようとはしなかった。

ペネロペのほかにコリンのはぐらかしに気づいた者がいたとしても、誰も問いただすことはできなかっただろう。ちょうどサンドイッチが到着し、コリンの耳にはもはや会話は届かなかった。

5

『今週初め、レディ・ブラックウッドが、小紙を配る少年を追いかけようとして足首をくじいたとの情報が寄せられた。

千ポンドはたしかに大金であろうが、レディ・ブラックウッドに資金が必要であるはずもない。事態はいっそうばかげた様相を呈している。ロンドンにおられる方々には、筆者の正体を暴くなどという無益な試みのために気の毒な配達少年を追いかけるより、なすべきことがあるはずだ。

それとも、ないのだろうか。

貴族の日常をご報告して十年あまり、実際、有益なことに時間を費やしている形跡は見あたらない』

一八二四年四月十四日付〈レディ・ホイッスルダウンの社交界新聞〉より

二日後、ペネロペはエロイーズに会うため、ふたたびバークリー・スクウェアを横切って〈五番地〉へ向かった。けれども、今回はよく晴れた日の正午前で、道すがらコリンに出くわすこともなかった。

それが喜ばしくないことなのかどうかはわからない。

一週間前にエロイーズと買い物に行く約束をして、付き添いの女中を連れずに行けるよう、〈五番地〉で待ちあわせることを決めていた。四月というより六月によく見られるようなすばらしい晴天に恵まれた日で、ペネロペはオックスフォード・ストリートまで少し足を伸ばせるのを楽しみにしていた。

ところが、エロイーズの家を訪ねると、執事がとまどい顔で現れた。

「フェザリントンお嬢様」執事は何度かせわしく瞬きをしてから、さらに少しばかり言葉をつくろった。「エロイーズお嬢様はお出かけのようでございます」

ペネロペは驚いてわずかに唇を開いた。「どちらへ行かれたのですか？　一週間前から約束していたんです」

ウィッカムが首を振る。「存じあげません。ですが、奥様とヒヤシンスお嬢様とご一緒に、二時間ほど前にお出かけになられました」

「そう」ペネロペはどうすべきかを迷って眉をひそめた。「でしたら、待たせていただいてもよろしいかしら？　おそらく、帰りが遅れているだけなのでしょう。エロイーズは約束を忘れるような方ではないですから」

執事は丁重にうなずき、ペネロペを階上の家族用の居間に案内して、軽食を用意することを伝え、時間つぶしに読めるよう〈ホイッスルダウン〉の最新号を手渡していった。

ペネロペはもちろんすでにそれを読み終えていた。今朝早くに配達されていたし、朝食前にそのコラムを熟読するのを習慣にしているからだ。そこで手持ち無沙汰に窓辺へぶらりと歩いていき、メイフェアの街並みを見おろした。といっても、とりたてて目新しいものは何も見えなかった。もう何千回と目にしている建物ばかりで、通りを歩く人々ですら見慣れた顔に見える。

自分の暮らしぶりの単調さに思いふけっていたせいか、ふと視界に入ったものが新鮮に映った。テーブルの上に綴じられた帳面が開いて置いてある。数メートル先からでも、印刷された文字ではなく、几帳面な手書き文字が並んでいるのが見てとれた。

ペネロペは少しずつ近寄っていき、頁にはいっさい触れずに見おろした。日記のようなものらしく、右頁の中央に、前後の段落とは数行あけて表題が記されていた。

一八二四年二月二十二日
キプロス、トロードス山麓にて

ペネロペは、はっと片手で口を押さえた。コリンが書いたものだ！　たしかギリシアをやめてキプロスを訪れたのだと言っていた。コリンが日記をつけているとは思いもしなかった。

ペネロペは片足を持ちあげて一歩あとずさったものの、体は言うことをきかなかった。読んではいけない、そう自分に言い聞かせた。これはコリンの個人的な日記だ。どうにか立ち去らなければ。

「行かなくちゃ」ペネロペはつぶやいて、強情な自分の足を見おろした。「行くのよ」

足は動かない。

でも、それほど間違ったことをしているだろうか。頁をめくらずに見えるところだけを眺める程度なら、私生活に踏み込むことにはならないのではないだろうか。本人が、誰にでも見られかねないテーブルに広げておいたのだ。

とはいうものの、ちょっと部屋をあけるだけならば、誰にも見られないだろうと考えるのは自然なことだ。おそらく、母と妹たちが出かけたことも知っていたのだろう。しかも、ほとんどの客人は階下の客間に案内される。ペネロペの知るかぎり、ブリジャートン家の人間以外で家族用の居間に直接とおされるのは、フェリシティと自分だけだった。それに、自分が訪ねてくるとはコリンは考えてもいないだろうから（それどころか、どういう形であれ彼が自分のことを想像してくれるとは思えない）、ちょっと用事をすませるあいだ日記を置いておいても危険があるとは思わなかったのだろう。

それにしても、開いたままにしておくとは。

まったく、どうして開いたままにしておくの？　その日記に何か大切な秘密が書かれていたのなら、部屋を出て行く際には見られないよう万全の注意を払ったはずだ。そもそもコリンはそれほどうかつな人間ではない。

ペネロペは身を乗りだした。

ああ、じれったい！　その距離からでは読みとれなかった。表題は周りに大きく空白をあけた場所に書かれていたので判読できたが、あとの部分は文字が少し詰まっており、離れていては見わけられない。

ぼんやりと、読むために近づいたのでなければ、さほど後ろめたさは感じなかったのではないかと思い至った。なにしろ、その場に立つまでに、すでに何も気にせず部屋を横切っていた。

耳のすぐ下の顎の側面を指で軽く打った。いいところに気がついた。つい先ほど部屋を横切ったということは、その日最大の罪はすでに犯していたとも言えるのではないだろうか。小さな一歩など部屋の横幅に比べればたいしたことではないはず。

ほんの半歩だけと思い定めてわずかに歩み寄り、それからさらに少し進んで見おろし、文章の途中から読みだした。

〝——が、イングランドだ。ここでは黄褐色と白色の混じる砂がさざ波立っている。その砂はきめ細かく、絹地が素足をかすめているように感じられる。海はイングランドでは想像できないほどに青く、陽射しを受けてアクアマリン色に輝き、空が曇れば暗青色の深みを湛える。しかも、三十分前に浴槽に溜めた湯のごとく、思いがけず驚くほどに温かかった。波は穏やかで、岸に打ち寄せては柔らかな泡沫を上げ、素肌をくすぐり、爪先に濡れた砂の道筋をやさしく伸ばしたかと思うと、次の波できれいに洗い流される。

アフロディーテ誕生の地と言われる所以もうなずける。一歩踏みしめるたび、ボッティチェリの絵に描かれていたようなアフロディーテに会えるのではないかと期待は高まった。金褐色の長い髪をなびかせ、巨大な貝殻にすっと立った愛と美の女神が、海から現れるのではないかと。

完璧な女性が誕生する場所があるとするならば、たしかにここに違いない。自分はいま楽園にいる。それでもなお……

温かなそよ風に吹かれ、晴れわたった空に下にいてもなお、ここはわが家ではない、自分はべつの場所で生きるために生まれたのだと考えてしまう。旅をして、様々なものを見て、いろいろな人々に出会いたいという欲求――いや、衝動だろうか――には逆らえない。けれども、その旅こそが、露に濡れた草を踏む感触や、頰にひんやりとあたる霧をいたく恋しく呼び起こし、雨の続いた週のあとに晴天を仰ぐ喜びにすら懐かしさをつのらせる。

この地の人々にはその喜びはわかるまい。ここではいつも晴れわたっているからだ。つねに晴天のものと生きる人々に、そのありがたみがわかるはずがあるだろうか？〟

一八二四年二月二十二日
キプロス、トロードス山麓にて

〝驚くべきことに寒さを感じた。たしかにいまは二月で、二月の凍える寒さ（このひと月にかぎったことではないが）にはとりわけ慣れたイングランド人ではあるが、ここはイングランドではない。地中海の真ん中のキプロスにいて、ほんの二日前には、陽射しが強く、海水は塩辛く温かい、南西岸の町パポスにいた。そこからオリュンポス山の頂を眺められるのだが、陽光の反射で一瞬目がくらむほど、いまだ真っ白な雪に覆われていた。

その高山の山道は頼りなく、どこの曲がり角の先に危険がひそんでいるかわからない。道は開けておらず、道中で出会ったのは――〟

ペネロペは文章が途中で次の頁に続いているのを知り、不満げに小さな唸り声を漏らした。何に出会い、何が起きたのだろう？　どんな危険がひそんでいるの？

頁をめくってその先を読みたくてたまらない思いで、日記を見つめた。でも、コリンの私生活に踏み込むわけではないのだと自分に言い聞かせて読みはじめたのだ。コリン本人が開いたままにしておいたのだから、見えているところだけを読むつもりだった。

けれども、頁をめくれば、そのような言い訳はとおらない。

ペネロペは手を伸ばしかけて、はっと引き戻した。正しいことではない。コリンの日記を読んではいけない。少なくともこの先は。

いっぽうで、間違いなく読む価値のあるものだという思いも働いた。きちんとしまっておかなかったコリンが悪い。言葉とは、公表し、伝えられるべきものだ。だから――。

「ああ、神様、お許しください」ペネロペは低くつぶやいた。頁の端に手を伸ばす。

「何してるんだ？」

ペネロペはくるりと振り返った。「コリン！」

「いかにも」コリンがつっけんどんに答えた。

ペネロペは後方によろめいた。初めて聞く口調だった。コリンがそうした口調を使えることも知らなかった。

コリンは大股で歩いてきて日記帳をつかみ、ぴしゃりと閉じた。「ここで何をしてるんだ？」きつい声で訊く。

「エロイーズを待っているのよ」ペネロペはにわかにひどく乾いてきた口を懸命に動かした。

「階上の居間でか？」

「ウィッカムはいつもここにとおしてくれるわ。あなたのお母様から、わたしには家族同様に接するように指示されているから。わたし……あの……執事が……あの……」ペネロペはふと両手を揉みあわせていたことに気づいて、その手を必死に離した。「妹のフェリシティも同じようにもてなされているわ。ヒヤシンスととても親しいから。あの、ごめんなさい。あなたはそれを知っていると思っていたわ」

コリンは革装の日記帳をぞんざいにそばの椅子に放り投げると、胸の前で腕を組んだ。

「それで、きみには、他人が書いたものを読む癖があるのか？」

「違うわ、そんなことない。でも、開いてあったから――」ペネロペは思わず口をついた自分の弁解の言葉にぞっとして唾を飲み込んだ。「ここは人が出入りする部屋だわ」口ごもり、どうあれ、弁明を終わらせなければならないという思いで言葉を継いだ。「持って出るべきではなかったのかしら」

「ふつうは本など持っていかない場所に行ってたんだ」コリンはあきらかにまだ怒りが治まらない様子で言葉を吐きだした。

「それほど大きなものでもないのだし」ペネロペはおのれの非をはっきりと自覚しながら、いったいどうして話しつづけているのかわからなかった。

「いい加減にしてくれ」コリンが声を荒らげた。「きみはぼくの口から、そんなに便器という言葉を聞きたいのか？」

ペネロペは頬が深紅色に染まるのを感じた。「失礼したほうがいいようね。エロイーズには――」

「ぼくが行く」コリンが怒鳴りつけるように言った。「どうせ午後に出かける予定がある。どうみてもきみに家を乗っとられているのだから、いま出かけるとするよ」

言葉に肉体を傷つける威力があるとは考えてもいなかったが、そのとき、ペネロペは実際にナイフで胸を突かれたように感じた。その瞬間にようやく、レディ・ブリジャートンが自分に家を開放してくれていることにどれほど大きな意味があるかに気づかされた。

ここにいてコリンに憤慨されることがどれほどつらいことであるかにも。

「どうしてあなたはそうやって、謝りにくくさせるのよ」残りの荷物をまとめようと部屋の向こう側に歩いていくコリンの後ろから、だし抜けに言った。

「では訊くが、どうして謝りやすくさせてやらなければいけないんだ？」コリンは振り返りもせずに答えた。足をとめようともしない。

「それが心づかいというものだわ」ペネロペは歯噛みして言った。

その言葉にコリンは反応した。さっと振り返ったコリンの目に怒りが滾《たぎ》っているのを見て、ペネロペはよろりと一歩退いた。コリンは陽気でおおらかな男性だ。かんしゃくを起こしたことはない。

いままでは。

「それが心づかいだと？」わめくように言う。「ぼくの日記を読むとき、きみは同じように考えられたのか？　人が個人的に書いたものを読んでおいて、どこに心づかいがあると言うんだ？」

「違うのよ、コリン、わたしは――」

「言い訳は聞きたくない――」人差し指でペネロペの肩を突いた。

「コリン！　そんな――」

コリンは向きを変えて持ち物をまとめ、無作法にも背を向けたまま言った。「きみのふるまいを弁解できる言葉はない」

「ええ、それはそうだけれど――」

「痛っ！」

ペネロペは顔から血の気が引くのを感じた。ほんとうに痛そうな声だ。うろたえてとっさに彼の名を呼びかけて、そばに寄った。「どうしたの——まあ、大変！」

コリンの手のひらが切れて血が流れだしていた。

動揺でうまくまわらない舌でどうにか言葉を発した。「ああ、ああ！　絨毯が！」そばのテーブルの上にあった筆記用紙をつかみとり、きわめて高価な絨毯を汚さないようコリンの手の下に差し入れて血液を受けとめた。

「ずいぶんと気のまわる看護人だ」コリンがふるえ声で言う。

「だって、あなたは死にはしないから」ペネロペは弁解した。「でも絨毯は——」

「わかってる」コリンはきっぱりと言った。「冗談だよ」

ペネロペはコリンの顔を見あげた。口もとにぎゅっと青白い皺が寄り、顔色がひどく悪く見える。「坐ったほうがいいわ」

コリンはいかめしくうなずいて、椅子に腰を沈めた。

ペネロペは船酔いのような胸のむかつきを覚えた。止血の経験が豊富であるはずもない。

「わたしも坐ったほうがいいわよね」つぶやいて、彼と向きあって低いテーブルに腰かけた。

「きみは大丈夫なのか？」コリンが訊く。

ペネロペはうなずいて、軽い吐き気を抑えようと唾を飲みくだした。「手に巻くものを何か探さなくちゃ」自分の安易な処置に目を落として顔をしかめた。紙に吸収力はなく、いまにもこぼれ落ちそうな血液をどうにかこうにかその表面に保っていた。

「ぼくのポケットにハンカチが入っている」コリンが言う。

ペネロペは慎重に紙をさげて、温かな鼓動には気づかないふりで彼の胸ポケットを探り、乳白色の布切れを取りだした。「痛む？」ハンカチを手に巻きつけながら尋ねた。「やっぱり、答えなくていいわ。痛いに決まってるもの」

コリンがひどく弱々しい笑みを浮かべた。「痛い」

ペネロペは血に胸のむかつきを覚えつつ、懸命に切り傷に目を凝らした。「縫わなければいけないほどではないと思うわ」

「けがについて詳しいのかい？」

ペネロペはかぶりを振った。「まったく。でも、さほどひどくはなさそうだもの。たしかに……血は出ているけれど」

「見た目よりも深い気がするな」コリンが軽い調子で言う。

ペネロペは心配そうにちらりと彼の表情を窺った。

「これも冗談だ」コリンが安心させるように言った。「でも、嘘というわけじゃない。見た目よりは痛むけど、何とか耐えられる」

「ごめんなさい」ペネロペは止血しようとさらに傷を強く押さえて言った。「すべて、わたしのせいだわ」

「ぼくが自分で手を切ってしまったのに？」

「あれほど腹を立てたことはなかったでしょうし……」

コリンはすぐに首を振り、ほんの一瞬、痛みに目を閉じた。「ばかなことは言わないでくれよ、ペネロペ。きみに腹を立てなかったとしても、またべつのときにべつの誰かに腹を立てていたさ」

「でも、そばにペーパーナイフがあったからこうなってしまったんだもの」コリンの手の上にかがみ込んだまま顔を上げてつぶやき、睫毛の下から見あげた。

かち合った彼の目には茶目っ気と、やや感心したような表情が浮かんでいた。

それに、想像もしていなかったもの――脆さ、ためらい、不安までもが見てとれた。コリンは自分の文章のうまさに気づいていない。ペネロペは驚きの思いでそう悟った。まるで自覚がないために、日記を見られたことにこれほど動揺しているのだ。

「コリン」ペネロペは無意識に傷をさらに強く押さえて身を乗りだした。「あなたに言っておきたいことがあるの。あなたは――」

騒々しいほどにきびきびと廊下を近づいてくる足音を耳にして言葉を途切らせた。

「ウィッカムだわ」ドアのほうを見る。「軽食を用意すると言ってたのよ。もう自分で押さえられる？」

コリンはうなずいた。「けがをしたことは知られたくないな。母上に報告されたら、延々と説教を聞かされる」

「そうねえ、だったら」ペネロペは立ちあがり、すばやく日記帳を手渡した。「それを読んでいるふりをするのよ」

コリンが日記帳を開いて手の傷の上に乗せるや、大きな盆を手にした執事が部屋に入ってきた。

「ウィッカム！」ペネロペははじかれたように背を起こし、いかにもいま気づいたかのように執事に顔を振り向けた。「また食べきれそうもないくらい、たくさん持ってきてくれたのね。さいわい、ミスター・ブリジャートンがお相手してくださってるの。ですからきっと、今回はきれいに食べられると思うわ」

ウィッカムは軽く頭をさげて、給仕皿の蓋を取り去った。冷製の料理が揃えられていた――数切れの肉、チーズ、果物に、背の高い水差しに入ったレモネード。

ペネロペはにこやかに微笑んだ。「わたしがひとりで食べきれると思ったわけではないわよね」

「レディ・ブリジャートンとお嬢様方がまもなくお帰りになります。みなさんも空腹ではなかろうかとお察ししますので」

「ぼくが食べてしまっても、まだあるのかな」コリンが陽気に笑って言う。

ウィッカムはコリンのほうへ軽く頭をさげた。「ミスター・ブリジャートン、あなたがいらっしゃるとわかっておりましたら、この三倍はご用意しましたのに。べつに、ご用意いたしましょうか？」

「いや、いいんだ」コリンはけがをしていないほうの手を振って答えた。「ぼくはもうすぐ……この章を読んでしまったら出かけるから」

「では、ほかに何かご用命がございましたら、お知らせください」執事はそう言うと部屋を出ていった。

「ううっ」ウィッカムの足音が廊下の先に消えたとたん、コリンが呻いた。「まったく——どうしてこう痛むんだ」

ペネロペは盆からナプキンを引き抜いた。「これとハンカチを取り替えましょう」なるべく傷より布のほうを見るようにして、コリンの手からハンカチを剝がした。そのほうがなんとなく、さほど胸のむかつきも感じずにすむような気がした。「ハンカチが汚れてしまったわね」

コリンは無言で目を閉じ、首を振った。聡明なペネロペはそれだけで、〝気にしていない〟と答えているのだと理解してくれた。そして、それ以上その話に触れずにおく分別も備えていた。無駄なことを喋りつづける女性ほど煩わしいものはない。

ペネロペには以前から好感を抱いていたが、どういうわけでいまに至るまで、これほど知的であることに気づかなかったのだろう？　いや、おそらく誰かにペネロペのことを訊かれれば、聡明な女性だと答えていただろうが、その点についてじっくりと考えてみたことはなかった。

けれども、いまになって、ペネロペがじつに聡明であることがはっきりとわかってきた。そしてふと、妹がかつて彼女のことを熱心な読書家なのだと言っていたことも思いだした。

おそらくは眼識もある女性なのだろう。

「出血がおさまってきたようだわ」ペネロペは清潔なナプキンを彼の手に巻きつけながら続けた。「ええ、間違いないわ。少なくとも、もう傷を目にしても、気分が悪くなりそうにはないもの」

彼女には日記を読まれたくなかったが、いまとなってはもう……。

「あの、ペネロペ」コリンは言いかけて、自分の頼りなげな声色に驚いた。

ペネロペが顔を上げた。「ごめんなさい。締めつけすぎたかしら？」

一瞬、コリンは目をしばたたくことしかできなかった。彼女の目がこれほど大きなことにどうして気づかなかったのだろう？　むろん、その瞳が褐色であるのは知っていた……いや、考えてみれば、正直なところ、今朝その瞳の色を尋ねられていたとしたら、明確に答えることはできなかったに違いない。

が、どういうわけか、もう二度と忘れはしないだろうという気がした。

ペネロペがナプキンの締めつけをゆるめた。「これでどう？」

コリンはうなずいた。「ありがとう。自分でやるべきなんだが、右手が利き手だから――」

「もう言わないで。わたしにはせめてこれくらいしかできないでしょう……もとはと言えば……」ペネロペがわずかに目をそらし、コリンは、また謝ろうとしているのだろうと察した。

「ペネロペ」コリンはふたたび呼びかけた。

「だめ、待って！」声をあげたペネロペの濃い色の目が……情熱らしきもので輝いていた。

といっても、あきらかに自分が最もよく知る情熱の類いではない。しかしほかにどのような情熱があるというのだろう？　学問への情熱……はたまた、文学への情熱だろうか？

「聞いてほしいことがあるの」ペネロペがさし迫った調子で言う。「あなたの日記を見てしまったのは、許されない厚かましい行為であるのは承知しているわ。エロイーズを待っていたら……何もすることがなくて……ちょうど退屈していたときに、本を見つけて好奇心を掻き立てられたのよ」

コリンはやってしまったことは仕方がないと言おうとして口を開いたが、先に彼女の口から言葉がほとばしり、おとなしく聞かざるをえなくなった。

「日記だとわかったときにすぐ離れるべきだったの」ペネロペが続ける。「でも、一文を読んですぐにまた次の文を追わずにはいられなかった。コリン、すばらしい文章だったわ！　まるで自分がそこにいるかのように思えたの。海を――その温度まではっきりと感じられたのよ。あなたの描写がそれほど巧みだったからだわ。浴槽に湯を溜めてから三十分後の温かさなら、誰でもしっかりと思い浮かべることができる」

コリンはただじっと見つめることしかできなかった。これほど生き生きとしたペネロペを見たことはなかったし、自分の日記を読んでそのように興奮していることがふしぎで……なんとも嬉しかった。

「気、気に入ってくれたのかな？」コリンはようやく訊いてみた。

「気に入ったかですって？　コリン、わたしは感動したのよ！　それで――」

「痛っ！」

ペネロペは勢いあまって彼の手をややきつく握っていた。「あら、ごめんなさい」気もそぞろに言う。「コリン、それでどうしても知りたいの。どんな危険があったの？　このままでは気になって仕方がないのよ」

「たいしたことじゃない」コリンは控えめに言った。「君が読んだ頁は、旅のなかでもとりたてて面白い部分ではないんだ」

「ええ、ほとんどが描写よね」ペネロペはうなずいた。「でも、その描写がとても魅力的だし、刺激的なのよ。すべてが手にとるようにわかったわ。だけど――ああもう、どういうふうに説明すればいいのかしら？」

コリンはいつの間にか、その先を訊きたくてたまらなくなっていた。

「たとえば」ペネロペがようやく話を再開した。「読んでいるうちに……なんていうか、醒めてしまう描写もあるでしょう。客観的になるというのかしら。でも、あなたの場合は、島を生き生きと描きだしていた。ほかの人ならただ温かい海水という言葉ですませるかもしれないところを、わたしたちがよく知っているものを引用して表現している。だから、まるで自分もそこにいて、あなたと並んで爪先を浸しているような気持ちになれるのよ」

コリンはその褒め言葉にすっかり気をよくして微笑んでいた。

「そうよ！　これを忘れるわけにはいかないわ――もうひとつ、どうしても聞いてほしい、すばらしい点があるのよ」

いまやコリンはまぬけのごとくにやついていた。すばらしい、すばらしい、すばらしい。なんと耳に心地よい言葉ではないか。

ペネロペがわずかに身を乗りだして続けた。「あなたはその場面で自分がどのようにしていて、どう感じたのかも記してるわ。あなたがどのように反応したのかが目に見えるようにわかるから、単なる描写以上のものになっているのよ」

コリンはさらなる褒め言葉を催促するようなものだと知りつつ、尋ねずにはいられなかった。「どういう意味だろう？」

「そうねえ、たとえば——念のためにもう一度日記を見せてもらってもいいかしら？」

「もちろん」コリンはつぶやいて、日記帳を差しだした。「おっと待ってくれ、いまその頁を開くから」

コリンが頁を開いて見せると、ペネロペは文章をたどって、探していた箇所を見つけた。

「ここだわ。イングランドこそ自分の家なのだと思い知らされるという部分よ」

「旅によって、そういう気持ちにさせられるというのは面白いよな」

「そういう気持ちって？」ペネロペが興味津々に目を見開いて訊く。

「故郷はいいものだという気持ちだよ」コリンは静かに答えた。

ペネロペが物知りたげな真剣そのものの目を向けた。「それでも、あなたは出かけたくなるのよね」

コリンはうなずいた。「そうせずにはいられないんだ。病気のようなものだな」

ペネロペが笑い、その声が思いがけず音楽のように響いた。「おかしなこと言わないで」ペネロペが言う。「病気は有害なものだわ。あなたの旅は間違いなく、心の糧となっているもの」彼の手に視線を落とし、注意深くナプキンをめくって、傷の状態を調べた。「だいぶ良くなったわ」

「だいぶね」コリンも応じた。実際、出血は完全にとまったようだが、会話を終わらせるのがいやだった。ペネロペは手当てを終えたらすぐに立ち去ろうと考えているはずだ。

立ち去りたいわけではないのだろうが、そうするつもりであることは、なんとなく感じとれた。ペネロペはそうするのが当然だと考え、おそらくはそれを相手も望んでいるものと思い込んでいるのだろう。

驚くべきことに、それはこちらの本心とはまるで逆なのだとコリンは気づいた。

その事実は、コリンにとってなにより恐ろしいことだった。

6

『誰もが秘密を持っている。
殊に、筆者は』

一八二四年四月十四日付〈レディ・ホイッスルダウンの社交界新聞〉より

「もっと早く、あなたが日記をつけていることを知りたかったわ」ペネロペはふたたびコリンの手のひらを押さえて言った。

「どうして?」

「どうしてかしら」ペネロペは肩をすくめた。「人の、見た目ではわからない一面を知るのは楽しいものでしょう?」

コリンは数秒沈黙してから、いきなり問いかけた。「ほんとうに気に入ったのかい?」

ペネロペは面白がるような顔をしている。コリンは怖気立った。社交界でもとりわけ人気が高く、世慣れていると見なされてきた男である自分が、内気な男子学生に成りさがり、ほんの少しでも褒められたくて、ペネロペ・フェザリントンの一言一句に耳を傾けている。

なにせ相手は、ペネロペ・フェザリントンだ。

むろん、ペネロペの何が悪いというのでもない、とコリンは胸のうちで慌てて弁解した。そうはいってもやはり……ペネロペでは……。

「もちろん、気に入ったわ」ペネロペが穏やかに微笑んで言った。「さっき、そう言ったでしょう」

「いちばん、胸を打たれたのはどこかな？」すでにまぬけになりかけていたのだから、完全な愚か者に見られようとかまうものかと腹を決めて尋ねた。

ペネロペはいたずらっぽく微笑んだ。「じつを言うと、いちばん、胸を打たれたのは、思っていたよりずっとあなたの字がきれいだったことなの」

コリンは眉をひそめた。「どういうことだい？」

「あなたが机に向かって筆を走らせている姿なんて想像しにくいもの」ペネロペは答えると、唇を引き結んで笑みをこらえた。

憤慨しても許されるときがあるとするならば、間違いなくいまだ。「控えめに言っても、ぼくは勉強机に向かって相当に長い時間を過ごしていたんだぞ」

「そうでしょうね」ペネロペが小声で相槌を打った。

「ううむ」

ペネロペはうつむいて、あきらかに笑いをこらえている。

「字にはかなり自信がある」コリンは言い添えた。冗談半分とはいえ、ふてくされた少年のふりがどことなく楽しくなっていた。

「見ればわかるわ」ペネロペが言う。「わたしは特に、Hの文字がいいと思ったわ。よく書けているもの。あなたの字は……見事だわ」

「だろう」

ペネロペも負けず劣らず真面目くさった顔で答えた。「ほんとうに」

どうしたわけか、コリンは急に恥ずかしさを覚えて目をそらした。「日記を気に入ってもらえて嬉しいよ」

「すてきだったわ」ペネロペが夢みるように柔らかい声で言う。「ほんとうにすてき。でも……」赤らんだ顔をそむけた。「きっと、あなたには変だと思われてしまうわよね」

「そんなことはない」コリンは断言した。

「たぶん、わたしがこれほど楽しめた理由のひとつは、どことなく、書くことをあなたが楽しんでいるのが感じられたからだと思うの」

コリンはしばらく黙り込んだ。いままで、書くことを楽しんでいると意識したことはなかった。いわば、なんの気なしに書いていた。

むしろ、書かずにいることのほうが想像できなかった。異国の地を訪れ、見たもの、経験したこと、そしておそらく最も重要であるはずの感じたことを、記録せずにいられるだろうか？

だが、改めて考えてみればたしかに、的確な言葉や、ぴたりと言いあてた文章を書けたときには、浮き立つような満足感が湧いていた。ペネロペが読んだくだりを書いたときのことも、はっきりと記憶している。夕暮れの海辺に腰をおろしていて、陽射しはなお肌に温かく、素足の下の砂はざらついているのになぜかなめらかにも感じられた。真夏にしか（あるいは、地中海沿岸の完璧な海辺でしか）味わえない、温かでのんびりとした気分に満たされ、至福のときを過ごしながら、その海を的確に描写できる言葉を探した。

日記帳の白い頁の上でペンをかまえ、ずいぶんと長いあいだ――ゆうに三十分はかかった――ひらめきがくるのを待っていた。そして突然、海の水温はちょうど少し冷めた浴槽の湯くらいだと考えつき、満悦の笑みを広げたのだ。

そうとも、書くことを楽しんでいる。そんなことになぜこれまで気づけなかったのだろう。

「人生でそうした時間を持てることは幸せだわ」ペネロペが静かに言った。「目的意識を持ってときを過ごし、やりがいに満たされる」膝の上で手を組みあわせ、指関節に見入るかのように目を落とした。「わたしには、ただ怠惰に暮らす喜びというのは理解できないのよ」

コリンは彼女の顎を持ちあげてその目を見つめ、尋ねてみたかった。ではきみは、どのような目的意識でときを過ごしているのかと。だが、できなかった。かなり身を傾けなければならないし、自分がどれほど彼女の返答に興味を抱いているのかを認めることになるからだ。

そこで、両手は動かさず、その質問を口にした。

「たいしたことはしてないわ」ペネロペは指の爪を見つめたまま答えた。それから、一拍おいて、いきなり顔を上げた。その顎が急に上向いたので、コリンはめまいのようなものを覚えた。「読書が好きなの」ペネロペが言う。「実際、相当に読んでるわ。あとは時どき、刺繍を少しするけれど、あまり得意ではないのよ。でも、そうね、ほんとうはもっと……」

「なんだい？」コリンはせかした。

ペネロペは首を振った。「なんでもないわ。あなたは旅ができることに感謝すべきよ。とてもうらやましいもの」

気詰まりというほどではないが妙な沈黙がしばし続き、やがてコリンはぶっきらぼうに言った。「満たされてはいない」

それまでの会話の流れにそぐわない声の調子に、ペネロペは見つめることしかできなかった。「どういう意味かしら？」やっと問いかけた。

コリンはむぞうさに肩をすくめた。「人は永遠に旅を続けることはできない。そんなことができたとしても、面白みはなくなってしまうだろうな」

ペネロペはくすりと笑ってから目を上げ、彼が真剣に話していたことに気づいた。「ごめんなさい。失礼なことをするつもりはなかったのよ」

「失礼なことなどしてないじゃないか」コリンは言うと、レモネードをぐいと飲んだ。グラスをおろすと同時にテーブルに飛沫が跳ねた。左手はいかにも使い勝手が悪そうだ。「旅の醍醐味はふたつ」コリンは清潔なナプキンを一枚取って口をぬぐい、続けた。「旅立つときと、帰ってくるときだ。家族が恋しくならなければ、ぼくはいつまでも帰ってこないかもしれないが」

ペネロペには答えようがなかった——少なくとも月並みな相槌以外には考えつかなかったので、ただ黙って続きを待った。

コリンは黙り込み、やがて軽く鼻で笑い、日記帳をぱたんと音を立てて閉じた。「これも役には立たない。独りよがりに書いているだけで」

「そうとは思えないけれど」ペネロペはやんわりと言った。

聞こえていたとしても、コリンにそのそぶりは見えなかった。「旅のあいだは日記をつけることがいつだって楽しいが、帰ってくれば、また、ぼくには何もやることがない」

「そんなことは信じられないわ」

コリンは何も言わず、盆に手を伸ばし、チーズをひと切れつまんだ。ペネロペが見つめる先でそれを食べてから、またレモネードを飲んで流し込み、態度を一変させた。より用心深く、神経をとがらせた様子で訊いた。「最近、〈ホイッスルダウン〉は読んでるかい？」

ペネロペは突如話題を変えられて目をしばたたいた。「ええ、もちろんよ、どうして？ みんな読んでるわよね？」

コリンがその問いかけに手を払った。「ぼくがどう書かれているか知ってるだろう？」

「ええ、ほとんど好意的なことばかりよね？」

コリンはその見方に今度はややうんざりしたように手を払った。「ああ、でも、そういう問題じゃない」ぞんざいな調子で言う。

「あなただって」ペネロペは皮肉めかした口ぶりで返した。「熟しすぎたオレンジにたとえられたら、そういう問題じゃないなんて言えないわよ」

　コリンは顔をしかめ、口のあけ閉めを二度繰り返してから、やっと声を発した。「きみのなぐさめになるかどうかわからないが、ぼくはいままできみがそんなふうに書かれていたことは忘れていた」いったん言葉を切り、しばし考えて付け加えた。「じつのところ、読んだ記憶がない」

「いいのよ」ペネロペは、あっけらかんと陽気な顔をこしらえて言った。「そんなことは気にしていられないわ。それに、昔からオレンジもレモンも好物だもの」

　コリンはふたたび何か言いかけていったん口を閉じ、改めてまっすぐペネロペを見つめて言った。「ぼくは暴言や侮辱はけっして吐きたくないし、どんな状況であれ、極力、不満をこぼさずにきたつもりだ」

　きみは違うだろうがと遠まわしに言われているように、ペネロペは感じた。

「でも、きみには話したいんだ」コリンは澄んだ真剣な目で続けた。「きみならわかってくれるような気がするから」

　褒め言葉なのだろう。風変わりな言いまわしとはいえ、褒め言葉には違いない。ペネロペはすぐにでも彼の手に手を重ねたい気持ちだったが、もちろんできるはずもなく、ただうなずいて言った。「なんでも話して、コリン」

「兄たちは――」コリンは切りだした。「ふたりは――」言葉を切り、どこかぼんやりと窓のほうを見つめてから、ようやく視線を戻して話しだした。「ふたりともとても功績をあげている。アンソニー兄さんは子爵だ。もちろん、ぼくはそんな責任は負いたくないが、兄は使命を持っている。一族の継承は兄の手にゆだねられているからね」

「それだけではないでしょう」ペネロペは穏やかに言った。

コリンがじっと問いかけるような目を向けた。

「あなたのお兄様は、家族全員に対して責任を感じているはずよ」ペネロペは続けた。「重い負担でしょうね」

コリンは冷静な顔をとりつくろおうとしたが、内心、心穏やかではいられなかった。やはり顔に動揺が表れていたらしく、ペネロペが椅子からほとんど腰を上げるようにして早口で言い足した。「お兄様がそれをいやがっているだろうと言っているわけではないのよ！　それを担える方だもの」

「そうとも！」コリンはようやく肝心な点に気づいたとばかりに声をあげた。それに比べて……おのれの人生を語ることはなんとむなしいものか。不満があるわけではない。文句を言えるようなことは何もないのはわかっているが……

「ベネディクト兄さんの絵の腕前は知ってるかい？」気づくと問いかけていた。

「もちろんよ」ペネロペが答える。「みんな知ってるわ。お兄様の絵は、国立絵画館に展示されるのよね。さらに一枚、風景画の展示が決まりそうだとお聞きしてるわ」

「そうなのかい？」

ペネロペはうなずいた。「エロイーズに聞いたんだもの」

コリンはふたたび椅子に沈み込んだ。「だったら、ほんとうだろうな。どうして誰もぼくに教えてくれなかったのかな」

「家を空けてらしたからよ」ペネロペは指摘した。

「ぼくが言おうとしたのは」コリンが続ける。「兄たちはふたりとも人生に目的を持っている。ぼくには何もない」

「そんなことはないでしょう」ペネロペは言った。

「認められる立場にあるとは思えない」

その声の鋭さに驚き、ペネロペは身をひるませた。

「みんなからどう見られているかはわかってるんだ」コリンが言葉を継ぎ、ペネロペはそのまま黙って思いの丈を聞くべきだと自分に言い聞かせたものの、やはり口を挟まずにはいられなかった。

「あなたはみんなに好かれてるわ」勢い込んで続ける。「みんなに愛されてるのよ」

「それはわかっている」コリンは苦悩と恥ずかしさを同時に含んだ表情で唸るように答えた。「でも……」片手で髪を掻きあげる。「ああ、どうしたら戯言とは聞こえないように話せるのかな」

ペネロペは目を見開いた。

「頭の軽い人気者だと思われているのが耐えられないんだ」コリンはようやく吐き捨てるように言った。

「ばかなこと言わないで」ペネロペは可能なかぎり間をあけまいとすぐに否定した。「ペネロペ――」

「誰もあなたを愚かだなんて思ってないわ」

「どうしてそんなことが言え――」

「わたしは並外れて長いあいだロンドンにいるからよ」ペネロペはきつい声で答えた。「わたしはこの街でとりわけ人気のある女性ではないかもしれないけれど、十年以上も、立場からすれば多すぎるほど、噂話も、嘘も、ばかげた見解も聞いてきたわ。でも一度たりとも、あなたのことを愚か者呼ばわりする言葉は聞いたことがない」

その熱のこもった抗弁にコリンはわずかにたじろぎ、しばし彼女を見つめた。「正確には、愚か者とは言ってないんだが」穏やかに、なるだけ謙虚な口調で続けた。「もっと、なんというか……中身がないというような意味なんだ。レディ・ホイッスルダウンにも、好かれる男だと書かれていたし」

「それのどこがいけないの？」

「いけなくないさ」皮肉っぽく言う。「一日おきに書かれなければ」

「あの新聞は一日おきにしか発行されないもの」

「ぼくが言いたいのは」コリンは語気鋭く返した。「名高い人気者という以外に感じるものがあったとすれば、とっくにそう書いているはずだろうということさ」

ペネロペは少しのあいだ押し黙り、やがて口を開いた。「レディ・ホイッスルダウンにどう思われているかなんて、それほど気にする必要があるかしら？」

コリンは前かがみになり、両手を膝について痛みに声をあげ、いまさらながらけがをしていたことに気づかされた。「きみは肝心な点を見過ごしている」手のひらにふたたび力が入って顔をゆがめた。「レディ・ホイッスルダウンのことなど気にしてはいない。だが、われわれが認めようが認めまいが、彼女は社交界の代弁者になってるんだ」

「彼女の発言に異を唱える人はかなりいるはずだわ」

コリンは片眉を持ちあげた。「きみも含めてかい？」

「わたしは、じつのところ、レディ・ホイッスルダウンの指摘はなかなか鋭いと思うわ」ペネロペは言い、膝の上できちんと手を組んだ。

「あのご婦人はきみのことを熟しすぎたメロンだと書いたんだぞ！」

ペネロペの両頬に赤みが広がった。「熟しすぎたオレンジよ」歯を食いしばるようにして言う。「だいぶ違いがあるわ」

コリンはすぐさま、女性の心とはまったく不可解な器官だと閉口した——男性には理解しようという気にもなれない。この世に、A地点からB地点へ行くのに、C、D、X、さらにはほかのどの地点にも寄らずにたどり着ける女性などいないのではないだろうか。

「ペネロペ」ようやく、コリンは信じがたいという顔で彼女を見つめて言った。「きみは彼女に侮辱されたんだぞ。それなのになぜ肩を持つ？」

「彼女は事実を書いただけのことだもの」ペネロペは答えて、胸の前で腕を組んだ。「それどころか、母がわたしに自分でドレスを選ぶのを許してくれるようになったのだから、むしろ親切で書いてくれたと言えるのではないかしら」

　コリンが不満げに言う。「ぼくたちはたしか、ほかのことについて話していたのではなかったかい。きみの衣装についてではなかったよな」

　ペネロペは目を細く狭めた。「あなたが、ロンドンで一番人気の男性として生きることに、満足できないという話を聞いていたのだと思うけれど」

　一番人気のという言葉を強調され、コリンはたしなめられていることに気づいた。したたかに。

　そう思うと、猛烈に腹が立った。「どうしてきみに理解してもらえるなどと思ったんだろうな」吐き捨てて、子供じみた口ぶりに恥ずかしさを覚えながら、もはやどうにも修正が利かなくなっていた。

「ごめんなさい」ペネロペが言う。「でも、あなたの人生に何もないなんていう不満をおとなしく聞いているのは、わたしにとって少し難しいことなのよ」

「そんなことは言ってないだろう」

「そういうふうに言ったわよ！」

「ぼくには何もないと言ったんだ」コリンは訂正し、なんと愚かしい言い訳をしているものかと思いながら顔をゆがめないようつくろった。

「あなたは、わたしの知っている誰より多くのものを持っているわ」ペネロペは言って、彼の肩を軽く突いた。「でも、それに気づけないのなら、たしかにあなたの言うとおりなのかもしれない——あなたの人生には何もないのよ」

「難解な理屈だな」コリンはふてくされてつぶやいた。

「人生に新たな展開を求めているのなら」ペネロペが言う。「お願いだから、選びとって実行して。あなたは思いのままに生きられるわ、コリン。あなたは若いし、裕福で、男性なのよ」とげのあるいらだたしげな声に変わった。「あなたは、なんでも思いどおりにできる」

コリンが顔をしかめても、ペネロペは驚かなかった。人が大きな悩みをかかえていると思い込んでいるときに、最も耳にしたくないのは、簡単明快な解決策だ。

「そんなに簡単なことじゃない」コリンは言った。

「そんなに簡単なことなのよ」ペネロペはじっくりとコリンを見つめて、もしかしたらいま初めて、彼のほんとうの姿を目にしたのではないだろうかという気がした。

コリンのことならなんでも知っていると思っていたのに、日記をつけていることは知らなかった。

ときには怒るということも知らなかった。

自分の人生に満足していないことも。

それに、どうみても恵まれているにもかかわらず、満足できないような子供っぽい甘えん坊であることは、もちろん知らなかった。コリンに人生を不幸せだと言える権利などあるだろうか？　その不満をなぜわざわざ、わたしに言えるの？

ペネロペは立ちあがり、ぎこちないしぐさでスカートの皺を伸ばした。「今度、誰からも好かれる試練と苦難について嘆きたくなったら、ぜひ一日、売れ残った独身女性のふりをしてみて。その思いを味わってから、どんなご不満があるのか教えていただきたいわ」

そうして、コリンがソファにぐったりもたれかかったまま、あたかも三つの頭と十二本の指と尻尾を持つ珍獣でも見るようにぽかんと口をあけているうちに、ペネロペはさっさと部屋をあとにした。

ブルートン・ストリートに面した外階段をおりながら、生涯でこれ以上にない鮮やかな去りぎわだったのではないかとペネロペは思い返した。

ただし、きわめて残念なことに、おきざりにしてきた相手は、これまでずっとそばにいたいと望んでいた、かけがえのない男性なのだけれど。

散々な一日だとコリンは思った。

皮膚にも口にもブランデーを浴びせたが、とてつもなく手が痛む。それに、ブルームズベリーに見つけた、こぢんまりとして心地良さそうなテラスハウスの賃貸を仲介している不動産業者から連絡があり、前の借主が手間どっていて、予定どおりその日じゅうに引き渡せるかどうかわからないと言ってきた——来週に延ばさねばならないのだろうか？

そのうえさらに、ペネロペとの友情に取り返しのつかない亀裂を生じさせてしまったかもしれない。

なにより気分を悪化させているおもな要因は三つ。その一、自分はペネロペとの友情をきわめて重んじている。その二、ペネロペとの友情をこれほど重んじているとはいままで気づかなかった。その三、それゆえ、少々動揺を引き起こしている。

ペネロペは、自分にとって近くにいるのがあたりまえのような存在だった。妹の友人であり、パーティではつねに会場の隅にいて、参加者というよりは周辺に立っているといった女性。

ところが、その様相がしだいに変わりはじめているように思えた。二週間前にイングランドに戻ってきたばかりだが、すでにペネロペが以前とは違っているように見える。あるいは、自分が変わったのだろうか。それとも、ペネロペは変わっておらず、自分の彼女への見方が変わっただけなのかもしれない。

ペネロペは重要な存在だ。ほかには言い表しようがない。

そして、十年間……ただそこにいただけの彼女を、これほど重要な存在に感じることが不可思議でならない。

その日の午後、ひどく気まずいわかれ方をしたのが胸に引っかかっていた。これまでペネロペと気まずい雰囲気になったことなどなかった——いや、それは違う。あれはいつだったか……いったい、何年前のことだろう？　六年、いや七年になるだろうか。ちょうどその頃、母に結婚をせかされていて、それ自体は目新しいことでもなかったのだが、そのときにはペネロペを花嫁候補に勧められた。初めてのことだったし、いつもの調子で母の結婚話を茶化して聞く気にもなれなかった。

それでも母はあきらめなかった。昼となく夜となくペネロペのことを話されて、コリンはとうとう国外逃亡をはかった。といっても大げさなものではない――ウェールズに小旅行に出かけただけのことだ。それにしても、母はいったい何を考えていたのやら。

ロンドンに戻ってくると、当然のごとく、母から話をしたいと呼びだされた――じつは、妹のダフネがふたたび子を宿したことを家族に発表するためだったのだが、こちらはそんな事情を知るはずもない。今度こそあからさまに結婚についてたっぷり迫られるのだと思い込み、気乗りせずに母の家に向かった。そうしてふたりの兄と出くわし、案の定、ペネロペとの縁談を兄弟ならではの調子でからかわれたので、コリンは思わず声高らかに反論した。ペネロペ・フェザリントンと結婚することはありえない、と。

そのとき、どういうわけかペネロペが母の家の玄関口に立っており、手で口を押さえ、大きく開いた目は、悲しみと当惑と、コリンには後ろめたくてとても詮索できないあまたの不愉快な感情に満たされていた。

コリンにとっては人生で最も恐ろしい瞬間のひとつだった。実際、努めて思いださないようにしてきた。ペネロペに恋心を抱かれているとは思えないが――少なくとも、ほかの令嬢たちが自分に抱くような感情は持ちあわせていないだろう――、動揺させたことは間違いない。名指しであのような発言をしてしまうとは……。

許される行為ではない。もちろん、コリンは詫びて、ペネロペもその謝罪を受け入れたも

の の、どうしても自分自身を許せなかった。

そしてまたしても、ペネロペのことを傷つけてしまった。むろん、直接的な言葉ではなかったにしろ、おのれの人生に対する不満を打ち明ける前に、もう少しきちんと考えるべきだった。

まったく、自分の耳にすら愚かな言葉に聞こえた。自分はいったい何が不満だというのだろう？

不満はない。

それでも、やはりこの虚しさをどうすることもできないのだ。実際にはなんであるのか特定することのできないものへの切望。ああ、情熱や遺せるものを見いだせた兄たちがうらやましくて仕方がない。

コリンという男がこの世に存在したことを示すものは、〈レディ・ホイッスルダウンの社交界新聞〉の紙面だけだ。

ばかばかしい。

だが、すべては相対的に見るべきではないだろうか？　ペネロペに比べれば、自分には不満を言うべきことは無きに等しい。

だからこそ、内心の気持ちを口に出すべきではなかった。ペネロペのことを売れ残りの独身女性などとは思いたくもないが、彼女を客観的に言い表した呼び名なのだろう。そしてそれは、英国社会で敬意を払われる立場ではない。

それどころか、多くの人々が不満をこぼして然るべき状況だ。吐き捨てるように。

ペネロペは一度たりとも、冷静な表情を乱したことはない――おのれの宿命に満足してはいないとしても、少なくとも受け入れてはいるのだろう。

いや、そんなことが誰にわかる？　おそらくペネロペは、マウント・ストリートの小さな家で母や妹と暮らすことより、もっと多くの希望や夢を人生に抱いているに違いない。気品と陽気な機知のベールの下に、独自の計画や目標を隠しているのかもしれない。見た目にはわからないものを備えているのではないだろうか。

謝罪を受けるにふさわしい女性なのだと、コリンはため息まじりに思った。といっても、何に対して謝ればいいのかはよくわからない。どのように謝ればいいのかも定かではない。だが、何かをしなくてはならない状況であることだけはたしかだ。

ああ、しかもまったく、今夜はスマイス-スミス家の演奏会がある。年に一度の聴くにたえない苦痛な恒例行事。スマイス-スミス家の娘たちはみな成長したかと思いきや、親族の娘たちが続々と跡を継ぎ、不協和音の度合いはさらに増している。

だが、ペネロペは今夜その場に現れるはずなので、コリンもまたどうしても出席しなければならなかった。

7

『水曜日の晩のスマイス-スミス家の音楽会で、コリン・ブリジャートンは若い令嬢たちの大群に囲まれ、けがをした手を案ずる言葉を浴びていた。

筆者はそのけがの原因を知る由もないが、じつのところ、ミスター・ブリジャートンはひどく煩わしそうに口を閉ざしていた。うるさく話しかけられ、注目の的となり、たいそういらだっているように見えた。実際、筆者は、当人が兄のアンソニーに、家で（お伝えするのは憚《はばか》られる形容詞をつけて）包帯を剝がしてくれればよかったとこぼしていたことを耳にした』

一八二四年四月十六日付〈レディ・ホイッスルダウンの社交界新聞〉より

いったいどうして、こんなことを繰り返しているのだろう？

ペネロペは来る年も来る年も、配達人から招待状を受けとり、来る年も来る年も、スマイス-スミス家の音楽会にはもう二度と行くものかと誓う。

そして、毎年必ず、スマイス-スミス家の音楽室の観客席に腰をおろし、偉大なるモーツァルトが遺した音楽が哀れにもスマイス-スミス家の最年少世代の娘たちによって破壊されるのを、少なくとも見た目には顔をしかめないよう懸命に努めながら聴いていた。

なんて苦痛なのだろう。ものすごく、恐ろしいくらい、身の毛がよだつほどに苦痛だ。文字どおり、ほかに言い表しようがない。

さらにうんざりするのは、必ず最前列か、そうでなくとも耐えがたいほど演奏者に近い席に腰をおろしてしまうことだった。となれば、我慢を強いられるのは耳だけではない。数年おきに、スマイス-スミス家の娘たちのうちひとりは、聴覚を守る法律があるとすれば有罪と断じられて然るべきことをしているのだと悟っているのがわかるからだ。ほかの娘たちがヴァイオリンやピアノを熱心に没頭して弾く傍らで、そのひとりだけは、ペネロペにはとても理解できる苦痛の表情で演奏している。

それはどこかに逃げたくても逃げられない人間が浮かべる表情だった。たとえ隠そうとしても、きつく引き結んだ唇の端にどうしても表れてしまう。いうまでもなく、人々の視線を避けて不安定にさまようその目にも。

人知れず、ペネロペもそれとよく似た表情を幾度となく強いられてきた。

だからこそ、スマイス-スミス家の音楽会への出席を断固拒否できないのかもしれない。励ますように微笑んで、音楽を楽しんでいるふりをしてあげる人間が誰かしら必要だ。

それに、結局のところ、たった年に一度のことに過ぎない。

それでもやはり、目立たない耳栓が発明されないものかと願わずにはいられない。

四人の娘たちが音合わせをしている――本格的に弾きはじめたら間違いなくさらにひどくなりそうな、音程も強弱もばらばらの不協和音だ。ペネロペが二列目の中央の席につくと、妹のフェリシティがひどく不満げな表情を浮かべた。

「後ろの隅にちょうど二席空いてるわ」フェリシティが姉に耳打ちした。

「もう遅いわよ」ペネロペはいさめて、柔らかなクッションの付いた椅子に腰を沈めた。

「神よ、お助けくださいい」フェリシティがぼそりとつぶやいた。

ペネロペは曲目の表を手に取り、頁をめくった。「わたしたちがここに坐らなければ、誰かが坐らなければならないわ」

「そうしてもらいましょうよ！」

ペネロペは妹にだけ聞こえるよう身をかがめて囁いた。「わたしたちなら、微笑んで礼儀正しくしていられるでしょう。もしここに、クレシダ・トゥオンブレイが坐ったら、ずっとせせら笑っているはずよ」

フェリシティは辺りを見まわした。「クレシダ・トゥオンブレイが、こんなところに来るはずないもの」

ペネロペはあえて妹の言葉を聞き流した。「不愉快な言葉を好む人に目の前に坐られるほど迷惑なことはないでしょう。気の毒な娘さんたちが恥をかかされてしまうわ」

「でも恥ずかしいことを平気でしているのですもの」フェリシティは不満げにこぼした。

「あら、そんなことはないわ」ペネロペは答えた。「まあ、彼女と彼女、それに彼女はそう言われても仕方がないのかもしれないわね」ヴァイオリンを手にしたふたりとピアノの前に坐ったひとりを指して言った。「でも彼女は――」チェロを膝のあいだに置いて坐っている少女をそれとなく身ぶりで示す。「――すでに恥ずかしそうにしているわ。ここに意地悪で冷たい人を坐らせて、これ以上ひどい思いはせめてさせたくないでしょう」

「どのみち、彼女は今週中にレディ・ホイッスルダウンの格好の餌食にされるわ」フェリシティがつぶやいた。

ペネロペはちょうど話を続けようと口を開きかけて、反対側の隣の席にエロイーズが腰をおろしたことに気づいた。

「エロイーズ」ペネロペは喜びをあらわに言った。「今夜は家に残るのかと思ってたわ」

エロイーズがみるみる顔を曇らせてしかめた。「うまく説明できないんだけど、来ないではいられなくなったのよ。馬車の事故のようなものね。見ずにはいられないってわけ」

「それを言うなら」フェリシティが言う。「聴かずには、ですわ」

ペネロペは微笑んだ。そうせずにはいられなかった。

「さっき、レディ・ホイッスルダウンのことを話してなかった？」エロイーズが訊く。

「わたしがペネロペお姉様に言ったんです」フェリシティが無作法にエロイーズのほうへ姉越しに身を乗りだして答えた。「彼女たちは今週中にレディ・ホイッスルダウンに酷評されるだろうって」

「そうは思わないわね」エロイーズが考え込むように言った。「毎年、スマイス-スミス家のお嬢さんたちは取りあげられていないもの。理由はわからないけど」

「わたしにはわかるわ」背後で甲高い声がした。

エロイーズ、ペネロペ、フェリシティがいっせいに上半身を後ろへひねると、レディ・ダンベリーの杖が鼻先すれすれに突きつけられた。

「レディ・ダンベリー」ペネロペはぐっと唾を呑み込んで、我慢できずに自分の鼻先に触れた——ともかく鼻がまだそこにあることをたしかめるために。

「レディ・ホイッスルダウンの考えは察しがつくわ」レディ・ダンベリーが言う。

「ほんとうですか?」フェリシティが訊く。

「彼女は心根のやさしい女性なのよ」老婦人が続ける。「ほらそこの——」杖をエロイーズの耳を突き刺さんばかりにかすめてチェロ奏者のほうへ向ける。「——お嬢さんが見えるでしょう?」

「ええ」エロイーズが耳をさすりながら答えた。「彼女から何か聞けそうにはありませんけれど」

「たぶん祈りをつぶやいているわね」レディ・ダンベリーは言うと、話題を戻そうとした。

「それでどこまで話したかしら」

「チェロ奏者のお話でしたわよね?」ペネロペが即座に答え、エロイーズは何かまるで的外れなことを口走った。

「そうだったわ。彼女をご覧なさい」レディ・ダンベリーが言う。「あの子は恥ずかしそうにしているでしょう。無理もないわ。自分たちの演奏がどれほどひどいものなのか、気づいているのはあの子だけなのだから。ほかの三人には音感はかけらほどもないのよ」

ペネロペは得意げにちらりと妹を見やった。

「いい、よくお聞きなさい」レディ・ダンベリーが言う。「レディ・ホイッスルダウンはこの音楽会についてひと言も書かないわ。人の気持ちを傷つけるのはいやなのね。残りの子たちについては――」

フェリシティ、ペネロペ、エロイーズが揃ってひょいと頭をさげて、すばやく引き戻された杖をかわした。

「ふん。気にかけてもいないでしょうけれど」

「興味深い見解ですわ」ペネロペは言った。

レディ・ダンベリーは満足げに椅子に深くかけなおした。「ええ、そうでしょうとも。そうではなくて？」

ペネロペはうなずいた。「そのとおりだと思います」

「ふふん。わたしの見方はいつも正しいのよ」

ペネロペは後ろ向きに体をひねったまま、フェリシティを見て、それからエロイーズに目を移して言った。「そういうわけで、わたしも毎年毎年、この悪夢のような演奏会に来てるのよ」

「レディ・ダンベリーにお会いするために？」エロイーズがふしぎそうに目をしばたたいて

訊く。

「違うわ。あの子のような娘さんがいるからということよ」ペネロペはチェロ奏者のほうを示した。「彼女の気持ちが手に取るようにわかるから」

「それはおかしいわよ、ペネロペお姉様」フェリシティが言う。「お姉様はみなさんにピアノの演奏を披露したことはないし、たとえそういう機会があったとしても、きちんと演奏なさるはずだわ」

ペネロペは妹のほうに向きなおった。「演奏のことではないのよ、フェリシティ」

そのとき、レディ・ダンベリーの身にきわめて不可思議なことが起こった。その表情が一変したのだ。完全に、まったく、驚くほど様変わりしていた。目は切なげに潤んでいる。いつもなら皮肉っぽく口角を吊りあげている唇もゆるんでいる。「わたしもそういう娘だったのよ、フェザリントン嬢」あまりに静かな声だったので、エロイーズもフェリシティも自然と身を乗りだし、エロイーズは「なんとおっしゃったの？」と訊き、フェリシティは礼儀もわきまえず「なんですって？」と声を発した。

けれども、レディ・ダンベリーの目はペネロペだけに向いていた。「だから、わたしも毎年毎年、出席しているのよ」老婦人が言う。「あなたと同じように」

ほんの一瞬、ペネロペはこの老婦人に言い知れぬ親近感を覚えた。年齢といい、地位といい、性別以外に何も共通点はないのだから、奇妙なことだ。それでも、その伯爵夫人に、想像もつかない目的で、自分が選ばれたかのように思えた。もしや、きまりきった退屈な生活の陰で燃やしている炎を見抜かれているのではないだろうか。

そして、何か思惑があるのではないかと考えずにはいられなかった。

〝人の、思いも寄らない一面を知るのは、すてきなことではなくて?〟

あの晩、レディ・ダンベリーが口にした言葉がまたペネロペの頭のなかでこだました。ほとんど呪文のように。

ほとんど挑発のように。

「フェザリントン嬢、わたしが考えていることがわかる?」レディ・ダンベリーがいかにも穏やかな口調をつくろって問いかけた。

「想像もつきませんわ」ペネロペはしごく誠実に、敬意を込めて答えた。

「あなたが、レディ・ホイッスルダウンかもしれないと思うのよ」

フェリシティとエロイーズが息を呑んだ。

ペネロペは驚きにわずかに唇を開いた。いままで誰もそのようなことは考えもしなかったはずだ。信じられないし……思いも寄らないことで……。

ほんとうは少し嬉しかった。

ペネロペは思わず茶目っ気のある笑みを浮かべ、いかにも重大な秘密を打ち明けようとするように身を乗りだした。

レディ・ダンベリーも身を乗りだす。

フェリシティとエロイーズもそれに倣った。

「わたしが考えていることがわかりますか、レディ・ダンベリー？」ペネロペは、引き込まれずにはいられないようなやさしい声で尋ねた。

「そうねえ」レディ・ダンベリーが不敵に目を光らせて言う。「期待に胸がはずむとでも言いたいところだけれど、あなたはすでに前に一度、わたしが、レディ・ホイッスルダウンだと思うと言ったわよね」

「あなたなのですか？」

レディ・ダンベリーがおどけたふうに笑った。「わたしかもしれないわね」

フェリシティとエロイーズが先ほどより大きく息を呑んだ。

ペネロペは、みぞおちがさしこむように感じた。

「お認めになったのよね？」エロイーズが囁き声で言う。

「認めるわけがないでしょう」レディ・ダンベリーが張りのある声で答え、ぴんと背を伸ばすと、杖を勢いよく床について、四人の素人音楽家たちの音合わせを束の間中断させた。

「たとえそうだとしても――どちらかとは言うつもりはないわ――わたしが認めるような愚か者だと思う？」

「でしたら、なぜ先ほど――」

「なぜなら、おばかさんたち、肝心な点をはっきりさせておきたかったからよ」

それからしばし沈黙が続き、やむなくペネロペが訊いた。「何をです？」

レディ・ダンベリーがすっかりあきれた顔で三人を見やった。「誰でも、レディ・ホイッスルダウンの可能性があるということでしょう」声高らかに言い放ち、またも勢いよく杖で床を突いた。「どこの誰ともわからない」

「あら、わたしではないわ」フェリシティが口を挟んだ。「わたしではないと断言できるもの」

レディ・ダンベリーはフェリシティに目をくれようともしなかった。「言わせてもらっていいかしら」

「わたしたちにとめられるはずがありませんわ」ペネロペがにこやかに返したせいか、褒め言葉のようになってしまった。じつを言えば、たしかに褒め言葉だった。レディ・ダンベリーには大いに敬意を抱いている。おおやけの場で自分の気持ちをきちんと伝えられる人物には敬意を抱かずにはいられない。

レディ・ダンベリーはくっくっと笑った。「あなたは見かけによらない人ね、ペネロペ・フェザリントン」

「そうなんです」フェリシティがにんまりして言った。「たとえば、姉はわりと残酷なこともするんです。誰も信じてくれないけれど、わたしたちが小さかった頃には――」

ペネロペは肘で妹の脇腹を突いた。

「何?」フェリシティが言う。

「わたしが言おうとしたのは」レディ・ダンベリーが話を戻した。「貴族たちはみな、わたしが提案した問題について的外れな動きをしているということよ」

「つまり、どういうふうに探せばいいのでしょうか？」エロイーズが訊く。

レディ・ダンベリーはエロイーズの顔のほうへうるさそうに手を払った。「そもそも間違った探し方をしていることを説明しなくてはいけないわね。みな、いかにもそう見えそうな人にあたりをつけているでしょう。あなたたちのお母様のような人たちに」ペネロペとフェリシティのほうを向いて言う。

「お母様？」姉妹は声を揃えた。

「あら、そうでしょう」レディ・ダンベリーが鼻で笑う。「このロンドンにあれほど詮索好きな人はいないもの。みなに疑われて当然のご婦人だわ」

ペネロペは返す言葉が見つからなかった。母の噂好きは有名とはいえ、レディ・ホイッスルダウンであるとは想像しがたい。

「だからこそ」レディ・ダンベリーが鋭敏な目つきで続ける。「彼女ではありえないのよ」

「ええ」ペネロペはわずかに皮肉を込めて言った。「わたしもフェリシティも、母ではないと断言できますわ」

「ふん。もしもレディ・ホイッスルダウンであれば、なんとしてもあなたたちにはわからないようにするでしょうけれど」

「母が？」フェリシティが疑わしげに言う。「そうは思えないわ」

「つまり、わたしが」レディ・ダンベリーが歯ぎしりして続けた。「先ほどから、いらだたしい邪魔立てが入る前から言おうとしていたのは――」

ペネロペの耳にエロイーズが鼻を鳴らした音が聞こえた。

「――レディ・ホイッスルダウンがわかりやすい人物なら、とうに気づかれているだろうということよ」

沈黙が落ちて、三人は何かしら返答が必要なのだと察し、いかにも感心したふうに力を込めてうなずいた。

「誰にも疑われない人物であるはず」レディ・ダンベリーが言う。「そうに違いないわ」

ペネロペは思わずもう一度うなずいていた。レディ・ダンベリーの論理は突飛にも聞こえるが筋はとおっている。

「ということは」老婦人が得意満面に言う。「わたしは候補者にはなりえない！」

ペネロペはその理屈をよくのみ込めずに目をしばたたいた。「どういうことですか？」

「あら、まあ」レディ・ダンベリーが目一杯尊大な目を向けた。「そもそも、わたしではないかと推測したのはあなたでしょう？」

ペネロペはすぐさま大きくうなずいた。「わたしはまだ、あなただと思ってますわ」

その言葉で、少しはまた見直してもらえたらしい。レディ・ダンベリーは満足げにうなずいて続けた。「あなたは見かけよりも生意気だわね」

フェリシティが身を乗りだし、やや秘密めかした声で囁いた。「そうなんです」

ペネロペは妹の手をぱしりと打った。「フェリシティ！」

「演奏が始まりそうよ」エロイーズが知らせた。

「やれやれだわね」レディ・ダンベリーがあけすけに言う。「どうしてまたわたしはここに――ミスター・ブリジャートン！」

ペネロペが小さな舞台に向けていた視線をすぐに戻すと、コリンが愛想よく詫びながら人々の膝の前を進み、レディ・ダンベリーの隣の空席にやってくるのが見えた。

詫びの言葉にはもちろん無敵の笑顔も添えられて、見とめられるだけでも三人のご婦人が椅子の上でとろけている。

ペネロペは眉をひそめた。気が滅入る。

「ペネロペお姉様」フェリシティが囁いた。「いま唸らなかった？」

「コリンお兄様」エロイーズが声をかけた。「いらっしゃるとは思わなかったわ」

コリンは輝くばかりの笑みを浮かべ、肩をすくめた。「急に気が変わったんだ。ぼくはもともと大の音楽好きなもので」

「ここへ来る理由になるとは思えないけど」エロイーズはことさらそっけない口ぶりでつぶやいた。

コリンは妹の言葉にただ眉を吊りあげて返すと、ペネロペのほうを向いて言った。「こんばんは、フェザリントン嬢」フェリシティのほうにも軽く頭をさげた。「フェリシティ嬢」

ペネロペはしばし言葉が出てこなかった。その日の午後、ひどく気まずいわかれ方をしたというのに、コリンはもう親しみやすい笑みを浮かべている。「こんばんは、ミスター・ブリジャートン」ペネロペはようやく答えた。

たそぶりで訊く。
「今夜はどんな曲目が演奏されるのか、どなたかご存じですか?」コリンが興味津々といっ
　ペネロペは感心せずにはいられなかった。コリンはいかにも自分がその返答を待ち望んで
いるのかのように、相手に感じさせる術を心得ている。それも才能なのだろう。しかも今夜
はことに、スマイス-スミス家の娘たちが何を演奏しようと、彼に興味があるはずがないの
は誰にでもわかっていることだ。
「モーツァルトだと思います」フェリシティが答えた。「ほとんどいつも、モーツァルトを
選曲していますもの」
「楽しみだな」コリンはそう返して、すばらしい食事を終えたあとのように椅子に背をもた
れた。「モーツァルトはとても好きな作曲家なんだ」
「それなら」レディ・ダンベリーが甲高い笑い声で言い、コリンの脇腹を肘で突いた。「ま
だ好きでいられるうちに逃げおおせるのが賢明ね」
「ばかなこと言わないでください」コリンが言う。「お嬢さんたちは一生懸命、演奏してく
ださるのですから」
「ええ、一生懸命演奏してくださることは間違いないわ」エロイーズが陰気に応じた。
「しいっ」ペネロペは囁いた。「演奏が始まるわ」
　ペネロペもたしかに、スマイス-スミス家の〝アイネ・クライネ・ナハトムジーク〟をそ
れほど聴きたいわけではなかったが、どうにも気まずくてコリンに顔を向けていられなかっ

た。どう話しかけていいのかわからない――エロイーズやフェリシティや、ましてやレディ・ダンベリーの前でけっして言ってはならないことなら、思い浮かぶのに。

執事が現れて数本の蠟燭を吹き消したのを合図に、娘たちが演奏のかまえに入った。ペネロペは気を引き締めて、内耳を詰まらせようと唾を飲み込み（効果はなかった）、やがて試練が始まった。

そして延々と……まだまだ……続いた。

演奏のせいなのか、あるいはコリンが真後ろに坐っているせいなのか、これほどの苦痛があるものだろうかとペネロペは考えていた。意識しすぎて首の後ろはちくちく痛むし、気が落ち着かなくて紺色のビロードのスカートをせわしく指で打ちつづけずにはいられなかった。

ようやくスマイス-スミス家の四重奏が終了し、三人の娘たちは儀礼的な拍手に顔を輝かせたが、もうひとりの娘――チェロ奏者――は、岩の下にでももぐり込みたそうな顔をしている。

ペネロペはため息をついた。少なくとも自分は、これまで恵まれない社交シーズンを送ってきたとはいえ、彼女たちのように貴族たち一同の前で欠点をさらす憂き目には遭っていない。いつも影にまぎれて部屋の周囲を静かに漂い、ほかの娘たちが舞踏場で次々に踊る姿を眺めているだけのことだ。いや、そこかしこの独身紳士のもとへ母親に連れまわされもしたけれど、スマイス-スミス家の娘たちが強いられているようなことは一度も経験していない。

もっとも、四人のうち三人は自分たちの演奏の下手さ加減には幸せにも気づいていないようだ。ペネロペはにっこり笑って拍手を贈った。三人の浮き立った気分を壊したくはない。それに、レディ・ダンベリーの推論によれば、レディ・ホイッスルダウンはこの演奏会についてひと言も触れはしないはずだ。

拍手はたちまち鎮まり、みなすぐにそばの席の人々と慎ましく言葉を交わして、部屋の後方にささやかに用意された軽食のテーブルのほうへがやがやと席を立った。

「レモネード」ペネロペは独りごちた。ちょうどよかった。ひどく暑いので――まったく何を好きこのんで、こんな暖かい晩にビロードの衣装を着てきてしまったのだろう？――冷たい飲み物が気分を楽にしてくれるに違いない。案の定、コリンはレディ・ダンベリーとの会話につかまっていたので、逃れるには格好の機会だった。

ところが、グラスを手にするとまもなく、背後から自分の名を呼ぶコリンの耳慣れた声を聞いてぞくりとした。

ペネロペは振り返り、とるべき行動を考える前に口を開いていた。「ごめんなさい」

「謝っているのかい？」

「ええ」ペネロペは答えた。「少なくともそのつもりだけれど」

コリンの目じりにわずかに皺が寄った。「急に興味深い会話になったな」

「コリン――」

コリンが片手を差しだした。「ちょっと部屋をひとめぐりしないか？」

「それは――」

た。「頼む」
コリンが腕をさらに近づけた――ほんの数センチ程度だったが、意図はあきらかに伝わっ
ペネロペはうなずき、レモネードのグラスを置いた。「わかったわ」
互いに無言で歩きだして一分ほど経ってから、コリンが言った。「きみに謝りたいんだ」
「勝手に飛びだしていったのはわたしだもの」ペネロペは答えた。
コリンは小首をかしげたが、口もとに笑みが浮かんでいるのが見てとれた。「飛びだして
いったというほどでもないだろう」
ペネロペは顔をしかめた。腹を立てるべき言葉でもないのだろうが、なにしろいまとなっ
ては、みずから部屋を出ていったことに誇りのようなものを感じていた。自分のような女性
には、あのような劇的な去り方ができる機会はそうめぐってくるものではない。
「でも、あんなふうに失礼な態度をとるべきではなかったわ」今度はたいして気のない声で
言った。
コリンは片眉を上げ、追及すべきところではないと判断したらしく、初めの言葉を繰り返
した。「謝りたいんだ。子供じみた愚痴をこぼしてしまったことを」
ペネロペは自分の足につまずきかけた。
コリンは彼女の体勢を立てなおさせてから続けた。「ぼくの人生がほんとうに多くのもの
に恵まれていて感謝すべきであることはわかってるんだ。それについては感謝している」
笑ってはいないが、いかにも恥ずかしげに口もとをゆがめて過ちを認めた。「きみに不満を

こぼすなんて、とんでもない礼儀知らずだ」

「いいえ」ペネロペは言った。「あなたが言ったことを考えてみたのだけれど……」唾を飲み込み、すっかり乾いていた唇を舐めた。あれから適切な言葉を考えつづけ、見つけだせたと思っていたのに、こうしていざ本人の隣に立つと、それがふさわしい言葉とは思えなかった。

「もう一杯、レモネードを飲むかい？」コリンがさりげなく尋ねた。

ペネロペは首を振った。「あなたがどのような感情を持とうがあなたの自由だわ」だし抜けに言った。「わたしがあなたの立場なら同じようには感じないかもしれないけれど、どう感じようがあなたの自由なんだもの。でも――」

言葉が途切れ、コリンは続きが聞きたくてたまらない思いに駆られた。「でも、なんだい、ペネロペ？」と、せかした。

「なんでもないわ」

「ぼくにとってはそうじゃない」ちょうど彼女の腕に触れていたのでわずかに握り、本心から言っていることを伝えた。

とても長い間があり、彼女はほんとうに答える気がないのかもしれないと思った。そうして、口もとに慎重につくろっていた笑みがちょうど崩れそうになったとき――なにしろ大勢の人々の面前にいるのだから、焦りや動揺を見せて憶測や批評を招くようなことはできない――ペネロペがため息を吐きだした。

妙に気分が慰められる、柔らかで思慮深そうな愛らしい音。それを耳にして、コリンはもっとしっかりと彼女を見て、心のなかを覗き、鼓動の響きを聞きたいと思った。

「コリン」ペネロペは静かに切りだした。「もしいまの状況に不満を感じているのなら、それを変える行動を起こすべきだわ。ほんとうに単純なことなのよ」

「もうしてるよ」コリンが肩をむぞうさにそらせて言う。「母にはふらふらと気ままに国外を旅しているような言われ方をされているが、ほんとうは――」

「不満を感じているから旅に出るのね」ペネロペが代わって言い終えた。

コリンはうなずいた。彼女はわかってくれている。どうしてなのか、だからといってどのような意味があるのかも定かではないが、ペネロペ・フェザリントンは自分を理解してくれている。

「日記を出版してはどうかしら」ペネロペが言う。

「無理だ」

「どうして無理なの？」

コリンはとたんに足をとめ、彼女の腕を放した。答えられる理由があるわけではなく、単に鼓動が急に高鳴りだしたからだった。「読みたい人間なんていないだろう？」どうにか訊き返した。

「わたしが読むわ」ペネロペはさらりと答えた。「エロイーズも、フェリシティも……」指を折りながら名を挙げた。「あなたのお母様も、レディ・ホイッスルダウンも間違いなく読むわね」茶目っ気のある笑みを浮かべて言い添えた。「あなたのことはいつも書いているから」

ペネロペの陽気な受け答えにつられて、コリンも笑みをこらえきれなくなった。「ペネロペ、ぼくの知っている人間にしか本を買ってもらえないのではたいして意味がない」

「そうかしら？」ペネロペは唇を引きつらせた。「あなたには大勢の知りあいがいるわ。だいたい、ブリジャートン家だけでも――」

コリンは彼女の手をつかんだ。どうしてなのかはわからないが、手をつかんでいた。「ペネロペ、そこまでだ」

ペネロペはかまわず笑っている。「たしかエロイーズから、あなたたちには山ほど親戚がいると聞いたはずだし――」

「もういいって」コリンは釘を刺しつつ、微笑んでいた。

ペネロペはつかまれた手に視線を落として言った。「あなたの旅行記を読みたがる人は大勢いるわ。最初は、あなたがロンドンの有名人だから読まれるだけかもしれないけれど、優れた書き手であることにみんなが気づくまでにそう時間はかからないはずよ。そしてそのうち、もっと読みたいと騒がれるようになる」

「ブリジャートンの名を利用して成功を手に入れたいとは思わない」コリンが言う。

ペネロペは彼の手を自分の腕から放して、腰に手をあてた。「わたしの話をちゃんと聞いていたの？　言ったでしょう――」

「ふたりで何を話してるの？」

エロイーズ。興味津々といった顔つきだ。

「何も」ふたりは同時につぶやいた。

エロイーズが鼻先で笑った。「見くびらないでよ。何も、のわけがないでしょう。ペネロペなんて、いまにも火を吹きかねない顔をしてたじゃない」

「それは単にあなたのお兄様がわからず屋だからよ」ペネロペは言い返した。

「あら、そんなのいまに始まったことではないわ」エロイーズが言う。

「ちょっと待ってくれよ！」コリンが声をあげた。

「でも、いったい」エロイーズが兄を完全に無視してさらに続けた。「兄は何についてわからず屋なの？」

「個人的な問題だ」コリンは唸り声で答えた。

「そう言われるとますます興味をそそられるわ」エロイーズは言い、期待を込めてペネロペを見やった。

「ごめんなさい」ペネロペは言った。「ほんとうに言えないのよ」

「信じられない！」エロイーズが声を張りあげた。「わたしに教えないなんて」

「ええ」ペネロペは内心なんとなく得意な気分で答えた。「言えないわ」

「信じられない」エロイーズは繰り返し、兄のほうを振り向いた。「信じられないわよ」

コリンは唇をゆがめてかすかに笑みを浮かべた。「信じるんだな」

「わたしに隠し事をしようっていうのね」

コリンが眉を吊りあげた。「おまえになんでも話してると思ってたのか？」

「もちろん、思ってないわ」エロイーズがむくれた。「でも、ペネロペは話してくれてると思ってたわ」

「でも、これはわたしの秘密ではないんだもの」ペネロペは答えた。「コリンのなのよ」

「地軸がずれでもしたのかしら」エロイーズがぽつりとこぼす。「それとも、もしかしたら、イングランドがフランスに衝突しかけているのかもしれないわ。とにかく、今朝、わたしが住んでいた世界とは違ってしまっていることだけはたしかね」

ペネロペは耐えられずに忍び笑いを漏らした。

「しかも、わたしを笑うなんて！」エロイーズが言う。

「あら、そんなことはしてないわ」ペネロペは笑いつつ否定した。「ほんとうに笑ってないってば」

「おまえに必要なものがわかるか？」コリンが訊く。

「わたしに？」エロイーズが問い返した。

コリンはうなずいた。「花婿だよ」

「お母様と同じで口うるさいんだから！」

「その気になれば、もっと口うるさくなれるぞ」

「それについては間違いないわね」エロイーズが言い返した。

「もう、そこまで」ペネロペは口を挟み、とうとう本格的に笑いだした。

兄と妹が〝今度は何？〟とでも言いたげに問いかけるような目を向けた。

「今夜はここに来て、ほんとうによかったわ」ペネロペの唇から自然に言葉がこぼれでた。

「こんなに楽しい晩はいままでなかったわ。ほんとうに、初めて」

数時間後、コリンはブルームズベリーに新たに借りた家の寝室でベッドに横たわり、天井を眺めて、ふと自分もまさに同じ気持ちでいたことに気づいた。

8

『スマイス-スミス家の音楽会で、コリン・ブリジャートンとペネロペ・フェザリントンが話す様子が見られたが、その会話の内容について知る者は誰もいない。あえて推察するなら、話題はおもに筆者の正体についてに違いない。というのも、当夜の演奏の前後から最中に（あまりに無礼であると筆者は考える）至るまで、ほかの誰もが同じ話題を語りあっていたように見えたからだ。

さらにまた、レディ・ダンベリーが杖を振った拍子にホノーリア・スマイス-スミスのヴァイオリンをテーブルから落として壊してしまうという事件もあった。

レディ・ダンベリーは弁償を申し出たのだが、最高級の物以外は買わない主義であるため、イタリアのクレモナからルジェーリのヴァイオリンを取り寄せると主張している。

筆者の予想では、製作工程、船での輸送期間、順番待ちリストの長さを考慮すれば、ルジェーリのヴァイオリンがわが国に到着するまでには半年はかかるであろう』

一八二四年四月十六日付〈レディ・ホイッスルダウンの社交界新聞〉より

女性の人生には、胸がどきどきと高鳴り、突如、世界が見たこともないピンク色のすばらしい空間に見え、玄関の呼び鈴が交響曲に聞こえる瞬間がある。

ペネロペ・フェザリントンは、スマイス-スミス家の音楽会から二日間、まさにそのようなひとときを過ごしていた。

そのさなか、寝室のドアをノックする音がして、執事の声が告げた。

「ミスター・ブリジャートンがお嬢様を訪ねておみえです」

ペネロペはベッドから転げ落ちた。

フェザリントン家で長く仕えている執事のブリアーリーはペネロペのぶざまな格好にも眉ひとつ動かさず、続けた。「ご不在ですとお伝えしますか?」

「だめ!」ペネロペはほとんど叫ぶように言って、よろよろと立ちあがった。「つまり、その必要はないわ」いくぶん落ち着いた声で言い添えた。「でも、用意するのに十分ほどかかるわ」鏡をちらりと見やり、自分の乱れた身なりにたじろいだ。「やっぱり十五分」

「仰せのとおりに、ペネロペお嬢様」

「あの、それから、軽食も用意しておいてね。ミスター・ブリジャートンはお腹がすいているでしょうから。いつも空腹な方なのよ」

執事はふたたびうなずいた。

じっと立っていたペネロペは、ブリアーリーが戸口から消えると感情を抑えられなくなって、これまで間違いなく口にしたことのない——少なくとも、したことはないと思いたい

――奇声じみたものを発し、足を踏み鳴らした。

なにしろ、紳士の訪問を受けたことがないばかりか、まして相手は人生の半分にも及ぶときを恋焦がれてきた男性なのだ。

「落ち着くのよ」ペネロペは自分に言い聞かせ、あたかも騒がしい小さな集団でもなだめるかのごとくぴんと開いた手を押しさげた。「落ち着かなければだめ。冷静に」実際に魔法をかけるように繰り返した。「落ち着いて」

それでも内心では舞いあがっていた。

何度か深呼吸をして鏡台に歩いていき、ヘアブラシを手に取った。髪のピンを留めなおすには数分とかからない。それに、少しばかり待たせたところで、コリンが逃げるわけでもない。準備に少し時間がかかることくらいは心得ていてくれるのではないだろうか？

それでも、ペネロペは記録的な速さで髪を整えなおし、執事の知らせを受けてからほんの五分で客間のドアをあけて入っていった。

「速いな」コリンがいたずらっぽくにやりと笑った。窓辺に立ち、マウント・ストリートを眺めていたらしい。

「あら、そう？」ペネロペは体のほてりが頰に表れていないことを祈って答えた。淑女は長すぎない程度に紳士を待たせるのが世の倣いだ。とはいえ、ほかでもないコリンにそのようなばかげた慣習を守っても意味がない。彼に自分が恋愛相手となる女性として興味を持たれているはずがないし、第一ふたりは友人同士なのだから。

友人。いまだ耳慣れない響きに聞こえるけれど、ふたりの関係を表すにはふさわしい呼び名だ。いままではずっと親しい知人程度のものだったが、コリンがキプロスから戻って以来、たしかに友人関係が築かれつつある。

夢のようだ。

たとえ愛されなくとも——けっして愛されないことは承知している——、以前よりは距離が縮まっている。

「どういったわけでいらしたの？」ペネロペは、母のわずかに色褪せた黄色のダマスク織りのソファに腰かけた。

コリンは、向かいのまっすぐな背もたれが付いた、あまり坐り心地の良くない椅子に腰をおろした。前傾姿勢で両手を膝においたのを見て、ペネロペはすぐに不吉な予感を覚えた。あきらかに紳士が一般的な訪問でする態度ではない。ひどく心乱れ、思いつめたような顔をしている。

「いたって真面目な話なんだ」コリンがけわしい表情で言う。

ペネロペは立ちあがりかけた。「何があったの？　どなたかがご病気に？」

「いや、違う、そういう話じゃない」コリンは間をとって長く息を吐きだしてから、すでに乱れている髪を片手でさらに掻き乱した。「エロイーズのことなんだ」

「どうしたの？」

「どう言えばいいのかな。ぼく——、いや、何か食べ物はあるかな？」

ペネロペは彼の首を締めたい思いに駆られた。「何言ってるのよ、コリン！」

「ごめん」コリンがぼそりと言う。「まる一日食べてないんだ」

「そんなことだろうと思って」ペネロペはいらだたしげに言った。「ブリアーリーに用意するよう頼んであるわ。だから、何があったのかすぐに話して。それとも、わたしの我慢の限界を試すつもりだとでも言うの？」

「妹がレディ・ホイッスルダウンじゃないかと思うんだ」コリンが唐突に言った。

ペネロペはぽかんと口をあけた。コリンに何を話されるのか想像もつかなかったけれど、こういう話であるとも思わなかった。

「ペネロペ、聞いてるのかい？」

「エロイーズのこと？」誰のことを言っているのかは知りつつ、念を押した。

コリンがうなずく。

「ありえないわ」

コリンは立ちあがり、いてもたってもいられない様子で歩きだした。「どうして？」

「だって……だって……」だって、なんて言えばいいの？「だって、十年間もわたしに気づかれずにそんなことができるはずがないもの」

コリンの当惑した顔がとたんに尊大な表情に変わった。「きみがエロイーズのことをすべて知っているとは思えない」

「もちろん、そうだわ」ペネロペはややむっとした目を向けて答えた。「でも、エロイーズがわたしに十年以上もそれほど重大な秘密を隠しとおせないことは断言できるわ。そういう性分ではないのよ」

「ペネロペ、妹はぼくの知るかぎり、最も詮索好きな人間なんだ」

「まあ、たしかにそうね」ペネロペは同意した。「わたしの母を除けば、だけれど。それでも、彼女であるとは思えないわ」

コリンはぴたりと足をとめ、両手を腰においた。「あいつはいつも何か書いてるんだ」

「どうしてそれがわかるの？」

コリンは片手を上げ、親指とほかの指を擦りあわせてみせた。「インクの染みさ。しじゅうつけている」

「大勢の人がペンとインクを使ってるわ」大きな手ぶりでコリンを示した。「あなただって日記を書いているでしょう。あなたの指にもきっとインクがついているはずよ」

「ああ、だが、ぼくは日記を書くときに消えはしない」

ペネロペは鼓動の速まりを感じた。「どういうこと？」詰まりがちな声で尋ねた。

「部屋に何時間も閉じこもるということさ。そして、出てきたときには指にインクがついてるんだ」

ペネロペは息苦しさを覚えるほど長々と押し黙った。エロイーズのよく知られている詮索好きな性質からすれば、コリンの証言には説得力がある。

でも、エロイーズはレディ・ホイッスルダウンではない。それはありえない。ペネロペは命を懸けてもそう言いきれた。

仕方なく、ペネロペは腕を組み、手のつけられない強情な六歳児ならきっとなだめられそうな調子の声で言った。「彼女じゃないわ。違うの」

コリンはあきらめたように椅子に腰を戻した。「きみなら同意してくれると思ったのに」

「コリン、あなたに必要なのは――」

「食べ物はいったいどこなんだ？」コリンがぼやいた。

腹立たしく感じてもいいはずなのに、彼の礼儀を欠いた態度がペネロペには愉快に思えた。

「ブリアーリーがもうすぐ持ってくるはずよ」

コリンは椅子の上で手足を投げだした。「お腹がすいたなあ」

「ほんと」ペネロペは口もとをゆがめた。「思ったとおりだわ」

コリンが疲れた憂うつそうな表情でため息を吐きだした。「妹がレディ・ホイッスルダウンだったら、災難だ。まったくまぎれもない災難だよ」

「そんなに悪いことではないわよ」ペネロペは慎重に答えた。「もちろん、彼女がレディ・ホイッスルダウンだとは思ってないわよ！　でも実際、もしも彼女がホイッスルダウンだったとしても、それほど落ち込むようなことかしら？　わたしはむしろ、レディ・ホイッスルダウンのことが好きよ」

「いや、ペネロペ」コリンがやや鋭い口調で言った。「落ち込むようなことだよ。妹の人生は台無しになる」

「台無しになんてならないわ……」

「間違いなくなるさ。何年ものあいだに、どれだけの人間が彼女にけなされてきたと思うんだ？」

「あなたが、それほどレディ・ホイッスルダウンを嫌っているとは知らなかったわ」ペネロペは言った。

「ぼくは嫌っていない」コリンがいらだたしげに言う。「ぼくが嫌ってるかどうかは問題ではないんだ。ほかのみんなが嫌っているのだから」

「それは違うわよ。みんな彼女の新聞を買っているもの」

「そりゃあ、新聞は買うだろう！　みんな、彼女のくだらない新聞を買っている」

「コリン！」

「失礼」コリンはつぶやいたが、本心から詫びている声には聞こえなかった。

それでもペネロペは詫びの言葉に応じてうなずいた。

「誰がレディ・ホイッスルダウンであろうと」コリンはペネロペを実際に後方にさがらせるほどの勢いで人差し指を振って続けた。「正体が暴かれたときには、ロンドンで姿を見せることはできなくなる」

ペネロペは控えめに咳払いをした。「あなたが、それほど社交界の目を気にする人だとは思わなかった」

「気にしてないさ」コリンは否定した。「いや、少なくとも、さほど気にしてはいない。

まったく気にならないと言える人間は嘘つきか偽善者だからね」

ペネロペはたしかにそのとおりだと思ったが、コリンがそれを認めたことは意外だった。男性は概して、自分なりの信念のもとに世間の風説や評判は気にも留めないふりをするものだと思っていたからだ。

コリンは緑色の目に熱情をたぎらせて身を乗りだした。「これはぼくではなく、エロイーズの話なんだ、ペネロペ。そして妹は、社交界から追放されたら打ちのめされてしまう」椅子に背を戻したものの、全身から緊張を発している。「いうまでもなく、母も同じ目に遭うだろう」

ペネロペは大きく息をついた。「ほんとうに取り越し苦労だと思うわ」

「そうであってほしいよ」コリンは応じて目を閉じた。妹がレディ・ホイッスルダウンかもしれないと疑いだしたのがいつだったのかは定かではない。おそらく、レディ・ダンベリーがいまや話題の懸賞金を発表したあとだろう。ロンドンのほとんどの人々とは異なり、コリンはレディ・ホイッスルダウンの正体にさほど関心を寄せていなかった。コラムは楽しんでいたし、ほかのみんなと同じように目をとおしてもいたが、自分にとってレディ・ホイッスルダウンは……レディ・ホイッスルダウンに過ぎず、それ以上の何者でもなかった。

ところが、レディ・ダンベリーの発言をきっかけに、コリンもコラムニストの正体を考えはじめ、ブリジャートン家のほかの家族と同様、いったん何かを考えだすと完全に忘れ去ることはできなくなってしまった。そしてどういうわけか、エロイーズにはたしかにあのようなコラムを書ける気性と能力が備わっていると思いつき、自分はどうかしていると考えなおすこともできないうちに、妹の指にインクの染みを見つけた。以来、エロイーズが秘密の顔を持っているという可能性以外考えられなくなっていた。

エロイーズがレディ・ホイッスルダウンかもしれないということと、その事実を十年以上も隠されていたことのどちらによりいらだっているのかはわからない。

妹に騙されていたとはなんとも癪にさわる。自分はそれほど愚かではないと思いたかった。だが、当座の問題に目を向ける必要がある。なぜならもし自分の推測が正しければ、妹の正体が暴かれたとき、世の中の騒ぎにいったいどのように対処すべきかを考えなければならないからだ。

しかも、正体は暴かれるに違いない。ロンドンじゅうの人々が千ポンドの賞金を狙っているとすれば、レディ・ホイッスルダウンが正体を隠しとおせる見込みはない。

「コリン、コリン！」

コリンは目をあけて、ペネロペにどれくらい前から名を呼ばれていたのだろうかととまどった。

「ほんとうにエロイーズのことは心配しなくていいと思うわ」ペネロペが言う。「ロンドンには大変な数の人々がいるのよ。そのうちの誰がレディ・ホイッスルダウンであってもふしぎではない。お願いだから、きちんと事実に目を向けて――」ペネロペがはためかせた手が、インクの染みのついたエロイーズの指先をコリンに思い起こさせた。「あなたが、レディ・

ホイッスルダウンかもしれない可能性だってあるのよ」

　コリンはいかにも蔑むように見やった。「しじゅう国外に出ているという、ささいな点が見過ごされているとすればだがな」

　ペネロペはあえて皮肉を受け流した。「あなたには間違いなく、それだけの文章力があるのですもの」

　コリンは何か辛らつな冗談でも返して説得力に欠ける仮説をくじいてやるつもりでいたのだが、文章力を褒められたことに密かに心浮き立ち、結局、おとなしく坐ったままにんまりと笑みを広げた。

「大丈夫？」ペネロペが訊く。

「大丈夫だ」と答え、ぴんと背を伸ばして、より真剣な表情をつくろうとした。「なんでそんなことを訊くんだい？」

「急に様子が変になったからよ。どう見ても、ぼんやりしてたわ」

「大丈夫」コリンは繰り返した。必要以上に少し大きな声が出たような気がする。「騒ぎについて考えていただけだ」

　ペネロペの悩ましげなため息に、コリンはいらだった。彼女のほうにはいらだちをつのらせる理由があるとは思えない。「どんな騒ぎ？」ペネロペが尋ねた。

「正体が暴かれたときに起きるはずの騒ぎだよ」コリンは苦々しげに答えた。

「妹さんはレディ・ホイッスルダウンではないと言ってるじゃない！」ペネロペは言い張っ

た。

コリンは突如姿勢を正し、新たな思いつきに目をきらめかせた。「じつのところ」ことさら熱っぽい口調で言う。「妹がレディ・ホイッスルダウンかどうかを気にしてはいない」

ペネロペはまる三秒間、呆然とコリンを見つめたあと、部屋を見まわしてつぶやいた。「食べ物はどこ？　わたし、空腹で頭が朦朧としているのかもしれない。だって、あなたはたしか、この十分間、妹さんがホイッスルダウンである可能性を心配してかりかりしていたのよね？」

まるで頃合を計ったように、ブリアーリーが軽食をのせた盆を部屋のなかに運んできた。ペネロペとコリンは執事が軽食を並べるのを黙って見つめた。「お取りわけいたしましょうか？」ブリアーリーが申し出た。

「いいえ、けっこうよ」ペネロペはすばやく答えた。「自分たちでやれるわ」

執事はうなずき、食器を揃え、ふたつのグラスにレモネードを注ぐと速やかに部屋を出ていった。

「聞いてくれ」コリンはいきなり立ちあがり、戸枠に寄りかかるようにしてドアを閉めた（とはいえ誰に作法を咎められないともかぎらないので、厳密には少しだけあけておいた）。

「何か食べない？」ペネロペは種々の菓子を少しずつ盛った皿を持ちあげて問いかけた。

コリンはひとかけらのチーズをつまんで、ややがさつにふた口で食べきると、続けた。

「たとえ、エロイーズがレディ・ホイッスルダウンではないとしても——といっても、ぼくはまだ妹に違いないと思っているが――それが問題ではないんだ。なぜなら、ぼくがそうだと疑うとすれば、ほかの誰かも同じように考えるに違いないからさ」

「何が言いたいの？」

コリンは無意識に手を伸ばしていたことに気づいて、ペネロペの肩を揺さぶる寸前で手をとめた。「事実が問題ではない！　わかるかい？　誰かに名指しされれば、妹は破滅する」

「そんなことないわよ」ペネロペは強引に口をこじあけるようにして言った。「彼女がレディ・ホイッスルダウンでなければ！」

「どうやってそれを証明するんだ？」コリンは即座に立ちあがって言い返した。「いったん噂が流れだしたら、手がつけられない。傷口はどんどん広がるだけだ」

「コリン、五分前に話があと戻りしてるわ」

「いいから、聞いてくれ」コリンはさっと顔を振り向けた。感情の昂ぶりにとらわれ、いまやたとえ周りの壁が崩壊しようともペネロペから目を離せそうになかった。「たとえば、ぼくがきみをもてあそんだと触れまわったとしよう」

ペネロペはしだいに全身をこわばらせていった。

「きみは身を滅ぼすことになる」コリンはソファの端に腰かけ、視線の高さを近づけて続けた。「ぼくたちがキスすらしていなくても関係ないんだ。いいかい、ペネロペ。それが言葉の威力なんだよ」

ペネロペはすっかり凍りついているように見えた。と同時に、顔を赤らめている。「な……なんて言えばいいのかわからない」口ごもった。

そしてなんとも奇妙なことが起こった。気づけばコリンも言葉を失っていた。というのも、風評や、言葉の威力や、それらにかかわるささいなことはいっさい忘れ、キスという部分だけしか考えられなくなってしまったからだ。そして――。

そして――。

しかも――。

あろうことか、ペネロペ・フェザリントンにキスをしたいと思った。

ペネロペ・フェザリントンに！

妹とキスをしたいと思っているのも同然ではないか。

ただし――ちらりと目をやると、いつになく彼女が魅力的に見えて、この日の午後までその事実にどうして気づかなかったのだろうかとふしぎに感じた――彼女はむろん妹ではないわけだが。

そうとも、ペネロペは妹ではない。

「コリン？」ペネロペの唇が自分の名をかすかに囁き、驚いた目はひときわ愛らしくまたたいている。そのように気をそそられる褐色であることに、なぜこれまで気づけなかったのだろう？　その瞳はほとんど金色に近い光を湛えている。いままではそんなふうに見えた記憶はないのだが、これまで見ていた回数は百回をくだらないはずだ。

ふいにめまいを覚えて立ちあがった。目線を合わせないほうがいいだろう。こうしていれば、まともに目を合わせずにすむ。

ペネロペも立ちあがった。

なんてことだ。

「コリン?」ペネロペはかろうじて聞きとれる程度の低い声で言った。「ひとつ、頼みごとをしてもいい?」

男ならではの直感なのか、錯乱しているだけなのか、頭のなかで、彼女は良からぬことを望んでいるに決まっているとしつこく叫ぶ声が聞こえた。

どのみち、自分は愚か者だ。

そうなることは目にみえている。なぜならすでに唇を開き、自分のものとしか思えない声を耳にしたからだ。「もちろん」

ペネロペが唇をすぼめ、コリンは一瞬、キスをされるのだろうかと思ったが、すぐに、彼女はただ言葉を発しようとしているだけなのだと気づいた。

「お願い――」

ただの言葉だ。何か頼みごとをしようとしている言葉に過ぎない。頼みごとをするときにはたいがい、キスのように唇をすぼめるものだ。

「キスしてくれる?」

9

『毎週、ひとつはとりわけ待ち望まれる夜会があるものだが、今週の一番人気はほぼ間違いなく、月曜日の晩にマックルズフィールド伯爵夫人が催す大舞踏会であろう。レディ・マックルズフィールドはこのロンドンではめったに夜会を開かぬものの、夫と並んで人望が厚く、ミスター・コリン・ブリジャートン（十人の姪や甥と過ごした四日間の疲労で寝込んでいなければ）、バーウィック子爵、ミスター・マイクル・アンストルーザー＝ウェザビーをはじめ、多数の独身紳士たちの出席が見込まれている。

本コラムの発行後には、多数の若き未婚令嬢たちも出席を決めるに違いない』

一八二四年四月十六日付〈レディ・ホイッスルダウンの社交界新聞〉より

これでわが人生はおしまいだとコリンは感じた。

「なんだって？」自分の瞬きが速すぎることを気にしつつ尋ねた。

ペネロペが人の顔色とは思えないほど濃い深紅色に頬を染め、顔をそむけた。「気にしないで」つぶやく。「いま言ったことは忘れて」

すばらしい案だとコリンは胸のうちで称えた。

ところが、ちょうどおのれの意識が軌道修正されたように思えたとき（少なくともそのふりはできそうだった）、ペネロペに情熱に燃えた目で話を戻され、ぎょっとした。

「だめだわ、わたしには忘れることはできない」叫ぶように言う。「わたしはずっといろんなことを忘れようとして生きてきたわ。口には出さず、ほんとうに望むことは誰にも言わずに」

コリンは何か答えようとしたが、あきらかに喉が締めつけられていた。あと少しこの状態が続けば死んでしまう。そうとしか思えない。

「誰にも言わないわ」ペネロペが言う。「絶対に言わないと約束する。それに、それ以上のことは何も求めない。でも、お願いをきいてくれたら、わたしはあす死んでもかまわない――」

「なんだって？」

ペネロペの目は大きく、溶けているように深みがあり、切迫し――。

コリンは決意がやわらいでいくのを感じた。

「わたしは二十八よ」静かで悲しげな声。「いき遅れで、キスをしたこともない」

「あの……あの……そ……」喋り方を思いださなければ。ほんの数分前までは間違いなくきちんと話せていたはずだ。それがいまはひと言も発することができない。

かたや、ペネロペのほうは頬を愛らしいピンク色に染めて喋りつづけている。その唇があまりに早く動くので、肌をたどられているような妄想すら覚えた。彼女の唇が首に触れ、肩におりて……さらにほかの場所にも。

「もうすぐ、二十九歳のいき遅れになるわ」ペネロペが続ける。「その次は三十になる。あす死ぬかもしれないし――」

「あす死にはしない！」どういうわけか急に声が出た。

「でも、死ぬかもしれないわ！　そう思うと耐えられないの。なぜなら――」

「もう死ぬような言い方だな」コリンは自分で発したはずの声が耳慣れない虚ろな声に聞こえた。

「一度もキスを知らずに死にたくないから」ペネロペはようやく口をつぐんだ。

コリンはペネロペ・フェザリントンとキスをすべきでない理由ならいくらでも挙げられたが、一番の問題は、ほんとうは彼女とのキスを望んでいるという事実だった。

コリンは声が出ることを、そして実際に意味の通じる言葉になることを祈って口を開いたが、息の音以外、何も聞こえなかった。

そのとき、ペネロペが見せた行動にコリンの決意はたちまちくじかれた。ペネロペは顎を持ちあげ、目をまじまじと見つめて、ひと言だけ発した。

「お願い」

コリンはまごついた。自分を見つめるペネロペの、キスをされなければ死んでしまうとでもいうようなそぶりに心のどこかを動かされた。悲愴さや恥じらいはなく――魂を潤し、心満たすために、自分に慈しまれることを必要としているように思えた。

そして、コリンは、それほどまで誰かに情熱的に求められたのは初めてであることに気づいた。

思いあがりを打ちのめされた。

猛烈に彼女を求める気持ちが湧きあがり、膝がくずおれそうだった。目の前にいるペネロペは、妙なことに、これまで幾度となく見てきた女性ではなかった。何かが違っていた。輝きを放っている。女神のように魅惑的だ。どうしていままで誰もそのことに気づかなかったのだろう。

「コリン?」ペネロペが囁いた。

コリンは前に踏みだした——ほんの半歩程度だったが、それでじゅうぶん顎に手が届いたので顔を上向かせ、互いの唇をわずか数センチの距離まで近づけた。

ふたりの息が混じりあい、空気が熱く、濃さを増していく。ペネロペのふるえを指先に感じたが、自分もふるえていないと言える自信はなかった。

評判どおりの遊び人らしく、気の利いた甘い文句を何か囁くべきなのだろう。きみのためならなんでもしようとか、女性ならばみな一度はキスを知るべきだとか。だが、ふたりの距離が縮まるにつれ、これほど強い感情にとらわれた瞬間に見あう言葉はないと悟った。

情熱は言葉にできない。欲望を表す言葉はない。

心でじかに感じる瞬間に言葉はいらない。

だから、とりたてていつもと変わらない金曜の午後、メイフェアの中心部のマウント・ストリート沿いに建つ家の客間で、コリン・ブリジャートンはペネロペ・フェザリントンとキスをした。

それも、すばらしいキスを。

最初はそっと唇を触れあわせた。といっても、やさしくしようという考えが働いたからではない。冷静に考えられる状態であったとすればおそらく、それが彼女にとって初めての経験なのだから、女性たちが晩にベッドで夢みるような慎み深く美しいキスにすべきなのだと思いつけたに違いない。

しかし、コリンの頭にそのような考えは浮かばなかった。じつを言えば、ほとんど何も考えていなかった。そっとやさしいキスになったのは、この期に及んで相手がペネロペであることに驚いていたからだ。何年も前から知っている女性だが、唇を触れあわせる日が来るとは一度も考えたことがなかった。しかもいまや灼熱の炎に爪先まで舐められているように感じながら、彼女を手放せなくなっていた。自分がしていることも、それほどまで欲望を掻き立てられていることも、ほとんど信じられなかった。

情熱、興奮、怒り、欲望といったものに衝《つ》き動かされたキスではない。ちょうどコリンとペネロペの関係のように、ゆっくりと、時間をかけて知りあっていくように唇を重ねていた。

そして、コリンは、キスについては知り尽くしていると考えていたおのれの愚かさを思い知らされた。

それまでのものはどれも、単に唇と舌を触れあわせ、甘い戯言《ざれごと》を囁くだけのものだった。これこそ、キスだ。

何が擦れあっているのかがわかるし、彼女の息を聞き、感じることもできる。彼女はまったく動いていないのに、その肌を通して鼓動が伝わってくる。

こうしていると実際に彼女を感じとれた。

コリンは唇をわずかに左へずらし、ペネロペの唇の縁を軽く嚙んで、口角をそっとくすぐった。舌先で触れて、唇の輪郭をたどり、塩気を含んだ甘いエキスを味わった。

これはただのキスではない。

彼女の背を軽く支えていた両手がしだいに硬くこわばってきて、ドレスの布地を押さえつけた。華奢な肩甲骨をやさしく撫でると、モスリンを通して指先にじんわりとぬくもりを感じた。

コリンはペネロペを徐々に引き寄せ、ついには互いの体をぴたりと添わせた。彼女の全身の曲線を感じ、体が燃え立った。彼女を欲し、しだいに張りつめてきた――ああ、まったく、彼女が欲しくてたまらない。

口が焦《じ》れてさらに舌で突き、彼女の唇を開かせていった。コリンは同意の柔らかな呻きを飲み込んで、奥へ押し入って味わった。甘さと、レモネードのわずかな酸味を感じた。それに、おそらくは上等なブランデーに劣らぬ酔わせる成分も含まれているに違いない。なにせ、コリンは立っていられるかどうかもあやしい状態になっていた。

ペネロペを怖がらせないようゆっくりと、両手で体をたどりはじめた。柔らかな曲線にかたどられていて、弾力があり、まさにずっと理想としてきた女性の体だった。腰幅はしっかりとして、尻はちょうどいい丸みを帯び、乳房は……ああ、乳房が胸に押しつけられた感触はこのうえなく心地いい。その膨らみを包み込みたくてうずうずしたが、両手は然るべき場所にとどめていた（尻のほうもじゅうぶん心地いいので、さほどの我慢を強いられたわけではないのだが）。訪問した客間の真ん中で大切に育てられた淑女の胸をまさぐるような無作法はできないし、それ以上に、もしそんなことをすれば、完全に歯止めが利かなくなるのではないかという心苦しい不安に襲われていた。

「ペネロペ、ペネロペ」コリンは囁いて、その名を呼ぶ舌ざわりの良さに感じ入った。情熱に昂ぶり、酔いしれて、猛烈な欲望に駆られ、ペネロペも同じように感じているのかどうかを無性に知りたくなった。彼女を抱いている感触はすばらしいものの、これまでのところ、まったく反応を示していない。いや、この腕のなかに身をゆだね、唇を開いて甘美な侵入を受け入れはしたのだが、それ以上、何もしていない。

それでも、呼吸の乱れや鼓動から、感情の昂ぶりは感じとれた。

コリンは彼女の顎に触れられるようほんのわずかに身を引いて、顔を自分のほうへ上向かせた。まぶたがぱちぱちとまたたき、情熱でとろんとした目に完璧に調和した唇はわずかに開いて、いかにも柔らかそうに、キスの名残りでふっくらとしている。

ペネロペは美しい。じつに、申しぶんのない、魂を揺さぶられる美しさだ。何年ものあいだ、どうして気づかずにいられたのかわからない。

この世には、美意識に欠ける男か、単に頭の鈍い男しかいないのか?

「きみもキスしてごらん」コリンは彼女の額に軽く額をのせて囁いた。

ペネロペはただ目をまたたいている。

「キスは」つぶやくように言い、ほんの一瞬だけ、ふたたび唇を触れあわせた。「ふたりでするものだ」

ペネロペは彼の背中をそっと撫でた。「どうすればいいの?」かすれ声で訊く。

「したいようにすればいい」

ペネロペはためらいがちにゆっくりと片手を持ちあげて、彼の顔に触れた。そっと頰をたどり、顎の輪郭をかすめて離れた。

「ありがとう」小声で言う。

ありがとう?

コリンは立ちつくした。

あきらかに不適切な返答だ。キスをして感謝などされたくはない。

後ろめたさを覚えた。

それに、自分が浅はかな人間に思えた。

これではまるで、哀れに感じてキスをしてやったみたいではないか。しかも、ほんの数カ月前であれば、たしかに哀れみを感じていたはずだと思うと、よけいに胸にこたえた。

いったいなんだって、そんなことを言われなければならないんだ？

「感謝するのはやめてくれ」コリンはぶっきらぼうに言い、手の届かないところまで大きく後ろへさがった。

「でも――」

「やめろと言っただろう」コリンは声を荒らげて繰り返し、姿を見るのも耐えられないとばかりに背を向けたが、内心では自分自身の態度が許せなかった。

何がこれほど腹立たしいかと言えば――はっきりとはわからない。このやるせない、苛まれるような気持ちは、罪悪感なのか？　ペネロペにキスをすべきではなかったのだろうか？　みずから望んでしたのではなかったのか？

「コリン」ペネロペが言う。「自分を責めないで」

「責めてなどいない」コリンはつっけんどんに返した。

「わたしはキスをしてと頼んだのよ。いうなれば無理やりに――」

ここは男の威厳を保つため確実に否定しておかねばならない。「きみに強制されたわけではない」吐き捨てるように言った。

「ええ、でも――」

「いい加減にしてくれよ、ペネロペ、もうたくさんだ！」

ペネロペは目を見開いてあとずさった。「ごめんなさい」か細い声で言う。

コリンは彼女の手を見やった。ふるえている。自分の情けなさに目を閉じた。なんとまったく、みっともない姿をさらしているのだろう？

「ペネロペ……」コリンは言いかけた。

「いいの、平気よ」ペネロペは急いでさえぎった。「あなたは何も言う必要はないわ」

「いや、言うべきだ」

「言わないでほしいのよ」

そして、ペネロペはとても静かに気品を保とうとしているように見えた。その姿がよけいにコリンの気分を滅入らせた。目の前に立つペネロペはしとやかに体の前で手を組みあわせ、視線を落としている——床を見ているわけではなく、こちらの顔を見ないために。

哀れみからキスをしてくれたと思っているのだろう。

頭の片隅に、そう思われていたほうが都合がいいという気持ちが働き、自分の卑劣さにぞっとした。たしかに、彼女にそう思わせておけば、自分もきっと哀れみからキスをしただけで、それ以上の感情はなかったのだと思い込めるのだろうが。

「そろそろ失礼する」コリンの声は低かったが、静かな部屋には大きすぎるほどに響いた。

ペネロペに引きとめようとするそぶりはない。

コリンはドアのほうを身ぶりで示した。「失礼する」もう一度言ったものの、足が動かない。

ペネロペはうなずいた。

「ぼくはけっして――」コリンは思わず切りだして、自分の口から出かかった言葉に愕然として、今度こそドアのほうへ歩きだした。

けれども、ペネロペに呼びとめられた――当然のことだろう。「けっして、なんなの？」

けっして哀れみからキスをしたのではない、じつはそう言いかけたのだから、答えようがなかった。それを伝えて、それで自分も納得したがっているとすれば、すなわち彼女にどうしても良く思われたいと望んでいるということであり、それはつまり――。

「帰るよ」せっぱ詰まってとっさに言い捨てた。危険な方向に考えを向かわせないためには、もはや部屋を出るしかほかに術はない。コリンはドアまで残りの距離を狭めつつ、何か言われるのを、自分の名を呼びかけられるのを密かに待った。

ペネロペは黙ったままだった。

そして、コリンは部屋を出た。

これほどまで自分をいやな男だと感じたことはいままでなかった。

コリンがひどく気がふさいでいる最中に、家の玄関口に従僕が訪ねてきて、母からの呼びだしを知らせた。おかげで回復不可能なほどふさぎ込んだ。

もううんざりだ。母はまた結婚をせかすつもりでいるのだろう。呼びだしがかかるときには必ず結婚の話と決まっている。しかもいまはその話に耐えられるような気分ではない。

だが、母からの呼びだしなのだ。母を愛しているし、つまりはその母を無視するようなことはできない。そういうわけで、数知れない愚痴と多少の悪態をこぼしながらも、家を出ようとブーツを履き、外套をまとった。

コリンがいま住んでいるブルームズベリーは一般に貴族が居をかまえる高級な地区ではないものの、小さいながらも優美なテラスハウスを借りたベッドフォード・スクウェアは市民のなかでも富裕層が暮らす番地として知られている。

パーティに出席するばかりではなく、医師、弁護士、学者といった、実際に職業に就いている人々が住むその一帯を、コリンはわりに気に入っていた。遺産を継がずに仕事に就くことは考えられないが——結局のところ、ブリジャートン家に生まれた恩恵なのだろう——、東の法曹学院《インズ・オブ・コート》へ向かう弁護士たち、北西のポートランド・プレイスへ通う医師たちなど、毎日忙しく働く専門的な職業の人々を見ると気持ちが活気づけられた。

ちょうどほんの一時間前にフェザリントン家から戻って厩《うまや》に馬を戻したばかりなのだし、街の向こう側とはいえ二頭立て二輪馬車を飛ばせば楽に行けることはわかっていた。だが、少しばかり新鮮な空気を吸いたいし、当然のごとく、〈五番地〉に着くのはできるかぎり先に延ばしたいという、ひねくれた思いもあった。

母がまたしても結婚の美徳を説こうとしているのだとすれば、ロンドンじゅうの適齢期の令嬢たちについて延々と詳しい解説を聞かされることになるはずで、いまごろ手ぐすねひいて待っているのは目にみえている。

コリンは目を閉じて唸り声を漏らした。ブリジャートン家のほかのきょうだいたちと同様、格別の敬意と愛情を抱いている母に悪態をつきたくなるということは、自分で思っていた以上に気分が悪化しているのだろう。

ペネロペのせいだ。

いや、エロイーズのせいだ、と思いなおして歯ぎしりした。きょうだいのせいにするほうが気が咎めない。

いや、やはり——唸りながら机の後ろの椅子にどさりと腰をおろした——自分のせいだ。落ち込んでいるのも、素手で誰かの頭を引っこ抜きたい気分なのも、すべて自分ひとりのせいだ。

ペネロペにキスをすべきではなかった。彼女に頼まれる直前まで、自分がキスを望んでいたことにすら気づけなかったとしても、急にそうしたくなったからなどということは言い訳にはならない。いずれにせよ、キスをしてはいけなかったのだ。

とはいうものの、よくよく考えてみれば、キスをしてはいけなかった理由も定かではない。

コリンは立ちあがり、重い足どりで窓辺に寄り、窓枠に額を押しあてた。ベッドフォード・スクウェアはひっそりとしていて、舗道を歩く数人の人影しか見えない。おそらくは東側に新たに建設中の博物館で働く作業員たちなのだろう（建設現場のそばではかなり騒々しいだろうと考えて、西側に部屋を借りたのだ）。

北側に建つチャールズ・ジェイムズ・フォックスの像へ目を移した。ここにもまた、人生の目的を持った男がいる。長年、ホイッグ党を率いていた人物だ。貴族社会の長老たちの話を信じるとすれば、つねに高い支持を得ていた人物というわけではないらしいが、好かれるということにはそれほど価値はないのではないかと、コリンは思いはじめていた。こうしていま、いらだちをつのらせ、通りがかりの見知らぬ人にも八つあたりしかねないほど不機嫌な男が、とりわけ好かれている人物であるなどと誰が思うだろう。

コリンはふうと息を吐き、窓に片手をついて背をまっすぐに起こした。メイフェアまで歩いていくつもりなのだし、そろそろ出かけたほうがいいだろう。馬車を使わずとも、足早に歩けば（いつもそうしているが）、まして、のんびり歩く人々で舗道も混んでいなければ、三十分とかからないはずだ。ほとんどの貴族は買い物をしたり公園を気どって散策したりする程度で、あまり街を出歩くことはしないが、コリンは頭をすっきりさせたかった。ロンドンの空気がたいして新鮮ではないとしても、気休めにはなるだろう。

ところが、その日の悪運のめぐりあわせなのか、オックスフォード・ストリートとリージェント・ストリートの交差点に達する頃には、雨の滴がぽつぽつと顔にあたりはじめた。ハノーヴァー・スクウェアの縁沿いに折れてセント・ジョージ・ストリートに出たときには、本格的に降りだした。ブルートン・ストリートはすぐそこなので、これから貸し馬車を呼ぶのはあまりにばかばかしく思えた。

なので、コリンは歩きつづけた。

煩わしく感じたのは最初の数分だけで、しだいにどことなく心地良くなってきた。外気が暖かいので骨身に寒さが沁みるわけでもない。それに、濡れた太い針で苦行を与えられているようにも思えた。

自分の行動を考えれば、当然の報いだ。

母の家の玄関扉は、コリンが階段をのぼりきるより早く開いた。執事のウィッカムは待ちかまえていたに違いない。

「布をお使いになりますか?」執事は抑揚をつけた声で言い、大きな白い布を差しだした。いったい、ウィッカムはいつから用意していたのだろうといぶかしく思いつつ、コリンは布を受けとった。雨のなかを愚かにも歩いてくると予想できるはずもない。

コリンがこの執事に得体の知れない神秘的な能力を持っているのではないかと感じたのは、これが初めてではなかった。仕事柄、身につく能力なのだろうか。

コリンは髪を拭きながら空恐ろしさを覚えた。身なりを整えてからここに着くまでに少なくとも三十分はかかることを、ウィッカムにぴたりと正確に見抜かれていたのだろうか。

「母上はどちらに?」

ウィッカムが唇をすぼめ、いまや小さな水溜りができあがったコリンの足もとをあからさまに見おろした。「書斎におられます。ですが、お嬢様とお話し中です。」

「どのお嬢様だい?」コリンは、自分を焦らそうと間違いなくわざと名を省いたウィッカムへのあてつけに、にこやかに微笑んで問いかけた。

ブリジャートン家では、ただ〝お嬢様〟と言われても、誰のことを指しているのかわかりようがない。

「フランチェスカ様です」

「ああ、そうか。もうすぐスコットランドに帰るのだろう？」

「あすです」

コリンが布を返すと、ウィッカムは大きな昆虫でも渡されたかのような面持ちでそれを見つめた。「それならば、邪魔はしたくない。フランチェスカとの話が終わったら、母にぼくが来ていると伝えてくれ」

ウィッカムはうなずいた。「着替えをなさいますか、ミスター・ブリジャートン？　階上のグレゴリー様の寝室にお召しになれる服があると存じます」

コリンは思わず微笑んだ。グレゴリーはケンブリッジの最終学期を終えようとしている。自分より十一歳下で、服を貸し借りすることなど考えてもいなかったが、弟もそこまで成長したのだと受け入れるべきときが来たのだろう。

「それは名案だ」コリンは答えた。濡れそぼった袖を恨めしげに見やる。「脱いだものはここにおいておくので、あとで取りに来て洗っておいてくれ」

ウィッカムはふたたびうなずき、低い声で「かしこまりました」と応じ、廊下の先の未知の領域へ姿を消した。

コリンは家族の私室がある階上へ一段飛ばしで階段を駆けのぼった。濡れた服でぴしゃぴしゃと音を立てながら廊下を進むうち、ドアが開く音が聞こえた。振り返ると、エロイーズが立っていた。

最も会いたくなかった相手だ。おかげで、ペネロペとの昼間の出来事がいっきに脳裏によみがえった。ふたりの会話。それに、キス。

ことに、キスのほうが。

さらにやっかいなのは、そのあとで感じた後ろめたさだ。

その思いはいまも胸のなかにある。

「コリンお兄様」エロイーズが快活に呼びかけた。「来られているとは知らなかったわ――まあ、どういうこと、歩いてきたの？」

コリンは肩をすくめた。「雨が好きなんだ」

エロイーズはけげんそうに兄を見つめ、何かに頭を悩ませるときのいつもの癖で首を横にかしげた。「きょうはずいぶんと機嫌が悪そうね」

「びしょ濡れなんだぞ、エロイーズ」

「何もむきになることないじゃない」エロイーズが鼻息を立てて言う。「わたしがお兄様に雨のなかを歩いてきてと、お願いしたわけでもないんだし」

「家を出たときは降っていなかった」コリンは言い訳せずにはいられなかった。きょうだいとのやりとりでは、どうも八歳児並みの言動に戻りやすくなる。

「あきらかに空は曇ってたわ」エロイーズが言い返した。

どうやら妹にも少々、八歳児に戻る傾向があるらしい。

「その議論は、着替えてからにしてくれないか？」コリンはことさらいらだたしげな声で訊いた。

「もちろん、かまわないわ」エロイーズはいかにも鷹揚に、間延びした声で答えた。「ここで待ってるから」

コリンは時間をかけてグレゴリーの服に着替え、何年かぶりの丁寧さでクラヴァットを結んだ。そろそろ妹が歯噛みしている頃だろうとほくそ笑んで、ようやく廊下に戻った。

「きょう、ペネロペを訪ねたと聞いたわよ」エロイーズが前おきなしに切りだした。

よけいな話を。

「そんなことをどこで聞いた？」コリンは慎重に尋ねた。妹とペネロペが親しいことは承知しているが、ペネロペがあのことをエロイーズに話すとは思えない。

「ヒヤシンスがフェリシティから聞いたの」

「それで、ヒヤシンスがおまえに話したわけか」

「そのとおり」

「この街では、何かあるとすぐにゴシップあつかいされてしまう」

「この件はゴシップとは見なされないわよ、コリンお兄様」エロイーズが言う。「お兄様はペネロペにご興味があるわけではないでしょう」

誰かほかの女性についての話であれば、妹はきっとちらりと横目で見やって、遠慮がちに、〝そうよね？〟と続けただろう。

だが、話題の女性はペネロペなのだ。親友で、最良の擁護者であるエロイーズでさえも、兄のように評判も人気も高い男性が、評判も人気も低いペネロペのような女性に興味を持つとは想像できないのだろう。

コリンの気分の悪さは地に落ちた。

「いずれにしても」エロイーズは、ふだんは明るく陽気な兄が嵐を起こしかけているとはつゆ知らず続けた。「フェリシティはブリアーリーからお兄様が訪ねてこられたことを聞いて、ヒヤシンスに話したのよ。だから、わたしは何があったのかしらと思ったわけ」

「おまえには関係のないことだ」コリンはそっけなく言い、それで妹が立ち去ってくれることを祈ったが、内心ではそう簡単にいかないこともわかっていた。それでも、つねに楽観思考のコリンは、階段のある吹き抜けのほうへ一歩踏みだした。

「わたしの誕生日のことではないかしら？」エロイーズは憶測し、急いで前方に周り込んだ拍子に兄の爪先に部屋履きを踏まれた。痛そうに顔をしかめたが、コリンは妹に同情する気は起きなかった。

「いや、おまえの誕生日には関係ない」ぴしゃりと答えた。「おまえの誕生日のことはまだ――」

コリンは口ごもった。いや、まずい。

「来週でいいだろう」ぼそりとつぶやいた。

エロイーズはいたずらっぽく笑った。それから、進むべき道を間違えていたことを悟ったらしく、いったん後退し、方向転換をしなければならないとでもいうように、がっかりした表情で唇をわずかに開いた。「そう」少し脇にずれて兄の進路をしっかりふさいで続ける。「わたしの誕生日について話しあうためではなくて、しかも、わたしを納得させられる説明もできないのだとすると、いったいどうしてペネロペを訪ねたの？」

「この世に個人の秘密は許されないのか？」

「こ、この家では許されないわ」

いまはこれっぽっちも妹に思いやりをかける気にはなれないが、いつもの愛想の良さを用いるのが最善の策だろうとコリンは見きわめた。そこで、いかにも朗らかで気さくな笑みを顔に貼りつけ、首をくいとひねって問いかけた。「母上がぼくを呼ぶ声が聞こえなかったかい？」

「なんにも聞こえないわ」エロイーズは生意気そうに答えた。「それより、お兄様、ご気分でも悪いの？　顔色がとても悪いわ」

「なんでもない」

「なんでもないわけがないでしょう。歯の治療に行ってきたような顔をしてるもの」

コリンは声をひそめてつぶやいた。「家族からの褒め言葉はいつも嬉しいよ」

「家族の正直な言葉を信じられないのなら」エロイーズはすかさず反撃した。「誰を信じられるというの？」

コリンは優美なしぐさで壁にもたれかかって腕を組んだ。「正直な言葉よりお世辞のほうが嬉しいね」

「いいえ、嘘よ」

ああ、まったく、妹をひっぱたきたくなった。最後に妹を叩いたのは十二歳のときで、馬の鞭で打たれて叱られた。憶えているかぎり、父に手をあげられたのはその一度きりだ。

「ただちに」コリンは片眉を吊りあげて言葉を返した。「この会話を打ち切ることを希望する」

「わたしに」エロイーズはとげとげしく答えた。「ペネロペ・フェザリントンを訪ねた理由をこれ以上訊くなと言っても、無理な希望であるのは、お互いわかっているわよね」

その言葉で、コリンは確信した。頭から爪先へ、心の底に至るまで、妹こそレディ・ホイッスルダウンだという直感がめぐった。パズルのピースが埋まった。これほど頑なで、強情に、噂話や風刺の真相を時間をかけて徹底的に究明できる――あるいは究明しようとする――人間はほかにいない。

エロイーズは何かを望むと、それをその手にしっかりとつかむまでけっしてあきらめない。貪欲だとか、物欲があるというのではなく、金銭を求めているのでもない。知識欲のせいなのだ。エロイーズは知ることが好きで、知りたいことをきちんと話してもらえるまで鋭く追究しつづける。

これまで誰にも正体を暴かれなかったのは奇跡だ。

コリンは唐突に口走った。「おまえに話がある」妹の腕をつかみ、一番近い部屋に引きずり込むと、偶然にもそこは彼女自身の部屋だった。

「コリンお兄様！」エロイーズは兄を振り払おうとしたがうまくいかず、甲高い声をあげた。「何してるのよ？」

コリンはドアをぴしゃりと閉めて妹を放し、いかめしい表情で足幅を広くかまえて腕を組んだ。

「コリンお兄様？」エロイーズがいぶかしげな口調でふたたび問いかけた。

「おまえがしてきたことはわかっている」

「わたしのしてきたことって――」

それから、あろうことか、妹は笑いだした。

「エロイーズ！」コリンは語気を強めた。「ちゃんと聞いてるのか！」

「もちろん」エロイーズはどうにかこうにか言葉を発した。

コリンは頑として足を踏んばり、妹を睨みつけた。

エロイーズは顔をそむけ、ほとんど身を折るようにして笑っている。ようやく、言葉を継いだ。「お兄様はいったい――」

けれども、そこでふたたび兄を見て、必死にこらえようとしたものの、また噴きだした。

妹が飲み物でも口にしていたら、鼻から吹きだしていただろう、とコリンは可笑しさのかけらも感じずに思った。「何がそんなに可笑しいんだ？」つっけんどんに訊いた。

それでようやく妹が注意を向けた。声の調子のせいなのか、乱暴な言葉づかいのせいなのかはわからないが、妹はとたんに真剣な表情を取り戻した。

「あら」エロイーズが穏やかな口調で言う。「真剣なのね」

「冗談を言っているように見えるか？」

「いいえ」エロイーズは答えた。「だけど、最初は言ってたわよね。ごめんなさい。コリンお兄様はふだん睨みつけたり、怒鳴ったりするような人ではないでしょう。でも、これではまるでアンソニーお兄様みたいだわ」

「何を――」

「というより」妹は兄に対する遠慮などまったく感じられない目を向けて続けた。「必死にアンソニーお兄様の真似をしてるというほうが近いけれど」

コリンは妹に殺意を覚えた。母の家の、妹本人の部屋で、妹を殺してしまいそうだ。

「コリンお兄様？」エロイーズは遅まきながらようやく兄がとうにただの怒りを通り越して激怒していることに気づいたとでもいうように、ためらいがちに問いかけた。

「坐れ」コリンは椅子のほうへ首をくいと傾けた。「早く」

「大丈夫？」

「坐るんだ！」コリンは声を荒らげた。

エロイーズはてきぱきと指示に従った。

「お兄様がこんな大声をだすのは、いつ以来のことなのか思いだせないわ」つぶやいた。

「こっちもこんな大声を出させられるのは、いつ以来のことなのか思いだせない」

「どうしたって言うの？」

コリンは単刀直入に言ったほうがいいだろうと決断した。

「コリンお兄様？」

「おまえがレディ・ホイッスルダウンであることは知っている」

「はあっ？」

「否定しても無駄だ。この目で――」

エロイーズがはじかれたように立ちあがった。「断じて違うわ！」

にわかにコリンの激しい怒りは鎮まった。代わりに、疲れと老けたような気分を感じた。

「エロイーズ、この目で証拠を見たんだ」

「どんな証拠よ？」エロイーズは信じられないといった様子で声を張りあげた。「違うのに、証拠なんてあるはずがないでしょう？」

コリンは妹の手をつかんだ。「指を見てみろ」

エロイーズは言われたとおり自分の指を見た。「この指がどうしたの？」

「インクの染みがついている」

妹の口があんぐりあいた。「そ、そ、そんな理由で、わたしがレディ・ホイッスルダウンだと考えたわけ？」

「だったら、どうしてそんなものがついてるんだ？」

「お兄様は羽根ペンを使ったことがないの？」

「エロイーズ……」重々しく諫めを込めた声で言った。

「指にインクの染みがついている理由なんて説明するまでもないわ」

コリンはもう一度、妹の名を呼んだ。

「そうでしょう」エロイーズが反抗的な口調で言う。「お兄様に言わなければいけない義務はないし――でも、まあ、いいわ」けんか腰に胸の前で腕を組む。「手紙を書いてるのよ」

コリンは信じられるかといわんばかりの目を向けた。

「ほんとうよ！」エロイーズが声高に言う。「毎日。フランチェスカと離れているときには日に二通書くこともあるわ。わたしはとても筆まめなのよ。知ってるでしょう、お兄様にもせっせとお手紙を書いたんだから。まあ、半分は届いているかどうかもあやしいところだけれど」

「手紙？」コリンは疑念とあざけりに満ちた声で訊き返した。「よしてくれよ、エロイーズ、そんな言い訳が通用すると本気で思ってるのか？　だいたい、誰にそれほどたくさん手紙を書いているというんだ？」

エロイーズは顔を赤く染めた。それもきわめて鮮やかな赤色に。「お兄様には関係のないことだわ」

妹がレディ・ホイッスルダウンであることをまだ確信できていなかったとすれば、その反応に興味をそそられもしただろう。「いい加減にしろよ、エロイーズ」コリンはきつく言い返した。「毎日手紙を書いているなどと、いったい誰が信じるんだ？　ぼくにはとても無理だ」

エロイーズは暗灰色の目に怒りをたぎらせて兄を睨みつけた。「お兄様にどう思われようとかまわない」一段と声を落として言った。「いいえ、それは嘘だわ。お兄様が信じてくれないことに、わたしは怒ってる」

「信じられるように説明しないからだろう」コリンはうんざりしたように言った。

エロイーズはすたすたと兄のもとへ歩み寄り、胸を強く突いた。「わたしのお兄様でしょう」吐き捨てるように言う。「何も訊かずに信じてくれたっていいじゃない。無条件で妹を愛してよ。それが家族というものでしょう」

「エロイーズ」ため息のようにしか聞こえない声で妹の名を呼んだ。

「いまさら、弁解はいらないわ」

「その気はない」

「それどころではすまないんだから！」エロイーズは足早にドアのほうへ向かった。「床にひざまずいて、わたしに許しを請うべきよ」

コリンは自分に笑える心の余裕があるとは思ってもいなかったが、どういうわけか笑っていた。「そういうことができるたちに見えるか？」

エロイーズは何か言おうと口を開いたが、まともな言葉らしきものは出てこなかった。ただひたすら、激しい怒りに駆られた声で「わああ！」というような音を発し、いきなり廊下へ飛びだして、ばしゃんとドアを閉めた。

コリンは椅子に深く沈み込み、妹は自分の寝室に兄を残して出たことに、いつごろ気づくのだろうかと考えた。

振り返れば、そんな皮肉な結末が、この災難だらけの一日で唯一、愉快な出来事だった。

10

『親愛なる読者のみなさま
思いのほか感傷的な心持ちで本コラムをお届けする。上流社会の日々の出来事をお伝えして十一年、筆者は筆を置くことに決めた。
レディ・ダンベリーから挑戦状を突きつけられたことはたしかに引退を考える契機となったが、実際、伯爵夫人の発言（だけ）がその理由ではない。このところ、本コラムは退屈で、内容も浅く面白みのないものとなっていた。筆者には変化が必要だ。その程度のことは容易に察しがつく、十一年は長かった。
さらに、じつのところ、最近再燃している筆者の正体探しにも嫌気がさしてきた。誰もが解決不可能な謎を解こうと無益な試みに加わって、友人同士、兄と妹が、仲たがいを起こしている。そのうえ、貴族たちはじつに危険な探偵行為に及んでいる。先週はレディ・ブラックウッドが足首をくじいたが、今週は土曜日にリバーデール夫妻がロンドンの邸宅で開いた夜会で、ヒヤシンス・ブリジャートンがちょっとしたけがの憂き目に遭ったらしい（リバーデール卿はレディ・ダンベリーの甥であることを念のため付記しておく）。ヒヤシンス嬢は耳を押しあてていた木のドアが開いて図書室に転げ落ち、けがを負ったとのことなので、出席者のいずれかを疑っていたのだろう。
立ち聞きをしたり、配達の少年を追いかけたり——しかも筆者の耳に届いている話はそのうちのごく一部に過ぎない！　ロンドンの社交界はどうなってしまったのだろう？　ここに断言する。親愛なる読者のみなさま、筆者は本紙を発行してから十一年、一度たりとも立ち聞きしたことはない。本コラムに掲載される内容はすべて、鋭敏な耳と目のほかはいかなる道具も仕掛けも用いず、正当に入手したものである。
ロンドンよ、いざさらば！　みなさまのお役に立てたとすれば幸いである』
一八二四年四月十九日付〈レディ・ホイッスルダウンの社交界新聞〉より

当然ながら、マックルズフィールド伯爵家の舞踏会は、その話で持ちきりとなった。

「レディ・ホイッスルダウンが引退するとはな！」

「信じられる？」

「これから朝食のときには何を読めばいいんだ？」

「パーティを欠席したら、どうやって情報を知ればいいのかしら？」

「もう彼女が誰なのか調べられないじゃないか！」

「レディ・ホイッスルダウンが引退？」

ひとりの婦人が気を失い、あやうくテーブルの角に頭をぶつけそうになりながら床に不恰好にへたり込んだ。今朝のコラムを読みのがし、マックルズフィールド邸の舞踏会に来て初めてその事実を知ったに違いない。婦人は嗅ぎ塩を嗅がされて正気づいたが、すぐにまた倒れ込んだ。

「お芝居だわ」ヒヤシンス・ブリジャートンはフェリシティ・フェザリントンに耳打ちした。ふたりとともに、先代子爵未亡人のレディ・ブリジャートンとペネロペが小さな輪を成していた。ペネロペは胃の不調で家にとどまることにした母に代わり、フェリシティの正式な付き添い役として出席していた。

「最初の気絶は本物よ」ヒヤシンスが説明する。「あのみっともない倒れ方を見れば、一目瞭然だもの。でも、今度のは……」床に倒れた婦人のほうへうんざりしたしぐさでひらりと手を向けた。「バレリーナみたいに気絶する人はいないわよ。バレリーナでもないかぎり」

ペネロペはヒヤシンスのすぐ左隣でその会話を聞いていたので、気の毒な婦人を目で追いつつ小声で問いかけた。「気絶したことがあるの？」倒れた婦人はふたたび鼻の下に嗅ぎ塩をあてがわれて睫毛をしとやかにはためかせ、意識を取り戻していた。

「ないわよ！」ヒヤシンスは少なからず得意げに答えた。「気絶のお芝居に引っかかるのはお人よしだもの」と言い添えた。「もしレディ・ホイッスルダウンがまだやめていなかったら、わたしの言葉に感心して、次のコラムではまったく同感だと書いてくれたはずだわ」

「ああ、もう何も書いてはもらえないのね」フェリシティが悲しげなため息をついて調子を合わせた。

レディ・ブリジャートンも同調した。「ひとつの時代が終わったのね。彼女がいなくなるのはとても寂しいわ」

「でも、まだ彼女がいなくなって十八時間程度のものですわ」ペネロペは指摘せずにはいられなかった。「今朝、コラムを読んだばかりですし。それでもうお寂しいと?」

「習慣だからなのよ」レディ・ブリジャートンがため息まじりに言う。「これがいつもの月曜日なら、水曜日には次のコラムを読めるとわかっているわ。でも、もう……」

フェリシティが実際に鼻を啜った。「もう読めないのね」

ペネロペはあきれ顔で妹のほうに向きなおった。「いくらなんでも、それは大げさすぎるでしょう」

「そうかしら?」

フェリシティの肩をすくめたしぐさは舞台上の俳優並みに芝居がかっていた。「そう? そうかしら?」

ヒヤシンスが気の毒そうに友人の肩を軽く叩いた。「そんなことはないわ、フェリシティ。わたしもまったく同じ気持ちだもの」

「たかがゴシップ記事なのよ」ペネロペは言い、正気のしるしを求めて近しい人々の顔を見まわした。レディ・ホイッスルダウンが新聞の発行をやめたからといって、この世が終わるわけではないことはみなじゅうぶんにわかっているはずだ。

「たしかに、あなたの言うとおりね」レディ・ブリジャートンは応じ、おそらくは現実的な思考の持ち主である態度を見せようとして顎を突きだし、唇をすぼめた。「分別のある女性が身近にいてくれるのは嬉しいわ」しかしすぐに、やや気落ちしたように続けた。「でも、いつも彼女がいることに慣れてしまっていたのは認めざるをえないわ。彼女が誰であろうと」

ペネロペは話題を変える機会を逃すまいと思った。「エロイーズは今夜どちらに？」

「残念ながら体調がすぐれないのよ。頭痛がするらしくて」レディ・ブリジャートンはなめらかな顔の眉間に気づかわしげに小さな皺を寄せて言った。「もう一週間近くも治らないのよ。さすがに心配になってきたわ」

ペネロペは壁に取り付けられた燭台に目をさまよわせていたが、すぐにレディ・ブリジャートンに視線を戻した。「重くはないのですよね？」

「ぜんぜん重くないわ」ヒヤシンスは母の口が開くより早く答えた。「エロイーズお姉様は病気ではないもの」

「だからこそ、心配なのよ」レディ・ブリジャートンが言う。「食欲もあまりないようだし」

「それは違うわ」ヒヤシンスが言う。「きょうのお昼だって、ウィッカムがとっても重そうなお盆を運び込んでたのよ。スコーンに、卵に、あれはたぶん塩漬けハムの匂いだったわ」誰にともなく、いたずらっぽい顔をしてみせた。「それで、エロイーズお姉様がそのお盆を廊下に出したときには、すっかり空《から》になっていたんだから」

ヒヤシンス・ブリジャートンの観察力の鋭さに、ペネロペは舌を巻いた。

「お姉様は機嫌が悪いのよ」ヒヤシンスが続ける。「コリンお兄様とけんかをしてから」

「コリンとけんかをしたの？」ペネロペはいやな予感に胸をざわつかせて訊いた。「いつのこと？」

「先週のいつかよ」ヒヤシンスは答えた。

だからいつなの？　ペネロペは叫びたい気持ちだったが、正確な日時を問いただせば妙に思われることはわかっている。金曜日でしょう？　違うの？

人生で初めての、そしてほぼ確実に最後になるはずのキスを金曜日にしたことはけっして忘れはしないだろう。

ペネロペは妙な特性を備えていた。必ず曜日を憶えているのだ。

コリンに初めて出会ったのは月曜日。

キスをしたのは金曜日。

初めて出会った日から十二年後の。

ペネロペはため息をついた。ひどく哀れな話ではないだろうか。

「どうかしたの、ペネロペ？」レディ・ブリジャートンが尋ねた。

ペネロペはエロイーズの母親を見つめた。思いやりにあふれた、やさしそうな青い瞳。その首を横にかしげたしぐさに、ペネロペは泣きだしたい思いに駆られた。

どうもこのところ、感傷的になるきらいがある。首をかしげられたくらいで涙がこみあげるなんて。

「なんでもありません」ペネロペは自然に見えるよう祈りつつ微笑んで答えた。「エロイーズのことが少し心配なだけです」

ヒヤシンスが鼻先で笑った。

ペネロペは逃げださなければと思い定めた。ブリジャートン一族の誰の顔を見ても――といっても、ここにいるのはそのうちふたりだけだが――コリンのことを考えずにはいられない。

この三日間はほとんど四六時中、彼のことを考えずにはいられない状態が続いていた。それでも、せめて家にいれば誰にも見られない場所でひとり、思う存分ため息をつき、唸り声を漏らし、独り言をつぶやいていられた。

今夜は運に恵まれていると言うべきか、ちょうどそのとき、レディ・ダンベリーに大声で呼びかけられた。

（ロンドン一辛らつなご婦人とのお喋りにつきあわされることを幸運に感じるとは、この先の人生が思いやられるけれど）

いまの四人だけの親密な会話から逃れるにはこれほど好都合な口実はないし、そのうえペネロペはどういうわけか、レディ・ダンベリーにむしろ好感を抱くようになっていた。

「フェザリントン嬢！　フェザリントン嬢！」

フェリシティが即座に一歩退いた。「お姉様のことではないかしら」慌てて囁いた。

「もちろん、わたしのことよ」ペネロペはやや気どったしぐさで答えた。「レディ・ダンベリーは、わたしにとっては大切な友人ですもの」

フェリシティが目を見張った。「そうなの？」

「フェザリントン嬢！」レディ・ダンベリーが呼びかけて、そばに来るなりペネロペの足のすぐ手前に杖をどしんと突いた。「あなたではないわ」近づいてきた伯爵夫人に礼儀正しく微笑んだだけのフェリシティに言い、「あなたのほうよ」とペネロペに言い添えた。

「あの、こんばんは、レディ・ダンベリー」ペネロペは答えた。その状況で思いつけた精一杯の感謝の言葉だった。

「今夜はずっとあなたを探していたのよ」レディ・ダンベリーが声高らかに返した。

ペネロペはその言葉に少しばかりうろたえた。「探していらした？」

「ええ、ホイッスルダウンなるご婦人の最後のコラムについて、あなたと話がしたくて」

「わたしと？」

「ええ、あなたと」レディ・ダンベリーが不満げに言う。「あなたがほかにも少しは知性のある人物を紹介してくださると言うのなら、喜んでお話しするけれど」

ペネロペは噴きだしかけた笑いを噛み殺し、そばの婦人たちを身ぶりで示した。「でしたら、レディ・ブリジャートンと――」

レディ・ブリジャートンは猛然と首を振っている。

「そのご婦人は山ほどいる子供を結婚させるのに忙しいからだめよ」レディ・ダンベリーはきっぱりと言った。「しばらくはまともな会話ができるとは思えないわ」

ペネロペは、失礼な発言に気分を害したのではないかと慌ててレディ・ブリジャートンをちらりと窺った――たしかに、この十年、山ほどの子供たちを結婚させようと躍起になってきたことは事実だ。けれども、レディ・ブリジャートンには少しも気分を害した様子は見えなかった。それどころか、あきらかに笑いをこらえている。

笑いをこらえつつ、ヒヤシンスとフェリシティを伴ってじりじりと離れていく。

抜け目ない裏切り者たちめ。

ああ、でも、文句を言える立場ではないのだとペネロペは思った。ちょうどブリジャートン一族から逃れようと考えていたのだ。それでも、フェリシティとヒヤシンスをまんまと逃げおおせた気分にさせるのは、あまり愉快なことではない。

「逃げたわね」レディ・ダンベリーが甲高い笑い声で言う。「でもまあ、都合がいいわ。あのふたりのお嬢さん方は知的な会話ができないのだから」

「あら、それは違います」ペネロペは反論せずにはいられなかった。「フェリシティもヒヤシンスもとても聡明ですわ」

「利口ではないとは言ってないわ」老婦人はとげとげしく答えた。「知的な話題がないというだけのことよ。でも、心配は無用よ」ペネロペを励ますように――励ます？　レディ・ダンベリーが人を励ますことがあるなどと誰が信じるだろう？――腕を軽く叩いた。「会話が浅はかなのはふたりのせいではないわ。そういうものは育まれていくものなのよ。人間は上質のワインと同じ。うまく育まれていけば、年を経るにつれ深みを増していくのだから」

ペネロペは肩越しにコリンかもしれないと思った紳士（人違いだった）を見やり、ちょうどレディ・ダンベリーの顔の右へわずかに視線をそらしていたのだが、その言葉で伯爵夫人の思惑どおり会話に注意を引き戻された。

「上質のワインですか？」ペネロペは訊き返した。

「あらまあ、話を聞いていないのかと思っていたわ」

「いいえ、ちゃんとお聞きしてましたわ」ペネロペは笑みにならないよう唇をきゅっと引き結んだ。「ちょっと……気が散ってしまっただけです」

「どうせ、ブリジャートン家の三男坊を探していたんでしょう」

ペネロペは言葉を失った。

「あら、そんなに驚くことはないわ。あなたの顔にしっかりとそう書かれているのだから。わたしからすれば、相手が気づかないほうが驚きだわね」

「きっと気づかれていますわ」ペネロペは小さくつぶやいた。

「気づいているですって？　ふむむ」レディ・ダンベリーは眉をひそめ、口の両端から顎へ長い縦皺をこしらえた。「それで何も反応しないというのは感心しないわね」

ペネロペはじんわりと胸が熱くなった。老婦人の言葉には、コリンのような男性と自分のような女性が恋に落ちるのも自然なことなのだと感じさせてくれるやさしさが滲んでいた。でも実際は、なんと自分からコリンに頼んでキスをしてもらったのだ。そして当然の結果に終わった。コリンは突如怒りだして帰ってしまい、以来三日間、ふたりは口をきいていない。

「けれども、気に病むことはないわ」レディ・ダンベリーは唐突に言った。「ほかの人を探せばいいのだから」

ペネロペは控えめに咳払いをした。「レディ・ダンベリー、わたしのために探してくださるというのですか？」

老婦人は皺の寄った顔をさらに皺くちゃにして、晴れやかに笑みを輝かせた。「もちろんですとも！　あなたがこれほど長くお相手を探せずにいるのはふしぎなことだもの」

「でもどうして？」ペネロペはまるで真意がつかめずに尋ねた。

レディ・ダンベリーはため息をついた。悲しげというより切なそうな音だった。「少し腰かけて話せないかしら？　老体がもう、なかなか言うことをきいてくれないのよ」

「もちろん、かまいませんわ」ペネロペは即座に応じ、人いきれのする舞踏場でレディ・ダンベリーの年齢をまるで気づかわずに立っていたことを申し訳なく思った。でもそれも、伯爵夫人が活気に満ちていたからで、病んだり弱ったりした姿は想像しにくい。

「どうぞこちらに」ペネロペはレディ・ダンベリーの腕を取り、そばの椅子に導いた。老婦人が腰をおろすとすぐにペネロペも隣の椅子に坐った。「気分は落ち着かれました？　何か飲み物はいかがです？」

レディ・ダンベリーが嬉しそうにうなずいた。ペネロペはひどく青ざめて見える伯爵夫人のそばを離れたくなかったので、従僕を呼んでレモネードのグラスをふたつ取ってきてくれるよう頼んだ。

「わたしももう以前のように若くはないわ」従僕が軽食の並ぶテーブルのほうへ歩きだすな

りレディ・ダンベリーが言った。

「誰もがそうですわ」ペネロペは答えた。冷たく聞こえがちな言葉を陽気に皮肉っぽく返したので、レディ・ダンベリーならきっと快く受けとめてくれるだろうと思った。

思ったとおりだった。老婦人は含み笑いをして愉快そうにペネロペを見やると言った。

「年をとるにつれ、世の中のほとんどの人々が愚かだということが身に沁みてきたわ」

「いまごろ気づかれたのですか？」ペネロペはからかうつもりではなく問いかけた。というのも、レディ・ダンベリーの日頃のふるまいからすれば、とうの昔に同じ結論に達していなかったとは信じがたいからだ。

老婦人は可笑しそうに笑い声をあげた。「いいえ、時どき、生まれる前から知っていたのではないかと思うくらいよ。でもいまになって、自分にもできることがあったのではないかと思うようになったのよ」

「どういうことです？」

「この世の愚か者たちがどうなろうと、わたしの知ったことではない。けれども、あなたのような人たちについては」ハンカチを見つけられず、手で目頭を押さえた。「つまり、あなたが身を落ち着けるところを見たいのよ」

数秒間、ペネロペはただ老婦人を見つめた。「レディ・ダンベリー」言葉を選んで続ける。「お気づかい……それに、お気持ちはとても嬉しいのですが、わたしのことであなたが責任を感じる必要はありませんわ」

「そんなことはわかっているわ」レディ・ダンベリーは一笑に付した。「心配不要よ、あなたに責任を感じてはいないから。感じていたとしたら、半分も楽しめなくなってしまうもの」

ペネロペはどうしようもないまぬけだと思われてしまうだろうと知りながら、ひと言しか返せなかった。「意味がわからないのですが」

レディ・ダンベリーは従僕がレモネードのグラスを置いて立ち去るのを待って、軽く何口か啜ってから話しだした。「あなたのことが好きなのよ、ペネロペ・フェザリントン。わたしには気に入らない人たちがたくさんいるのにね。ごく単純なことよ。だから、あなたには幸せになってもらいたいの」

「わたしは幸せですわ」ペネロペはとりあえず反射的に答えた。

レディ・ダンベリーが自信たっぷりに片眉を吊りあげた——一分の隙もない表情。「そうかしら？」低くつぶやく。

ほんとうにそうだろうか？　改めて考えてみなくてはわからないようなことなのだろうか？　不幸せでないことはたしかだ。すばらしい友人たちに恵まれ、心から信頼できる妹フェリシティがいて、母や姉たちは親友にしようとは思えないとはいえ、それでもやはり愛している。そして、彼女たちからも自分が愛されていることはわかっている。

それほどひどい境遇ではない。事件や刺激にあふれているわけではなくとも、満足できる人生を送っている。

でも、満足と幸せとは同義語ではない。だからレディ・ダンベリーにやんわりと念を押されて答えられないのだとペネロペは気づき、刺すような鋭い痛みを胸に覚えた。

「わたしは子供たちを育てあげたわ」レディ・ダンベリーが言う。「四人の子供たちはみな幸せな結婚に恵まれた。甥にも花嫁を見つけることができた。じつを言うと」国家機密でも打ち明けるように身を乗りだしてペネロペの耳に囁きかけた。「自分の子供たちより甥のほうがかわいいの」

ペネロペは思わず微笑んだ。レディ・ダンベリーはいかにも密やかに、いたずらっぽい表情をしている。実際、かわいらしくさえ見えた。

「驚かれてしまうかもしれないけれど」レディ・ダンベリーが続ける。「わたしは元来、ちょっとお節介焼きなのよ」

ペネロペは慎重に平静な表情をつくろった。

「手持ち無沙汰なのよね」レディ・ダンベリーが観念したというそぶりで両手を持ちあげた。「あの世に逝く前に、あとひとり、幸せに身を固める姿を見たいのよ」

「何をおっしゃるんです、レディ・ダンベリー」ペネロペは衝動的に手を伸ばし、老婦人の手を取った。軽く握りしめる。「あなたならきっとここにいる誰よりも長生きできますわ」

「ふふん、ばかなことを」レディ・ダンベリーはそっけなく返しつつ、ペネロペに握られた手を引き戻そうとはしなかった。「べつに感傷的になってはいないわ」と続けた。「現実的に考えているだけのことよ。わたしは七十を過ぎているのよ。まあ、何年前に過ぎたのかをあなたに教えるつもりはないけれど。この世にいる時間はさほど残されていないけれど、そんなことはちっとも気にしていない」

自分もこんなふうに冷静に、いつかは必ず死を迎える日が来る運命に向きあいたいものだと、ペネロペは願った。

「だけど、あなたのことが好きなのよ。ペネロペ・フェザリントン。あなたを見ていると昔の自分を思いだすの。あなたは恐れずに自分の気持ちを口にするわ」

ペネロペは唖然として老婦人を見つめた。この十年あまり、言いたいことをほとんど口にできずに過ごしてきた。親しい人々には心を開いて率直に話し、ときには少しおどけることもあったけれど、慣れない人々に対しては口が固く閉ざされてしまう。

ペネロペはふと、ある仮面舞踏会に出席したときのことを思い起こした。実際、仮面舞踏会には何度も出席していたが、そのときだけは衣装で——きわだつ特徴もない、一六〇〇年代風のドレス——自分の正体を完全に隠せていると心から思えたので、格別に印象に残っていた。たぶん、仮面のおかげだったのだろう。顔がすっぽり隠れてしまうほど大きすぎる仮面をつけていた。

それで別人になれたような気がした。ペネロペ・フェザリントンであるという重荷から突如解放され、新たな人格が現れたかのように。偽りの顔を装っているわけではなく、むしろ、本物の自分——よく知らない相手にはどういうわけか見せられなかった顔——が、ようやく解き放たれたような感覚だった。

ペネロペは笑い声をあげ、冗談を言い、男性とふざけあいもした。

そして、翌晩、衣装をふたたび上等な夜会用のドレスに着替えても、ほんとうの自分でいられることを心から願った。

けれど、その願いは叶わなかった。舞踏場に着くと、礼儀正しくうなずき、微笑んで、またもやいつしか部屋の端に立つ壁の花以外の何ものでもなくなっていた。

〝ペネロペ・フェザリントン〟はそういうものなのだと決められているように思えた。ペネロペの宿命は、はるか昔、必死に抵抗したにもかかわらず、母に無理やり社交界に初登場《デビュー》させられた忌まわしい最初のシーズンに定められてしまった。ぽっちゃり体型のペネロペ嬢。態度のぎこちない娘。いつも不似合いな色のドレスを着ている娘。痩せて、優雅にふるまえるようになり、ついには黄色のドレスを脱ぎ捨てられる日が来ても、何かが変わるわけではなかった。この世界――ロンドンの社交界と貴族たちの社会――では、自分はずっと昔のままのペネロペ・フェザリントンなのだ。

周りのせいのみならず、自分のせいでもある。結局、悪循環を断ち切れなかった。舞踏場に足を踏み入れるたび、古くから知る人々の顔を目にするなり自分の殻に閉じこもり、何年も前の内気でびくついた娘に逆戻りしてしまう。

「ペネロペ嬢?」レディ・ダンベリーの穏やかな――しかも驚くほどやさしい――声がした。

「どうかしたの?」

ペネロペは返答を待たせてだいぶ経つことに気づいたものの、なおもすぐには声を取り戻せなかった。「わたしは自分の気持ちを口にできてはいませんわ」ようやく答えて、あと少し言葉を継ぐためにレディ・ダンベリーに向きなおった。「わたしは人とうまく話せないんです」

「わたしとはきちんと話せているわ」

「あなたは特別ですわ」

レディ・ダンベリーは頭をのけぞらせて笑った。「たとえ謙遜だとしても……ああ、ペネロペ――どうか呼び捨てを許してちょうだい――、わたしに自分の気持ちを話せるのなら、誰にだって話せるはずよ。この広間にいるいい大人の半分は、わたしが近づいてくるのを見たとたん、慌てて隅っこに身を隠すのだから」

「それは、ほんとうのあなたをご存じないからです」ペネロペは言い、老婦人の手を軽く叩いた。

「ほんとうのあなたのこともね」レディ・ダンベリーはことさら声をとがらせた。

「ええ」ペネロペはあきらめたような口ぶりで答えた。「そうですね」

「紳士たちは損をしていると言えるわね。でも、このままでは、わたしの気がおさまらない」レディ・ダンベリーが言う。「紳士たちのためにではなくて、あなたのためを思うからよ。知ってのとおり、わたしはいつもみなを愚か者と呼んできたけれど、それは、ほんとうはだいぶまともな人もいると思うからこそなのよ。その人たちがあなたを知ろうとしないのは犯罪だわ。だからよけいに――あら……何事かしら」

ペネロペはとっさに背をわずかに伸びあがらせた。レディ・ダンベリーに訊く。「どうしました？」何かが起きていることはあきらかだ。楽隊が坐っている小さな壇のほうを人々が身ぶりで示して囁きあっている。

「ちょっとあなた！」レディ・ダンベリーがそばにいた紳士の尻を杖で突いて言った。「何があったの？」

「クレシダ・トゥオンブレイから、何か発表があるそうです」男性は答えて、おそらくはレディ・ダンベリーとの会話か杖から逃れるためにすばやく離れた。

「クレシダ・トゥオンブレイは嫌いだわ」ペネロペはつぶやいた。

レディ・ダンベリーがわずかに笑いにむせて言った。「それで、自分の気持ちが言えないなんてよく言えたものね。気を揉ませないでほしいわ。どういうわけで彼女をそれほど嫌っているのかしら？」

ペネロペは肩をすくめた。「わたしにはいつも失礼な態度をとるんです」

レディ・ダンベリーはしたり顔でうなずいた。「いじめっ子はみな、餌食を求めるものなのよ」

「いまはそれほどではなくなりました」ペネロペは説明した。「でも、以前は――彼女がまだクレシダ・クーパーだった頃です――顔を合わせるたび、必ずわたしをからかおうとしていました。それで、周りの人々も……」首を振った。「なんでもありませんわ」

「あら、そうはいかないわ」レディ・ダンベリーがせかした。「続けて」

ペネロペはため息を漏らした。「ほんとうに、たいしたことではないんです。ただ、人はあまり誰かを守りたがらないものなのだと気づきました。クレシダは人気があったし――少なくともかぎられた人々のあいだでは――、わたしたち同年代の娘たちにかなり怖がられていました。その彼女にあえて逆らう人はいなかった。いいえ、ほとんど誰も」

その言葉にレディ・ダンベリーが反応し、微笑んだ。「あなたの味方についてくれた人がいたということね、ペネロペ？」

「正確には、人たちですわ」ペネロペは答えた。「ブリジャートン家の人たちは必ずわたしをかばってくれました。アンソニー・ブリジャートンは一度、クレシダを無視してわたしを晩餐の席に案内してくれたこともあったんです。しかも――」当時の興奮がよみがえり、自然と声がうわずった。「――ほんとうはそんなことをしてはならないお立場だったのに。それは正式な晩餐会で、子爵様は本来、どちらかの侯爵夫人の付き添い役を務めることになっていたはずなんです」思い出を大切に胸にしまって吐息をついた。「すてきなひとときでした」

「アンソニー・ブリジャートンはなかなかの紳士だわね」

ペネロペはうなずいた。「のちに奥様から、そのとき、子爵様に恋をしたのだと聞きました。英雄のようにわたしを助けてくれるところを見ていたんです」

レディ・ダンベリーは微笑んだ。「それで、弟のミスター・ブリジャートンのほうは助けに駆けつけてくれる紳士なのかしら？」

「コリンのことですか?」ペネロペはレディ・ダンベリーのうなずきも待たずに続けた。「もちろんそうですわ。そのときのような劇的な場面に遭遇したことはありませんけれど。ほんとうにブリジャートン一族は親切な方々で、ずいぶん励まされて……」

「どうしたの、ペネロペ?」レディ・ダンベリーが訊く。

ペネロペはふたたびため息をついた。今夜はため息ばかりついている気がする。「そんなにいつもかばってくれなくてもよかったんです。自分の身くらい守れますわ。少なくとも、かばわれなくても大丈夫なふりくらいはできたのですもの」

レディ・ダンベリーはペネロペの手をぽんと叩いた。「あなたのことだもの、自分で考えている以上にうまくやれると思うわ。それに、クレシダ・トゥオンブレイについては……」レディ・ダンベリーは不愉快そうに渋面をこしらえた。「わたしに言わせれば、単なるデザート程度の婦人だわ。なのに」きつい声で続ける。「誰もちゃんとわたしの評価を訊きに来ないのよね」

ペネロペは苦笑を完全にはこらえきれなかった。

「いまの彼女をご覧なさい」レディ・ダンベリーがとげとげしく言う。「未亡人になって、満足な財産があるわけでもない。好色な年寄りのホーラス・トゥオンブレイと結婚したものの、結局、彼は資産があるように見せかけていただけだとわかった。いまのクレシダにあるのは色褪せてきた美貌だけだわ」

ペネロペは思わず正直な気持ちを口にした。「それでもまだとても魅力的ですわ」

「彼女にはどうも見え透いたところがあるのよ」

「ふん。うわべの華やかさを好む者たちにはね」レディ・ダンベリーの目が狭まった。「彼女にはどうも見え透いたところがあるのよ」

ペネロペが壇のほうを見やると、クレシダがそこに立ち、驚くほどの辛抱強さで舞踏場が静まるのをじっと待っていた。「何を話そうとしているのかしら」

「わたしの興味を引く内容とは思えないわね」レディ・ダンベリーが鋭く返した。「わたし──あら」老婦人は言葉を途切らせ、口もとをいわくありげにゆがめて、眉をひそめぎみに小さく笑った。

「どうしたんです？」ペネロペは尋ねた。レディ・ダンベリーの視線の先を追って首を伸ばしたが、恰幅のいい紳士に視界を阻まれた。

「噂のミスター・ブリジャートンがお出ましよ」レディ・ダンベリーは告げて、眉をひそめた顔を徐々にほころばせていった。「しかも、ずいぶんと意気込んでいるわ」

ペネロペは急いで首を振り向けた。

「あらもうまったく、この娘は、見てはだめよ！」レディ・ダンベリーは声をあげて、ペネロペの二の腕を肘で押した。「気があるものと悟られてしまうでしょう」

「悟られていない可能性があるとは思えませんわ」ペネロペはつぶやいた。

それからまもなく、目の前にコリンが颯爽と立ちはだかった。ありがたくも地上に舞いおりた凛々しい神のように見える。「レディ・ダンベリー」さらりと優雅に頭をさげた。「フェザリントン嬢」

「ミスター・ブリジャートン」レディ・ダンベリーが答えた。「お会いできて嬉しいわ」

コリンがペネロペのほうを向いた。

「ミスター・ブリジャートン」ペネロペは低い声で言い、あとは言葉が見つからなかった。最近キスをしたばかりの男性にこちらから言えることなどあるだろうか？　もちろん、ペネロペにはそういったことについての経験はまるでない。まして、キスのすぐあとに相手が家を飛びだしていってしまったという、厄介な事情もある。

「できれば……」コリンは言いかけて口を閉じ、眉を寄せて壇のほうへ目を向けた。「みんな、いったい何を見てるんです？」

「クレシダ・トゥオンブレイから何か発表があるそうよ」レディ・ダンベリーが言う。

コリンはにわかにいらだたしそうに顔をしかめた。「彼女がぼくの関心をそそるような話をするとは思えないな」つぶやいた。

ペネロペは笑みを漏らさずにはいられなかった。クレシダ・トゥオンブレイはいまはまだしも、少なくともうら若い未婚の令嬢だった頃は社交界の中心的人物と見なされていたが、ブリジャートン一族には好かれておらず、その様子を見るたびペネロペはなぜだか少し愉快な気分になった。

ちょうどそのとき、トランペットが高々と鳴らされ、広間が静まり返って、人々はいっせいに、クレシダとともに壇に立ったマックルズフィールド伯爵に視線を注いだ。伯爵は注目の的となり、どことなく気詰まりそうに見える。

ペネロペは微笑んだ。マックルズフィールド伯爵はかつてひどい放蕩者だと言われていたが、いまではむしろ学者のような風情で、家族への愛嬢深さはよく知られている。とはいえ、いまでも放蕩者だったこともうなずける美しい顔立ちをしている。コリンとほとんど同じぐらいに。

でも、同じとまでは言えない。ペネロペは欲目であるとは知りつつ、笑ったときのコリンほど人を惹きつける美しい顔をする人間がほかにいるとはとても想像できなかった。

「こんばんは」伯爵が声高らかに言った。

「おお、こんばんは！」舞踏場の後方から酔っ払いが声を張りあげた。

伯爵は穏やかにうなずいて、口もとに寛大な苦笑いを浮かべた。「ええー、ご招待客の方から――」クレシダのほうを身ぶりで示す。「――お知らせがあるそうです。ですので、ぜひとも、わたしの隣におられるご婦人にご注目ください。レディ・トゥオンブレイです」

低い囁きのさざ波が広がるなか、クレシダは前に進みでて、聴衆に堂々とした態度で軽く頭をさげた。舞踏場が完全に静まるのを待って、口を開いた。「みなさま、ご歓談のところ、わたくしのために時間を割いてくださり、お礼申しあげます」

「さっさと話せ！」おそらくは伯爵の挨拶に答えたのと同じ声が叫んだ。

クレシダはその野次を無視して続けた。「わたくしはついに、この十一年間、人生を懸けて守り抜いてきた秘密を、もはや隠しとおすことはできないという結論に至りました」

がやがやと低いざわめきが巻き起こった。みなクレシダが言おうとしていることに気づいたものの、誰ひとり、それが事実であるとはとうてい信じられなかった。

「ですから、ここで事実を打ち明けます――」クレシダは声を高くして続けた。

「みなさん、わたくしが、レディ・ホイッスルダウンなのです！」

11

コリンは、かつてこれほど憂うつな気分で舞踏会に来たことがあっただろうかと思った。その数日、気分よくいられたときはまったくなかった。ただでさえ不機嫌だというのに、陽気な気質で知られているせいで、人と顔を合わせるたび、ふさいだ様子を指摘されてよけいに気分が悪くなるいっぽうだった。

不機嫌なときに、どうしてそれほど不機嫌なのかとしつこく質問を浴びせられるほど腹立たしいことはない。

ついには、ヒヤシンスに翌週に劇場へ付き添ってほしいと頼まれて怒鳴り——実際に怒鳴り声をあげたのだ！——、それ以後、家族は誰も話しかけてこなくなった。

コリンは自分に怒鳴るようなことができるとは思ってもいなかった。

ヒヤシンスには謝らなければならない。あのヒヤシンスが詫びの言葉を素直に受け入れるはずもなく、しかも相手がブリジャートン家の身内ならばなおさらなので、そう簡単にはいかないだろう。

だが、ヒヤシンスのことはたいして気がかりではなかった。コリンは唸った。謝らなければならない相手は妹だけではない。

それこそが、マックルズフィールド邸の舞踏場に入るのに、言い知れない不安で鼓動をとてつもなく速く高鳴らせなければならない理由だった。ペネロペが来ているはずだ。いまはもっぱら妹の付添い役としてだが、大きな舞踏会には必ず出席していることはわかっていた。ペネロペに会うのが不安であるとはなんとも情けない思いだった。ペネロペは……ペネロペだ。気がつけばいつもそこにいて、舞踏場の端に慎ましく笑みを浮かべて立っている。そうしているのが当然の存在だと思い込んでいた。状況は変わりはしない。ペネロペはその他大勢のひとりだった。

彼女が変わりさえしなければ。

いつ変わったのかも、自分以外に気づいた人間がいるかどうかもわからないが、ペネロペ・フェザリントンはそれまでコリンが思っていたような女性ではなくなっていた。

それとも、ひょっとして彼女は以前のままで、自分が変わったのだろうか。

そうだとすれば、ペネロペは何年も前から魅力的で愛らしい、キスをそそられる女性だったのに自分が未熟で気づけなかったということになるので、なおさら気分が滅入った。

いや、ペネロペのほうが変わったのだ。コリンはそう思いたかった。おのれを責めて喜びを見いだせるたちではない。

いずれにせよ、謝らなければならないのだし、それもすぐに実行する必要がある。相手は淑女で、自分は（少なくともだいたいのところは）紳士なのだから、キスをしたことは詫びなければいけない。そして、そのあとで短気を起こしてみっともないふるまいをしたことについても、謝るのが然るべき行動だ。

いま自分がこうして考えていることをペネロペが察しているかどうかは神のみぞ知る。いったん舞踏場に入ってしまえば、ペネロペを見つけるのは難しいことではない。踊っている男女のなかに目を凝らすまでもない（なぜ、ほかの男たちは誰も彼女にダンスの相手を申し込まないのかと思うと腹が立つ）。ただ壁ぎわに目をやりさえすれば……案の定、ペネロペは長椅子に腰かけていた。ああ、それもなんと、レディ・ダンベリーの隣に。

とはいえ、もはやまっすぐ進んでいくより仕方がない。ふたりが手を取りあっている様子からして、やかましい老婦人がすぐに立ち去るとは思えないが。

コリンはふたりの婦人の前に来ると、まずはレディ・ダンベリーのほうを向いて礼儀正しく速やかに頭をさげた。「レディ・ダンベリー」それからペネロペのほうへ向きを変えた。

「フェザリントン嬢」

「ミスター・ブリジャートン」レディ・ダンベリーがいつになく鋭さのない声で答えた。

「お会いできて嬉しいわ」

コリンはうなずき、ペネロペを見て、いったい何を考えているのか、その目から読みとれないものだろうかと思った。

だが、彼女が何を考えているにしろ、あるいは感じているにしても、濃い不安の影の下に隠されていた。あるいは彼女が感じているのは不安のみなのかもしれない。それもやむをえまい。あのように説明もなしに彼女の家の客間を飛びだしていったのだ……とまどうのも無理はない。そして自分の経験からすれば、とまどいは必ず不安を引き起こす。

「ミスター・ブリジャートン」ペネロペはようやく、堅苦しく礼儀正しい態度でつぶやいた。

コリンは咳払いをした。さて、どうすればレディ・ダンベリーからペネロペを引き離せるだろう？　口うるさい老伯爵夫人の前で謝る姿をさらすのは避けたい。

「できれば……」ペネロペとふたりきりで話をさせてほしいと頼むつもりで切りだした。レディ・ダンベリーは猛烈に好奇心を掻き立てられるに違いないが、応じるより仕方がないはずだ。たまにはこの老婦人に疑問をかかえたままにさせるのもいい薬だろう。

ところが、コリンは続きの言葉を口にしようとして、マックルズフィールド邸の舞踏場が異様な空気に包まれていることに気づいた。人々は、楽器を置いたばかりの小さな楽隊のほうを指差して囁きあっている。そのうえ、ペネロペもレディ・ダンベリーも少しも自分に気を留めていない。

「みんな、いったい何を見てるんです？」コリンは尋ねた。

レディ・ダンベリーが顔も向けずに答えた。「クレシダ・トゥオンブレイから何か発表があるそうよ」

まったく、癪にさわる。コリンはクレシダのことを好きではなかった。クレシダ・クーパーのときも意地の悪い卑怯者だったが、レディ・トゥオンブレイになってからはよけいに始末が悪くなった。だが、容貌は美しく、悪知恵という面では頭も切れるので、社交界のかぎられた人々のあいだではなおも中心人物と見なされている。

「彼女がぼくの関心をそそるような話をするとは思えないな」コリンはつぶやいた。

笑みをこらえているペネロペをちらりと目をやり、見たぞというような顔をしてみせた。まあ、気持ちはよくわかるがという意味も込めてだが。

「こんばんは」マックスフィールド伯爵が声高らかに言った。

「おお、こんばんは！」後方から酔っ払いの声が返ってきた。コリンは誰の声だろうかと振り返ったが、人垣が厚さを増していてたしかめられなかった。

伯爵がさらに何かを言ったあと、クレシダが口を開いた時点で、コリンは見るのをやめた。クレシダが何を言おうと、自分の最大の問題を解決する助けにはならない。彼女の話を聞いて、うまくペネロペに謝れる方法が見つかるはずもない。心のうちで何度も詫びの言葉を練習したのだが、どうもうまくいかなかった。そこで、いざとなれば、周囲に定評のある口の滑りの良さが正しい方向へ導いてくれることを祈った。きっとペネロペはわかってくれるはず――。

「――ホイッスルダウンなのです！」

コリンはクレシダの最後のひと言しか聞きとれなかったものの、舞踏場にいる人々がいっせいに息を吸い込んだ音は聞きのがしようがなかった。

冷ややかなざわめきのあと、たいがい誰かが非常にばつの悪い、きわめて不名誉な状況に立たされたときにのみ耳にする、不穏なひそひそ声が聞こえてきた。

「どうしたんだ？」コリンはとっさに、青ざめた顔のペネロペに問いかけた。「彼女はなんと言ったんだい?」

だが、ペネロペは言葉を失っている。

レディ・ダンベリーのほうも、手で口を覆い、いまにも気絶しかねない顔をしていた。

レディ・ダンベリーが七十過ぎのその歳まで気絶の経験がないことには大金を賭けてもいいくらいなので、コリンはさすがに警戒心を抱いた。

「どうしたんです?」コリンは、ふたりのうちどちらかでも茫然自失の状態から目覚めてくれることを祈って、もう一度訊いた。

「ありえないわ」レディ・ダンベリーがようやく独りごちた。口もとはゆるんだまま言葉を発している。「信じられない」

「何がです?」

老婦人はゆらめく蠟燭の光のもとにふるえる人差し指を伸ばし、クレシダに向けた。「あの婦人が、レディ・ホイッスルダウンであるはずがないわ」

コリンはきょろきょろと首を動かした。クレシダのほうへ。レディ・ダンベリーのほうへ。またクレシダへ。ペネロペへ。「彼女が、レディ・ホイッスルダウン?」いまさらながら訊き返した。

「本人がそう言ったのよ」レディ・ダンベリーは顔全体に疑念をあらわにして答えた。

コリンも老婦人に賛同したい気持ちだった。誰よりレディ・ホイッスルダウンであってほしくない人物が、クレシダ・トゥオンブレイだからだ。クレシダは利口だ。それは否定できない。だが、聡明とは言えないし、他人をからかうとき以外はたいして才知は感じられない。レディ・ホイッスルダウンは面白おかしく痛烈な皮肉を書く人物だが、衣装について酷評するだけで、社交界であまり人気の高くない者をいじめるようなまねはけっしてしない。とどのつまり、レディ・ホイッスルダウンは、相当に人を見る目がある人物だと言わざるをえない。

「信じられないことだわ」レディ・ダンベリーは言い、厭わしげに大きく鼻を鳴らした。「こんなことが起きると夢にでもみられていたら、あんなとんでもない宣言は出さなかったわよ」

「恐ろしいことだわ」ペネロペはつぶやいた。

その声のふるえように、コリンは懸念を覚えた。「大丈夫か?」

ペネロペは首を振った。「いいえ、だめみたい。なんだかほんとうに、具合が悪くなってきたわ」

「外に出るかい?」

ペネロペはふたたび首を振った。「さしつかえなければ、ここに坐っていたいわ」

「もちろん、かまわない」コリンは答えて、気づかわしげな目で見守った。ペネロペはまだひどく顔色が悪い。

「まあ、いったいどういう……」レディ・ダンベリーはコリンを唖然とさせる罵り文句を口走り、続けてさらに地球を反転させかねないほどの悪態をついた。

「レディ・ダンベリー？」コリンはぽかんと見つめて問いかけた。

「彼女がこちらへ来るわ」老婦人が首をくいと右に傾けてつぶやいた。「逃げるわけにもいかないようね」

コリンは左側を見やった。クレシダが、おそらくはレディ・ダンベリーから堂々と賞金を受けとるつもりで人込みを縫って向かってくる。当然ながら所々で顔見知りのパーティ参加者たちに声をかけられている。注目を浴びて嬉しそうな様子だが――クレシダはもともと注目を浴びるのが好きなのだから、さして驚くことでもない――、それ以上に、レディ・ダンベリーのもとへたどり着くことのほうに懸命であるように見える。

「残念ですが、のがれる手立てはありませんよ」コリンはレディ・ダンベリーに言った。

「そうだわね」老婦人が唸り声でぼやいた。「長年あの子とは顔を合わせまいとしてきたけれど、無駄だったもの。それぐらいのことはわかっているわ」コリンを見て、苦々しげに言う。「レディ・ホイッスルダウン探しはとっても面白くなるだろうと期待していたのに」

「いや、でも、楽しかったですよ」コリンは気のない言葉を返した。

レディ・ダンベリーが杖でコリンの脚を突いた。「何をたわけたことを。ちっとも楽しくないでしょうに。こんなことになるなんて！」杖を振り、どんどん近づいてくるクレシダのほうを示した。「ああいう婦人に支払うことになるとは夢想だにしなかったわ」

「レディ・ダンベリー」クレシダが目の前でぴたりと足をとめて言った。「お目にかかれて光栄ですわ」

レディ・ダンベリーが社交辞令を口にするはずもないのだが、今回は挨拶らしい文句すらいっさい省いて言い放った。「お金をせしめに来たわけね」

クレシダはとてもかわいらしく、いとも慣れたしぐさで小首をかしげた。「あなたは、レディ・ホイッスルダウンの正体を暴いた人物に千ポンド支払うとおっしゃいましたもの」肩をすくめて両手を持ちあげ、いかにも謙虚さを装って優雅に手のひらを上に返した。「自分で正体を暴いてはいけないとは、おっしゃらなかったわ」

レディ・ダンベリーは椅子から立ちあがり、目を細めて言った。「あなただとは思えないわ」

コリンは自分を温和で物事に動じないたちだと思っていたのだが、このやりとりにはさすがに息を呑んだ。

クレシダは青い目を怒りに燃え立たせはしたが、すぐに落ち着きを取り戻して言った。「あなたに少しも疑いをかけられないほうが不自然ですものね、レディ・ダンベリー。そもそも、信じたり親切にしたりといったことはできない方なのだから」

レディ・ダンベリーは微笑んだ。いや、笑みではないのかもしれないが、唇はたしかに動いていた。「褒め言葉と受けとっておくわ。そうでもなければ、容認できることではないもの」

コリンが膠着状態の成り行きを興味深く――懸念を深めつつも――見守るうち、ついにレディ・ダンベリーが、自分に続いてすぐに席を立っていたペネロペのほうへ唐突に向きなおった。

「どうかしら、フェザリントン嬢？」レディ・ダンベリーが訊く。

ペネロペは見るからに虚をつかれ、全身をわずかにひくつかせて口ごもった。「な……何がですか？」

「あなたはどう思うの？」レディ・ダンベリーが訊きなおした。「レディ・トゥオンブレイが、レディ・ホイッスルダウンだと思う？」

「わ、わたしにはわかりません」

「ああ、まったく、何を言ってるの、フェザリントン嬢」レディ・ダンベリーは腰に手をおいて、激昂する一歩手前の表情でペネロペを見つめた。「あなたにも意見があるはずよ」

コリンはとっさに踏みだしていた。レディ・ダンベリーに、無理やりペネロペに喋らせる権利はない。それ以上に、ペネロペのそのような表情を見ているのは耐えられなかった。狩りで捕らわれた狐のごとく、いままで見せたことのないほどうろたえた表情で、こちらにせわしく目を向けている。

ペネロペの気詰まりそうなしぐさや、つらそうな表情は目にしたことがあるが、これほど動揺したそぶりは見たことがない。ふと、ペネロペは注目の的になるのが苦手なのだとコリンは思いあたった。壁の花とか、いき遅れと揶揄《やゆ》され、社交界でもう少し認められたいとは望んでいたかもしれないが……みんなに見つめられ、自分のたったひと言を待たれるようなことは……。

哀れだ。

「フェザリントン嬢」コリンはさりげなく呼びかけて、そばに寄った。「顔色が悪いな。席をはずしてはどうだろう？」

「ええ」ペネロペはそう答えたが、直後に妙なことが起こった。

ペネロペは変わった。それ以外に、言い表せる言葉が見つからない。ともかく、ペネロペは変わった。その場所で、マックルズフィールド邸の舞踏場のコリンの隣で、ペネロペ・フェザリントンは別人と化した。

背筋がぴんと伸び、コリンがあきらかに感じられるほどの熱気を発して、口を開いた。

「いいえ、やっぱり、言いたいことがあるわ」

レディ・ダンベリーがにやりとした。

ペネロペは老伯爵夫人をまっすぐ見つめて言った。「彼女が、レディ・ホイッスルダウンであるとは思えませんわ。嘘をついているのだと思います」

コリンは衝動的にペネロペを自分のほうへ少し引き寄せた。クレシダはいまにも首につみかかってきかねないほど殺気立っている。

「わたしはずっと、レディ・ホイッスルダウンが好きだったわ」ペネロペは言い、威厳すら感じさせる態度で顎を持ちあげた。クレシダを見つめ、目を合わせて続ける。「その女性が、レディ・トゥオンブレイのような人物だとしたら、わたしの胸は張り裂けてしまう」

コリンはペネロペの手を取って握りしめた。そうせずにはいられなかった。

「よく言ったわ、フェザリントン嬢！」レディ・ダンベリーは声を張りあげ、喜びに手を叩きあわせた。「わたしはまさにそれを言いたかったのだけれど、言葉が見つからなかったのよ」コリンを振り向いてにっこり笑った。「彼女はとても聡明でしょう」

「知ってますとも」コリンは答えて、かつて感じたことのない誇らしさのようなものがこみあげてきた。

「ほとんどの人は気づいていないわ」レディ・ダンベリーはコリンのほうへ身をよじって——おそらくはひとりだけに聞こえるように——告げた。

「そうですね」コリンは低い声で答えた。「でも、ぼくにはわかっています」あきらかに、無視されることが嫌いなクレシダをいらだたせるもくろみを含んだ老婦人のふるまいに、コリンは思わずほくそ笑んだ。

「そ……そんな侮辱を許せるものですか！」クレシダはいきり立った。ペネロペのほうを向き、煮えたぎる目で睨みつけて、噛みつくように言った。「謝罪を求めるわ」

ペネロペは悠然とうなずいて言った。「求めるのは、あなたの勝手だわ」

それ以上、何も言わなかった。

コリンは笑わないよう懸命にとりつくろった。

クレシダは見るからに何か言いたげだが（同時に、暴力行為に打って出たいに違いない）、ペネロペが歴然と味方に囲まれているためか、こらえている。とはいえ、昔からクレシダの神経の太さは有名なので、彼女が平静を取り戻してレディ・ダンベリーに向かって口を開いても、コリンは驚かなかった。「千ポンドはどうなさるおつもり？」

レディ・ダンベリーが、はたから見ていても耐えがたいほど長々とクレシダを見つめ、それからまたコリンのほうを向いて――ああ、災いに巻き込むことだけは勘弁してくれ――問いかけた。「あなたはどう思うの、ミスター・ブリジャートン？　レディ・トゥオンブレイは真実を言っているかしら？」

コリンは愛想笑いを浮かべた。「ぼくが意見を言うと思われているのなら、とんだ見当違いですよ」

「あなたはまったく利口だわね、ミスター・ブリジャートン」レディ・ダンベリーはしたり顔で言った。

コリンは謙虚にうなずいたあとで、それを台無しにする言葉を返した。「それがぼくのとりえですから」だがいったい、どうしたというのだろう――レディ・ダンベリーに利口だと褒められるとはそうあることではない。

そもそも、この老婦人が使う形容詞のほとんどはまぎれもなく否定的なものなのだから。

クレシダはコリンにかわいらしく睫毛をはためかせる手間はとらなかった。クレシダが愚かではないのはとうにわかっていることだ。つまり、社交界に十年以上もいればおのずと自分をさほど好いていない相手を知り、魅力を振りまいても無駄であるのは承知している。なので、クレシダはレディ・ダンベリーとまともに向かいあい、淡々と抑えた口調で言った。

「それで、どう決着をつけるおつもりなのかしら、伯爵夫人？」

レディ・ダンベリーは唇の分かれ目がほとんどわからなくなるほどすぼめてから、告げた。「証拠を見せて」

クレシダは目をまたたいた。「なんですって?」

「証拠よ!」レディ・ダンベリーの杖が驚くほどの勢いで床を突いた。「その言葉の何がわからないの? 証拠がなくては大金をはたくわけにはいかないわ」

「千ポンドは大金というほどではないですわ」クレシダがみるみる表情を曇らせて言った。

レディ・ダンベリーが目をすがめた。「だったら、どうしてあなたはその程度のお金をほしがるのかしら?」

クレシダはしばし黙り込んだが、全身のあらゆるところに緊張が表れていた――姿勢、態度、顔つき。彼女の夫が貧窮した状態で先立ったことは広く知られているものの、これまで誰もそのようなことを本人の前でほのめかした者はいなかった。

「証拠を持ってきなさい」レディ・ダンベリーが言う。「そうしたら、あなたにお金をお支払いするわ」

「つまり、言葉だけではわたくしを信用できないと言うのですか?」クレシダは訊いた。いけ好かない女性とはいえ、冷静な口調を保てる能力にはコリンも感心せざるをえなかった。

「言ったとおりよ」レディ・ダンベリーが吠えるように言う。「いいこと、あなた、好きなように人をけなしても許さるのはわたしくらいの歳になってからなのよ」

息を呑む音が聞こえた気がしてコリンが隣をちらりと見やると、ペネロペがふたりのやりとりに見入っていた。大きく見開いた褐色の目を輝かせ、予想外のクレシダの発表のせいで失われた顔の赤みはほとんど取り戻している。それどころか、いまや事の成り行きに興味津々といったそぶりだ。

「わかったわ」クレシダは低く抑揚のない声で言った。「二週間以内に証拠をお持ちします」

「どんな証拠を？」コリンは口走り、内心、しまったと思った。この騒動に巻き込まれることだけは避けたかったのだが、好奇心には抗えなかった。

クレシダはコリンのほうへ振り向いた。大勢の前でレディ・ダンベリーに味わわされた屈辱を考えれば、驚くほど冷静な表情だ。「お持ちしたときに、ご覧になって」茶目っ気たっぷりに答えた。それから片腕を伸ばして取り巻きのひとりにその手を取らせ、去っていった。

クレシダが片腕をちょっと持ちあげただけで、まるで魔法のように若い紳士が（どう見てものぼせあがっていた）傍らに現れたのだから、まったく驚くべき光景だった。

誰もがもの思わしげに――あるいは呆気にとられて――立ちつくし、一分近く沈黙が続いたのち、レディ・ダンベリーが口を開いた。「まったく、不愉快だわ」

「いけ好かないご婦人だ」コリンは誰にともなく言った。周りに小さな人だかりができていて、ペネロペやレディ・ダンベリー以外の人々にも聞こえていたかもしれないが、気にもかけなかった。

「コリンお兄様！」

振り返ると、ヒヤシンスが人込みを縫い、フェリシティ・フェザリントンを連れて急ぎ足で近づいてきた。

「なんて言ってた？」ヒヤシンスが息を切らして尋ねた。「もっと早くここに来たかったのに、人込みを抜けられなかったの」

「たぶん、おまえの想像どおりのことだよ」コリンは答えた。

ヒヤシンスがむくれた。「殿方はこの手の話に疎いんだから。わたしは正確な言葉を知りたいの」

「とてもふしぎだわ」ペネロペがだし抜けに言った。

その思慮深い口ぶりが関心を引き、たちまち周囲が静まり返った。

「ちゃんと話して」レディ・ダンベリーが指示した。「みなが聞こえるように」

そのような言い方をされてペネロペは委縮するのではないかというコリンの予想に反し、どれほど静かになろうと、数分前に湧きだした自信はなおも健在であるらしく、背筋を伸ばして堂々と言葉を継いだ。「わざわざレディ・ホイッスルダウンが名乗りでる理由はあるのかしら？」

「もちろん、お金がほしいからよ」ヒヤシンスが言う。

ペネロペは首を振った。「そう思うわよね。でも、レディ・ホイッスルダウンはこれまでにかなり裕福になっているはずだわ。みんな何年も新聞を買うためにお金を払ってきたのだもの」

「そうよ、あなたの言うとおりだわ！」レディ・ダンベリーが声をあげた。

「クレシダは単に、注目を浴びたかったんじゃないですかね」コリンは推測した。ありえない仮説ではない。クレシダは成長してからの人生の大半を注目の的に立つ努力に費やしてきたはずだ。

「そうかもしれないわね」ペネロペも同意した。「だけど、こんなふうに注目を浴びることをほんとうに望んでいたのかしら？　レディ・ホイッスルダウンは長年、たくさんの人々を酷評してきた人物なのよ」

「ぼくにはなんの恨みもない相手だけどな」コリンは冗談めかして言った。それから、あきらかに人々が説明を求めていることを感じとって続けた。「だって、レディ・ホイッスルダウンがけなしていたのは、けなされて当然の人々だけだろう？」

ペネロペがさりげなく咳をした。「わたしは熟しすぎたオレンジだと書かれたわ」

コリンは手を振って彼女の懸念を払った。「もちろん、衣装についての話はべつだ」

ペネロペはそれ以上突きつめるべきではないと判断したのか、無言でしばし推し量るようにコリンを見つめてから、レディ・ダンベリーのほうへ向きなおって言った。「レディ・ホイッスルダウンにはみずから名乗りでる理由はありません。クレシダはあきらかに嘘をついています」

レディ・ダンベリーはにこやかに笑い、それから急に顔を渋くしかめた。「それでも、彼女には証拠を見つけるために二週間の猶予を与えなくてはいけないわ。約束は公正に守らなければ」

「それにしても、彼女が何を持ってくるのか楽しみだわ」ヒヤシンスが言葉を挟んだ。ペネロペを振り返って付け加えた。「あなたはほんとうに聡明な方だわ、ご自分でもそう思うでしょう？」

ペネロペは慎ましやかに頬を染め、妹のほうを向いて言った。「もう帰らなければいけないわ、フェリシティ」

「こんなに早く？」フェリシティが訊く。恐ろしくも、コリンもとっさにまったく同じ言葉を発していた。

「お母様から早く帰るように言われてるのよ」ペネロペは言った。

フェリシティは心からとまどっている。「お母様がそう言ったの？」

「言ったのよ」ペネロペはきっぱりと答えた。「それにわたし、あまり気分がすぐれないの」

フェリシティはしょげてうなずいた。「従僕にうちの馬車を正面にまわしてくれるよう頼んで来るわ」

「いいえ、あなたはここにいて」ペネロペは言って、妹の腕に手をおいてとどめた。「わたしが頼んで来るから」

「ぼくが行こう」コリンが声をかけた。実際、目の前で淑女たちにそのようなやりとりをされては、紳士たるもの役目を買って出ずにいられるだろうか？

それから、コリンはよく考えもせずペネロペの帰宅の手はずを整えて、謝る機会を持てないまま見送っていた。

謝れなかったという点では、不出来な晩だったと見なすべきなのかもしれないが、あながちそうとも言いきれなかった。

なにしろ、五分近くもペネロペの手を握っていられたのだから。

12

コリンは翌朝目覚めてからふたたび、ペネロペにまだ謝っていないことを思い起こした。厳密に言えば、もはや謝る必要はないのかもしれない。昨夜、マックルズフィールド邸の舞踏会ではたいして話したわけでもないが、暗黙の休戦協定を結んだようなものだ。それでも、コリンとしては、〝悪かった〟という言葉を告げないかぎり、心から落ち着けそうになかった。

正しい行動をとらなくてはいけない。

それが紳士というものだ。

しかも、その朝、コリンは無性にペネロペに会いたいと思った。

〈五番地〉へ出向いて家族と朝食をとったのち、ペネロペに会ってから家に帰ろうと思い立ち、すぐそばなのでひどく怠惰なように感じながらも、マウント・ストリートのフェザリントン家へ四輪馬車を走らせた。

コリンは満足の笑みを浮かべ、座席のクッションに背をあずけて、窓の向こうに流れる美しい春の街並みを眺めた。すべてが心から正しいように感じられ、完璧と呼べるような日だと思った。太陽は照り輝き、申しぶんのない朝食を味わい、気力もこのうえなくみなぎり……。

まさに、これ以上のものは人生に望めまい。

そしてこれから、ペネロペに会いに行く。

コリンはどうしてこれほどまで彼女に会いたいのかはあえて考えないようにした。三十三歳の独身紳士がさほど気にすべきことでもないだろう。それよりも、その一日を純粋に楽しもうと思った。太陽と空気を楽しみ、マウント・ストリートのこぢんまりとしたタウンハウスを三棟通り過ぎると、ペネロペの家の玄関扉がちらりと見えた。どの建物にもこれといった個性や違いはないのだが、このような完璧な朝には、灰色のポートランド石造りの荘厳な細長い棟の軒が並ぶ景色が、いつになく趣きを漂わせている。

暖かく、穏やかで、空は晴れわたり、のんびりとしたすばらしい日だ……。

ところが座席から立ちあがりかけたちょうどそのとき、通りの向こう側の人影がちらりと目に入った。

ペネロペ。

ペネロペはマウント・ストリートとペンター・ストリートの角に立っている――ちょうどフェザリントン家の窓からは見えないはずの位置。そして、ペネロペは貸し馬車に乗り込んだ。

興味深い。

コリンは顔をしかめ、胸のうちで額をぴしゃりと打った。興味深い、などと言っている場合ではない。まったく、どうかしている。ちっとも興味深くなどない。相手が男性であれば、面白がっていてもかまわないだろう。もしくは、彼女がみすぼらしい貸し馬車ではなく、フェザリントン家の厩《うまや》から出てきた馬車に乗り込んだのなら話はべつだ。

だがむろん、ペネロペは男性ではないし、しかもひとりで乗り込み、なんらやましい気持ちがなければフェザリントン家の馬車を使うはずなのだから、およそいかがわしい場所に向かおうとしているに違いない。ああ、せめてひとりではなく、姉妹でも女中でも誰でもいいから一緒であればよかったのだが。

興味深いどころか、忌まわしい事態だ。

「愚かなことを」コリンはつぶやき、貸し馬車に突進して扉を引きあけ、ペネロペをおろそうと心を決めて馬車から飛びおりようとした。だが、右足を馬車の外へだした瞬間、世界を旅するときと同じ言いようのない激しい感情を掻き立てられた。

好奇心。

みずからを律する罵り言葉ばかりをぶつくさとつぶやいた。効き目はなかった。ひとりで貸し馬車で出かけるとはあまりにペネロペらしくない。いったいどこへ向かうのか突きとめなくては気がおさまらない。

そこで彼女を強引に引きとめるのはやめて、御者に貸し馬車を追うよう指示した。すると馬車はオックスフォード・ストリートの賑やかな街なかのほうへ北に進路をとったので、ペネロペはちょっと買い物をするだけなのかもしれないとコリンは推測した。だとすれば、フェザリントン家の馬車を使えない理由は幾つも考えられる。故障もありうるし、馬の調子が悪いこともあるだろうし、贈り物をこっそり買いたいだけなのかもしれない。

いや、やはりおかしい。ペネロペがひとりで遠出の買い物に出かけるとは思えない。女中でも妹でも、あるいはうちの妹のひとりでも、誰かしら付き添わせるはずだ。オックスフォード・ストリートをひとりでぶらつきでもしたら、噂話の格好の種になる。女性のひとり歩きは、次号の〈ホイッスルダウン〉に取りあげてほしいと頼んでいるのも同然だ。

いや、それもこれまでの話だ。〈ホイッスルダウン〉のない生活にはなかなか慣れなかった。ロンドンにいるときには必ず朝食のテーブルでこのゴシップ紙を読むのが習慣になっていたことを、いまさらながら思い知らされた。

そして、レディ・ホイッスルダウンについては、これまで以上にやはり妹のエロイーズに違いないという疑いを強めていた。今朝も、じつは妹と話をすることが目的で〈五番地〉での朝食に出向いたのだが、エロイーズはまだ気分がすぐれないという理由で家族との朝食の席には現れなかった。

けれども、エロイーズの部屋に料理をたっぷりのせた盆が運ばれていくのを、コリンは見のがしはしなかった。妹がどこを病んでいるにしろ、食欲に影響は出ていないらしい。

朝食の席では、コリンは妹への疑念についておくびにも出さなかった。母が知ればひどく驚くのはわかっているし、心配をかけたくはない。それにしても、事件について論じる以上にその真相を探ることに喜びを覚えるエロイーズが、ゆうべのクレシダ・トゥオンブレイの告白について話さずにいられるとは信じがたかった。

もしもエロイーズがレディ・ホイッスルダウンだとすれば、部屋に閉じこもってこれからの身のふり方を考えていてもふしぎではないが……。

辻褄は合う。いまこうしてペネロペを見つけて妙な興奮を掻き立てられていなければ、すっかり気が滅入ってしまっていただろう。

馬車が走りつづけて数分後、コリンは首を外に突きだして、御者がペネロペの馬車を見失っていないことをたしかめた。すぐ前をもう一台の馬車が進んでいる。少なくとも、それにペネロペが乗っているに違いないとコリンは信じていた。ほとんどの貸し馬車はよく似ているので、正しい馬車を追っていると信じ、祈るよりほかにない。とはいえ、改めて外を見やると、予想以上に遠く東へ来ていることに気づいた。なにしろ、ちょうどもうソーホー・ストリートを通り過ぎたのだから、トテナム・コート・ロードもすぐそこで、ということはつまり——。

まさか、ペネロペは馬車をわが家へ走らせているのだろうか、とコリンは疑った。すぐそこの角を曲がればもうベッドフォード・スクウェアに行きあたる。

自分に会いに来る以外に、街のこの辺りに用事があるとは考えられないので、嬉しい予感に背筋がぞくりとした。ペネロペのような女性に、ブルームズベリーに住む知りあいが自分以外にいるだろうか？　彼女の母親が、実際に働いて生計を立てている人々とのつきあいを許すとは想像しにくい。コリンがいま部屋を借りている地区には、たとえ良家の生まれであれ、貴族どころか、紳士階級ですらほとんど住んでいない。医師や弁護士といった職に就き、みな毎日こつこつと働いて――。

コリンは眉をひそめた。おかしい。馬車はトテナム・コート・ロードも横切った。ペネロペはいったいこんな東まで来て何をしようというのだ？　もしや彼女の馬車の御者がこの辺りの地理に不案内で、やや遠まわりではあるが、ブルームズベリー・ストリートからベッドフォード・スクウェアに入ろうとしているのかもしれないが――。

コリンは異様な音を耳にして、自分が歯ぎしりをしていたことに気づいた。馬車はブルームズベリー・ストリートも通り過ぎ、右のハイ・ホルボーン・ストリートのほうへ進んでいった。

あろうことか、馬車はシティへ向かっていく。いったいペネロペはシティで何をしようというのだ？　婦人がひとりで訪れる場所ではない。それどころか、コリン自身もこれまでほとんど訪れたことはなかった。貴族の世界ははるか西のセント・ジェイムズ・ストリートとメイフェアの聖なる住宅街にかぎられている。かたやこのシティは狭く古びた道が曲がりくねり、イーストエンドの貧民街に危険なほど近接している。

馬車が進むにつれコリンの口はだんだんと開いていき、馬車はさらに進んで……ついにはシュー・レーンに折れて南下しはじめた。コリンは窓の外へ首を伸ばした。ここには一度だけ来たことがあった。九歳のとき、兄のベネディクトと一緒に家庭教師に連れられ、一六六六年にロンドン大火が起きた場所を見学に来たのだ。コリンは、大火の原因が単にパン屋の炉火の不始末だと知り、なんとなくがっかりしたことを憶えている。そのような火災には放火のような陰謀が絡んでいるに違いないと考えていたからだ。

ペネロペがひとりでこのようなところに来たからには間違いなく、それなりの理由があるはずだ。付き添いなしではシティどころか、どこに出かけるのも許されていない婦人なのだから。

そうして、きっとペネロペは遠路ドーバー海峡へ旅するつもりなのだとコリンが自分を納得させようとしたとき、馬車がフリート・ストリートを渡って、ゆっくり停止した。コリンはすぐにも馬車を飛びおりて舗道でペネロペをとらえたい気持ちをおさえ、彼女が動きだすのをじっと待った。

直感なのか、妄想なのかはわからないが、そこですぐに声をかければ、ペネロペがこの新聞社街までやって来たほんとうの目的を聞けないのではないかという気がした。

気づかれないようペネロペがある程度離れたのを見計らってすばやく馬車をおり、彼女を追って南側のウエディングケーキによく似た形の教会らしき建物へ向かった。

「ああ、神よ、なんてことだ」コリンは冒瀆の意識もなくつぶやいていた。「いまごろ、信仰心に目覚めなくたっていいだろう、ペネロペ」

ペネロペが教会のなかへ消え、コリンはいっきに距離を詰め、玄関扉に着くとまた歩をゆるめた。勢い込んで驚かせるのは賢明ではない。その前にまず、ここに来て何をしようとしているのかをきちんと突きとめなくては。とはいうものの、ペネロペが突如、週の半ばにまで教会に通いたくなるほど信仰熱心になっていたとは一瞬たりとも思えなかった。コリンはできるだけ足音を立てないよう忍びやかに教会のなかに入った。ペネロペが信徒席を左手でぽんぽんと叩きながら中央通路を進んでいく。なんだかまるで……。数えているのか？

ペネロペがある席列を選び、なかほどへすっと入っていくのを見て、コリンは眉をひそめた。ペネロペはぴたりと足をとめ、手提げ袋《レティキュール》に手を入れて封書らしきものを取りだした。頭がほんのわずかに左へ、それから右へ動く。両方向に目を走らせ、ほかに誰もいないことはたしかめている表情が容易に想像できた。コリンはその後方で、見つからないよう壁に背を押しつけるようにして暗がりに立っていた。ペネロペのほうも音を立てないよう注意しているようなので、後方にまで顔を振り向けるとは思えない。

信徒席の後ろに付いた小さなポケットには聖書と祈禱書が入っている。ペネロペがそこにそっと封書を滑り込ませるのをコリンは目にした。ペネロペが立ちあがり、そろそろと中央通路のほうへ戻ってくる。

コリンが行動を起こしたのはそのときだった。

暗がりから踏みだして、大股で堂々と近づいていき、自分に気づいた彼女の驚愕の表情を見て非情な満足感を覚えた。

「コ、コリ――」ペネロペが息を詰まらせて言う。

「コリンと言いたいんだよな」間延びした口調で言い、彼女の肘のすぐ上をつかんだ。力は軽めだが、しっかりと捉えて、けっして逃げられはしないことを悟らせようとした。

聡明な女性とあって、逃げようとはしなかった。

だが、聡明なだけに、そしらぬ顔を装おうとした。

「コリン！」ペネロペはようやくどうにか言葉を発した。「ど、どうして……」

「驚いたかい？」

ペネロペは唾を飲み込んだ。「ええ」

「そうだろうな」

ペネロペの視線は扉や身廊や、封書を隠した信徒席以外のあらゆる場所をさまよった。

「こ、ここで、あなたを見かけたことはなかったわ」

「来たことがないもんな」

ペネロペは幾度か口を動かしてから次の言葉を継いだ。「といっても、あなたがここにいてもまったくふしぎではないのよね。だって、実際……あの……セント・ブライド教会のお話はご存じ？」

コリンは片眉を上げた。「それがここなのかい？」

ペネロペは微笑もうとしているらしいが、呆けて口をあけているように見えてしまう。いつものコリンならそれを面白がっているところだが、ペネロペが身の危険も省みずひとりでやって来たことにまだ怒りを感じていた。

だが、なにより腹立たしいのは、ペネロペが秘密を持っていたことだ。

それどころか彼女は秘密を隠していた。秘密は隠すものなのだから、咎めることはできない。理屈がとおらないのはわかっているが、彼女に秘密があるという事実をどうしても許せなかった。彼女はペネロペだ。わかりやすい女性のはずだ。彼女のことならわかっているし、いつだってわかっていたつもりだった。

それがいまや、まるで知らない相手のように見える。

「そうよ」ペネロペはようやく答えて、うわずった声で続けた。「建築家のレンが設計した教会堂のひとつで、ほらあの、ロンドンの大火のあとでシティのあちこちに建てられたのだけれど、ここはほんとうにわたしのお気に入りの場所なの。尖塔がとてもすてきでしょう。ウエディングケーキみたいだと思わない？」

ペネロペは饒舌に話しだした。饒舌になるのはけっして良い兆候ではない。概して、何かを隠しているときの特徴だ。ペネロペが何かを隠そうとしていることはすでにあきらかだが、その饒舌ぶりが、秘密の重大性をますます際立たせている。

コリンは長々とペネロペを見つめ、何十秒にもわたって視線でいたぶったあとに問いかけた。「それで、どうしてぼくがここにいることがふしぎではないんだい？」

ペネロペがきょとんとした顔になった。

「ウエディングケーキみたいだから……」コリンは話を促すように言った。

「ええ！」ペネロペは甲高い声をあげ、後ろめたそうに頰を深紅色に染めた。「いいえ、違うわ！　そうじゃないの！　ただ――わたしが言いたかったのは、ここが物書きのための教会だということなの。それに、出版社の人々も来るわ。出版にかかわる人たちも」

ペネロペの言動は空まわりしていて、本人もそれに気づいていた。その目に、表情に、話すときの手ぶりにさえ、それはあきらかに見てとれた。それでもなお、そしらぬふりを懸命に続けようとしている。コリンは仕方なく黙って冷ややかに話の続きを聞いた。「でも、なんといってもやっぱり、物書きのための場所なのよ」そこで不安げに息を呑んで台無しにさえしなければ、すばらしく見事に演じきれていたのだろう。「あなたも物書きだものね！」

「それで、ここがぼくの教会だと？」

「ええ……」ペネロペがさっと視線を左へそらす。「そうよ」

「すばらしいな」

ペネロペがごくりと唾を飲み込んだ。「でしょう？」

「ああ、ほんとに」コリンは不安を煽ろうとさらりと答えた。

ペネロペがふたたび左の……封書を隠した信徒席のほうをちらりと見やる。いまのところ、なんらかの後ろめたい証拠からとても上手に目をそらしている。それについては称賛したいくらいだとコリンは思った。

「ぼくの教会か」先ほどの文句を繰り返す。「その考え方は気に入ったな」

ペネロペの目が怯えたように大きく開いた。「おっしゃってる意味がよくわからないわ」

コリンは指でとんとんと顎を打ってから、考え込んだ様子で片手を持ちあげた。「なんだか信仰心が芽生えてきたような気がする」

「信仰心？」ペネロペが弱々しい声でおうむ返しに言う。「あなたが？」

「ああ、そうとも」

「わたし…あの……わたしは……」

「うん？」コリンは悪趣味なようだが楽しくなってきて問いかけた。自分は怒りを心のうちにかかえ込めるたちではなかったはずだ。自分にもこのような部分があるとはまるで気づかなかった。ペネロペをいたぶることにちょっとした喜びのようなものを覚えている。「ペネロペ？　何か言おうとしたのかい？」

ペネロペは唾を飲み込んだ。「なんでもないわ」

「そうか」コリンは穏やかに笑った。「だったら、少しばかりひとりにさせてほしいんだが」

「なんですって？」

コリンは右に動いた。「ぼくは教会にいる。祈りたくなったんだ」

ペネロペが左に動く。「どういうこと？」

コリンはいぶかしげにほんのわずかに首を傾けた。「祈りたいと言ったんだ。たいして難しいことは言ってないけどな」

ペネロペが挑発に乗らないよう懸命にこらえているのはあきらかだった。微笑もうとしているが、顎がこわばっていて、コリンの見たところ、あと数分も嚙みしめていたら歯が砕けてしまうだろう。

「あなたがそれほど信仰心の篤い人だとは思わなかったわ」ペネロペが言う。

「そのとおり」コリンはいったん反応を待ってから、言い足した。「きみの、ためにに、祈りたいんだよ」

ペネロペがこらえきれないように唾を飲み込んだ。「わたしのため？」声をうわずらせた。

「なぜならば」コリンは我慢できずに声量をあげて続けた。「ここまで来てしまったからには、祈るしかきみを救う方法がないからだ！」

そうして、ペネロペを脇へ払いのけて、封書が隠された場所へすたすたと向かった。

「コリン！」ペネロペが声をあげ、必死になって追いかけてきた。「やめて！」

コリンは祈禱書の後ろから封書を引きだすなり言った。「これがなんなのか、教えてくれないか？」語気を強めた。「ぼくが自分で見る前に、教えてくれ」

「いやよ」ペネロペが打ちひしがれた声で言う。

コリンのほうはその目の表情に打ちひしがれた。

「お願い」ペネロペは懇願した。「お願いだからそれを返して」それから、ただ黙って怒りに満ちた鋭い目つきで見つめるコリンにかすれ声で言った。「それはわたしのものだわ。秘密なのよ」

「身の危険をおかす価値のあるほどの秘密なのか？」コリンはほとんど怒鳴るように言った。「命を懸ける価値があるのか？」

「何を言ってるの？」

「女性ひとりでシティに来るのがどれほど危険なことなのか、わかってるのか？　きみはどこにでもひとりで行くのか？」

ペネロペはただ、「コリン、お願いよ」とだけ言い、なおも取り戻そうとして封書のほうへ手を伸ばした。

そして、コリンはふといったい何をしているのだろうかとわれに返った。自分らしくない。自分がこんなふうに激しくとりみだし、憤るようなことをするはずがない。

だが、たしかに自分がしたことだ。

それにしてもわからないのは、自分にそうさせたのが……ペネロペであることだ。彼女が何をしたというのだろう？ 彼女がロンドンをひとりで動きまわったからなのか？ 身の危険も考えないその行動はむろん腹立たしいが、秘密を隠されていたことに対する怒りに比べればたいしたことには思えなかった。

しかもまったく理不尽な怒りだ。自分にはペネロペに秘密を明かすよう迫る権利はない。ふたりは婚約を交わしているわけでもなく、気がおけない友人同士に過ぎない。たとえ心掻き乱されるキスをしたとはいえ、たった一度きりのことだ。たまたま彼女の目に入らなければ、間違いなく日記を見せることもなかっただろう。

「コリン」ペネロペが囁いた。「お願い……やめて」

彼女には秘密の日記を見られた。それでどうして彼女のものを見てはいけないんだ？ 恋人でもいるのだろうか？ キスをしたことがないというのはまったくのでたらめだったのか
――でたらめ？

ああ、まったく、この胸の奥で煮えたぎっているものはなんなのだろう……嫉妬なのか？

「コリン」ペネロペが咽ぶような声になって繰り返した。封書をあけさせまいと、コリンの手に手を添えた。力では敵うはずもないので、ただその存在を意識させようとするように。

しかし、コリンはもはや引くに引けないところまで追い込まれていた。その封書をあけずに返すくらいなら死んだほうがましに思える。

コリンは封を切った。

ペネロペは押し殺した泣き声を漏らして教会を飛びだしていった。

コリンは書かれている文字を読んだ。

そうして、血の気を失い、息がつけずに、信徒席にへたり込んだ。

「ああ、まさか」コリンはつぶやいた。「なんてことだ」


セント・ブライド教会の外階段に出たとき、ペネロペは尋常ではない興奮状態に陥っていた。少なくとも、先ほどからの興奮はまだおさまらなかった。呼吸はきれぎれに激しく乱れ、涙がこみあげて、心臓は……。

ああ、心臓は、できることなら胸から飛びだしたがっているかのようだ。

コリンはどうしてこんなことをしたのだろう？　わたしを追ってきたのだ。あとをつけるなんて！　なぜ、あとをつけようなどと思ったのだろう？　それで何が得られるというの？

いったいどうして――。

「ああ、なんてこと！」ペネロペは誰に聞かれることも気にせず叫んでいた。貸し馬車が消えている。すぐに戻るつもりで、待っていてくれるよう御者にきちんと申しつけておいたのに、どこにも見あたらない。

これも、コリンのせいだ。コリンに教会のなかに足どめされていたせいで、貸し馬車は去り、メイフェアの自宅からフランスと同じぐらい遠く感じるシティの真ん中の、セント・ブライド教会の階段に立ちつくしている。人々はいつ声をかけてきてもふしぎではないほどじろじろとこちらを見ている。良家の淑女がひとりで、まして、あきらかに神経発作を起こしかねない様子でシティに立っているのを見るのはきっと初めてなのだろうから無理もない。

いったいどうして、愚かにもコリンを完璧な男性だなどと考えていたのだろう？　人生の半分を、実在もしない人間を崇めることに費やしてきたようなものだ。なぜなら、自分の知っているコリン――いいえ、知っていると思い込んでいたコリン――は、どこにも存在していなかったからだ。あの男性がどのような人であれ、いまはとても好きとは言いきれない。何年ものあいだ、ペネロペが誠実に愛してきた男性はこのような行動をとる人ではなかった。人のあとをつけるようなことはしない――いいえ、たしかに、身の安全を案じたのであれば、仕方のないことかもしれない。でも、あのような冷酷な態度をとりはしないし、他人の手紙を開封するようなことはしなかったはずだ。

彼の日記を二頁読んだことは事実だけれど、封をされていたものを開けたわけではないでしょう！

ペネロペは階段にぺたりと坐り込んだ。ドレスの布地を通してさえ石の冷たさが伝わってくる。いまはここに坐ってコリンを待つよりほかにどうしようもなかった。ひとりでここから家まで歩いて帰ろうと考えるほど愚かではない。フリート・ストリートで貸し馬車を拾う方法もあるが、空き馬車が見つからないかもしれないし、そもそも、ここでコリンから逃げたところでどうにもならないのではないだろうか？ 住所は承知しているのだから、オークニー諸島にでも逃げださないかぎり、対面を避けられる手立てはない。

ペネロペはため息をついた。なにぶん相手は旅慣れたコリンなので、オークニー諸島に逃げても見つけられてしまうかもしれない。オークニー諸島に行きたいわけでもないし。

ペネロペはすすり泣きを押し殺した。もはや理性的に考えることすらできない。どうしてオークニー諸島にこだわっているの？

そのとき、背後でコリンのとても冷ややかできつい声がした。「立つんだ」そのひと言だけだった。

ペネロペは命じられたからではなく（少なくとも自分にはそう言い聞かせた）、コリンを恐れたからでもなく、セント・ブライド教会の階段にいつまでも坐っているわけにはいかないので立ちあがった。これから半年、ひたすらコリンを避けつづけることになろうとも、その場はともかく、そうするしか無事に帰る術はない。

コリンが通りのほうへ頭をくいと傾けた。「馬車に乗るんだ」

ペネロペは歩きだし、馬車に乗り込むと、コリンが御者に彼女の住所を告げ、遠まわりするよう指示する声が聞こえた。

ああ、どうしよう。

馬車が動きだしてゆうに三十秒が過ぎてから、教会に残してきた封書のなかに折りたたんで入れてあった一枚の紙を、コリンが差しだした。「これはきみのだよな」

ペネロペは唾を飲み込み、その紙に目を落とした。見るまでもなく、そこに書かれていることは記憶していた。ゆうべ、何度も書きなおした末に仕上げたものなのだから、忘れられるはずがない。


『淑女の手をうやうやしく撫でて、「気まぐれは女性の特権だ」と囁いて喜んでいるような紳士ほど厭わしいものはない。実際、筆者は常々、言葉は行動で裏づけるものだと考えているので、おのれの意見や決意を誠実に貫くよう努めている。

それゆえ、親愛なる読者のみなさま、四月十九日付の本コラムを書き記した際には、ほんとうにそれで最後にしようと決意していた。しかしながら、致し方ない（というより、けっして容認できない）事態の発生により、最後にもう一度だけ筆を取らざるをえなくなった。

淑女、紳士のみなさま、筆者は断じて、レディ・トゥオンブレイではない。彼女はたくらみを持つ偽者にほかならない。長年の苦労の成果を彼女ごときに奪われては、筆者の胸は張り裂けてしまう』

一八二四年四月二十一日付〈レディ・ホイッスルダウンの社交界新聞〉より

ペネロペは、ことさら丁寧に時間をかけて紙を折りたたみながら、気持ちを鎮め、このような場面でいったい何を言えばいいのだろうかと考えあぐねた。結局、無理やり笑みをとりつくろい、彼の目をいっさい見ないようにして、おどけた口調で言った。「気づいてた？」

何も返事がないので、仕方なく目を上げた。すぐに、やはり見なければよかったと後悔した。コリンはまるで人が変わってしまったようだった。必ず口角が引きあがる朗らかな笑みも、つねにその目に浮かんでいる陽気さも消え去り、代わりに見えたのは、けわしい皺の刻まれた、氷そのもののような冷たい表情だった。

これは自分の知っていた、ずっと何年も恋焦がれてきた男性ではない――もう彼が誰なのかわからない。

「気づかなかったということかしら」ペネロペはふるえる声で言った。

「ぼくがいま、何をしようとしているかわかるかい？」コリンは、馬の蹄が軽快に刻む音に消されぬよう驚くほど大きな声で尋ねた。

ペネロペはわからないと言おうとして口をあけたが、彼の顔をひと目見て返事を求められていないことに気づき、押し黙った。

「自分がきみに怒りを覚える最たる理由がなんなのか、正確に見きわめようとしているんだ」コリンが言う。「なぜなら、あまりに理由が多くて――まったく多すぎるほど――、どうにもひとつに絞りがたいからだ」

何か答えようと、ペネロペは喉もとまで声が出かかって——とりあえず言い訳しか出てこないに決まっている——いまは口を慎むのが得策だろうと思いなおした。

「なによりもまず」コリンが憤りを懸命に抑えようとするように異様に落ち着き払った声で言う（コリンが憤りを覚えるとすら思っていなかったので、それだけでもうペネロペはうろたえていた）。「きみが、ひとりで、それも貸し馬車に乗ってシティに来るような危険をおかす愚か者だとは思わなかった！」

「自分の家の馬車に、ひとりで乗って来るわけにはいかないもの」ペネロペは口走ってから、黙っているつもりだったのにと後悔した。

コリンの頭が左へほんのわずかに傾いた。それが何を意味しているのかはわからないが、その曲げた首がよけいにこわばっているようにすら見えるので、好ましいことであるとは思えない。「どういうことだ？」繻子《しゅす》と鋼《はがね》を無理に混ぜあわせたような低い声で言う。

つまり、答えなければならないのだろうか？「あの、たいしたことではないわ」ペネロペは彼の意識を次の言葉だけに振り向けさせようとして続けた。「ひとりで出かけるのは許されていないというだけのことよ」

「そんなことはわかっている」コリンが吐き捨てるように言う。「もうひとつ、肝心な理由があるだろう」

「だから、ひとりで出かけたくても」ペネロペは彼の後半の言葉は聞き流すことにして話しつづけた。「家の馬車を利用するわけにはいかないのよ。御者は誰も、ここまでわたしを送ることを承知してくれないから」

「どうやら、きみの家の御者たちは知恵と分別をしっかりと備えているようだ」コリンがきつい口調で言った。

ペネロペは押し黙った。

「きみは自分の身に起こりうることを少しでも考えたことがあるのか？」コリンが声のふるえを隠すように語気を荒らげて訊く。

「ええ、たしかに、ほとんど考えてなかったわ」そこでいったん唾を飲み込んだ。「ここにはこれまでにも来て――」

「なんだって？」コリンはペネロペの上腕を痛いほど強くつかんだ。「いま、なんと言った？」

繰り返せば、わが身に危険が及びそうな気がしたので、ペネロペはただじっと彼を見つめ、その目にたぎる怒りの向こうに、以前から知っている、心から愛する男性を探した。

「印刷業者に緊急に伝えたいことがあるときだけなのよ」ペネロペは説明した。「打ちあわせてある伝言を送ると、書いたものをここに取りに来てくれるの」

「だいたい」コリンが語気を荒らげ、折りたたんだ紙を彼女の手からひったくった。「これはなんなんだ？」

ペネロペは困惑して彼を見つめた。「もういうまでもないことかと思ったわ。わたしは――」

「ああ、わかってるよ、なんときみがレディ・ホイッスルダウンだったんだよな。そして、おそらく、エロイーズだと思っていたぼくをずっと笑ってたんだろう」そう言うコリンのゆがんだ表情に、ペネロペは胸を切りつけられた思いがした。

「違うわ！」ペネロペは声を張りあげた。「それはまったく違うのよ、コリン。わたしはあなたのことを笑ったりしない！」

けれども、コリンの顔はあきらかにその言葉を信じていないことを示していた。エメラルド色の目のなかには、ペネロペがいままで見たこともなければ、見るとは予想もしなかった屈辱が表れていた。彼はブリジャートン家の人間だ。人気が高く、自信にあふれ、冷静で、いかなることにも動じない。誰にも屈辱を味わわされたことはない。

それをどうやら自分が味わわせてしまったらしい。

「言えなかったのよ」ペネロペは、恐ろしい目つきをどうにかしてやめさせようと必死に声をふり絞った。「それはわかってもらえるわよね」

コリンは耐えがたいほど長く黙りつづけたあと、釈明の言葉など聞こえなかったかのように証拠の紙を高く掲げて振りながら、ペネロペの切迫した叫びにかまわず言った。「どうしてこんな愚かなことを。正気を失ったのか？」

「どういう意味なのかわからないわ」

「きみはただじっと黙っていれば、完璧に逃げられるんだぞ。クレシダ・トゥオンブレイがせっかく罪をかぶってくれようとしているのに」

コリンはいきなり両手をペネロペの肩におき、ほとんど息がつけないくらいきつくつかんだ。

「どうして、そのままにしておかないんだ、ペネロペ？」コリンの声は切迫し、目は血走っている。ペネロペがこれほど感情的なコリンを見るのは初めてだった。自分にまっすぐに向けられた怒りと、恥辱に、心が打ち砕かれた。

「そのままにしておけなかったの」ペネロペはか細い声で言った。「彼女に取ってかわられたくなかったのよ」

13

「いったいなぜなんだ？」

ペネロペは数秒間、ただ見つめ返すことしかできなかった。「それは……それは……」どう説明すればいいのだろうと言葉を探した。最も恐ろしくも痛快な秘密を知られて、胸が張り裂けかけているというのに、心情を説明できる状態だとコリンは思っているのだろうか？

「レディ・ホイッスルダウンはきわめて悪名高き女性となるだろう……」

ペネロペは息を呑んだ。

「少なくとも、この時代にイングランドが生みだしたもののなかでは。だが、ありがたいことに、ペネロペ」コリンは片手で髪を掻きあげ、彼女の顔をじっと見据えた。「クレシダがその汚名を引き受けてくれると――」

「名声だわ」ペネロペは皮肉っぽくさえぎった。

「汚名だ」コリンが続ける。「もしも自分の正体がばれたら、どうなるかわかってるのか？」

あきらかに見下したような物言いに、ペネロペはもどかしさといらだちを覚えて口もとを引きつらせた。「その可能性については十年以上も考えつづけてきたわ」

コリンの目が狭まった。「皮肉のつもりかい？」

「違うわよ」ペネロペはぴしゃりと返した。「人生のなかではとても長い十年ものあいだ、正体がばれたときのことを何も考えずにわたしが過ごしてきたと、ほんとうに思うの？　考えていなかったとしたら、救いようのない愚か者よ」

コリンはペネロペの肩をつかみ、でこぼこの敷石の上で馬車が揺れると、さらにぎゅっと握りしめた。「きみの人生は台無しになってしまうんだぞ、ペネロペ。台無しに！　ぼくの言っている意味はわかるよな？」

「以前はわからなかったとしても」ペネロペは答えた。「あなたがエロイーズをレディ・ホイッスルダウンだと勘違いしたときに長広舌を聞かせてくれたおかげで、いまはわかるような気もするわ」

おのれの間違いがいかにも腹立たしそうに、コリンは顔をしかめた。「誰もきみとは話さなくなるんだぞ。みんなに無視されて――」

「誰かに話しかけられた覚えはないわ」ペネロペは言い返した。「たいがい、わたしがそこにいることにすら気づいてもらえない。そもそも、どうしてわたしがこれほど長いあいだ、正体を隠しつづけてこられたと思うの？　わたしの姿は見えていないからなのよ、コリン。誰もわたしを見ていないし、誰も話しかけてこない。わたしはただじっと立って、人の話を聞いていて、誰にも気づかれない」

「それは違う」コリンはそう答えつつも、すばやく目をそらした。

「あら、ほんとうよ。あなたもわかっているはずだわ。否定するのは、あなただけよ」ペネロペは言い、コリンの腕を突いた。「後ろめたさを感じているから」

「違う！」

「もう、いいのよ」ペネロペは鼻で笑った。「あなたがしてくれたことはすべて、後ろめたさからなのよね」

「ペネ――」

「少なくとも、そのおかげでわたしは仲間に入れてもらえたのだもの」ペネロペはさえぎって続けた。呼吸はせわしくなり、皮膚は熱さに疼きだし、いつになく魂が燃え立っている。「あなたのご家族がわたしを哀れんでいることに気づかなかったと思う？　あなたや、あなたのお兄様たちと同じパーティに居あわせてダンスを申し込まれたときにはいつも、それを感じずにはいられなかった」

「ぼくたちは礼儀を心得ている」コリンが歯ぎしりするように言う。「それに、きみのことが好きだからだ」

「それに、気の毒に感じるからよね。あなた方はフェリシティのことが好きでも、顔を合わせたからといって必ずダンスを申し込むわけではないはずよ」

コリンは突如手を放し、腕組みをした。「いや、彼女のことはきみのことほど好きではない」

ペネロペは見事に弁舌の勢いをそがれて、目をしばたたいた。言い争っている最中に相手に賛辞を送れるとは、さすがはコリンだ。気をゆるませるには、それほど効果的な手段はない。

「それに」コリンはややいたずらっぽく尊大に顎を持ちあげて続けた。「きみは、ぼくの話のもとの論点からはずれてしまっている」

「なんのこと？」

「レディ・ホイッスルダウンが、きみを台無しにするという話だろう！」

「いい加減にして」ペネロペはつぶやくように言った。「まるで、わたしとはべつの人みたいな言い方だわ」

「ああ、悪いが、目の前にいる女性と、あのコラムを書いている意地悪ばあさんが、いまだにどうにも結びつかないんだ」

「コリン！」

「無礼な言い方だったかい？」コリンがおどけたふりで言う。

「そうよ！　わたしはあのコラムを一生懸命書いてきたのよ」ペネロペはペパーミント色の昼間用のドレスに幾重にも皺が寄っているのも気づかず、薄い布地をぎゅっとつかんでいた。何かしら手を動かしていなければ、全身を駆けめぐるいらだちと怒りが噴きだしかねなかった。そのほかにできることといえば腕組みしかないが、あからさまに不機嫌な態度はさらしたくない。そのうえ、相手がすでに腕組みをしているのだから、どちらかが六歳児よりはましな行動をとらなければならない。

「きみのしてきたことをけなすつもりなど毛頭ない」コリンが慇懃な口調で言う。

「あら、けなしてるじゃない」ペネロペは言い返した。

「いや、そんなつもりはない」

「だったら、何をしているつもりなの？」

「大人になろうとしているのさ」コリンはますます大きな声でいらだたしげに答えた。「どちらかが大人にならざるをえないだろう」

「それで大人のふるまいだなんてよく言えたものね！」ペネロペは声を張りあげた。「責任感のかけらもなく逃げているくせに」

「いったいどういう意味だ？」コリンは吐き捨てるように訊いた。

「火を見るよりあきらかだと思うけど」

コリンは身をのけぞらせた。「きみにそのような口の利き方をされるとは信じられないよ」

「信じられないのは口の利き方かしら」あざけるように言う。「それとも、わたしにそういうことができる勇気があるということのほうかしら？」

コリンはあきらかにその質問に面食らい、じっと目を見張っている。

「わたしには、あなたの知らない一面もあるわ」それから、より低い声で続けた。「自分でも思いも寄らなかった一面があるのよ」

コリンはしばし押し黙り、それから、どうしても聞き流すことはできないとばかりに、歯の隙間から吐きだすように尋ねた。「ぼくが責任から逃げているというのは、どういう意味だ？」

ペネロペは唇をすぼめ、肩の力を抜いて、気を鎮めようと息を吐きだした。「あなたはどうしてそれほど頻繁に旅をしているの？」

「旅が好きだからさ」コリンはそっけなく答えた。

「それに、イングランドにいては飽き足らないからよね」

「だからぼくが……子供だと言いたいのか？」

「あなたには、成長して、一カ所に腰を落ち着けて、大人らしく行動しようという気がないのよ」

「どんな行動のことかな？」

ペネロペは、そんなことわかりきっているとばかりに両手を広げた。「結婚するとか」

「それはプロポーズかい？」コリンは茶化すように問いかけ、やや横柄に口の片端を上げてにやりと笑った。

ペネロペは頬が熱く真っ赤に染まるのを感じながら、必死に言葉を継いだ。「そんなはずがないでしょう。わざと皮肉を言って話題をそらそうとしないで」コリンが詫びの言葉か何かを口にだすのを待った。けれども沈黙を返されて傷つき、ため息まじりに言った。「しっかりしてよ、コリン、あなたは三十三なのよ」

「そして、きみは二十八だ」コリンは、さして気づかいも感じられない口調で指摘した。

ペネロペはみぞおちにげんこつを押し込まれたようにこたえたものの、腹立たしさのあまり、いつものように自分の殻に引き返すことはできなかった。「あなたとは違って」言葉を選ばずに言った。「わたしには誰かに結婚を申し込むような贅沢は許されないわ。それに、あなたとは違って」もはやただ、ほんの数分前に彼のせいだと責めていた怒りを呼び起こすためだけに、言い足した。「求婚してくれる人は有り余るほどいるわけではないから、断わる贅沢も許されない」

コリンは唇をとがらせた。「だからといって、レディ・ホイッスルダウンだと明かせば、求婚者が増えるとでも言うのかい？」

「そんなに、わたしを侮辱したいの？」ペネロペは噛みつくように言った。

「現実的に考えようとしているんだ！　きみは完全に何かを見失ってしまっているようだから」

「レディ・ホイッスルダウンだと名乗りでるつもりはさらさらないわ」

コリンはクッション付きの座席から腰を上げて、最後のコラムが挟み込まれた封書をひったくった。「では、これはどういうことだ？」

ペネロペはそれを取り戻し、封書のなかから紙を引きだした。「意味がわからないわ」皮肉を込めて一語一語をしっかりと発音した。「正体を明かす言葉なんて書いてないはずよ」

「きみはこの絶筆宣言で、レディ・ホイッスルダウンの正体探しに躍起の人々の熱狂を冷ませるとでも思ってるのか？　ああ、言わせてもらえば」片手を横柄に胸にあてる。「本来なら、ぼくが正体を暴いてやりたかったよ。とはいえ、きみの名声を汚すのは胸が痛むしな」

「なんて卑劣なことを言うの」ペネロペは言い返し、頭の片隅で、どうして泣けないのだろうという声を聞いた。相手はずっと愛しつづけてきたコリンで、その彼にまるで嫌われているかのような態度をとられている。いま以上に、涙を流すのにふさわしいときがあるだろうか？

それとも、まったくの見当違いをしていただけなのかもしれない。胸にあふれる悲しみはすべて、夢を打ち砕かれたゆえのものなのだろう。夢みていた彼の姿を。完璧なコリンの姿を思い描いてきたけれど、面と向かって浴びせられる一言一句を聞いているうちに、だんだんと自分が夢みていたものがまったくの間違いだったように思えてきた。

「あえて言わせてもらう」コリンはふたたび彼女の手から紙をつかみとった。「よく見てみろ。これでは、もっと探してくれと煽っているようなものじゃないか。自分の正体を暴いてみろと社交界を挑発しているようなものなんだぞ」

「そんなことをするつもりはないわ！」

「きみにそのつもりがなくても、結局そうなるに決まっている」

おそらく彼の言葉にも一理あるのだろうが、ペネロペはそれを認めるのがいやだった。

「賭けに出なければならないこともあるのよ」そう答えて腕を組み、あからさまに顔をそむけた。「十一年も正体を知られずにやってきたのよ。いまになってどうしてそれほど心配しなくてはいけないのかしら」

コリンは短気を起こしたようにまくしたてた。「きみには金銭感覚というものがあるのか？　どれほどの人間がレディ・ダンベリーの千ポンドを狙っているか、わかってるのか？」

「あなたよりは金銭感覚があるわ」ペネロペはあまりの言われようにいらだって答えた。「それに、レディ・ダンベリーが懸賞金を提示したからといって、わたしの秘密が危険にさらされるわけではないし」

「懸賞金のせいで、みんなが煽り立てられているのだから、いままでよりばれやすくなる。そうでなくても」コリンは皮肉っぽく唇をゆがめた。「ぼくのいちばん下の妹が指摘したように、名誉を求める者もいる」

「ヒヤシンスのこと？」ペネロペは訊いた。

コリンはいかめしくうなずいて、紙を脇の座席に置いた。「そして、ヒヤシンスがきみの正体を暴く名誉に憧れるのだとすれば、間違いなく、ほかにも同じように考える人間がいるということだ。クレシダが愚かな策略を思いついたのも、同じような理由からかもしれない」

「クレシダの目的はお金よ」ペネロペは不満げに言った。「間違いないわ」

「いいだろう。だが、目的が問題ではないんだ。問題は、相手がクレシダだからといって、きみが愚かにも彼女ではないと否定しても――」コリンが置いてある紙を叩き、がさっと大きく響いた音にペネロペはびくりと怯んだ。「――またべつの誰かが名乗りでてくるということだ」

「そんなことは承知のうえだわ」ペネロペはとにかく決定的な言葉を聞きたくないばかりに

言葉を挟んだ。

「だったら、いいか、よく聞くんだ」コリンが語気を荒らげた。「クレシダの思いどおりにさせてやるんだ。彼女のたくらみはきみにとって渡りに船じゃないか」

ペネロペはさっと彼の目を見やった。「あなたには、わたしの思いはわからないわ」

その口調の何かがコリンの胸にまっすぐに刺さった。それで考えが変わりはしないし、心を動かされたわけでもないが、その瞬間を埋める適切な言葉は見つかりそうになかった。ペネロペを見つめ返してから、窓の外を見やって、セント・ポール大聖堂の丸屋根をぼんやり眺めた。

「ずいぶんと遠まわりしてしまったな」コリンはつぶやいた。

何も返事はない。ペネロペを責めたのではない。沈黙を埋めるための無意味な言葉に過ぎなかった。

「クレシダに好きにさせておけば――」コリンは話を再開した。

「やめて」ペネロペは懇願するように言った。「お願いだから、もうそれ以上言わないで。わたしは彼女の好きにさせるつもりはないわ」

「それで得られるものについて、ほんとうに考えたのか？」

ペネロペは鋭くコリンを見返した。「この数日、わたしがほかのことを考えられたと思う？」

コリンは攻め手を変えた。「みんなにきみがレディ・ホイッスルダウンだと知らせることがそんなに大事なのか？　あきらかに、きみは利口で、ぼくたち全員の鼻をあかした。それでじゅうぶんじゃないのか？」

「わたしの話をまったく聞いてなかったのね！」ペネロペは、自分の話が理解されていないのがまったく信じられないとでもいうように、驚くほどきれいな楕円形に口をあけている。

「ほんとうはわたしだなんて、みんなに知らせるつもりはないの。とにかく、彼女ではないことを伝えたいだけなのよ」

「だが、ほかの誰かがレディ・ホイッスルダウンだと思われるのは、気にならないんだよな」コリンは念を押した。「そもそも、きみが何週間も前からレディ・ダンベリーに疑いをかけていたんだものな」

「誰かの名を挙げずにはいられなかったのよ」ペネロペは弁明した。「レディ・ダンベリーに、誰だと思うかと面と向かって尋ねられて、まさか自分だとは言えなかった。それに、レディ・ダンベリーが書いていたのだとみんなに思われても、ひどい気分にはならないわ。少なくとも、レディ・ダンベリーのことは好きだもの」

「ペネロペ――」

「もし、あなたの日記がナイジェル・バーブルックが書いたものとして出版されたとしたら、どんな気がするかしら？」ペネロペは強い調子で問いかけた。

「ナイジェル・バーブルックは文章をふたつ繋げるのもやっとだろう」コリンは冷ややかに鼻先で笑った。「ぼくの日記を彼が書いたと信じる人間がいるとは思えない」そう口にしてから、バーブルックが彼女の姉の夫であることに思い至って、詫びのしるしにわずかに顎を引いた。

「それなら」ペネロペは唸るように言った。「誰でもいいから、クレシダのような人に取って代わられた場合を想像してみて」

「ペネロペ」コリンはため息をついた。「ぼくはきみじゃない。おきかえて考えられることでもない。それに、ぼくの日記が出版されたとしても、ぼくは世間から冷たい目で見られることはない」

ペネロペが座席に沈み込み、大きくため息をついたので、コリンは納得してもらえたのだろうと受けとった。「よし」声高らかに言った。「これで決着だな。これは破いてと――」一枚の紙に手を伸ばす。

「だめ！」ペネロペが声をあげ、座席から立ちあがりかけた。「やめて！」

「でも、いまきみは――」

「何も言ってないじゃない！」ペネロペが金切り声で言う。「ため息をついただけだわ」

「おい、いい加減にしてくれよ、ペネロペ」コリンはいらだたしげに言った。「きみはあきらかに同意して――」

ペネロペは彼の思い込みに驚いて口をあけた。「いつ、わたしのため息を勝手に解釈していいと言ったかしら？」

コリンは手にした決定的証拠となる紙を見やり、この期に及んでいったいこれをどうすればいいものかと思った。

「それに、いずれにせよ」ペネロペが美しいほどに怒りと熱情に目を輝かせて続ける。「最後の言葉をすっかり忘れられるはずもないわ。その紙を破られても、わたしが掻き消されるわけではないのよ」

「掻き消したいんだ」コリンはつぶやいた。

「何言ってるの？」

「ホイッスルダウンを」コリンが歯を噛みしめて言う。「ホイッスルダウンを掻き消したいんだ。そうすれば、きみも、ぼくも幸せになれる」

「でも、わたしが、ホイッスルダウンなのよ」

「われわれすべてが救われるんだ」

そのとき、ペネロペのなかで何かがぷつんと切れた。何年ものあいだ、胸に溜め込まれてきた怒り、鬱憤、不愉快な感情のすべてが噴きだして、ぶつける相手としてはおそらく貴族のなかで最も不相応なコリンに向けられた。

「どうしてそんなにわたしに腹を立ててるの？」ペネロペはいきなり責め立てた。「わたしはそんなに嫌われなければいけないことをした？　あなたの目をごまかせたから？　秘密を隠していたから？　社交界のことを面白おかしく書いたから？」

「ペネロペ、きみ――」

「待って」ペネロペはきつくさえぎった。「黙ってて。いまはわたしが話しているのだから」

コリンは驚きと疑念に満ちた目で、大きく口をあけて見つめている。

「わたしは自分のしたことに誇りを持っているわ」ペネロペは感情の昂ぶりでふるえる声で懸命に言葉を継いだ。「あなたにどう言われようとかまわない。誰に何を言われてもいい。誰にも奪わせはしない」

「そんなことは――」

「みんなに真実を知らせる必要はないのよ」彼の間の悪い反論を断ち切って続けた。「でも、どうしても、クレシダ・トゥオンブレイに成り代わらせることだけは我慢できない。あの人だけは……あの人だけは……」悪い記憶ばかりが次から次へよみがえり、全身がふるえだした。

優雅な身のこなしで名高いクレシダは、ペネロペが社交界に初登場した年、足を引っかけて、黄色とオレンジ色以外で母から唯一買うことを許されたドレスにパンチをこぼさせた。クレシダは、ペネロペにダンスを申し入れるよう、やさしげに独身紳士たちをけしかけて、男性たちに押し寄せられたペネロペに恥をかかせた。

クレシダは、大勢の前で、いかにもペネロペを案じるふりで甘ったるい声をかけた。「わたくしたちの年頃では、六十キロ以上も体重があっては健康によくないわ」

クレシダがいやみを吐いたあとにうすら笑いをこらえられていたかどうかを、ペネロペは見届けられたためしがない。小刻みなふるえを隠しきれず、目に涙を溜めて、そそくさと逃げだしていたからだ。

クレシダはつねに剣を抜くべきときを的確に見抜き、剣のふるい方も心得ていた。エロイーズが味方についていてくれていても、レディ・ブリジャートンがいつも自信を与えてくれようとも、無駄だった。クレシダの狙いすました舌鋒を食らうたび、いったい何度泣き疲れて眠る夜を過ごしただろう。

すべては自分が立ち向かう勇気を持てなかったために、これまでクレシダにはずいぶんと好きなようにやられてきた。でも、今度ばかりはけっして好きなようにさせるわけにはいかない。秘密の人生を、胸の片隅に隠してきた、強く、誇り高く、恐れを知らない魂を彼女に奪わせはしない。

ペネロペはみずからを守る術を知らないかもしれないが、神に懸けて、レディ・ホイッスルダウンはその術を知っている。

「ペネロペ？」コリンが用心深い口ぶりで呼びかけた。

ペネロペはぼんやりと見つめ返し、数秒かかってようやく、いまは一八一四年ではなく一八二四年であることに気づいた。クレシダ・クーパーから逃れようと舞踏場の隅に縮こまっているのではなく、コリン・ブリジャートンと一緒に馬車に乗っていることに。

「大丈夫かい？」コリンが訊く。

ペネロペはうなずいた。少なくとも、自分ではうなずいたつもりだった。

コリンは何か言おうとして口をあけ、ためらって、数秒そのまま唇を閉じられなかった。やっと、彼女の手に手を重ねて言った。「この話はあとにしないか？」

今度はペネロペもどうにか小さくうなずいた。ほんとうは、自分もこのような恐ろしい午後は終わらせたかったのだが、どうしてもそのままにしておけないことがひとつ残っていた。

「クレシダは破滅してないわ」ペネロペは静かに言った。

コリンが困惑の薄い膜で翳《かげ》った目を向けた。「どういうことだい？」

ペネロペはわずかに声量をあげて言った。「レディ・ホイッスルダウンだと名乗りでたのに、クレシダの人生は台無しにはなっていない」

「それは誰も信じていないからさ」コリンは答えた。「それに」考えずに続けた。「彼女は……違うから」

ペネロペがゆっくりと向きなおった。とてもゆっくりと見据える。「何が違うの？」

何か動揺にも似た感情のせいで、コリンの鼓動が激しく打ちはじめた。唇からこぼれでたときにはすでに、まずい言葉であることに気づいていた。なぜほんの一文を、ほんのひと言をしくじってしまったのだろう？

彼女は違う。

その言葉の意味は互いにわかっていた。クレシダは異性の目を惹き、美しく、どんなことも冷静沈着にやってのける。

いっぽう、ペネロペは……。

ペネロペだ。ペネロペ・フェザリントン。破滅からわが身を救う政治力も人脈も持っていない。ブリジャートン一族が味方について支えたとしても、それだけでは彼女の破滅を食いとめられはしない。ほかの醜聞ならまだどうにかできるかもしれないが、レディ・ホイッスルダウンはイギリス諸島のほぼすべての重要人物を一度や二度は扱きおろしている。驚きが鎮まればすぐに、心無い風評が飛びかいはじめるはずだ。

ペネロペが、聡明だとか、機知に富んでいるとか、勇敢だと称賛されることはないだろう。卑怯だとか、姑息だとか、嫉妬深いと言われるのがおちだ。

コリンは貴族というものをよく知っていた。同じ社会に住む人間たちがとる行動は目にみえている。上流社会の人々は、個々にはりっぱな人間性を備えているのだが、まとまると、揃って下等な行動をとる集団に成りさがりがちだ。

それもきわめて下等な集団に。

「わかったわ」ペネロペはそう言って黙り込んだ。

「いや」コリンは急いで否定した。「そうじゃない。ぼくは――」

「いいのよ、コリン」ペネロペは痛々しいほど物分かりよく言った。「わかってるわ。あなただけは違うといつも願っていたけれど」

ふたりの目が合い、コリンはいつしか彼女の肩に手をかけて、目をそらさせないよう力強く握りしめていた。何も言わず、目で問いただした。

「あなたはわたしを信じてくれていると思ってたの」ペネロペが言う。「ただの〝醜いアヒルの子〟ではないって」

ペネロペの顔は見慣れていた。これまで何千回と見てきたはずなのだが、この数週間で、ほんとうに見ていたと言える自信がなくなっていた。左の耳たぶの近くに小さなほくろなどあっただろうか？　彼女の肌はこんなふうに赤みが差していただろうか？　褐色の目についても、以前から瞳孔のすぐそばに金色の斑点が見えていただろうか？

あれほど何度もダンスを踊っていたのに、彼女の口がふっくらとして大きく、キスをそそられる形であると、どうして気づかなかったのだろう？

ペネロペは緊張すると唇を舐める。そのしぐさは前にも目にしていた。知りあってから十数年のあいだ、たしかに時折りそういうしぐさを見てきたはずだが、いま初めて、その舌を見ただけで体が欲望で張りつめた。

「きみは醜くなどない」コリンは低く切迫した声で言った。

ペネロペの目が大きく開いた。

そこでコリンは囁いた。「きみは美しい」

「そんなことないわ」ペネロペが呼吸よりはかろうじて大きな声で言った。「思ってもいないことを言わないで」

コリンの指が彼女の肩に食い込んだ。「きみは美しい」繰り返した。「どうやって……いつ……気づいたのかわからない」唇に触れると、熱い吐息を指先に感じた。「でも、そう思うんだ」かすれ声で言った。

コリンは身をかがめて、ゆっくりとうやうやしくキスをした。どうしようもなく彼女を欲していて、そうなったことにもはや驚きは感じなかった。動揺は消え、彼女を奪いたい、自分のものであるしるしを焼きつけたいという純粋な衝動に取って代わられていた。

自分のもの？

コリンは身を引き、しばし彼女を見つめ、その顔を探った。

どうして気づかなかったんだ？

「どうしたの？」ペネロペが囁いた。

「きみはきれいだ」コリンは言い、ふしぎそうに首を振った。「どうしてほかに誰も気づかないのかわからない」

何か温かな心地良いものがペネロペの胸に広がった。うまく説明できないが、まるで誰かに血を温められているような感覚だった。その温かさはまず胸に感じて、それから、腕や腹部や足の爪先にまでじわじわとめぐった。

頭がくらくらして、心が満たされていく。

体全体がそのぬくもりに包み込まれた。

自分は美しくない。美しくはないし、ほどほどに魅力的ではあるかもしれないけれど、それも若いうちだけのことであるのは承知している。でも、コリンは美しいと言ってくれて、そうして彼に見られていると……。

自分が美しいように思えた。そう思えたのは初めてのことだった。

コリンはもう一度キスをした。今度はもっと貪欲に、唇をかじり、触れあわせ、ペネロペの体を目覚めさせ、魂を掻き立てた。下腹部が疼きだし、緑色のドレスの薄い布地の上から彼の手に触れられた肌が熱く、焦れているように感じられる。

間違っているとは一瞬たりとも思わなかった。そうしたキスのようなものは、恐れ、避けるよう育てられてきたはずなのに、体と心と魂が、人生でそれ以上正しいものはないことを悟っていた。自分はこの男性《ひと》のために生まれてきた。けれども何年ものあいだ、彼は誰かほかの女性《ひと》のために生まれてきたのだと思い込もうとしていた。

それが間違いだったのだと証明されたことは、考えつくかぎり最上の喜びだった。

ペネロペは彼を欲し、そのキスを求め、こんなふうに感じさせてくれる彼を求めた。

たとえたったひとりの男性の目からであれ、美しく見られたい。

馬車のなかで座席のフラシ天のクッションの上に倒されながら、重要なのはこの男性の目だけなのだと夢み心地で思った。

コリンを愛している。ずっと愛してきた。いまもまだ彼がこれほど怒るとは理解しがたいし、信じられないものの、それでも彼のことが好きで、愛している。

そして、彼のものになりたい。

最初にキスをされたときには、されるがままにまかせて悦びを感じていただけだったが、今度は積極的に悦びを分かちあおうと密かに誓った。彼とここにいられることはいまも信じられないし、これから頻繁にキスをされることを夢みられるはずもない。

もう二度と経験できないかもしれない。彼のしっかりとした重みに押されることも、彼の舌でいたずらに舌をくすぐられることも、もう二度とないかもしれない。

たった一度かぎりの機会。一生、記憶に残せるものにしたい。このたった一度の機会に、至福の悦びに浸りたい。

あすになれば、コリンが、ともに笑い、冗談を言いあい、結婚したいとすら思うべつの女性を見つけたことを知らされ、つらい思いを味わうことになるかもしれない。せめてきょうだけは……。

きょうだけは、自分のものだ。

絶対に、思い出に残るキスにしよう。

ペネロペは手を伸ばし、コリンの髪に触れた。初めはとまどった——積極的に悦びを分かちあう相手になろうと決めたとはいえ、実際にどうすればいいのか見当がつかなかった。理性や分別はすべて彼の唇にゆっくりと抑え込まれていったが、それでもなお、その髪がエロイーズの髪と同じ手ざわりがすることを感じずにはいられなかった。長年の友人の髪には数えきれないほど触れたことがある。ああ、神よ、どうか思いださせないで……。

ペネロペはくすりと笑った。

コリンがそれに気づき、顔を離し、口もとに愉快げな笑みを浮かべた。「どうしたんだい？」ふしぎそうに訊く。

ペネロペは首を振り、無駄であるとは知りながら必死に笑みをこらえようとした。

「いや、答えてくれなければ困る」コリンが迫った。「笑った理由を聞かなければ、続けられないじゃないか」

ペネロペは頬がほてるのを感じ、ふと、あまりに間の悪いことをしているような気がした。馬車の後部座席であきらかに無作法なことに及びながら、恥じらって顔を赤らめてどうなるというの？

「答えるんだ」コリンは囁き、ペネロペの耳に軽く嚙みついた。

ペネロペは首を振った。

コリンの唇が喉のちょうど脈打つ場所を探りあてた。「言うんだ」

ペネロペは、彼の唇にさらに近づけるよう首をそらせ、呻くような声を漏らすことしかできなかった。

ドレスは知らぬ間に所々ボタンがはずれて滑り落ち、鎖骨があらわになっている。ペネロペがめまいを覚えながらぼんやりと見つめる先で、コリンは唇で鎖骨をたどり、危険に感じるほど胸のそばに顔をすり寄せた。

「教えてくれないか？」コリンがかすれ声で言い、肌に軽く歯を立てた。

「何を教えるの？」ペネロペは息を切らせて訊いた。

コリンが焦らすように唇を下へずらし、さらにさがっていく。「どうして笑ったんだ？」

数秒間、ペネロペはなんのことを言われているのかすら思いだせなかった。

コリンがドレスの上から乳房をつかんだ。「言うまで、苦しめてやろう」脅すふうに言う。

ペネロペは答える代わりに背をそらせ、さらにしっかりと彼に乳房をつかませた。

そうして彼に苦しめられていたい。

「そうか」コリンはつぶやき、ドレスの身ごろを引きおろすと同時に手をずらし、乳首に手のひらを擦らせた。「ということなら――」手をとめて、少し浮かせる。「やめてしまうぞ」

「いや」ペネロペはもどかしげに言った。

「それなら答えるんだ」

ペネロペは自分の乳房を見おろし、彼の目にさらされている光景にうっとりと見入られた。

「言ってくれ」コリンは息で彼女をかすめるようにそっと囁きかけた。

ペネロペは、体の奥で、けっして口には出せないような場所で、何かがぎゅっと収縮するのを感じた。

「コリン、お願い」懇願した。

コリンが満ち足りてなおいくぶん飢えているといった表情で、ゆっくりともの憂げに微笑んだ。「なんのお願いかな？」

「わたしに触れて」ペネロペは囁いた。

コリンが人差し指で肩をたどる。「こうかい？」

ペネロペは激しく首を振った。

コリンの指が首を滑りおりた。「近づいているかな？」つぶやくように言う。

ペネロペは自分の乳房から目を離さずにうなずいた。

コリンの指がふたたび乳首に行き着き、ゆっくりと焦らすように周りをなぞってから先端に触れた。それを眺めるうち、ペネロペの体はしだいに張りつめていった。

もはや、自分の唇が発する、熱く荒い息づかい以外、何も聞こえない。

そうして――。

「コリン！」息を詰まらせて彼の名を絞りだした。そんなことができるはずが――。

唇を胸に寄せられ、彼のただならぬ熱さに驚いて体を跳ねあげ、恥ずかしげもなく腰を彼の腰に押しつけると、擦りあわせるようにしてぐいと押し戻された。しっかりと押さえつけられた感触が心地いい。

「ああ、コリン、コリン」ペネロペは喘いで、両手を彼の背にまわし、ただひたすらそばに寄せて放したくない一心で、やみくもに筋肉をつかんだ。

コリンがズボンの腰まわりをゆるめてシャツを引っぱりだすと、ペネロペはその布地の内側に両手を滑り込ませ、背中の皮膚をじかにたどった。こんなふうに男性の体に触れたことはなかった。それどころか、誰の体にもこんなふうに触れたことはない。

コリンは触れられて呻き、肌をかすめるようにたどられるうち身をこわばらせた。ペネロペの胸は浮き立った。彼はこうされて喜んでいる。さわられるのを心地良く感じている。どうすればいいのかまるで見当がつかないものの、それでも喜んでくれている。

「きみは完璧だ」コリンは肌をかすめるように囁きかけ、唇で彼女の顎の下側まで熱い道筋を引き伸ばしていった。ふたたび彼女の唇を奪い、今度はさらに熱烈に触れあわせながら、両手を滑りおろして尻を包み込み、揉みしだいて、昂ぶった下腹部を押しつけた。

「きみが欲しくて、たまらない」コリンは息を切らして言い、腰を擦りつけた。「きみの服を剝ぎとって、きみのなかに沈み、二度ときみを放したくない」

ペネロペは、単なる言葉のせいとは信じがたいほどの悦びに包まれ、もどかしさに呻き声を漏らした。そうされていると、自分がみだらで、ふしだらで、いかにも欲望を掻き立てる女性であるように思えてくる。

このままけっして終わりがきませんように。

「ああ、ペネロペ」コリンは呻くように言い、唇と手をさらにせわしく動かした。「ああ、ペネロペ、ペネロペ、ああ――」やにわに顔を上げた。

「うわっ、大変だ」

「どうしたの？」ペネロペは問いかけて、頭をクッションから起こそうとした。

「停まってる」

ペネロペは事の重大さをのみ込むまでにしばしの時間を要した。停まっているということは、目的地のすぐそばまで来ているということで、つまりそこは……。

自分の家。

「まあ、なんてこと！」躍起になってドレスの身ごろを引っぱりあげた。「御者にいますぐ馬車をまた走らせるよう頼めないかしら？」

すでにあまりにふしだらな姿をさらしている。いまさら、その行動の一覧に〝恥知らず〟が加わったところで、たいして影響はないのかもしれない。

コリンも彼女のドレスの身ごろをつかみ、もとのように引っぱりあげた。「家の前にうちの馬車が停まっていても、きみの母上が気づかない可能性はあるかな？」

「あるどころか、じゅうぶんにあるわ」ペネロペは答えた。「でも、ブリアーリーの目はごまかせない」

「きみの家の執事はうちの馬車を見わけられるのかい？」コリンが驚いた顔で訊く。

ペネロペはうなずいた。「あなたは前にもいらしたことがあるでしょう。彼はそういうことは必ず憶えているのよ」

コリンは唇をゆがめ、決然と表情を引き締めた。「わかった。ならば、きちんと身なりを整えるんだ」

「自分の部屋にまっすぐ駆け込むわ」ペネロペは言った。「誰にも見られないように」

「そう、うまくいくかな」コリンは意味深長に言い、シャツをたくし込んで、髪を整えた。

「ええ、きっと、きっと――」

「きっと」コリンは即座に彼女の言葉に先んじて続けた。「見られてしまう」指先を舐めて髪を撫でつける。「きちんとして見えるかい？」

「ええ」ペネロペは嘘をついた。実際は、唇は膨らみ、流行の髪型はすっかり崩れて、顔はすっかり紅潮していた。

「よし」コリンはひょいと馬車をおり、ペネロペに手を差しだした。

「一緒になかへお入りになるの？」

コリンは、気がふれたのかと疑うように目を向けた。「もちろんだ」

ペネロペはその言動にとまどい、おりるよう足に命じるのを忘れて動けなかった。コリンが自分に付き添ってなかへ入らなければならない理由があるとは思えない。礼儀として必ずしも入らなければならないわけではないし――。

「どうしたんだ、ペネロペ」コリンは彼女の手を取り、引っぱりおろした。「ぼくと結婚してくれるんだろう?」

14

ペネロペは舗道に転がり落ちた。

少なくとも自分としては、ほとんどの人々から思われているよりは優美なふるまいを身につけていると信じている。ダンスは上手に踊れるし、完璧な指使いでピアノを弾けるし、混雑した部屋のなかでもたいてい、ひしめく人々や家具調度にぶつからずに通り抜けることができる。

でも、コリンにあまりにあっさり結婚を申し込まれたせいで、ちょうど馬車をおりようとしていた足は空《くう》を踏み、腰の左側を縁石につき、顔をコリンの爪先にぶつけることとなった。

「どうしたんだ、ペネロペ」コリンは大声で呼びかけて、かがみ込んだ。「大丈夫かい？」

「平気よ」ペネロペはどうにか口を動かし、もぐり込める穴が地面にあいていないものかと探した。

「ほんとうに？」

「ほんとうに、なんでもないわ」ペネロペは答えて、間違いなくコリンのブーツの模様がそっくり写っているはずの頰を押さえた。「ちょっと驚いただけのことよ」

「どうして？」

「どうして？」ペネロペはおうむ返しに訊いた。

「ああ、どうして？」

ペネロペは目をしばたたいた。一度、二度、さらにもう一度。「ええと……だって……あなたに結婚の話をされたら当然のことでしょう」

コリンが、肩の関節をはずしかねないほどぞんざいにペネロペを引っぱり起こした。「つまり、ぼくがどう言うと思ったんだい？」

ペネロペは信じられない思いで見つめ返した。彼は気がふれてしまったのだろうか？「そう言うとは思わなかったわ」ようやく答えた。

「ぼくはそれほど粗野な男ではない」不満げに言う。

ペネロペは袖に付いた埃や小石を払い落とした。「そんなことは言ってないわ。わたしはただ――」

「言っておくが」コリンはいたく傷ついた面持ちで続けた。「きみのような立場の女性に結婚を申し込むつもりもなく、あのようなふるまいはできない」

ペネロペは、梟《ふくろう》にでもなったような気分で口を丸くあけた。

「返事はしてくれないのかい？」コリンが強い調子で訊く。

「まだ、あなたの言葉の意味を考えている最中なの」ペネロペは打ち明けた。

コリンが腰に手をあてて、有無を言わせぬ態度でじっと見つめた。

「なにしろ」ペネロペは顎を引き、上目づかいにややけげんそうに見つめ返した。「あなたがどのような言葉にしろ、これまで結婚の申し込みをするような話をしたことがあったかしら」

コリンはペネロペをきつく見据えた。「もちろんないさ。さあ、雨が降りはじめる前にぼくの腕を取ってくれ」

ペネロペは青く晴れわたった空を見あげた。

「そんな調子では」コリンがいらだたしげに言う。「何日もここにいることになる」

「だから……つまり……」ペネロペは咳払いをした。「とっても驚いたという顔で、どうかしていたんだとわたしに謝ればすむことではないかしら」

「何をまわりくどいことを言ってるんだ？」コリンがつぶやいた。

「なんですって」

コリンはペネロペの腕をきつくつかんだ。「とにかく行こう」

「コリン！」ほとんど叫ぶように言い、階段をあがろうとして自分の足につまづいた。「あなたはこれでほんとうに――」

「これほどの機会はないだろう」コリンがまるで意気揚々といった調子で言う。そのいかにも満足げな表情を見て、ペネロペは当惑した。なぜなら、馬車がこの家の前に停まる瞬間まで、コリンが結婚を申し込もうと思っていなかったことについては、全財産を――それも、レディ・ホイッスルダウンとしてだいぶ蓄えはある――賭けてもいいほど自信があるからだ。

ひょっとすると、コリンはその言葉を口にするまで、結婚の意志がなかった可能性すらある。

コリンが振り返った。「ノックは必要かな？」

「いらないわ、わたしが――」

それでも、こだわりでもあるのか、コリンは叩きつけるかのように扉をノックした。

「ブリアーリー」ペネロペは、扉をあけて出迎えた執事に笑みをとりつくろって言った。

「ペネロペお嬢様」執事は低い声で応じ、驚いたように片眉を上げた。コリンに軽く頭をさげる。「これは、ミスター・ブリジャートン」

「フェザリントン夫人はご在宅かな？」コリンはぶっきらぼうに尋ねた。

「はい、ですが――」

「それはよかった」コリンはペネロペを引っぱるようにしてずかずかと踏み入った。「どちらにおられるのだ？」

「客間ですが、まずはお知らせに――」

けれども、コリンはさっさと廊下を歩きだし、その一歩後ろにペネロペも続いた（二の腕をしっかりとつかまれていては、ほかにどうすることもできない）。

「ミスター・ブリジャートン！」執事が少し慌てた口調で呼びかけた。

ペネロペはコリンに続いて進みつつ身を後ろによじった。ブリアーリーはけっして慌てない執事だ。どのようなことが起ころうとも。その執事が、客間にとおすことを躊躇しているとすれば、それ相応の特別な理由があるに違いない。

たとえば――。

ああ、どうしよう。

ペネロペはコリンに腕を引っぱられながらも足を踏んばり、堅木張りの床を引きずられた。

「コリン」第一音節で息を呑んで繰り返した。「コリン！」

「どうしたんだ？」コリンが足をとめずに訊く。

「やっぱり――きゃああ！」引きずられていた踵が廊下の細長い絨毯の端に引っかかり、前に身を投げだされた。

コリンが彼女をしっかりとつかまえて、まっすぐに立たせた。「どうしたっていうんだ？」

ペネロペは客間のドアのほうを気づかわしげに見やった。わずかに隙間があいているが、なかは相当に騒がしいはずなので、母はこちらの足音にはまだ気づいていないだろう。

「ペネロペ……」コリンがいらいらと返事をせかした。

「あの……」まだ逃げられる隙はあるだろうか？　ペネロペはやみくもに辺りを見まわしたが、問題の解決策が廊下のどこかで見つかるとは思えなかった。

「ペネロペ」コリンは言い、ついに足を踏み鳴らしはじめた。「いったい、どうしたっていうんだ？」

ペネロペが後ろを振り返ると、ブリアーリーがただ肩をすくめた。「いまは、母と話をするのに最適なときではないかもしれないわ」

コリンは、ちょうど少し前に執事が見せたのと似たような表情で片眉を上げた。「ぼくを拒むつもりではないよな？」

「もちろん、違うわ」急いで否定した。といっても、実際にはまだ彼が本気で結婚を申し込んだとは信じられなかったのだが。

「ならば、いまこそ絶好の機会だ」コリンはそれ以上の反論を許さない口調で断言した。

「でも――」

「なんだ？」

火曜日なんだもの、とペネロペは胸のうちでつぶやいて途方に暮れた。それも、ちょうど正午過ぎ。ということはつまり――。

「行こう」コリンは言って大股に歩きだし、ペネロペがとめる前にドアを押しあけた。


コリンが客間に足を踏み入れてまず考えたのは、今朝ベッドから出るときにはまるで予想もしていなかったにせよ、すばらしく大切な仕事を果たさなければならない日になったということだった。馬車のなかでの触れあいから想像するかぎり、ペネロペとの結婚はいたって賢明な判断であるとともに、驚くほど魅力的なことに思えた。

しかし次に考えたのは、おぞましい悪夢に足を踏み入れてしまったということだった。なにせ、客間にいたのはペネロペの母親ひとりではなかった。そこには、現在にしろ過去にしろ、フェザリントンの名を持った者すべてが、配偶者や猫まで連れて集結していた。

コリンがこれまで目にしたなかで、最もぞっとする人々の集まりだ。ペネロペの家族は……いや、フェリシティを除いて（コリンはつねづね、ヒヤシンスとあれほど親しい人物を心から信用していいものだろうかと疑念を抱いてはいたが）だが……なんというか……。

的を射た表現が見つからない。むろん、褒め言葉ではなく（あからさまな罵り言葉はなるだけ避けたいのだが）、いうなれば、少々鈍く、過度にお喋りなうえ、かなりお節介焼きで、きわめてうっとうしく——最近一族に加わったロバート・ハクスリーを前にして、これを忘れるわけにはいくまい——並外れて声の大きい面々ばかりが見事に揃っている。

やむなく、コリンはにっこり笑った。にこやかに、大きく、人懐っこい、わずかに茶目っ気を込めた笑み。これでたいがいは切り抜けられる。今回も例外ではなかった。フェザリントン一族は揃って笑顔で振り向き——神よ、感謝します——、何も言わなかった。

少なくとも、すぐには。

「コリン」フェザリントン夫人が見るからに驚いて声をあげた。「ペネロペをわたしたちの家族会に連れ帰ってくださってありがたいわ」

「あなた方の家族会？」コリンはおうむ返しに訊いた。横に立つペネロペを見ると、ひどく顔色が悪い。

「毎週火曜日なの」ペネロペは弱々しく微笑んで答えた。「言わなかったかしら？」

「いや」コリンはあきらかに聴衆を気づかった問いかけとは知りつつ答えた。「いや、聞いてないな」

「ブリジャートン！」フェザリントン家の長女プルーデンスと結婚したロバート・ハクス

リーが大声で呼びかけた。

「ハクスリー」コリンは呼びかけ返して、さりげなく一歩さがった。ペネロペの義兄が窓のそばを離れた場合に備え、鼓膜を守るために最善の策をとった。

さいわい、ハクスリーは動かなかったが、ペネロペのもうひとりの姉の夫で、人はいいがうつけ者のナイジェル・バーブルックが部屋を横切ってきて、親しげにコリンの肩を叩いて挨拶した。「お会いできるとは思わなかったなあ」バーブルックが陽気に言う。

「ええ」コリンは低い声で答えた。「ぼくも思ってませんでしたよ」

「なにしろ、家族だけの集まりなので」バーブルックが言う。「きみは家族ではないですから。少なくとも、ぼくの家族ではない」

「まあ、いまのところは」コリンはつぶやき、ちらりとペネロペを見やった。ペネロペは頬を赤らめた。

それから、コリンはフェザリントン夫人に目を戻した。興奮のあまり気絶しかねない表情だ。コリンは笑みを湛えつつ唸り声を漏らした。家族に加わるかもしれないことをほのめかす言葉を夫人に聞かせるつもりはなかった。ペネロペに正式に求婚するまで、驚かせる要素を残しておきたいという思いもある。もしもポーシャ・フェザリントンが事前にコリンの意図を察知すれば、その縁談をみずからどうにか取りまとめようとして(少なくとも本人としては)、とんでもない方向に事を荒立てかねない。

そして、どういうわけか、それだけはどうにも我慢のならないことに思えた。

「お邪魔でなければいいのですが」フェザリントン夫人に言った。

「とんでもない、もちろん、そんなことはありませんわ」夫人がすばやく答えた。「わたしたちの家族の集まりにお迎えできて、光栄ですわ」と言ったものの、コリンがそこにいる理由がよくわからないうえ、このあとどう対応すべきかを決めかねているらしく、妙に落ち着かない表情をしている。下唇を嚙んでから、フェリシティを選んでちらりと目を向けた。

コリンはフェリシティを見やった。フェリシティはペネロペのほうを見て、ただじっといわくありげに微笑んでいる。ペネロペは母親を睨みつけて口もとをゆがめ、いらだたしげなしかめっ面をこしらえた。

コリンは、フェザリントン家の三人の女性たちを交互に見やった。あきらかに、三人は表面下で何かしらの思惑をくすぶらせている。目下、ペネロペの一族の会話に巻き込まれず、しかもどうにか求婚を果たす方法を考えている最中でなければ、フェザリントン家の女性たちが黙ってひそかに視線を戦わせている原因に好奇心をそそられていただろう。

フェザリントン夫人が最後にまたフェリシティに目を向けて、コリンにもはっきりと〝しゃんとしなさい〟という意味だと読みとれる小さな動きを見せてから、コリンに視線を定めた。「お坐りになりません？」にこやかに笑って、自分の隣のソファをぽんと叩いた。

「そうですね」コリンはつぶやいた。すぐにはそれしか言葉が出てこなかった。ともかく、ペネロペへの求婚を果たさなければならない。なにも、フェザリントン家が勢ぞろいした（まぬけなふたりの配偶者も含む）面前でやりたくはないが、少なくとも、礼儀正しく退席できる機会が訪れるまではとどまらざるをえない。

コリンは花嫁に娶るつもりの女性のほうを向き、腕をさしだした。「ペネロペ？」

「えっ、ええ、そうね」ペネロペはためらいがちに答え、彼が曲げた肘に手をかけた。

「あら、そうだったわね」フェザリントン夫人が娘の存在をすっかり忘れていたかのように言った。「ほんとうにごめんなさいね、ペネロペ。そこにいたのね。悪いけれど、料理人に食事の用意を増やすよう頼んできてくれないかしら？　ミスター・ブリジャートンがいらしたから、もっと必要だと思うのよ」

「わかったわ」ペネロペは口角をふるわせて応じた。

「呼び鈴を鳴らせばいいのではないですか？」コリンは声高に問いかけた。

「なんですって？」フェザリントン夫人がうわの空で言う。「いえ、それでもいいけれど、時間がかかりますでしょう。それに、ペネロペも気にしていないわよね？」

ペネロペは小さく首を振って応じた。

「ぼくが気にします」コリンは言った。

フェザリントン夫人は小さく「まあ」と驚きの声を漏らしてから、続けた。「わかりました。ペネロペ、ねえ、どうして坐らないの？」親密な会話の輪には加わりにくい場所にある椅子を手ぶりで示した。

母の真向かいに坐っていたフェリシティがすばやく立ちあがった。「ペネロペお姉様、こちらにお坐りになって」

「だめよ」フェザリントン夫人がきっぱりと言い放った。「あなたは体調がよくないのよ、フェリシティ。坐っていなくてはいけないわ」

コリンの目には元気そのものに見えるフェリシティがふたたび腰をおろした。

「ペネロペ」プルーデンスが窓ぎわのほうから大きな声で呼びかけた。「あなたとお話ししたいわ」

ペネロペが困ったようにコリンを見てから、プルーデンス、フェリシティ、母へと視線を移した。

コリンはペネロペを引き寄せた。「ぼくも彼女と話がしたいんです」さらりと言った。「いいでしょう。ということであれば、ふたりで坐れるくらいの空きは作れるはずですわ」フェザリントン夫人は言い、ソファの上で横に詰めた。

コリンは、これから義理の母となる女性の首を絞めたいという抗いがたい衝動を、生来叩き込まれてきた礼儀作法で押さえ込んだ。夫人がペネロペをあまり愛情を持てない継子のようにあつかう理由はまったくわからないが、なんとしても、このような態度はやめさせなければならない。

「どういうわけでこちらへ?」ロバート・ハクスリーががなり声で言う。

コリンは耳に手をやってから――そうせずにはいられない――答えた。「じつは――」

「あらよろしいんですのよ」フェザリントン夫人が慌てて口をだした。「お客様にあれこれ詮索するものではないでしょう?」

コリンにはハクスリーの問いかけが詮索とは思えなかったが、そう述べてフェザリントン夫人に恥をかかせたくもないので、ただうなずいて、まるで意味をなさない言葉をつぶやいた。「ええ、まあ、もちろん」

「何が、もちろんですの？」フィリッパが訊いた。

フィリッパはナイジェル・バーブルックと結婚しており、コリンは以前から、まったくもって似合いのふたりだと思っていた。

「なんのことです？」コリンは尋ねた。

「もちろん、とおっしゃいましたけど」フィリッパが言う。「何が、もちろんですの？」

「何がでしょうね」コリンは言った。

「まあ。でも、でしたら、なぜ――」

「フィリッパ」フェザリントン夫人が声を張りあげた。「あなたに食事を頼んできてもらおうかしら。ペネロペは呼び鈴を鳴らすのを忘れているようだから」

「あら、ごめんなさい」ペネロペは即座に言い、立ちあがりかけた。

「気にしなくていいんだ」コリンはそしらぬ笑みを浮かべ、彼女の手をつかんで坐らせた。「きみの母上は、姉上のプルーデンスに申しつけられたのだから」

「フィリッパお姉様よ」ペネロペは訂正した。

「フィリッパお姉様がどうしたんだ？」

「母はプルーデンスではなく、フィリッパと言ったのよ」

コリンは、ペネロペの頭のなかはいったいどのようになっているのだろうかといぶかしんだ。というのも、ふたりで馬車に乗っていたときからこのソファに坐るまでのあいだに、あきらかにべつの人格に変わってしまっていたからだ。「そんなに重要なことかな?」

「いいえ、そういうわけではないけれど――」

「フェリシティ」フェザリントン夫人がさえぎって話しだした。「ミスター・ブリジャートンに水彩画についてお話ししたらどうかしら?」

コリンにとってそれほど興味の湧かない話題もなかったが(フィリッパの水彩画の話であればもっと気が失せただろうが)、どうにかフェザリントン家の末娘に親しみやすい笑みを向けて問いかけた。「水彩画の調子はいかがです?」

だが、勘のいいフェリシティはにこやかに笑みを返し、「まあまあというところですわ、ありがとうございます」とだけ答えた。

フェザリントン夫人は生きた鰻《うなぎ》でも飲み込んだかのような顔で声をあげた。「フェリシティ!」

「なあに?」フェリシティがかわいらしく返事をした。

「賞をいただいたことをどうして言わないの」フェザリントン夫人はコリンのほうへ向きなおった。「フェリシティの水彩画はとても個性的ですのよ」フェリシティのほうへ顔を戻す。「ミスター・ブリジャートンに賞について説明なさい」

「でも、ご興味があるとは思えないもの」

「あるに決まっているでしょう」フェザリントン夫人が歯ぎしりして言った。

ふだんのコリンなら、きわめて愛想のいい紳士として、〝もちろん、興味がありますとも〟と調子を合わせているところだが、そんなことを言えば、フェザリントン夫人の言葉を肯定することになるし、なによりフェリシティの気づかいを無駄にするのは心苦しかった。

それに、フェリシティは大いに面白がっているように見える。「フィリッパお姉様、食事を頼んできてくださるのよね？」

「あっ、そうだったわ」フィリッパが答えた。「すっかり忘れていたわ。よく忘れてしまうのよね。来て、ナイジェル。付き添ってくださるわよね」

「もちろんだとも！」ナイジェルが顔を輝かせた。そして、フィリッパとふたり、くすくす笑いながら部屋を出ていった。

バーブルック家とフェザリントン家はやはり最適な組みあわせだと、コリンは確信を新たにした。

「庭園を見てこようかしら」プルーデンスが突然告げて、夫の腕を取った。「ペネロペ、あなたも一緒に行かない？」

ペネロペは口をあけ、困惑した魚にも見える表情でしばし返す言葉を探しているようだった（存在するとすれば、非常に魅力的な魚だが）。ようやく、決然と顎を持ちあげて言った。

「遠慮させていただくわ、プルーデンスお姉様」

「ペネロペ！」フェザリントン夫人が声をあげた。

「あなたに案内してもらいたいのよ」プルーデンスが唸るように言う。

「どうしてもここにいたいのよ」ペネロペは答えた。「よろしければ、のちほど、ご一緒させて」

「いま、来てほしいわ」

ペネロペはそれほど粘られるとは思っていなかったらしく、驚いたように姉を見つめた。

「ごめんなさい、プルーデンスお姉様」断わりの言葉を繰り返した。「ここにいなくてはいけないの」

「何をばかなことを」フェザリントン夫人がのんきな口ぶりで言う。「ミスター・ブリジャートンのお相手は、フェリシティとわたしで務めるわ」

フェリシティがいきなり立ちあがった。「あら、いけない！」頓狂な声をあげ、無邪気に目を丸くした。「忘れてたわ」

「いったい」フェザリントン夫人が歯の隙間から吐きだすように尋ねた。「何を忘れたっていうの？」

「ええと……水彩画よ」かわいらしく茶目っ気のある笑みをコリンに向けた。「ご覧になりたいのではないかしら？」

「もちろん」コリンはペネロペの妹にいたく感心して低い声で答えた。「なにしろ、とても個性的な絵だそうですからね」

「並外れて平凡な絵とも言えますけれど」フェリシティはやけに熱心にうなずいて答えた。

「ペネロペ」フェザリントン夫人がいかにもいらだちをこらえて言った。「フェリシティの水彩画を取ってきてもらえないかしら？」

「ペネロペお姉様はどこにあるかご存じないわ」フェリシティがすかさず言う。

「教えればいいでしょう？」

「いい加減にしてください」ついにコリンは口を挟んだ。「フェリシティ嬢に取りに行かせればいい。とにかく、あなたに大事な話があるんです」

沈黙に包まれた。コリン・ブリジャートンがおおやけの場で感情をあらわにしたのは初めてのことだ。コリンは脇でペネロペが小さく息を呑んだ音を聞いたが、目をやると、すでに手でかすかな笑みを隠していた。

それを見て、コリンはすっかり気をよくした。

「大事な話？」フェザリントン夫人がおうむ返しに訊いて、胸にさっと手をあてた。窓辺にじっと立っていたプルーデンスとロバートを見やる。プルーデンスからはぶつぶつと文句が聞こえたものの、夫妻はすぐさま部屋を出ていった。

「ペネロペ」フェザリントン夫人が言う。「フェリシティに付き添っておやりなさい」

「ペネロペにはいてもらいます」コリンが歯噛みして言った。

「ペネロペに？」フェザリントン夫人がいぶかしげに訊く。

「そうです」夫人がまだ理解できていない場合を考え、コリンは念のためゆっくりと繰り返した。「ペネロペに」

「でも――」

コリンがきつく睨んだので、夫人は実際に身を引き、膝の上に両手を重ねた。

「わたしは失礼するわ！」フェリシティが快活に告げて、部屋から出ていった。けれども、ドアを閉める寸前に、ペネロペにすばやくウインクしたのをコリンは目にした。

ペネロペは妹にいとおしそうに瞳を明るく輝かせて微笑み返した。

コリンはほっと力が抜けた。ペネロペの悲しげな姿に、自分がこれほど気を張りつめていたとは思わなかった。それだけペネロペがつらい立場を強いられているということだ。なんとしても、一刻も早く、ペネロペをこのばかげた一族のなかから救いだしてやらなければならない。

フェザリントン夫人は微笑もうと弱々しく唇を引き伸ばしている。コリンからペネロペに視線を移し、それからまたコリンを見て、ようやく言った。「お話があるのね？」

「はい」コリンはやり遂げようと意気込んで答えた。「あなたがお許しくださるのなら、お嬢さんと結婚させていただきたいのです」

一瞬、フェザリントン夫人は何も反応を示さなかった。やがて、目を丸く見開き、口も丸くぽっかりあけ、体も丸くして――いや、これはもともと丸いのだが――手を叩き、言葉にならない声をあげた。「ああ！　ああ！」

それから、叫んだ。「フェリシティ！　フェリシティ！」

フェリシティ？

ポーシャ・フェザリントンは即座に立ちあがり、ドアのほうへ駆けだして、魚売り並みに威勢よく声を張りあげた。「フェリシティ！　フェリシティ！」

「ああ、お母様」ペネロペは沈んだ声でつぶやき、目を閉じた。

「なぜ、フェリシティ嬢を呼び戻すのです？」コリンが立ちあがって尋ねた。

フェザリントン夫人がとまどい顔で振り返った。「フェリシティと結婚されたいのでしょう？」

コリンは実際に気分が悪くなった。「いいえ、フェリシティ嬢と結婚する気はまったくありません」きつく言い放った。「フェリシティ嬢に求婚するつもりなら、階上へ水彩画など取りに行かせるはずがないでしょう？」

フェザリントン夫人は落ち着きなく唾を飲み込んだ。「ミスター・ブリジャートン」両手を揉みあわせながら言う。「よくわからないのだけれど」

コリンはぞっとする思いで夫人を見つめ、しだいに嫌気がさしてきた。「ペネロペ嬢ですよ」ペネロペの手をつかみ、そばにぴたりと引き寄せた。「ペネロペ嬢と結婚したいんです」

「ペネロペ？」フェザリントン夫人が繰り返した。「でも――」

「でも、なんです？」コリンは脅しも同然の口調でさえぎった。

「でも――でも――」

「もういいのよ、コリン」ペネロペが慌てて口を挟んだ。「わたしは――」

「いや、よくない」コリンは声を荒らげた。「ぼくはフェリシティに関心のあるそぶりはみじんも見せていなかったはずだ」

　フェリシティが戸口にちらりと顔を覗かせ、ぱっと手で口を押さえてすばやく身を隠し、如才なくドアを閉めていった。

「ええ」ペネロペはなだめるように答えて、母を一瞥した。「でも、フェリシティは未婚だわ、それに――」

「きみもそうだろう」コリンは指摘した。

「そうよね、でも、わたしは歳がいっているし――」

「それを言うなら、フェリシティは子供だ」コリンは言い捨てた。「だいたい、彼女とでは、ヒヤシンスと結婚するようなものじゃないか」

「でも、近親婚にはならないわ」ペネロペが言う。

　コリンは、少しも面白くないといわんばかりの視線を向けた。

「わかったわ」ペネロペはほとんど沈黙を埋めるだけのために言った。「とにかく、とんでもない誤解だと言いたいのよね？」

　誰も何も言わない。ペネロペはすがるようにコリンを見た。「そうなのよね？」

「そのとおりだ」コリンがつぶやいた。

　ペネロペは母に向きなおった。「お母様？」

「ペネロペ？」母がつぶやいた。問いかけではないのだとペネロペは悟った。母はいまだコリンが求婚した相手について信じられない思いを、ただ言葉にしたに過ぎない。

ああ、それでも、ひどく胸にこたえた。こういったあつかいには慣れていたはずだったのに。

「わたしは、ミスター・ブリジャートンと結婚したいの」ペネロペは、できるかぎり静かな威厳を保とうとして言葉を継いだ。「求婚してくださったので、お受けしたわ」

「もちろん、あなたはお受けするに決まってるわ」母が言い返した。「断わるなんて、愚か者のすることだもの」

「フェザリントン夫人」コリンがきつい調子で言った。「ぼくの未来の妻に、もう少し敬意を持って接していただきたい」

「コリン、もういいのよ」ペネロペは言って、彼の腕に手をかけたが、ほんとうは――天にも昇る気持ちだった。彼は自分を愛してくれてはいないかもしれないが、気づかってくれている。気づかっていない女性でなければ、男性はこれほど強硬にかばいはしないだろう。

「いいはずがない」コリンは断言した。「いいか、ペネロペ、ぼくはきみと一緒にここに来た。この部屋にきみにいてもらいたいことをはっきりと示し、フェリシティに水彩画を取りに行くよう部屋の外へ送りだした。それでどうして、ぼくがフェリシティに気があると思えるんだ？」

フェザリントン夫人は口を何度かあけ閉めしてから、やっと言葉を発した。「もちろん、わたしはペネロペを愛しているわ、でも――」

「でも、彼女のことがわかっていますか？」コリンはぴしゃりとさえぎった。「彼女は愛らしく聡明で、すばらしく機知に富んでいる。そのような女性と結婚したいと思わないはずがないでしょう?」

ペネロペは彼に手をつかまれていなければ、床に溶け落ちてしまいそうだった。「ありがとう」母に聞かれることも、コリンの耳に届いてさえいるかどうかもかまわず囁いた。ともかく、自分自身のために、その言葉を口にせずにはいられなかった。

〝人には思いも寄らない一面がある〟

レディ・ダンベリーの温かで、ちょっぴり狡猾そうな表情が脳裏に浮かんだ。

〝もっとべつの一面がある〟きっと、自分にも思いも寄らなかった一面があり、コリンはただひとり、それを見つけてくれた人なのかもしれない。

彼を愛しているという想いがいっそう強まった。

母が空咳をして、進みでてきてペネロペを抱きしめた。最初はどちらもどこかためらいがちに体を寄せていただけだったが、やがてポーシャが三女にしっかりと両手を巻きつけて涙にむせびだし、ペネロペもいつしか同じように強く抱きしめ返していた。

「愛しているのよ、ペネロペ」ポーシャが言う。「ほんとうによかった」身を引いて、涙をぬぐう。「一緒に歳を重ねていけると思っていたから、あなたを手放すのは寂しいけれど、これがあなたにとっては最良のことだし、それをなにより望むのが母親というものなのよ」

ペネロペはしゃくりあげはじめ、コリンがポケットから出して目の前に差しだしてくれたハンカチを手探りでつかんだ。

「あなたにもいつかわかる日が来るわ」ポーシャは娘の腕を軽く叩き、コリンに向きなおって言った。「あなたをわが家族に喜んでお迎えしますわ」

コリンはうなずいた。愛想良くというほどではなかったが、つい先ほどまでの憤りようを考えれば、精一杯の対応なのだろうとペネロペは思った。

ペネロペは、いよいよ人生の新たな旅立ちのときを迎えたのだという気持ちで微笑み、彼の手を握りしめた。

15

「レディ・ホイッスルダウンがやめてしまったのは、ほんとうに残念よね」コリンとペネロペが驚きの発表を行なってから三日後、エロイーズが言った。「この十年で最大の事件になったはずなのに」

「レディ・ホイッスルダウンの論評なら想像がつくわ」ペネロペはつぶやいて、レディ・ブリジャートン邸の家族用の居間の壁掛け時計に目を向けたまま、ティーカップを口もとに持ちあげた。エロイーズをまともに見ないようにしなければいけない。親友は人の目を見て秘密を察することができる。

なんという皮肉だろう。レディ・ホイッスルダウンの正体をエロイーズに気づかれてしまうかもしれないなどとは、何年ものあいだ考えたことはなかった。少なくとも、ひどく心配した覚えはない。それなのにコリンに知られてからというもの、自分の秘密があたかも埃《ほこり》の粒子のごとく、いつしか情報というひとつの雲となり、空に浮かびあがろうとしているかのような気がしていた。

ブリジャートン一族はドミノ牌のようなものに違いない。ひとりが知れば、次々に倒れて全員に知れ渡るのも時間の問題だ。

「どういうこと？」エロイーズが尋ねて、ペネロペの不吉な物思いをさえぎった。

「わたしの記憶が正しければ」ペネロペはとても慎重に言葉を継いだ。「彼女は以前、わたしがブリジャートン一族の誰かと結婚するようなことがあれば、筆を折らなければならないと書いていたはずだわ」

エロイーズが目を見張った。「そうだったかしら？」

「そういうようなことだったはずよ」

「冗談でしょう」エロイーズがかすかに鼻で笑ったような音を立て、あきれたそぶりで手を振った。「そこまで失礼なことは書かないわよ」

ペネロペは呟き込んだ。ビスケットの屑を喉に詰まらせたふりくらいでこの話題を打ち切れるとも思えないが、試さずにはいられなかった。

「ねえ、ほんとうは」エロイーズが粘った。「なんて書かれてたの？」

「正確には思いだせないわ」

「思いだして」

ペネロペはカップを置き、ふたたびビスケットに手を伸ばして時間を稼いだ。その日は珍しく、ふたりきりでお茶の時間を過ごしていた。レディ・ブリジャートンは日の迫った結婚式――わずか一カ月後！――の準備でコリンを連れだしており、ヒヤシンスはフェリシティと買い物に出かけていた。フェリシティはペネロペの婚約の話を聞くと、飛びついてきて、姉の聴覚を麻痺させるほど高らかに喜びの叫びをあげた。

姉妹だからこそ分かちあえる、至福の瞬間だった。

「たしか」ペネロペは言い、ビスケットをひと囓りした。「わたしがブリジャートン一族の誰かと結婚したら、世も末で、そのようなことに気づきもしなかったとすれば、ただちに職を辞さなければならない、というようなことだったと思うわ」

エロイーズはしばし呆然と友を見つめた。「それでも、正確な記憶ではないの？」

「こういうことは忘れないものなのね」ペネロペはとりすまして答えた。

「ふうん」エロイーズが厭わしげに鼻に皺を寄せた。「その書き方はひどいと言わざるをえないわね。それならなおさら、まだ書いていてほしかったわ。みんなの非難を浴びることになっていたのだから」

「みんな非難を浴びせるかしら？」

「わからない」エロイーズがすぐさま答えた。「でも、そうされても当然よね」

「あなたはほんとうの親友だわ、エロイーズ」ペネロペはしんみりと言った。

「もう」エロイーズが大げさにため息をつく。「あたりまえでしょう。いちばんの友人なんだから」

ペネロペは微笑んだ。エロイーズのからりとした物言いにはあきらかに、感傷的になったり昔を懐かしんだりする様子は感じられない。これにはほっとした。何事にもふさわしい時と場所がある。ペネロペは言いたいことを言ってきたつもりだし、エロイーズのほうも冗談や皮肉を交えがちとはいえ、同じように率直に話してくれていると信じていた。

「でも、正直に言うと」エロイーズが言いかけて、ビスケットに手を伸ばした。「あなたとコリンお兄様のことには驚いたわ」

「わたしたち自身も驚いているわ」ペネロペは自嘲ぎみに答えた。

「喜んでいないわけではないのよ」エロイーズが急いで付け加えた。「姉妹になれるのがこれほど嬉しい相手はいないもの。いえ、もちろん、もともとの姉妹はべつとしても。それに、あなたたちふたりがそういうことになりそうだと気づいていたら、きっとよけいなお節介を焼いてしまったでしょうし」

「そうね」ペネロペは思わず口もとをゆがめて笑った。

「あら、でも」エロイーズは友の相槌を手で払いのけた。「自分ではお節介を焼いているつもりはないのよ」

「その指はどうしたの？」ペネロペは尋ねて、さらによく見ようと身を乗りだした。

「何？ これ？ ああ、なんでもないわ」と言いつつ、エロイーズは両手を膝の上に重ねた。

「なんでもないのなら」ペネロペは続けた。「見せてよ。インクがついているみたい」

「ええ、そうよ。だって、インクだもの」

「だったら、どうして、最初にわたしが尋ねたときにそう言わなかったの？」

「それは」エロイーズがややむきになって言う。「あなたには関係のないことだから」

その鋭い口調にペネロペは怯んで身を引き戻した。「ほんとうにごめんなさい」ぎこちなく言った。「それほど繊細な事柄だとは思わなかったのよ」

「あら、そうじゃないの」エロイーズが慌てて言った。「誤解しないで。ただ、わたしは不器用で、書きものをするときにはどうしても指にインクをつけてしまうというだけのことよ。手袋をすればいいのでしょうけど、染みがついてしまうし、そのたびに取り替えなければならないわ。ただでさえ乏しいお小遣いを手袋で使い果たしたくはないし」

ペネロペはじっと目を見張って長々と説明を聞いたあとで、尋ねた。「何を書いてるの?」

「べつに」エロイーズが面倒そうに言う。「ただの手紙よ」

親友のそっけない口調から、それ以上、探られたくない気持ちは読みとれたが、彼女にしてはあまりに歯切れが悪いので、さらに尋ねずにはいられなかった。「誰に?」

「手紙のこと?」

「そうよ」ペネロペはわかりきったことは思いつつ答えた。

「ああ、誰でもないわ」

「でも、日記でもなければ、誰でもないということはないでしょう」ペネロペは少しばかりいらだちを滲ませた声で言った。

エロイーズがややむっとした目を向けた。「きょうはちょっとしつこいのね」

「あなたがあまりに歯切れが悪いからだわ」

「フランチェスカに書いてるだけよ」エロイーズが小さく鼻を鳴らして言う。

「だったら、どうしてそう言ってくれなかったの?」

エロイーズが腕組みをした。「たぶん、あなたに詮索されるのが気にくわなかったからだわ」

ペネロペは唖然として口をあけた。これまで、エロイーズとわずかでも口げんかのようなことをした記憶はない。「エロイーズ」驚きの表れた声で言った。「どうしたのよ？」

「どうもしないわよ」

「ほんとうのことを話してくれてないわよね」

エロイーズは押し黙って唇をすぼめ、窓のほうを見やって、会話を打ち切りたい意思をはっきりと示した。

「わたしに怒ってるの？」ペネロペは食いさがった。

「どうして、あなたに怒るのよ？」

「わからないわ。でも、あきらかにそう見えるもの」

エロイーズは小さくため息をついた。「怒ってないわ」

「でも、何か変よ」

「わたしは……わたしはただ……」エロイーズが首を振る。「自分でもわからない。なんだか気持ちが落ち着かないの。それだけのことよ」

ペネロペは黙ってその言葉を反芻してから、静かに言った。「わたしのできることはある？」

「ないわ」エロイーズが皮肉っぽく笑った。「もしあったら、間違いなく、とっくに頼んでいるものね」

ペネロペは笑いのようなものがこみあげてくるのを感じた。なんて、エロイーズらしい返し文句なのだろう。

「ただ……」エロイーズが言いかけて、考えなおしたように顎を持ちあげた。「やっぱり、気にしないで」

「だめよ」ペネロペは言って、腕を伸ばして友の手を取った。「話して」

エロイーズが手を引き抜き、顔をそむけた。「あなたはわたしのことを愚か者だと思うもの」

「そうかもしれない」ペネロペは笑って言った。「でも、それでもあなたはわたしのいちばんの友人だわ」

「ああ、ペネロペ。だけど、わたしには……」エロイーズが悲しげに言う。「わたしにはそんな資格がないのよ」

「エロイーズ、そんなばかげたことを言うのはやめて。あなたなしで、ロンドンや社交界や貴族のなかで生きなければならなくなったら、完全に正気をなくしてしまうわ」

エロイーズが笑った。「ふたりだと楽しかった？」

「ええ、もちろんよ。あなたといれば」ペネロペはきっぱりと言った。「それ以外のときは、ものすごく惨めな気分なんだから」

「ペネロペ！　あなたからそんな愚痴は聞いた覚えがないわ」

ペネロペは恥ずかしそうに微笑んだ。「つい口が滑ったわ。それに、この社交界で壁の花として生きる暮らしをうまく表現できる言葉はなかなか見つからないし」

エロイーズが唐突にくすりと笑った。「そういう物語があったら、ぜひ読んでみたいわ。『社交界の壁の花』」

「悲劇でなければね」

「あら、もう、悲劇にはなりっこないわ。恋愛小説になるはずよ。とうとう、あなたは幸せな結末を迎えるのですもの」

ペネロペは微笑んだ。自分が幸せな結末を迎えようとしているのだと思うと、妙な気分だった。コリンは魅力的でやさしい婚約者だ。少なくともこの三日間はその役割をきちんと務めてくれている。しかも、ふたりの婚約はペネロペの想像以上に憶測を呼び、詮索にさらされているのだから、それは容易なことではないはずだ。

とはいえ、その騒ぎはペネロペにとって意外ではなかった。フェザリントン一族とブリジャートン一族の婚姻があるとすれば世も末だと（レディ・ホイッスルダウンとして）書いたのも、世論を代弁したつもりでいたのだから。

この婚約に社交界が衝撃を受けているという言い方では、実際、控えめなくらいかもしれない。

けれども、ペネロペは日の迫った結婚式を楽しみに思いめぐらせるいっぽうで、エロイーズの妙な態度がなおも少し気にかかっていた。「エロイーズ」ペネロペは真剣な口調で言った。「どうしてそんなに気分が落ち着かないのか話してほしいの」

エロイーズはため息をついた。「忘れてくれたと思ったのに」

「粘り強さは目の前の先生から学んだのよ」ペネロペは軽口で返した。

エロイーズは笑ったものの、それも束の間だった。「自分が不実な人間に思えるのよ」

「何をしたというの?」

「いいえ、何かしたわけではないの」エロイーズは胸を押さえた。「すべてここのなかのことだわ。わたし――」言葉を切り、目をそらして、絨毯の縁の房飾りに視線を向けたが、実際には何も見えていないのではないかとペネロペは察した。心のなかで騒がしい音を立てているもの以外には。

「あなたの結婚はとても嬉しいのよ」エロイーズがいきなり言葉をほとばしらせたかと思うと、ぎこちなく口ごもった。「それに、嫉妬しているわけでもないことは、ほんとうに、心から断言できるわ。でも、同時に……」

ペネロペはエロイーズの考えがまとまるのを待った。それとも、友人は勇気を奮い起こそうとしているのかもしれない。

「同時に」どうにか聞きとれる程度の低い声だった。「ずっと一緒に独身女性でいられると思ってたのよ。わたしはこの生活を自分で選んだ。それはわかってるの。結婚もできたはずだから」

「そうね」ペネロペは静かに答えた。

「でも、しなかった。正しいことには思えなかったからよ。それに、兄たちや姉がしたような結婚でなければ、受け入れられないわ。そして今度は、コリンお兄様もそういう結婚を叶えた」ペネロペのほうを身ぶりで示す。

ペネロペは、コリンに愛していると言われていないことは口に出せなかった。適切な機会とは思えないし、あえて知らせなければいけないことでもない。それに、たとえ愛されていなくとも、気にかけてくれてはいるし、それでじゅうぶんだと思っていた。

「あなたに結婚してほしくないなんて思っていたわけじゃないの」エロイーズは弁明した。「ただ、あなたが結婚することを考えていなかった」とてもつらそうに目を閉じた。「わたしは浅ましくもあなたを侮辱していたんだわ」

「いいえ、違うわ」ペネロペは真剣な思いを込めて言った。「わたしも、自分が結婚するとは思っていなかったのだから」

エロイーズは寂しげにうなずいた。「それで、なんとなく……安心してたの。わたしはもうすぐ二十八で結婚していない。あなたはすでに二十八になっていて未婚。だから、ずっと一緒にいられた。でも、あなたにはもうコリンお兄様がいる」

「あなたとは変わらずに友達だわ。少なくとも、わたしはそうでいたい」

「もちろん、あなたはそう思うでしょう」エロイーズは熱っぽく続けた。「でも、いままでと同じようにはいかない。あなたは夫に尽くさなくてはいけないわ。少なくとも、結婚とは一般にそういうものだもの」目がわずかに茶目っ気の輝きを帯びた。「まず夫を優先させるようになるでしょうし、それが当然だわ。それにはっきり言って」ややいたずらっぽい笑みを浮かべて付け加えた。「そうしてもらわなければ、わたしが黙ってはいないわ。なんといっても、わたしの大好きな兄だもの。不実な妻では、兄のためにならないわ」

ペネロペはその言葉に声をあげて笑った。

「わたしのこと嫌いになった？」エロイーズが訊く。

ペネロペは首を振った。「いいえ」穏やかに言う。「それどころか、ますます好きになったわ。わたしに正直に話すのが、どれほど難しいことだったのかはわかるから」

「そう言ってもらえてよかった」エロイーズがふうと大げさにため息をついた。「あなたに、わたしも夫を見つけるしか打つ手はないと言われてしまうかと思ってたの」

じつはその言葉も頭によぎったのだが、ペネロペは首を振って否定した。「そんなこと言わないわよ」

「よかった。なにしろ、母にはずっと言われつづけているから」

ペネロペは苦笑した。「言われなくなったら驚きだわ」

「こんにちは、淑女のみなさん！」

ふたりが振り向くと、コリンが部屋に入ってきた。ペネロペはその姿を見てわずかに胸が疼き、妙に呼吸が速まりだした。何年ものあいだ、彼が同じ部屋に入ってくるたびわずかに胸を疼かせてきたのだが、今回はなぜかいつもより少し強く胸を締めつけられた。

きっと、もうわかっているからだ。

彼と一緒にいて、求められるとはどのようなことなのかを。

もうすぐ自分は彼の妻になる。

ペネロペの胸はふたたび疼いた。

コリンは大きく唸り声を漏らした。「おやつはすべて食べてしまったのか？」

「ビスケットが小皿に一枚だけ残ってるわ」エロイーズが言い訳がましく答えた。

「信じられない事態だ」コリンがぶつくさと言う。

ペネロペとエロイーズは視線を交わしてから、同時にぷっと噴きだした。

「なんだ？」コリンは訊き、身をかがめて、ペネロペの頰にさっと律儀なキスをした。

「ずいぶん恨みがましい言い方をするんだもの」エロイーズが答えた。「たかが食べ物のことで」

「たかが食べ物ではないだろう」コリンが椅子にどさりと腰をおろした。

ペネロペはただ、この頰の熱さはいつ治まるのだろうかと考えていた。

「ちなみに」コリンがエロイーズの皿から食べかけのビスケットを取りあげて言う。「ふたりで何を話してたんだ？」

「レディ・ホイッスルダウンのことよ」エロイーズが即座に答えた。

ペネロペはお茶にむせた。

「そうなのか？」コリンは穏やかな口ぶりだったが、ペネロペにはその声に含まれたとげがはっきりと聞きとれた。

「ええ」エロイーズが言う。「わたしはペネロペに、レディ・ホイッスルダウンの引退はとても残念だと言ったの。ふたりの婚約は間違いなく、今年最も話題を呼ぶ記事になるはずだったのに」

「どんなふうに書かれていたのか興味深いな」コリンはつぶやいた。

「そうよねえ」エロイーズが相槌を打つ。「きっと、一日ぶんのコラムぜんぶを割いて、あすの晩のふたりの婚約舞踏会について書いていたはずだわ」

ペネロペは口もとからティーカップをおろせなかった。

「もう少し飲む？」エロイーズが問いかけた。

ペネロペはうなずき、ほんとうは顔を隠すために放したくなかったカップを差しだした。エロイーズがレデイ・ホイッスルダウンの名を出したのは、兄の結婚に対する複雑な心情を気づかれたくないからであるのはわかっていたが、それでも、コリンの質問に何かほかの答えようはなかったのだろうかと口惜しかった。

「呼び鈴を鳴らして、もっと食べ物を運んでもらったら？」エロイーズが兄に勧めた。

「とっくに頼んである」コリンが答えた。「ウィッカムに廊下で呼びとめられて、腹ぺこかと尋ねられた」エロイーズから奪ったビスケットの最後のかけらを口に放り込む。「気が利くよなあ、ウィッカムは」

「きょうはどちらへ行かれたの、コリン？」ペネロペは、どうにかしてレディ・ホイッスルダウンから話題をそらしたくて尋ねた。

コリンがうんざりしたそぶりで首を振る。「あれぞ悪魔だな。母に店から店へ引っぱりまわされた」

「お兄様は三十三だったわよね？」エロイーズがにこやかに訊く。

コリンはしかめっ面でうなずいた。

「だったらたしかに、母親に引っぱりまわされる歳はとうに過ぎてるわ」妹がつぶやく。

「ぼくたち子供がよれよれの年寄りになっても母上に引っぱりまわされるに違いない」コリンが続ける。「それに、母上がこの結婚にあれほど舞いあがっているのに、その楽しみを壊すわけにはいかないだろう」

ペネロペは吐息をついた。これも彼を愛さずにはいられない理由だった。母親に思いやり深く接する男性は間違いなく、すばらしい夫になるだろう。

「それで、きみの結婚準備のほうは順調かい？」コリンは尋ねた。

ペネロペはつい顔をしかめていた。「わたしの人生でこれほど疲れ果てた思いをするのは初めてだわ」と打ち明けた。

コリンが手を伸ばし、ペネロペの皿から大きな菓子屑をつまんだ。「駆け落ちしてしまうか」

「まあ、そんなことができるの？」ペネロペは訊いた。思いがけず口から飛びだした言葉だった。

コリンが目をぱちくりさせた。「いや、ほとんど冗談のつもりで言ったんだが、名案に思えてきたな」

「わたしが梯子《はしご》を掛けておいてあげるわ」エロイーズが両手を打ち鳴らして言う。「それで、お兄様が彼女の部屋に登って、連れ去るのよ」

「木があるわよ」ペネロペは言った。「コリンなら難なく登れるわ」

「おいおい」コリンが言う。「おまえたち、本気ではないだろうな？」

「違うわ」ペネロペはため息をついた。「でも、わたしはできるわよ、あなたがその気なら」

「無理だな。そんなことをすれば、母上がどう出るかわかるだろう？」コリンが目をぐるりとまわす。「きみの母上だって」

ペネロペが唸り声で言った。「そうよね」

「ぼくは捕らえられて殺される」コリンが言う。

「うちの母に、それともあなたのお母様に？」

「両方だ。ふたりは手を組むはずだ」コリンはドアのほうへ首を傾けた。「食べ物はどうしたのかな？」

「まだここに来たばかりでしょう、コリンお兄様」エロイーズが言う。「もう少し待ってあげてよ」

「ウィッカムは魔術師だと思ってたのにな」コリンは不満げにこぼした。「ぱちんと指を鳴らせば、魔法で料理が出てくるんだ」

「お待たせいたしました！」声がして、ウィッカムが大きな盆を手に颯爽と部屋に入ってきた。

「ほら、言ったとおりだろう？」コリンは言い、まずはエロイーズに眉を吊りあげ、さらにペネロペにも同じしぐさをしてみせた。

「なぜか」ペネロペは言った。「これから何度もそういう言葉をあなたの口から聞かされるような気がするわ」

「ほぼ間違いなく、そうなるだろうな」コリンが請けあった。「もうすぐわかるさ」いかにも得意げににやりと笑った。「ぼくの言うことは、たいがい正しいってね」

「もう、いい加減にしてよ」エロイーズが唸るように言った。

「この件については、エロイーズの側につかずにはいられないわ」ペネロペは言い添えた。

「夫に反抗するのか？」コリンが片手を胸にあてつつ、もう片方の手はサンドイッチに伸ばした。「傷つくなあ」

「あなたはまだ夫ではないもの」

コリンがエロイーズのほうを向いた。「子猫にも鉤爪《かぎづめ》があるんだな」

エロイーズが眉を吊りあげた。「求婚する前に気づかなかったの？」

「むろん、気づいてたさ」コリンは言って、サンドイッチにかぶりついた。「でも、ぼくにその爪を立てるとは思わなかった」

それから、コリンは、ペネロペの骨がたちまち溶けてしまいそうなほど熱く男っぽい目つきで見やった。

「ええと」エロイーズがいきなり立ちあがって告げた。「新婚間近のおふたりのお邪魔にならないよう失礼させていただくわ」

「おまえにしては気が利くじゃないか」コリンがつぶやいた。

エロイーズがむっとして口もとをゆがめ、兄を見やった。「ええ、愛するお兄様のためですもの。というより」いたずらっぽい表情になって付け加える。「ペネロペのためなのだけれど」

コリンが立ちあがり、婚約者のほうを向いた。「ぼくの優先順位もさげられたものだな」

ペネロペはティーカップの裏で口もとをほころばせて言った。「ブリジャートン家のいさかいには口を挟まないことに決めてるの」

「まあっ！」エロイーズが声を立てて笑った。「残念ながら、そうはいかないと思うわよ、未来のブリジャートン夫人。それに」茶目っ気のある笑みを浮かべて言う。「これをいさかいだと思っているのなら、本物のいさかいを見せてあげられる日が待ち遠しいわ」

「つまり、わたしはまだ見ていないということよね？」ペネロペは訊いた。

エロイーズとコリンが、ペネロペの恐怖を煽ろうとばかりに揃って大きくうなずいた。

まったく、もう。

「何か心得ておかなければいけないことはある？」ペネロペは尋ねた。

コリンがいかにも悪ぶってにやりと笑った。「もう手遅れだ」

ペネロペはエロイーズにすがるような目を向けたが、こちらもただ笑って部屋を出ていき、後ろ手にしっかりとドアを閉めた。

「ふむ、ああいうところは、さすがはエロイーズだ」コリンがつぶやいた。

「なんのこと？」ペネロペはなんの気なしに問いかけた。

コリンの目がきらめいた。「ドアだよ」

「ドア？　ああ！」ペネロペは声をあげた。「ドアね」

コリンは笑って、ペネロペの隣のソファに移動した。雨模様の午後に会う彼女はどこか楽しげに見える。ふたりは結婚を決めてからほとんど会っていなかったが――結婚準備中のカップルはそういうものなのだろう――、寝ているときですら、コリンの頭からペネロペのことが消えることはなかった。

なんとも奇妙なことだった。何年ものあいだ、目の前に立たれでもしなければ、ほとんど思いだすこともなかった女性なのに、いまでは彼女のことを片ときも考えずにはいられない。

心の底から彼女を欲している。

どういうわけで、このようになったのだろう？

いつから、このようになったのだろう？

とはいうものの、そんなことがほんとうに重要だろうか？　おそらく、大切なのは、自分が彼女を求めていて、その女性が――少なくともこれからは――自分のものだということだけなのだろう。その指に指輪をはめたなら、この熱情が消え去らないかぎり、どういうわけでとか、どうしてとか、いつからといったことは意味がなくなるはずだ。

コリンはペネロペの顎の下に手を添えて、明かりのもとへ上向かせた。その目は期待に輝き、唇は——ああ、これほど完璧な形をしていることに、どうしてロンドンの男たちはいままで気づけなかったのだろう？

コリンは微笑んだ。この熱情はいつまでも変わりはしない。しかも、これほどの喜びを感じたことはなかった。

コリンは結婚を拒んできたわけではなかった。退屈な結婚を拒んできただけのことだ。好みがうるさいわけでもない。情熱、友情、知的な会話、そして時には心から笑いあえる関係を求めていただけに過ぎない。自分の気持ちがそがれてしまいかねない女性を妻にしたくはなかった。

驚いたことに、ペネロペには自分の求めるものがすべて備わっているように思えた。あとは、彼女の重大な秘密を断固として守りきれればそれでいい。秘密のままに。なぜなら、もしもペネロペが社交界から追放されれば、そのつらそうな目を見るのは耐えられないからだ。

「コリン？」ペネロペが息をふるわせて囁き、コリンはたまらなくキスをそそられた。身を乗りだした。「ううん？」

「とても静かだから」

「考えてただけさ」

「何を？」

やさしく微笑みかける。「きみはぼくの妹と過ごしてきた時間が長すぎたんだ」

「どういう意味かしら？」ペネロペが訊いた。ゆがめた唇が、これから花婿となる男をからかうことに少しもためらいはないことを示している。この女性は侮れない。

「そのせいで、よけいに我を張りがちな性格になったのではないかな」

「粘り強さでしょう？」

「まあ、そうとも言える」

「それならいいことだわ」

ふたりの唇はほんの数センチの距離に近づいていたが、皮肉めかしたやりとりを続けたい気持ちのほうが勝《まさ》った。「夫への忠誠を我を張って誓うぶんには、いいことだ」

「あら、そうかしら？」

コリンはかろうじてわかる程度にうなずいた。「それに、ぼくがキスをしようというときに、粘り強くぼくの肩をつかんでいてくれるのもいいことだ」

濃い色の目が嬉しそうに見開いたので、コリンは付け加えずにはいられなかった。「そう思うだろう？」

それから、ペネロペは驚くべき行動に出た。

「こんなふうに？」ペネロペはコリンの肩に両手をかけた。口調は大胆で、目はいかにも誘いかけている。

ああ、彼女に驚かされるのはなんと楽しいことか。

「では始めよう」コリンは言った。「きみはこうして」彼女の手の上に手を重ねて、自分の肌にきつく押しつけた。「もう少し粘り強くつかまなければいけない」

「わかったわ」ペネロペはつぶやいた。「けっして放してはいけないということよね?」

コリンは一瞬考えた。「ああ」と答え、意図的なのかどうかはわからないが、彼女の言葉にはさらに深い意味が含まれていることに気づいた。「まさにそのとおりだ」

その言葉だけでは気がおさまらなかった。唇を触れあわせると、穏やかでいられたのはわずか数秒で、とたんに渇望に襲われた。コリンは自分に備わっていたとは思えないほどの情熱にまかせてキスをした。掻き立てられたのは欲情ではない——少なくとも、欲情だけではなかった。

欲求のようなもの。

自分のなかの得体の知れない熱く激しい感情が、彼女を自分のものにしろ、どうにかして自分のものであるしるしをつけろとせき立てていた。

どうしようもなく彼女を欲していて、結婚までまる一カ月も耐えることなどとうていできそうもない。

「コリン?」ペネロペに喘ぐように呼びかけられ、コリンは彼女の背をソファにそっと倒した。

顎に口づけてから、首に移り、顔の周りの至るところにせわしなく唇をたどらせた。「うん?」

「わたしたち——ああ!」

コリンは耳たぶをやさしく嚙みながらも微笑んだ。彼女が最後まで言いきれていたとすれば、もくろみどおりに気持ちを乱せていないということになる。

「何か言いかけたかい？」コリンは囁き、少し焦らしてやろうと激しく口づけた。

唇を離し、ペネロペが「わたしはただ――」と言ったところでふたたび口づけて、欲求不満の呻き声を聞いて悦に入った。

「ごめん」するりとドレスの裾の内側へ手を差し入れ、ふくらはぎに様々ないたずらを施しながら言った。「何を言いかけたんだい？」

「言いかけた？」ペネロペはぼんやりとした目で訊いた。

コリンは手をさらに上へのぼらせて、膝の裏をくすぐった。「きみは何か言おうとしていた」そう言って、腰を押しつけた。そうでもしなければ、ほんとうにいまにも燃えあがってしまいそうな気がしたからだ。「たぶん」太腿の柔らかな肌をたどりつつ囁いた。「ぼくにここをさわってくれと言おうとしたのではないかな」

ペネロペは息を呑み、呻くような声を漏らしてから、どうにか言葉を発した。「そう言おうとしたのではないと思うわ」

コリンは彼女の喉もとでにやりと笑った。「ほんとうに？」

ペネロペがうなずく。

「それなら、やめろと言おうとしたのかい？」

ペネロペは激しく首を振った。

いまなら彼女を自分のものにできる。いますぐ母のソファで愛しあい、自分が楽しむだけでなく、彼女にも女性が得られるあらゆる悦びを味わわせてやれる。

奪いとるのではないし、誘惑するわけでもない。

その程度のものではない。これはきっと……。

愛。

コリンは凍りついた。

「コリン？」ペネロペは目をあけて囁いた。

愛？

そんなことがありうるのか。

「コリン？」

いや、たぶんそうなのだろう。

「どうかした？」

愛を恐れてはいないし、信じられないわけでもない。ただ……予期していなかった。

愛とは、雷に打たれたように気づくものなのだとずっと思っていた。たとえば、ある日、どこかのパーティで、とても退屈してぶらぶらと歩きまわっていてひとりの女性に出会い、その瞬間、おのれの人生が完全に変わってしまうと直感するようなものなのだろう、と。実際に、兄のベネディクトはそんなふうに妻となるソフィーと出会い、いまは田舎に移り住み、むろん、このうえなく幸せに暮らしている。

だが、ペネロペとのあいだにそのようなことが起こるとは……自分にそのような感情がじわじわと芽生えていたとは考えてもいなかった。変化はゆっくりと、気だるいほどに進んでいたのだろうか。もしもこれがほんとうに愛だとするならば……。

愛だとしても、どうしてそうだとわかるのだろう？

コリンはもしやその答えが彼女の瞳や、なめらかに垂れた髪や、わずかにめくれたドレスの身ごろから見いだせるのではないかと思い、まじまじと目を凝らした。じゅうぶんに時間をかけて眺めれば、その答えが読みとれるかもしれない。

「コリン？」ペネロペが囁き、やや不安げなそぶりをみせはじめた。

コリンは先ほどよりもっと強い気持ちを込めてキスをした。これが愛ならば、キスをしているときに明確にわかるものではないのだろうか？

しかし心と体がべつに働くものだとすれば、そのキスはあきらかに体の側に属していた。なにせ、心は混乱して相変わらずぼんやりとしたままだというのに、体のほうはひとつのはっきりとした欲求を示している。

まったく、痛みすら感じてきた。とはいうものの、たとえペネロペのほうも応じる意欲をみせてくれているにしろ、母の家の居間でそのような行動に出ることはできない。

コリンは身を引き、脚に触れていた手をスカートの裾に戻した。「ここではまずい」

「そうね」ペネロペが悲しそうに言うので、コリンは彼女の膝に片手をおいたまま、自分がほんとうに正しいことをして適切な言葉を口にしたのだろうかと迷いを覚えた。

懸命にすばやく考えをめぐらせた。彼女と愛しあうことは可能だし、誰かが部屋に入って来るとも思えない。とはいえ、自分のいまの状態では、気恥ずかしいほどにせっかちな試みになるのは目にみえている。

「結婚式はいつだ？」唸り声で言った。

「一カ月後」

「二週間後に早めてはどうかな？」

ペネロペはしばし考えて言った。「賄賂か脅迫が必要ね。たぶん、どちらも。ふたりの母親は簡単には動かせないわ」

コリンは唸り声を漏らし、腰を彼女の腰に落として束の間の心地良さを感じてから、身を起こして離れた。いまはことに及ぶわけにはいかない。どのみち彼女は妻になる。そうなれば、真昼にソファで戯《たわむ》れにふける時間もじゅうぶんとれるだろうが、せめて最初の一度はベッドを使うのが誠意というものだ。

「コリン？」ペネロペが問いかけて、ドレスをなおし、髪型を整えた。といっても、髪型のほうは、鏡とヘアブラシがなく、女中もいないので、堂々と人前に出られるほどには整えられそうもなかった。「どうかしたの？」

「きみが欲しいんだ」コリンは囁いた。

ペネロペは呆然と見つめ返した。

「それだけは言っておきたかったんだ。きみに非があって途中でやめたとは思われたくない」

「まあ」ペネロペはこのうえなく幸せそうで、言葉が見つからないといったふうだった。

「話してくれてありがとう」

コリンは彼女の手を取り、握りしめた。

「乱れてるかしら?」ペネロペが訊く。

コリンはうなずき、「でも、きみをそんなふうに乱れさせたのは、ぼくだ」と囁いた。

それがコリンにはとても嬉しかった。

16

コリンは歩くのが好きで、実際、頭を整理するために歩くことがよくある。翌日もごく自然にロンドンをブルームズベリーからフィッツロヴィア、メルリボン。そのほかの近隣地区へとめぐり歩き、気づけば、メイフェアの中心にあるグロヴナー・スクウェア、正確に言うと、妹ダフネが嫁いだ現ヘイスティングス公爵のロンドンの屋敷、ヘイスティングス館《ハウス》の前に立っていた。

そういえば、ダフネとはここしばらく家族同士の雑談程度で、会話らしい会話をしていない。きょうだいのなかでも、ダフネとは一番歳が近く、とりわけ強い絆を感じていたのだが、コリンが頻繁に旅へ出かけ、ダフネも家庭生活に忙しく、かつてほど顔を合わさなくなっていた。

ヘイスティングス館はメイフェアからセント・ジェイムズ・ストリートにかけて散見される豪邸のひとつだ。大きくて角張った、優美なポートランド石造りで、いかにも公爵家らしい堂々とした威厳を漂わせている。

あの妹がいまや公爵夫人なのだからよけいに愉快なのだと、コリンは胸のうちで苦笑した。あれほど高慢さや威厳の似合わない人物もいないだろう。実際、ダフネは結婚市場に出てから、あまりに親しみやすく、気さくだからこそ、夫探しに苦労していた。紳士たちの目には、花嫁候補というよりも友人に見られがちだった。

けれども、ヘイスティングス公爵、サイモン・バセットに出会って、すべてが変わった。いまや妹は、十歳、九歳、八歳、七歳の四人の子を持つ、れっきとした上流社会の既婚夫人だ。コリンはいまだ独身紳士の気楽で自由な日々を送っているので、妹が母親であることが時どきなにより奇妙なことに思えた。

歳がひとつしか違わないダフネとは、人生の様々な段階をつねにともに通り過ぎてきた。ダフネが結婚したときでさえ、状況はそれほど変わらないように思えた。妹はサイモンとともに、自分が出席するパーティに同じように出席していたし、興味の対象や関心事が一致することも多かった。

ところが、ヘイスティングス公爵夫妻に子供が誕生しはじめると、姪や甥が産まれるたびに心から祝福するいっぽう、ダフネが自分とは違う道を歩んでいるという事実を思い知らされた。

だが、コリンはふとペネロペの顔を思い浮かべ、自分の人生ももうすぐ変わろうとしているのだとほくそ笑んだ。

子供か。じつに名案ではないか。

もともとダフネを訪ねようと思っていたわけではないのだが、せっかくここまで来たのだし、軽く挨拶をする程度ならかまわないだろうと考え、階段を上がり、大きな真鍮《しんちゅう》のノッカーをしっかりと玄関扉に打ちつけた。執事のジェフリーズがほとんど間をおかず扉を開いた。

「これは、ミスター・ブリジャートン。奥様からご訪問はお聞きしておりませんが」

「ああ、驚かせようと思ったんだ。ご在宅かな？」

「伺ってまいります」執事はうなずいて答えた。といっても、ダフネが家族の訪問をけっして拒むはずがないことはどちらも承知していた。

ジェフリーズがダフネに兄の訪問を知らせに行き、客間で待つことになったコリンは、気ぜわしさから同じ場所に坐っていることも立っていることもできず、ぶらぶらと歩きまわった。数分後、戸口に現れたダフネはやや身なりが乱れているものの、いつものように幸せそうな様子だった。

それもそのはずだと、コリンは考えをめぐらせた。妹が人生に望んでいたのは妻となり、母となるというだけのことだったのだろうが、現実はその夢をしのぐものであるはずだからだ。

「やあ」コリンは感傷的な笑みで言い、歩み寄って軽く抱きしめた。「それは……」妹の肩を示した。

ダフネが自分の肩を見おろし、淡いピンク色のドレスの布地に大きな黒っぽい染みを見つけて恥ずかしそうに微笑んだ。「木炭鉛筆なの」苦笑して説明した。「キャロラインに、お絵かきを教えようと思って」

「おまえが？」コリンは疑わしげに訊いた。

「言いたいことはわかってるわ」ダフネが言う。「娘にも先生を選ぶ権利があるわよね。でも、きのう突然、絵に興味を示したものだから、急場しのぎにわたしが教えるしかなかったのよ」

「ベネディクト兄さんのところへ連れて行けばいい」コリンが提案した。「一度や二度はきっと喜んで教えてくれるさ」

「それも考えたけれど、わたしがその段取りをつける頃には、あの子の興味がもうほかのことに移っていそうな気がするのよ」ソファのほうへ手を向ける。「坐って。そうやって歩いていると、檻《おり》に入れられた猫みたいに見えるわ」

コリンはいつになく気が落ち着かないまま腰をおろした。

「それと、せかされる前に」ダフネが言う。「食べ物はジェフリーズに頼んであるわ。サンドイッチでいいわよね？」

「壁の向こうからでも、ぼくのお腹の音が聞こえたのかい？」

「ええ、街の反対側からでも」ダフネは笑った。「デイヴィッドは雷が鳴るたびに、コリン伯父さんのお腹が鳴ってるって言うのを知ってた？」

「それはひどいな」コリンはそう言いながらもくっくっと笑った。甥はまったく、利口なちび助だ。

ダフネは満面の笑みでソファのクッションに背をあずけ、しとやかに膝の上で手を重ねた。

「何か用事があるの、コリン？　もちろん、用事がなくてもかまわないけれど。いつだって大歓迎だもの」

コリンは肩をすくめた。「ちょっと寄ってみただけだ」

「アンソニーお兄様とケイトのところは訪ねた？」ダフネが訊く。長兄と家族が暮らすブリジャートン館は、ヘイスティングス館からグロヴナー・スクウェアの芝地を挟んだちょうど向かいにある。「今夜の婚約舞踏会の準備を手伝うために、ベネディクトお兄様とソフィーが子供たちを連れて、もう来ているはずよ」

コリンは首を振った。「いや、悪いが、おまえを餌食《えじき》に選んだ」

ダフネはふたたび笑ったが、今度は好奇心たっぷりに表情をやわらげている。「何かあったの？」

「いや、あるわけないだろう？」コリンは即座に答えた。「どうして、そんなことを訊くんだい？」

「わからないわ」ダフネは首を横にかしげた。「なんだかいつもと違う気がしただけよ」

「疲れてるだけさ」

ダフネはわけ知り顔でうなずいた。「結婚式の準備のせいね」

「ああ」コリンはその口実に飛びついた。自分でもいったい何を隠そうとしているのか、まったくもってわからないのだが。

「でも、これだけは覚えておいて」ダフネは苦々しげに唇をゆがめて言った。「どんなことにしろ、ペネロペにとってのほうが千倍は大変なのよ。必ず女性のほうが苦労するわ。間違いないんだから」

「結婚式のことかい、それともすべての面で？」コリンは穏やかに訊いた。

「すべてにおいて」ダフネは即答した。「あなたたち男性は自分がすっかり仕切っているような気になっているけれど――」

「男たちがすっかり仕切っているなんて、夢にも思わないね」コリンは完全な皮肉というわけではなく答えた。

ダフネは不機嫌そうに顔をゆがめた。「女性は男性よりはるかに仕事が多いのよ。とりわけ結婚式に関しては。ウエディングドレスの衣装あわせだけでも、ペネロペはきっと針刺しになったような思いを味わってるわ」

「だから駆け落ちを提案したんだ」コリンは軽い調子で言った。「向こうも、それが本気であってほしいと望んでいるらしい」

ダフネがくすくす笑った。「彼女と結婚することになって、わたしはほんとうに嬉しいのよ、コリン」

コリンは返す言葉も見つからないのでうなずき、どういうわけか、妹に呼びかけていた。

「ダフ――」

「何？」

コリンは口をあけ、間をおいて「なんでもない」と答えた。

「もう、やめてよ」ダフネが言う。「訊きたくてしょうがなくなるわ」

コリンはソファをとんとんと叩いた。「食べ物はまだかな?」

「そんなにお腹がすいてるの?　それとも話題を変えたいだけ?」

「ぼくはいつも空腹なんだ」

ダフネは数秒押し黙った。「コリン」ようやく、穏やかな、噛んでふくめるような低い声で問いかけた。「何を言おうとしたの?」

コリンはやにわに立ちあがり、じっとしていられず歩きだした。立ちどまり、妹を振り返って、その不安げな顔を見つめた。「なんでもないんだが」言いかけて、なんでもないわけではないと思い――。

「誰にわかるのかな?」コリンは口走り、「何が、誰にわかるかな、なの?」と妹に指摘されて初めて、まともな質問になっていないことに気づいた。

コリンは窓辺に立った。雨が落ちてきそうな空模様だ。家までの長い道のりをびしょ濡れで歩きたくなければ、ダフネから馬車を一台借りなければならない。いや、なぜ雨のことなど考えているのだろう。ほんとうに知りたいのは――。

「何が、誰にわかるのかな、なのよ、コリン?」ダフネが繰り返した。

コリンは振り返り、言葉が出るままにまかせた。「愛かどうか、どうすればわかるんだ?」

ダフネは呆気にとられて褐色の大きな目を見開き、唇を開いたまま、しばしじっと兄を見つめて黙り込んだ。

「いまのは忘れてくれ」コリンはつぶやいた。

「いやよ！」ダフネは声をあげるなり立ちあがった。「訊いてくれてよかったわ。ほんとうに。ただ……じつを言うと驚いたわ」

コリンは自分自身にほとほと嫌気がさして目をつむった。「こんなことをおまえに訊くなんて、どうかしてるよな」

「どうしてよ、コリン、そんなことないわ。訊いてくれてむしろ……嬉しいくらい。わたしのところに来てくれるのがどんなに嬉しいことかは説明するまでもないけれど……」

「ダフネ……」コリンは諌《いさ》めるように言った。ダフネは話題からそれかけており、コリンにはそれた話に付きあえるような心の余裕はなかった。

ダフネはだし抜けに手を伸ばして兄を抱きしめた。それから、兄の肩に手をおいて言った。

「わからないわ」

「なんだって？」

ダフネは小さく首を振った。「愛かどうかをたしかめる方法なんてわからない。人それぞれに違うと思うから」

「おまえはどうしてわかったんだ？」

ダフネは下唇を少し噛んでから言った。「わからない」

「どうして？」

ダフネが困ったように肩をすくめた。「憶えてないのよ。ずいぶん経ってるから。でも……わかったの」

「つまり」コリンは窓枠に寄りかかって腕組みをした。「それが愛だとわからないのだとすれば、愛ではないのだろうということだな」

「ええ」ダフネはきっぱりと言った。「いいえ、違うの！　そういうことを言いたいのではないのよ」

「では、どういうことを言いたいんだ？」

「わからない」弱々しく言う。

コリンは妹を見据えた。「結婚してどれぐらいなるんだっけな？」低い声で訊く。

「コリン、からかわないで。役に立とうとしてるのに」

「その努力はありがたいが、ダフネ、これではまったく――」

「わかってるわよ」ダフネがさえぎった。「わたしは役立たずよね。でも、聞いて。ペネロペのことが好きなんでしょう」それから驚いた顔で息を呑んだ。「ペネロペのことを話しているのではなかったの？」

「もちろん、そうだ」即座に答えた。

ダフネは安堵のため息をついた。「よかった。そうでなければ、わたしにはどんな助言もしようがないもの」

「もう行くよ」コリンは唐突に言った。

「だめ、帰らないで」ダフネは兄の腕に手をかけて必死に頼んだ。「まだいてよ、コリン、お願い」

コリンは妹を見て気が萎《な》えて、ため息をついた。「自分がまぬけに思えるよ」

「コリン」ダフネは兄をソファに導いていき、無理やり坐らせた。「聞いて。愛は日々育まれ、変化していくものだわ。それに、雷に打たれたように人をたちまちまったくの別人に変えてしまうようなものでもない。ベネディクトお兄様はそういうことが自分に起こったと言っていたし、それもたしかに愛だけれど、もちろん、ベネディクトお兄様のような愛がふつうというわけでもないわ」

その点については、コリンは大いに議論してみたいところだったが、その気力も奮い起こせなかった。

「わたしの場合はそうではなかった」ダフネが続ける。「それに、サイモンのほうもそうだったとは思えない。正直、尋ねてみたいとも思わない」

「尋ねてみればいい」

話そうと口をあけてしばしとまったダフネの顔は、驚いた鳥のようだった。「どうして？」

「おまえからその話を聞けるからさ」

「男性の側の気持ちは違うと言うの？」

「なんであれ、そういうものだ」

ダフネは顔をしかめた。「だんだん、ペネロペがずいぶんと気の毒に思えてきたわ」

「まあ、それも仕方ないだろうな」コリンは素直に応じた。「ぼくはひどい夫になるに決まっている」

「そんなことないわよ」ダフネは兄の腕を叩きながら言った。「どうしてそんなことを言うの？　あなたが彼女を裏切るようなことをするはずがないもの」

「ああ」コリンは同意した。一瞬黙り込んでから、穏やかな声になって続けた。「だが、彼女が望んでいるようには愛せないかもしれない」

「でも、愛しているかもしれないのよね」ダフネはいらだたしげに両手を振りあげた。「いい加減にしてよ、コリン。ここに坐って妹に愛について尋ねているということだけでも、もうそれを半分以上認めているようなものでしょう」

「そう思うかい？」

「そう思わなかったら、そうだと言わないわよ」ダフネはため息をついた。「そんなに深刻に考えることはないのよ、コリン。なるようにまかせていれば、結婚がとても楽なものに思えてくるわ」

　コリンは疑わしげにまじまじと見つめた。「いつからそんなに哲学的にものを考えるようになったんだ？」

「わたしの見解を訊きにきたのなら」ダフネはすぐさま言い返した。「あなたは正しい人と結婚しようとしているわ。あれこれ心配するのはやめなさい」

「心配はしてないさ」コリンはとっさに答えたものの、もちろん心配していた。なので、ダフネに皮肉たっぷりの視線を向けられても、あえて弁解しようとは思わなかった。といっても、ペネロペが正しい女性かどうかを心配しているわけではない。それはたしかだ。

それに、この結婚がうまくいくかどうかを心配しているのでもない。うまくいくこともわかっている。

しかし、つまらないことを心配していた。自分がペネロペを愛しているのかどうか。愛していても、愛していないにしろ、どうなるわけでもないのだが、自分の気持ちがはっきりわからないということが不安でたまらなくなっていた。

「コリン？」

目を向けると、妹はいくぶん困惑した顔で自分を見つめていた。コリンは取り返しがつかない失態を演じる前に去ろうと考えて立ちあがり、身をかがめて妹の頬にキスをした。「ありがとう」

ダフネは目をすがめた。「まるで役に立てなかったのに、本気で言ってくれているのか、からかわれているのかわからないわ」

「まるで役に立たなかったかもしれないが、本気で感謝している」

「努力に対して？」

「そんなところかな」

「いまからブリジャートン館へ行くの？」ダフネが訊く。

「今度はアンソニー兄さんの前で恥ずかしい思いをしろと言うのかい？」

「ベネディクトお兄様もいるはずだわ」

大家族であるということは、きょうだいの笑いものになる機会にも事欠かないということだ。「いや」小さく苦笑して言った。「家に歩いて帰る」

「歩いて？」ダフネがおうむ返しに訊いて、呆然と見つめた。

コリンは目を細めて窓越しを見やった。「雨が降るかな？」

「うちの馬車を使ってよ、コリン」ダフネが強い口調で勧めた。「それに、サンドイッチが来るまで待ってほしいわ。きっと山ほどこしらえているでしょうから、あなたが帰ってしまったら、半分はわたしが食べることになって、これから半日、後悔して過ごすことになるもの」

コリンはうなずき、喜んでふたたび腰をおろした。スモークサーモンにはいつでも目がないのだ。結局、ひと皿を手に馬車に乗り込み、家に着くまでずっと窓越しに降りしきる雨を眺めていた。


ブリジャートン家はパーティを開くとなれば、本腰を入れて取り組む。それが婚約舞踏会ともなれば……ああ、レディ・ホイッスルダウンがまだ記事を書いていたとしたら、その模様を報告するには少なくともコラム三つぶんは割かなければならなかっただろう。

慌しく直前に通知された婚約舞踏会であったにもかかわらず（レディ・ブリジャートンとフェザリントン夫人はともに、日をあけて子供たちに心変わりをさせてはなるまいと決意していたため）、社交シーズンにふさわしい大勢の招待客が難なく集まった。

パーティ自体に惹かれてというより、すべてはいったいなぜコリン・ブリジャートンがペネロペ・フェザリントンのような女性を妻に選んだのかという尽きない憶測によるものなのだろうと、ペネロペはひそかに苦笑した。アンソニー・ブリジャートンが、ペネロペと同じように最上質のダイヤモンドとは見なされていなかったケイト・シェフィールドと結婚したときでさえ、これほどひどい言われようはしなかった。たしかに少なくともケイトは年をとってはいなかった。ペネロペは、その数日のあいだに背後で〝老嬢〟と囁かれた回数を数える気にもなれなかった。

そういうわけで陰口には少しうんざりしているとはいえ、いまだ雲の上を歩いているような心地で至福の喜びに浸っていたので、たいして気にもならなかった。ずっとひとりの男性を愛してきて、その男性に求婚されれば、幸せで夢み心地にならない女性などいない。たとえ、このようなことになった理由がよくわからないとしても。

こういう結果になった。重要なのはそれだけだ。

そして、コリンは、誰もが婚約者に望むことをすべて叶えてくれた。ひと晩じゅう、傍らにべったり張りついていて、陰口から守るためにそうしているようにも見えなかった。ほんとうに、そのような噂話にはまったく気づいてもいないといったそぶりだ。

それはまるで……ペネロペはうっとりと微笑んだ。まるで、コリンはそばにいたいからそこにいるように感じられる。

「クレシダ・トゥオンブレイを見かけた？」コリンが母親とダンスを踊りに離れた隙に、エロイーズが耳もとに囁きかけてきた。「ねたましさで緑色になってたわ」

「それはドレスの色でしょう」ペネロペは見事なまでにすました表情で答えた。

エロイーズが笑った。「ああ、レディ・ホイッスルダウンがまだ書いていてくれたらよかったのに。きっとめった斬りに批評してくれたわよ」

「レディ・ホイッスルダウンは彼女自身だったはずよね」ペネロペは慎重に念を押した。

「あら、ばかばかしい。わたしは、クレシダがレディ・ホイッスルダウンだなんてみじんも信じてないわ。あなたも信じているとは思えないけど」

「まあ、そうだけれど」ペネロペは認めた。秘密を守るためにはクレシダの話を信じるふりをしたほうがいいのかもしれないが、知りあいの目には間違いなく不自然に映るはずなので、かえって疑念を与えることにもなりかねない。

「クレシダはお金がほしいだけなのよ」エロイーズが軽蔑を込めて続けた。「それとも悪名がほしいのかも。たぶん、両方なのね」

ペネロペは部屋の反対側で取り巻きに囲まれている宿敵を見やった。周りにはいつもの面々も見えるが、ホイッスルダウン騒動に興味を惹かれていると思われる新たな顔ぶれも加わっている。「ええ、少なくとも、悪名は獲得できているようね」

エロイーズがうなずいて同意した。「どうして彼女が招待されているのか見当もつかないわ。あなたたちふたりのあいだには親愛の情のかけらもないはずだし、わたしの家族に彼女を好きな人間はいないわ」

「コリンがどうしてもと言うのよ」

エロイーズが啞然とした顔を向けた。「どうして?」

そのおもな理由は、クレシダが先ごろレディ・ホイッスルダウンだと名乗ったことにある

のだろうと、ペネロペは察していた。貴族たちのほとんどはその信憑性に確信を持てずにい

たが、真実である可能性も考えて、誰もクレシダを催しに招待するのをあえてやめることは

できなかった。

コリンとペネロペにしても、彼女ではないというたしかな理由を口にできるはずもない。エロイーズにも明かすことはできないので、ペネロペはさしさわりのない理由だけを伝えた。「あなたのお母様が、彼女を呼ばずに取り沙汰されることになるのはいやがっていらしたわ。それに、コリンも……」

ペネロペは顔を赤らめた。口にするのは恥ずかしすぎる。

「なんなの?」エロイーズがせかす。

ペネロペは微笑まずには話せなかった。「コリンは、クレシダにわたしの誇らしげな姿を見せつけてやりたいと言ったの」

「まあ、ご馳走さま」エロイーズはめまいで坐らずにはいられないといったそぶりをした。

「兄ものぼせてるわね」

ペネロペの赤くなっていた顔が熱く燃え立った。

「まったく」エロイーズは声をあげた。「のぼせてるわよ。ねえ、教えて、本人もそう言っ

てるでしょう？」

　エロイーズのひやかしの言葉を耳にするのはすばらしく嬉しい半面、恐ろしくもあった。人生の至福のときを親友と分かちあえるのはもちろん幸せで、エロイーズの喜びようと興奮ぶりにはたしかに自分も心浮き立っている。

　けれども、もういっぽうでは、コリンに愛されているわけではないのだから、安心してはいられないのだという思いもあった。少なくとも、コリンからはっきりとした言葉は聞いていない。

　でも、彼の行動は、愛していることを示している！　ペネロペはその考えにすがりつき、彼が気持ちをけっして言葉にしないことよりも、行動のほうだけを見ようと努めた。

　行動は言葉より雄弁なものなのではないだろうか？

　それに、彼の行動はお姫様のような気分を味わわせてくれる。

「フェザリントン嬢！　フェザリントン嬢！」

　ペネロペは左側を見やって、にこやかに微笑んだ。声の主はほかでもない、レディ・ダンベリーだった。

「フェザリントン嬢」レディ・ダンベリーが杖で人々を掻きわけながらやって来て、ペネロペとエロイーズのすぐ目の前に立った。

「レディ・ダンベリー、お会いできて嬉しいですわ」

「ふ、ふふふ」レディ・ダンベリーの皺の寄った顔が笑みに引っぱられて若返ったようにすら見える。「誰がなんと言おうと、わたしに会えるのはいいことよ。それにしても、あなたったら。でかしたわね」

「すてきですわよね？」エロイーズが同調した。

ペネロペは親友を見やった。複雑な心情であるはずなのに、エロイーズはほんとうに、心から、そしていつまでも変わらず、自分の幸せを喜んでくれる。にわかに、混雑した舞踏場の真ん中で生物学の標本さながらに人々に注視されていることなど、どうでもいいように思えてきた。ペネロペはエロイーズのほうに向きなおり、しっかりと抱きしめ、耳もとに「愛してるわ」と囁いた。

「そんなこと知ってるわ」エロイーズは囁き返した。

レディ・ダンベリーが杖で床を突いて大きな音を立てた。「あなたたち、わたしがまだここに立ってるのよ！」

「まあ、失礼しました」ペネロペは恥ずかしそうに言った。

「まあいいわ」レディ・ダンベリーがいつになく鷹揚な口調で言う。「あえて言うなら、ふたりの淑女が互いにけなしあうより、抱きあうの見るほうがはるかにましだもの」

「わたしたちのためにおいでくださって、ありがとうございます」ペネロペは言った。

「これぱかりはなんとしても見逃すわけにはいかないわ」レディ・ダンベリーが言う。「ふふん。あの愚か者たちは誰しも、あなたがどうやって彼に求婚させたのか突きとめてやろうとしているのよ。あなたはただ本来の姿を見せただけなのに」

ペネロペは涙がこみあげてきて、わずかに唇を開いた。「レディ・ダンベリー、なんてご親切な言葉を――」

「あら、やめて」レディ・ダンベリーが大声でさえぎった。「そんなんじゃないのよ。わたしには感傷に浸るつもりも時間もないのだから」

けれども、ペネロペは、老婦人がハンカチを取りだして、さりげなく目頭を押さえたのを見逃さなかった。

「これは、レディ・ダンベリー」コリンが呼びかけ、人々の輪に戻ってきて、わがもの顔でペネロペの腕に腕をかけた。「お目にかかれて光栄です」

「ミスター・ブリジャートン」老婦人はそっけなく挨拶を返した。「あなたの花嫁を祝福に来ただけのことよ」

「ええ、ですが、ぼくもむろん、祝福を授かれる立場ですよね」

「ふん。まあ、厳密に言えば」レディ・ダンベリーが言う。「そうかもしれないわね。彼女は、みなが思っている以上に優れた女性よ」

「わかってますとも」コリンがとても低い声できわめて真剣な調子で答え、ペネロペは興奮で卒倒してしまいそうな気がした。

「お許しいただけるなら」コリンがよどみなく続けた。「わが婚約者を兄に紹介しに――」

「お兄様にはお会いしたわ」ペネロペは口を挟んだ。

「儀式と考えてくれ」コリンが言う。「きみを正式に家族に迎えたい」

「まあ」ペネロペはブリジャートン家の一員になるのだという思いで胸がじんと熱くなった。「すてきだわ」

「すでに話したように、アンソニー兄さんは祝杯をあげたがっているから、それを合図に、ぼくがきみをワルツに導びく」

「それはロマンチックだこと」レディ・ダンベリーが満足げに言葉をかけた。

「ええ、まあ、ぼくはロマンチックな男なんです」コリンは陽気に答えた。

エロイーズが聞こえよがしに鼻で笑った。

コリンは妹のほうを向き、横柄に片眉を吊りあげた。「そうなんだよ」

「ペネロペのために」エロイーズが鋭く言い返す。「そうであると願いたいわ」

「この人たちはいつもこんな調子なの?」レディ・ダンベリーがペネロペに尋ねた。

「だいたいは」

レディ・ダンベリーがうなずく。「いいことだわ。わたしの子供たちはろくに言葉も交わさないの。もちろん、憎みあっているわけではないのよ。共通の話題がないのでしょうね。ほんとうに、寂しいことだわ」

コリンがペネロペの腕をつかんでいる手の力を強めた。「そろそろ行こう」

「わかったわ」ペネロペは低い声で答えた。ところが、部屋の向こう側で小さな楽隊のそばに立っているアンソニーのほうへふたりが歩きだしたとき、ドア付近で突如騒がしい声があがった。

「注目！　注目！」

一瞬にして、ペネロペの顔から血の気が引いた。「ああ、だめ」思わずつぶやいた。そんなことがあるはずがない。とにかく、今夜ではなかったはずだ。

「注目！」

月曜日よ、ペネロペは心のなかで叫んだ。印刷業者に月曜日を指定したのだ。モットラム家の舞踏会に、と。

「何事かしら？」レディ・ダンベリーが訊く。

十人ほどの少年たちが、ただのいたずら小僧さながら舞踏場に駆け込んできて、かかえている新聞を大きな長方形の紙ふぶきのごとく撒き散らした。

「レディ・ホイッスルダウンの最後のコラムだ！」少年たちが声を張りあげる。「さあ、読んでくれ！　真実を読んでくれ」

17

コリン・ブリジャートンはあらゆることで名を馳せている。

まずは端麗な容姿。ブリジャートン家の男子はみな容姿端麗なのだから、この点は驚くにあたらない。

ややゆがんだ笑みについても有名で、この笑みで混雑した舞踏場の向こう側にいる女性の心をとろけさせることができる。おかげでたちまち気絶した若い令嬢もいるし、そうでなくともまずはふらりとめまいを覚えてテーブルに頭を打ち、前者と同じく完全に気絶した令嬢もいる。

魅力的な人柄でも名高く、穏やかな笑顔と気の利いた会話で、誰とでもうちとけられる。

ただしコリンにも広く知られていない面がある。多くの人々はそのような性質を持ちあわせてすらいないと信じているかもしれないが、それが短気だった。

とはいえ、現にその晩も、卓越した（そして、これまで眠っていた）自制心によってちらりともそのようなそぶりはみせなかったが、もうすぐ妻となる女性が翌朝目覚めて腕にひどい痣《あざ》を発見するのは間違いなかった。

「コリン」ペネロペが息を呑み、彼にきつくつかまれている腕を見おろした。

それでも、コリンは手を放せなかった。彼女を傷つけてしまうのはわかっていたし、傷つけるのは望ましくないこともわかっていたのだが、その瞬間は激しい怒りに駆られ、思いきり彼女の腕を握りしめてでもいなければ、五百人のパーティ出席者たちの前でかんしゃくを起こさずにはいられそうもなかった。

なにより、正しい選択をしなければならない。

彼女を殺してやりたい。この混乱した舞踏場から彼女を連れだす方法が見つかればすぐにでも、確実に彼女を殺していただろう。せっかく誰もがレディ・ホイッスルダウンを過去のものとして、忘れ去りかけていたというのに、こんなことが起ころうとは。ペネロペが災いを招こうとしている。破滅を。

「すばらしいわ！」エロイーズが声をあげ、飛んできた新聞を摑みとった。「ほんとうに、とびきりのくわだてだわ。きっと、ふたりの婚約を祝福するために復帰したのよ」

「何がそんなに嬉しいんだ？」コリンは間延びした声で言った。

ペネロペは無言だったが、顔はずいぶんと青ざめていた。

「まあ、大変！」

コリンが振り向くと、妹は口をあけてコラムを読んでいた。

「わたしにも一部取ってきてちょうだい、ブリジャートン！」レディ・ダンベリーが杖でコリンの脚をぴしゃりと打って指示した。「土曜日に発行されるなんて驚きだわ。何かあるわね」

コリンは身をかがめて床から新聞を二部拾いあげ、一部をレディ・ダンベリーに手渡し、もう一部を手にして目を落とした。といっても、そこに書かれていることはほとんど予想がついていた。

思ったとおりだった。

『淑女の手をうやうやしく撫でて、「気まぐれは女性の特権だ」と囁いて喜んでいるような紳士ほど厭わしいものはない。実際、筆者は常々、言葉は行動で裏づけるものだと考えているので、おのれの意見や決意を誠実に貫くよう努めている。

それゆえ、親愛なる読者のみなさま、四月十九日付の本コラムを書き記した際には、ほんとうにそれで最後にしようと決意していた。しかしながら、致し方ない（というより、けっして容認できない）事態の発生により、最後にもう一度だけ筆を取らざるをえなくなった。

淑女、紳士のみなさま、筆者は断じて、レディ・トゥオンブレイではない。彼女はたくらみを持つ偽者にほかならない。長年の苦労の成果を彼女ごときに奪われては、筆者の胸は張り裂けてしまう』

一八二四年四月二十一日付〈レディ・ホイッスルダウンの社交界新聞〉より

「いままで読んだなかで、いちばんの傑作だわ」エロイーズが嬉しそうに囁いた。「もしかしたら、わたしってじつは悪人なのかもしれないわね。他人の失脚をこんなに嬉しく感じてしまうのですもの」

「何をおっしゃい！」レディ・ダンベリーが言う。「わたしも嬉しい気持ちだけれど、けっして悪人ではないわよ」

コリンは黙っていた。自分が何を言いだすかわからない。自分自身を信用できない。

「クレシダはどこかしら？」エロイーズは言って、首を伸ばした。「誰か彼女の姿が見える？　さっさと逃げてしまったのかもしれないわ。屈辱に耐えられなくて。わたしが彼女の立場なら、きっとそうするもの」

「あなたは彼女にはなれないわ」レディ・ダンベリーが言う。「あなたは実直すぎるから」

ペネロペは黙っていた。

「それでも」エロイーズが愉快そうに言う。「ひとりくらいは彼女を気の毒に思う人もいるのかしら」

「ひとりくらいだろうけれど」レディ・ダンベリーも口を合わせた。

「ええ、そうですわよね。じつを言うと、ほとんどいないとは思いますが」

コリンはその場に立ちつくし、歯をすりつぶさんばかりに嚙みしめていた。

「これで、わたしの千ポンドは守られたわけね！」レディ・ダンベリーが甲高い声で笑い飛ばした。

「ペネロペ！」エロイーズが呼びかけて肘で突いた。「ひと言も聞いてないわよ。驚いてるの？」

ペネロペはうなずいて言った。「信じられなくて」

コリンが彼女の腕をつかむ力を強めた。

「あなたのお兄様だわ」ペネロペは囁いた。

コリンは右側を見やった。アンソニーがすぐ後ろに母のヴァイオレットと妻のケイトを伴い、大股でこちらへ向かってくる。

「では、そろそろ舞台に上がろう」アンソニーがコリンのすぐそばに来て言った。目の前のご婦人方に軽く頭をさげる。「エロイーズ、ペネロペ、レディ・ダンベリー」

「いま、アンソニーが乾杯の挨拶をしても、誰にも聞いてもらえそうにないわ」ヴァイオレットが舞踏場を見渡して言った。なおも慌しい混乱がおさまる気配はない。いまだあちこちに新聞が飛びかい、その周りに人々が群がり、すでに床に落ちた新聞に足を滑らせる者もいた。不快なほどのざわめきは鳴りやまず、コリンは脳天を吹き飛ばされそうな気がした。

立ち去らなくてはならない。いますぐ。それは無理でも、できるだけ早く。

頭が悲鳴をあげはじめ、皮膚が妙にほてってきた。まるで熱情に掻き立てられているときのようだが、熱情のせいではない。怒り、屈辱、そして、自分の隣に立つことが当然であるべき相手に裏切られたという、恐ろしく忌まわしい感情のせいだった。

不可思議な感情だった。秘密を持っているのはペネロペで、あらゆるものを失うのも彼女だということはわかっている。これは自分ではなく、彼女の問題だ。少なくとも頭ではそれはわかっている。だが、どういうわけか、そういうふうには考えられなくなっていた。いまやふたりはひと組であるというのに、彼女は自分を捨てておいて行動した。

そもそも、ペネロペには、自分への相談なしにみずからをこのような危うい立場におく権利はない。自分は彼女の夫だ。いや、これから夫になるわけだが、彼女が望もうが望むまいが、彼女を守るのが神から与えられた夫の使命だ。

「コリン？」母が呼びかけた。「大丈夫？　あなた、少し変よ」

「乾杯をしてください」コリンは言って、アンソニーのほうを向いた。「ペネロペの気分がすぐれないんです。家に連れて帰りたいので」

「気分がすぐれないの？」エロイーズがペネロペに尋ねた。「どうかしたの？　何も言わなかったじゃない」

ペネロペは機転を利かせ、いかにもほんとうらしくとりつくろった。「ごめんなさい、ちょっと頭痛がするのよ」

「そう、そういうことなら、アンソニー」ヴァイオレットが言う。「コリンとペネロペがすぐにダンスを踊れるように、さっさと乾杯に進めましょう。それが終わらないと、ペネロペが立ち去ることはできないわ」

アンソニーは同意してうなずき、コリンとペネロペに自分について舞踏場の前方へ行くよう身ぶりで示した。トランペット奏者が高らかに音を鳴らし、パーティ出席者たちに静まるべきときを知らせた。みな従ったが、おそらくはレディ・ホイッスルダウンについて何か発表があると期待してのことに違いない。

「紳士、淑女のみなさま」アンソニーはよくとおる声で言い、従僕からシャンパングラスを受けとった。「みなさま、先ほど乱入した〈レディ・ホイッスルダウン〉に興味津々のことと思いますが、今夜こちらにいらした本来の目的をどうか思いだしてくださいますよう、お願いいたします」

すばらしい瞬間になるはずだったのだと、コリンは醒めた気分で思った。ペネロペにとって誇らしい晩になるはずだった。彼女がほんとうはいかに美しく、魅力的で、聡明であるかを世間にまざまざと見せつける晩に。

さらに、コリンの意思をはっきりと誠実に公表し、彼女を選んだことを、そして同じように重要なのは彼女に自分が選ばれたことを、みんなにあきらかに示す晩になるはずだった。

だからこそいま、コリンはペネロペの肩をつかんで力のかぎり揺さぶりたかった。彼女はすべてを台無しにした。みずからの未来を危険な状態に追い込んだのだ。

「ブリジャートン家の当主として」アンソニーは続けた。「わがきょうだいが花嫁を迎えるときには毎回、このうえない喜びを感じます。それが花婿でも」笑って付け加えて、ダフネとサイモンのほうへうなずいてみせた。

コリンはペネロペを見やった。淡い青色の繻子のドレス姿で、ぴんと背を伸ばし、身じろぎもせず立っている。にこりともしないので、見つめている何百人もの人々は妙に感じているかもしれない。だがきっと、緊張しているだけなのだと考えるだろう。これだけ大勢の人々に見つめられれば、誰でも緊張するというものだ。

けれども、コリンのようにすぐそばに立っていれば、彼女の動揺した目つきや、胸をせわしく隆起させて呼吸が速く乱れてきていることにも気づいたはずだ。

ペネロペは怯えている。

それでいい。怯えるのが当然だ。自分の秘密があきらかになればどうなるのかと怯えるだろうし、ふたりで話す機会が訪れれば何を言われるのかと怯えているはずだ。

「そういうわけで」アンソニーが締めくくりに入った。「弟コリンと、その妻となるペネロペ・フェザリントンを祝して乾杯のグラスを掲げられるのは至上の喜びです。では、コリンとペネロペに！」

コリンは自分の手を見おろして、いつの間にか誰かにシャンパングラスを持たされていたことに気づいた。グラスを持ちあげ、自分の唇に近づけようとして思いなおし、ペネロペの口に触れさせた。招待客たちが盛大に歓声をあげた。ペネロペがひと口啜り、さらにひと口、またひと口と飲む。コリンはグラスを取り戻さずに無理に飲ませつづけ、飲み干すまで待とうと思った。

そのうち、自分が飲まずにいるのは子供じみた力の誇示であることに気づき、我慢ならなくなって、ペネロペの手からグラスを取りあげ、ひと息に飲み干した。

招待客たちの歓声がさらに盛りあがった。

コリンは身をかがめ、ペネロペの耳もとに囁いた。「ダンスを始めよう。ほかの出席者たちもダンスに加わって、人々の視線がそれるまで踊るんだ。それからそっと抜けだす。そのあとで話そう」

ペネロペの顎がかろうじてわかる程度にうなずいた。

コリンは彼女の手を取って舞踏場の中央へ導いていき、楽隊がワルツの最初の旋律を奏ではじめると、もう片方の手を腰にまわした。

「コリン」ペネロペが囁いた。「こうなるはずではなかったのよ」

コリンは顔に笑みを貼りつけた。なにしろ、これが婚約者との初めての正式なダンスになるわけだ。「いまはいい」と命じた。

「でも――」

「十分後に、きみに言いたいことがたっぷりあるが、いまはとにかくダンスを続けるんだ」

「わたしが言いたかったのはただ――」

コリンは警告としか読みとりようのない身ぶりでしっかりと腰を抱いた。ペネロペは口をすぼめ、ほんのちらりと彼の顔を見てから目をそらした。

「笑うべきなのよね」ペネロペは彼の顔を見ずにつぶやいた。

「そう思うのなら笑うんだ」

「あなたも笑うべきだわ」

「そのとおり、そうするよ」

だが、コリンは笑わなかった。

ペネロペは顔をゆがめかけて、内心泣きたい気持ちだったが、ともかく必死に口角を引きあげていた。世界じゅうの人々が――少なくとも自分が住む世界の人々は――、自分に目を向けていて、一挙一動を見つめ、顔に浮かぶ表情をいちいち見きわめていることは承知していた。

何年ものあいだ、自分が人の目に見えない存在のように感じられ、つらい思いを味わってきた。それなのにいまは、ほんのわずかでもまた人の目につかない時間を得られないものかと願っている。

いいえ、そんなものを求めてはならない。コリンをあきらめるつもりがないのなら。コリンと結婚するということはすなわち、残りの人生を貴族たちからの細かな詮索にさらされて生きるということだし、それを我慢する価値はある。こんなふうにたまには彼に怒りや尊大な態度を向けられることも結婚の一部に含まれていようとも、それに耐える価値もある。

最後のコラムを発行すれば、コリンの怒りをかうことはわかっていた。ふるえる手で原稿を改めて書き起こし、セント・ブライド教会にいるあいだも（馬車での行き帰りも）ずっと、いつコリンが目の前に現れ、レディ・ホイッスルダウンと結婚するのは耐えられないという理由で婚約を破棄されるのではないかと怯えていた。

けれども、どうにか無事にやり遂げた。

コリンには間違っていると思われていることはわかっていたが、どうしてもクレシダ・トゥオンブレイに生涯を懸けた仕事の功績を奪われるのは許せなかった。せめて自分の身になって考えてみてほしいとコリンに願うのはわがままだろうか？　ほかの誰かにレディ・ホイッスルダウンのふりをされるのは許せたとしても、クレシダだけは耐えられない。クレシダにはさんざんつらい目に遭わされ、我慢を強いられてきたのだ。

加えて、いったん婚約がおおやけに発表されれば、コリンが破棄しないこともわかっていた。このことも、今度の新聞は月曜日のモットラム家の舞踏会で配るよう印刷業者に具体的に指示した理由のひとつだった。それに、ただでさえコリンの意見に逆らうのだから、自分たちの婚約舞踏会で配布するのはあまりに慎みを欠く行動に思えた。

いまいましいミスター・レイシー！　これはあきらかに、売れ行きと宣伝効果をできるだけ高めようと狙った彼の仕業に違いない。レイシーは〈ホイッスルダウン〉を読んで社交界に通じていて、ブリジャートン家の婚約舞踏会が今シーズンで最も招待を待ち望まれた催しであることを知っていたはずだ。とはいえ、〈ホイッスルダウン〉への関心を高めたところで、もはや彼の懐にさらにお金が入るわけではないのだから、このような騒ぎを起こす理由がわからない。今回の〈ホイッスルダウン〉がとてもよく売れても、ペネロペもミスター・レイシーも今後さらに利益を得られるわけではない。

とすれば……。

ペネロペは眉をひそめて、ため息をついた。ミスター・レイシーは、絶筆宣言をした筆者の心変わりを期待しているのだろう。

コリンが腰をつかんだ手の力を強め、ペネロペはその顔に目を向けた。自分に据えられた彼の目は、蠟燭の明かりのもとでも、はっとするほど鮮やかな緑色に見える。それとも、鮮やかな緑色の目だと知っているせいだろうか。暗闇のなかでなら、エメラルドに見えるに違いない。

コリンが、舞踏場に繰りだしてきた踊り手たちのほうへ顎をしゃくった。いまや辺りは浮かれ騒ぐ人々でごった返している。「逃げどきだ」

ペネロペはうなずきで応じた。彼の家族にはすでに、気分がすぐれないため家に帰りたい意思を伝えてあるので、ふたりの退出をとりたてて心配する者はいない。それに、たとえ馬車のなかにふたりきりになるのがあまり適切ではないとしても、婚約したふたりなのだし、しかもふたりのためのロマンチックな晩なのだから、礼儀も大目に見てもらえるだろう。

思わず、場違いなうわずった笑い声を漏らしていた。なにしろ、人生で最もロマンチックではない晩になりそうなのだ。

コリンが鋭い視線を突きつけ、問いただすように片眉を横柄に吊りあげた。

「なんでもないわ」ペネロペは言った。

コリンに手を握られても、愛情はまるで感じられなかった。「言うんだ」とコリン。

ペネロペは観念して肩をすくめた。何をして何を言おうと、これ以上悪い晩にはなりようがない。「とてもロマンチックな晩になるはずだったのにと思っただけよ」

「そうだったよな」コリンが冷ややかに言う。

コリンは彼女の腰から手を放したものの、今度は手を取ると軽く指を組みあわせて人込みを縫って進み、両開きの扉からテラスに出た。

「ここではだめよ」ペネロペは囁き、舞踏場のほうを心配そうに振り返った。

コリンは親切に答えてやるようなことはせず、夜闇のなかへ引っぱっていき、角をまわって、完全にふたりきりになった。

けれども、そこでは終わらなかった。コリンはさっと辺りを見まわして誰もいないことをたしかめてから、小さく目立たない脇扉を押しあけた。

「どこに行くの？」ペネロペは訊いた。

するとコリンに無言で腰のくびれをそっと突かれて、踊り場の暗がりにすっぽり包まれた。

「上がるんだ」コリンが階段を示して言う。

ペネロペは自分でも怯えているのか期待しているのかわからないまま、すぐ後ろにいるコリンの熱気をしっかりと感じつつ階段をのぼっていった。

幾段かのぼったところで、コリンが前に出て扉をあけ、そっと廊下を覗き込んだ。誰もいないのをたしかめて足を踏みだし、ペネロペを引っぱって急ぎ足で静かに廊下を進み（ペネロペはやっと家族の私室の並ぶ廊下だと気づいた）、彼女がまだ入ったことのない部屋に行き着いた。

コリンの部屋。そこであるというのは知っていた。エロイーズを訪ねて長年通っていたあいだ、その重厚な木のドアには指をたどらせることしかできなかった。コリンが住まいとしていたこの〈五番地〉を出てから何年も経つものの、レディ・ブリジャートンはいつ必要になるかわからないからと三男の部屋をそのままの状態で残していた。今シーズンの直前、借りていた部屋を引き払って旅に出ていたコリンがキプロスから戻ると、母の言葉が正しかったことが証明された。

コリンはドアをあけて、ペネロペを部屋のなかに引き入れた。部屋は暗く、ペネロペはおぼつかない足どりで進み、目の前に彼の体があることに気づいてつと足をとめた。

コリンは支えようと彼女の腕をつかんでから、放そうとせず、暗闇のなかでじっと押さえつけていた。抱きあっているわけではないが、ふたりの体は寄り添っていた。ペネロペは何も見えないまま、彼を感じ、その匂いに包まれ、夜気にまぎれてやさしく頰を撫でる彼の呼気の音を耳にした。

責め苦だった。

気が昂ぶっていく。

コリンはゆっくりと剝きだしの腕に手を滑らせて全身の神経をさざめかせてから、突如、後方へ離れた。

沈黙が落ちた。

何を期待していたのだろう、とペネロペは思った。これからきっと声を荒らげて責められ、説明を要求されるのだろう。

だが、コリンはそのどれもしなかった。暗闇のなかでただじっと立ち、彼女がみずから何か言いだすのを待っていた。

「蠟燭を……蠟燭をつけない？」ペネロペはようやく問いかけた。

「暗いのがいやなのか？」コリンがゆっくりとした口調で言う。

「いまはいやだわ。こういうのは」

「わかった」コリンはつぶやいた。「では、こうすれば気に入ってもらえるかな？」いきなり彼女の肌に触れ、ドレスの襟ぐりをなぞった。

その手が内側に消えた。

「やめて」ペネロペはふるえる声で言った。

「触れるなと言うのか？」あざけるような声を聞き、ペネロペは顔が見えないことをありがたく思った。「だが、きみはぼくのものだろう？」

「まだ違うわ」ペネロペは釘を刺した。

「いや、そうだ。きみもそう考えたんだろう。実際、婚約舞踏会まで決定的な発表を待つとは利口だよ。きみは、ぼくが最後のコラムの発行に反対していたのを知っていたはずだ。やめろと言っただろ！　それで了解して――」

「了解なんてしてないわ！」

コリンは反論を無視して続けた。「きょうまで待っていたとは――」

「了解した覚えはないわ」ペネロペは声を大きくして繰り返した。約束に背いたわけではないことをはっきりとさせておかねばならない。ほかには何をしたにしろ、彼に嘘をついてはいない。いや、十年あまりもホイッスルダウンであることを隠してはきたが、それについては間違いなく彼ひとりを欺いていたわけではない。「ええ、たしかに」ペネロペはもうごまかそうとするのは賢明ではないと感じて認めた。「あなたがもう、わたしを捨てはしないだろうとは考えたわ。でも、信じたのよ――」

声がかすれて、最後まで言えなかった。

ひとしきり間をおいて、コリンが訊いた。「何を信じたんだ？」

「あなたが許してくれることを」ペネロペは囁いた。「少なくとも、理解してくれるだろうと。ずっと、あなたはそういう人だと思っていたし……」

今度はほとんど間をおかずにコリンが訊いた。「そういう人？」

「ええ、わたしがいけないのよ」ペネロペは疲れきった悲しげな声で言った。「あなたをかいかぶっていたの。何年ものあいだ、とてもよくしてくれていたから。そうではないこともあるのだと考えておくべきだったのよ」

「ぼくがほんとうはいい人間ではなかったとでも言いたいのか？」コリンが強い口調で訊く。

「ぼくはきみをかばい、きみのために――」

「わたしの身になって考えようとしてくれなかったわ」ペネロペはさえぎった。

「それはきみがばかなまねをしようとしたからだろう！」コリンがわめくように言った。

それから沈黙が流れた。耳に擦れてきしるような、胸を締めつける沈黙。

「もうほかに言えることは考えつかないわ」ようやく、ペネロペが言った。

コリンは顔をそむけた。自分でもなぜそうしたのかわからなかった。暗闇のなかではどうせペネロペの顔が見えるとは思えない。けれども、彼女の口調の何かに不安を覚えた。頼りなげで、疲れきっているように聞こえた。切望が込められた、打ちひしがれた声。たとえ、彼女が大変な過ちをおかしたのはわかっていても、理解してやりたいし、せめてそうできるよう努めたいと思った。わずかにつかえがちな彼女の声に怒りの炎は鎮められた。まだ怒りは残っていたが、それを伝えようという気力はしだいに失せてきた。

「正体がばれてしまうかもしれないんだぞ」コリンは声を低く抑えて言った。「きみはクレシダに恥をかかせた。彼女は激怒するだけでなく、本物のレディ・ホイッスルダウンを突きとめるまでは気がすまないはずだ」

ペネロペは離れていった。スカートの衣擦れの音が聞こえる。「クレシダはわたしの正体を突きとめられるほど利口ではないわ。それに、わたしはもうコラムを書かないから、うっかり何か尻尾を出してしまう機会があるとも思えない」一拍間をおいてから言い添えた。「それについては約束できるわ」

「手遅れだ」コリンは言った。

「手遅れではないわ」ペネロペは言い返した。「誰も知らないのよ！　あなた以外は誰も知らない。そのあなたに、それほど恥ずかしいと思われているなんて耐えられないわ」

「ちょっと待ってくれよ、ペネロペ」コリンがすかさず言った。「ぼくはきみを恥じてなどいない」

「蠟燭を灯してもらえないかしら？」ペネロペは哀れっぽい声で頼んだ。

コリンは部屋の向こう側に歩いていき、抽斗を探って蠟燭とそれを灯すための道具を取りだした。「恥じてはいない」繰り返した。「だが、きみは愚かなことをしたと思っている」

「そうかもしれないわね」ペネロペは答えた。「でも、正しいと思うことをせずにはいられなかった」

「きみは考えていないんだ」コリンはうんざりした口調で言い、振り返って蠟燭を灯し、彼女の顔を見つめた。「ぼくには信じられないが、きみは自分の正体が知れたら評判がどうなるかを忘れている。みんなに避けられ、後ろ指を差されることを忘れている」

「そういう人たちは気にする価値もないわ」ペネロペは言い、背筋をぴんと伸ばした。

「そうかもしれない」コリンは認めて、腕組みをして彼女を見つめた。きついまなざしで。「だが、つらい思いを味わう。それはいやだろう、ペネロペ。ぼくもいやだ」

ペネロペが喉を引きつらせて唾を飲み込んだ。よし。うまく説得できるかもしれない。

「だが、いちばん忘れてならないのは」コリンは続けた。「きみはこの十年あまりのあいだに、人々を侮辱してきたということだ。みんなを傷つけてきた」

「いいこともたくさん書いてきたわ」ペネロペは濃い色の目を涙で潤ませて言い返した。

「もちろんそうだろうが、きみが心配しなければならないのはその人々ではない。ぼくは、侮辱されて怒っている人々の話をしてるんだ」コリンは大股で歩み寄り、彼女の上腕をつかんだ。「ペネロペ」切迫した調子で言った。「きみを傷つけようとする人々がいるんだよ」

彼女のためを思い口にした言葉だったが、かえって自分の胸に突き刺さった。

コリンはペネロペのいない人生を思い描こうとした。そんなものはありえない。

ほんの数週間前は……と考えてはっとした。彼女はどのような存在だったのだろう？　友人？　知人？　どのような存在なのか、ほんとうに気づいていなかったのだろうか？　そしていま、ペネロペはまもなく自分の妻となる婚約者だ。それに、たぶん……きっと、それ以上の存在なのだろう。もっと絆の深い相手。さらには、かけがえのない存在だ。

「ぼくが知りたいのは」コリンは危険な道へ心が迷い込まないよう、意識して話を戻した。「匿名を守るのが目的なら、どうして格好の隠れみのを利用しなかったのかということだ」

「匿名を守るのが目的ではないからよ！」ペネロペはほとんど叫んでいた。

「正体を暴かれたいのか？」コリンは訊き、蠟燭の明かりに照らされた彼女の顔を呆然と見つめた。

「いいえ、もちろん違うわ」ペネロペは答えた。「でも、これはわたしの仕事なの。わたしの人生を懸けた仕事。人生で誇れる唯一のものだわ。自分の功績と認められなくても、どうしてもほかの人に渡すわけにはいかない」

コリンは反論しようと口を開いたが、驚いたことに言葉が出てこなかった。人生を懸けた仕事。ペネロペには人生を懸けた仕事がある。

自分にはない。

ペネロペはその仕事で名を馳せることはできないかもしれないが、部屋でひとり発刊された新聞の束を眺めて指し示し、これがある、これが自分の人生を懸けたものなのだとつぶやくことができるのだ。

「コリン？」ペネロペが沈黙に驚いたように囁きかけた。

ペネロペは驚くべき女性だ。そうであることに、はたして自分は気づいていたのだろうか。聡明で、愛らしく、機転が利き、知識豊富な女性であることはすでにわかっていた。けれども、それらの形容詞や、すぐには思いつけないあらゆる言葉をもってしても、彼女の本質は言い尽くせない。

驚くべき女性。

かたや、自分は……ああ、神よ、彼女に嫉妬するとは。

「もう行くわ」ペネロペは静かに言い、背を向けてドアのほうへ向かった。

一瞬、コリンは反応できなかった。思わぬ事実に気づいて愕然とし、思考が停止していた。だが、彼女がドアノブに手をかけたのを見て、行かせてはならないと悟った。今夜はだめだ、いや、いつであろうと。

「だめだ」コリンはかすれ声で言い、大股に三歩でふたりの距離を詰めた。「だめだ」繰り返した。「いてくれ」

ペネロペはふたつの瞳にとまどいの表情を浮かべて見あげている。「でも、あなたはさっき――」

コリンは両手でやさしく彼女の顔を包み込んだ。「ぼくが言ったことは忘れてくれ」

そのとき、ダフネの言ったことは正しかったのだとコリンは思い至った。自分の愛は、雷に打たれたように感じるものではなかったのだ。それは、笑顔と、ほんのひと言と、茶目っ気のあるまなざしから始まった。会っているうちに刻一刻と育まれ、とうとうこの瞬間に突如、気づいた。

自分はペネロペを愛している。

彼女が最後のコラムを発行したことにはまだ怒りを感じているし、人生を懸けた仕事と目的を見いだせた彼女に嫉妬した自分が恥ずかしくてたまらないが、そうしたことをすべて考えあわせても、彼女を愛している。

そして、いまここで彼女を部屋から出て行かせたら、けっして自分を許せまい。

つまり、愛の定義とはおそらく、そういうことなのだろう。誰かを求めるというのは、怒り心頭に発していようとも、その相手を必要と思い、いとおしく感じられることだ。彼女が部屋の外に出て、これ以上の面倒を起こさないよう、ベッドに括りつけなければならないとしても。

今夜でなければならない。いまでなければ。胸に感情があふれて、言わずにはいられない。はっきりと伝えなければならない。

「いてくれ」コリンは囁いて、断わりも説明もなしに荒々しく貪欲に彼女を引き寄せた。

「いてくれ」繰り返して、ベッドのほうへ導いていった。

彼女が黙っているので、コリンはさらにもう一度、同じ言葉を口にした。

「いてくれ」

ペネロペはうなずいた。

コリンは彼女を腕のなかに抱き寄せた。
ここにいるのはペネロペで、それこそ愛だった。

18

ペネロペはうなずいた瞬間――厳密に言えば、うなずく直前――、キスよりも先のことにまで同意したのだと悟った。コリンがどういうわけで心境を変化させたのかはわからない。つい先ほどまであれほど怒っていたはずなのに、とたんに愛情に満ちたやさしい態度をみせている。

これが彼の本心なのかどうかもわからないが、そんなことはペネロペにはどうでもよかった。

ひとつだけわかっているのは、コリンは罰するためにこんなにもやさしいキスをしたのではないということだ。男性のなかには、欲望を武器に誘惑で懲らしめようとする者もいるだろうが、コリンはそのような男性ではない。

そのようなことができる性格ではない。

コリンは、遊び人ふうで茶目っ気があり、冗談や皮肉を言い、いたずらっぽくおどけもするが、善良で高潔な紳士だ。そして、善良で高潔な夫になるだろう。

ペネロペにはそれがはっきりとわかった。

そのコリンが情熱的に自分にキスをして、自室のベッドに横たわらせ、のしかかってきたとするならば、怒りを圧倒するほどの感情に掻き立てられ、自分を欲しているということだ。わたしに掻き立てられている。

ペネロペは気持ちのすべてを、全身全霊を込めてキスを返した。何年ものあいだ恋焦がれてきた男性を前に、手ぎわの未熟さを熱情で補おうとした。彼の髪をつかみ、見映えも気にせず彼の下で身もだえた。

今回は、馬車のなかでもなければ、コリンの母親の居間でもない。人に見られる恐れもないし、ほんの十分で身なりを整えなければならない気づかいもいらない。

ペネロペがコリンへの気持ちを思いきり伝えられる晩だった。彼の欲望にみずからの欲望で応えて、彼への愛と忠誠と献身を胸のうちで誓うのだ。

この晩が明ける頃には、愛していることが相手に伝わっているだろう。言葉にするどころか、囁くことすらできないかもしれないけれど、きっとわかってくれる。

それとも、皮肉にも、もうすでに気持ちは知られているのかもしれない。レディ・ホイッスルダウンであることはたやすく隠してこられたのに、コリンを見るとき、目に気持ちが表れないようにするのは信じられないほど難しかった。

「いつからぼくはこんなにきみを求めていたのだろう？」コリンは囁いて、ほんのわずかに顔を上げた。ふたりの鼻先が触れあい、蠟燭の薄明かりのなかで彼の目はただの暗い色に染まっていたが、ペネロペには鮮やかな緑色の目に見つめられているようにしか思えなかった。彼の熱い息と熱い視線のせいで、考えてもみなかった体の部分が熱くなるのを感じた。

コリンがドレスの後ろに手をまわし、巧みな手つきでボタンを次々にたどるにつれ、布地がゆるんで胸の辺りまでさがり、それから肋骨が現れ、腰の辺りまであらわになった。けれども、そこでもまだとまらなかった。

「ああ」コリンは呼気よりわずかに大きい声で言った。「きみはとても美しい」

ペネロペは人生で初めて、その言葉を心から信じられた。

誰かの前でこのように親密に肌をあらわにするのは、とても淫らで刺激的なこととはいえ、恥ずかしさはなかった。コリンにひどく熱っぽく見つめられ、うやうやしく触れられて、運命だという圧倒的な意識のほかは何も感じられない。

コリンの指は乳房の輪郭の繊細な肌をかすめるようになぞり、爪を立てて焦らしてから、さらにやさしく撫でて、鎖骨のそばのもとの位置へ戻ってきた。

ペネロペのなかで何かが張りつめた。触れられているからなのか、見つめられているからなのかはわからないが、自分が変わっていくのを感じた。

とてもふしぎな気分だ。

心地いい。

コリンはしっかりと服を着たままでベッドの傍らに膝をつき、誇り、欲望、独占欲の入り混じる目で、彼女を眺めおろしていた。「きみがこのような姿をしているとは思わなかった」囁いて、手のひらをそっと乳首に擦りつける。「こんなふうに君を欲するとも思わなかった」

ペネロペはぞくぞくする感覚に襲われ、息を吸い込んだ。でも、彼の言葉の何かが胸に引っかかった。コリンは彼女の目からそれを察したのか、問いかけた。「どうした？　何か気になるのか？」

「なんでもな――」と言いかけて、ふと口をつぐんだ。ふたりの結婚は誠実さのもとに築かれるべきものであって、本心を差し控えるのはどちらのためにもならない。

「わたしはどのような姿をしていると思っていたの？」ペネロペは静かに訊いた。

コリンはその質問に面食らって、ただじっと見つめ返した。

「あなたは、このような姿をしているとは思わなかったと言ったわ」ペネロペは説明した。「それなら、どのような姿をしていると思っていたの？」

「わからない」コリンは答えた。「数週間前までは、正直、それを考えたこともなかったと思う」

「そのあとは？」ペネロペは粘った。答えを聞きたい理由はよくわからないけれど、尋ねずにはいられなかった。

コリンはあっという間に彼女にまたがり、身をかがめた。ベストの布地で彼女の腹部と乳房を擦り、互いの鼻先を触れあわせ、熱い吐息を彼女の肌に吹きかけた。

「そのあとは」コリンは唸るように言った。「こうなることを何千回も考えて、美しく、官能的で、ふっくらとしていて、ぼくに見られることを待ちわびている乳房を何百種類も想像していたが、どれも違った。もう一度、念のために繰り返すが、現実とはどれも違ったんだよ」

「まあ」ペネロペは、ほんとうにそれだけしか言葉が見つからなかった。

コリンが上着とベストを脱ぎ捨てて上質な亜麻布のシャツとズボンだけの姿になり、ただじっと彼女を見つめて口の片端を上げ、いかにもいたずらっぽく微笑んだ。ペネロペは、容赦なく見つめられるうち熱さと渇望に満たされ、身をくねらせた。

そうして、これ以上一秒も耐えられないと思ったとき、コリンが手を伸ばしてきて、両手で乳房を包み込み、重さと形をたしかめるように軽く揉んだ。かすれ声で呻いて息を吸い、乳首が持ちあがるように指で挟み込む。

「起きあがってくれないか」唸り声で言う。「そうすれば、膨らみや美しい形や大きさがよく見える。それから、ぼくはきみの後ろにまわって、包み込んであげたいんだ」彼女の耳もとに唇を寄せ、声をひそめて囁きかけた。「それを、鏡の前でやりたい」

「いま？」ペネロペは声をうわずらせた。

コリンはしばし考えるようなそぶりをしてから、首を振った。「あとで」と答え、さらに決然とした口調で繰り返した。「あとで」

ペネロペは何か尋ねようと——何を尋ねたいのかまるでわからない——口を開いたが、ひと言も発しないうちに、コリンが囁いた。「まずはこっちが先だ」口を彼女の乳房に近づけ、柔らかな吐息を吹きかけてから、唇を触れさせ、ペネロペが驚きに小さな悲鳴をあげて背をそらせると、低い含み笑いを漏らした。

コリンはそのまま攻めつづけ、ペネロペがとうとう叫びをあげかけると、もう片方の乳房に移ってまったく同じ手順を繰り返した。けれども、今度は片方の手を放して、至るところを撫でまわし、焦らして、くすぐった。腹部に触れてから腰に移り、足首をめぐって、スカートの下を這いのぼっていく。

「コリン」ペネロペは息を呑み、膝の裏の繊細な皮膚を撫でられて身をくねらせた。

「逃げようとしているのかい？ それとも近づけようとしているのかな」コリンはいっときも乳房から唇を離さずにつぶやいた。

「わからないわ」

コリンが顔を上げ、貪欲そうに微笑んだ。「それでいい」

彼女の体からおりて、ゆっくりと残りの衣類を脱ぎはじめた。まずは上質な亜麻布のシャツを脱ぎ、それからブーツを抜きとり、ズボンをおろした。そのあいだもずっとペネロペから一度も目を離さなかった。すべて脱ぎ去ると、すでにペネロペの腰の辺りに溜まっていたドレスをさらに引きおろし、柔らかい尻をそっと押しあげて布地を完全に引き抜いた。

コリンの目の前にいるペネロペが身につけているのは薄く柔らかなストッキングだけとなった。いったん息をつき、その光景を楽しまずにいられるものかとほくそ笑んでから、ストッキングをおろし、爪先から抜きとって床に放り投げた。

ペネロペが夜気にふるえているのでそばに寄り添い、体を押しつけて、絹のようになめらかな肌の感触を楽しみながら、おのれのぬくもりで温めようとした。

コリンはペネロペを求めていた。自分でも情けないほどに欲していた。体は硬く、熱くなり、どうしようもないほどの欲望に切迫し、まだまともに物が見えているのがふしぎなくらいだ。だが、体は解き放たれたくて悲鳴をあげていようとも、無意識のうちに妙に冷静な自制心が働いていた。どこかの時点から、自分だけのためとは思えなくなっていた。彼女のためにすることだ——いや、ふたりのために。いまになってようやく気づけた、すばらしい出会いと奇跡的な愛のために。

彼女を欲してはいるが——ああ、どうしようもなく欲している——、自分の下で身をふるわせ、欲望の叫びをあげ、焦らされて左右に頭を振りながら昇りつめていく姿をこの目で見たい。

彼女にはこの行為も自分のことも愛してほしいし、そのあとで汗ばんだ体で腕を絡ませて寝そべりながら、彼のものになったのだと確信させたい。

なぜなら、自分はもう彼女のものなのだと確信しているからだ。

「ぼくがきみの気に入らないことをしたら、教えてくれ」コリンはそう口にした自分の声がふるえていることに気づいてはっとした。

「あなたはそんなことはしないもの」ペネロペは囁いて、彼の頬に触れた。

彼女はわかっていない。コリンは思わず笑いそうになった。彼女の初めての体験をすばらしいものにしてやれるだろうかとこれほど案じていなければ、ほんとうに笑っていただろう。だが、彼女が囁いた言葉——〝あなたはそんなことはしない〟——は、ただひとつのことを示していた——男と愛しあうとはどういうことなのかを知らないのだ。

「ペネロペ」コリンは静かに呼びかけ、彼女の手を自分の手で包み込んだ。「きみに説明しておきたいことがある。ぼくはきみを傷つけてしまうかもしれない。そうしたくはないんだが、そうなってしまうことも——」

ペネロペは首を振った。「あなたはそんなことはしないわ」同じ言葉を繰り返した。「あなたのことはわかっているの。時には、自分のことよりもわかっているのではないかと思うくらい。だから、あなたはわたしを傷つけるようなことは絶対にしないわ」

コリンは奥歯を噛みしめて唸り声をこらえた。「故意にではなくとも」ほんのわずかにいらだちを滲ませた声で続ける。「そうなってしまう可能性も——」

「わたしの言葉を信じて」ペネロペは彼の手を取り、自分の口もとに持っていき、一度だけ心を込めたキスをした。「もうひとつのほうについても」

「もうひとつのほう？」

ペネロペは微笑んでいる。コリンは、あきらかに自分のことを面白がっているような彼女の様子に目をしばたたいた。「さっき、気に入らないことがあったら教えてくれと言ったでしょう」ペネロペが言う。

コリンは彼女の顔をまじまじと見つめ、言葉を発しようとする唇の動きに突如魅入られた。

「約束するわ」ペネロペが言う。「わたしはどんなことでも気に入るわ」

コリンの胸になんともいえない喜びが湧きあがってきた。どれほど慈悲深い神が彼女を自分に授けてくれたのかは知らないが、次に教会に出かけたときには、もう少し身を入れて祈ろう。

「どんなことでも気に入るわ」ペネロペが繰り返した。「あなたと一緒にいられるなら」

コリンは彼女の顔を両手で包み込み、この世に存在する最もふしぎな生き物であるかのように眺めた。

「愛してるわ」ペネロペが囁いた。「何年も前から愛していたの」

「わかってる」コリンは答えて、自分の言葉に驚いた。彼女の想いは以前から感じていたのだろうが、気まずさから意識の外へ追いやっていたのだ。応えてやれない善良な相手に愛されるのはつらい。彼女のことは好きだし、気持ちを踏みにじるようなことをすれば自分を許せなくなるはずなので、気づいていたとしても冷たくあしらうことはできなかっただろう。そしてそれとまったく同じ理由で、もてあそぶこともできなかった。

だから、ペネロペが自分に抱いているのはほんとうの愛ではないのだと思い込もうとしていた。彼女は単に自分に憧れているだけで、本物の愛を知らないし（自分こそ知らなかった！）、いつかはべつの誰かを見つけて幸せな満ち足りた暮らしを送るのだろうと考えているほうが気が楽だった。

いままではそんなこと――ペネロペがべつの誰かと結婚すること――を考えただけで、ぞっとして身がすくむ。

ふたりはいま肩を並べていた。ペネロペはようやく想いを打ち明けられて楽になれたとでもいうように、いかにも幸せそうに顔を輝かせ、気持ちを込めた目でコリンを見つめていた。そして、その表情には少しの期待も含まれていないことに、コリンは気づいた。ペネロペは返事を期待して愛していると打ち明けたのではない。返事をもらえるとは思ってもいないのだ。

ペネロペはただ想いを伝えたいがために、愛していると口にした。それが彼女の想いだからだ。

「ぼくも愛している」コリンは囁いて、強く唇を触れあわせてから、彼女の反応が見えるよう身を引いた。

ペネロペはしばらくのあいだ反応せず、ただじっと見つめていた。それからようやく、ぎこちなく、喉を引きつらせて唾を飲みくだして言った。「わたしがそう言ったからといって、あなたは言わなくてもいいのよ」

「わかってる」コリンは答えて、微笑んだ。

ペネロペはじっと見つめたままだった。目を大きく開いた以外、表情に変化はない。

「それから、もうひとつ言っておきたいことがある」コリンは静かに言葉を継いだ。「きみは、自分自身のことよりもぼくのことがわかると言った。そうであれば、ぼくがほんとうに思ってもいないことを口にしないのもわかっているはずだ」

ペネロペは、彼のベッドに裸で横たわり、彼の腕に抱かれながら、たしかにそのとおりなのだと思った。コリンは大切なことについて嘘はつかないし、いまはこうしてふたりでいること以上に大切なことは想像できない。

コリンも愛してくれている。期待してはいなかったし、望んではいけないとさえ思っていたので、いまだ光り輝く奇跡を夢想しているような気がする。

「ほんとうに?」ペネロペは小声で問いかけた。

コリンがうなずき、彼女をさらに抱き寄せた。「今夜、自分の気持ちに気づいたんだ。きみに、いてくれと頼んだときに」

「どうして……」けれど、ペネロペは質問を最後まで言い終えることができなかった。何が訊きたいのか自分でもよくわからないからだ。どうして、わたしを愛しているとわかったの? どんなふうに、わかったの? どうして、そういう気持ちになったの?

ところが、コリンは言葉にされなかったことをどうやって察したのか、答えた。「わからないんだ。いつからなのかも、どうしてなのかも。正直、どうでもいいことだと思う。でも、これだけはたしかに言える。ぼくはきみを愛している。そして、何年ものあいだ、ほんとうのきみを見ようとしなかった自分に腹が立つ」

「コリン、やめて」ペネロペは懇願するように言った。「反省はいらない。後悔もやめて。今夜は」

けれども、コリンはふっと微笑み、彼女の唇に一本の指をあてて、頼みごとをさえぎった。「きみが変わったとは思わない。少なくとも、それほど大きくは。だが、ある日、きみを見ていたら何かが違っているように見えたんだ」肩をすくめる。「たぶん、ぼくが変わったのだろう。成長したのかな」

今度はペネロペが彼の唇に指を押しあてて、自分がされたのと同じように黙らせた。「たぶん、わたしも成長したんだわ」

「きみを愛してる」コリンは言い、身を乗りだしてキスをした。これにはペネロペは答えられなかった。彼の口に貪欲に、強引に、いかにも誘惑的に口をふさがれていた。

コリンはすべきことを正確に心得ているように見える。ペネロペは唇を舌でひらひらとなぞられ、軽く噛まれるうち、体の芯までふるえが走るのを感じ、純粋な悦びと、欲望の灼熱の炎に身をゆだねた。体のいたるところに彼の手が伸び、いたるところに彼を感じ、肌を触れられ、両脚のあいだに彼の片脚が割り込んできた。

コリンはあお向けになって、彼女を自分の体の上に引き寄せた。尻を支えて自分にぴたりと張りつかせ、欲望の証しを肌に焼きつけるように押しつけた。

ペネロペは驚くほど親密な触れあいに息を呑み、さらに熱烈でやさしいキスに唇をふさがれた。

それから、ペネロペがあお向けになってコリンにのしかかられ、彼の重みでマットレスが押され、肺から息が絞りだされた。コリンの口が耳へ動き、喉へ移り、ペネロペはまるで彼のほうへ体を押しあげるように自然に背をそらせていた。

どうすべきかはわからないものの、動かなければならないことはたしかだ。すでに母から〝ちょっとだけ〟ということで、ペネロペが夫の下にじっと横たわり、おとなしく愛撫を受けなければいけないことは聞かされていた。

けれども、じっとしているどころか、腰を突きあげずにはいられないし、彼の体に脚を巻きつけずにもいられない。それに、おとなしく愛撫を受けていられそうにもない——みずからも働きかけて、この行為を分かちあいたい。

自分自身のためにもそうしなければいられなかった。体のなかで高まっていくものが緊張なのか欲望なのかはわからないが、それが何であるにしろ、解き放ちたくてたまらないし、その瞬間のそのような感覚ほどすばらしいものが人生にあるとは思えなかった。

「どうしたらいいか教えて」ペネロペはさし迫ったかすれ声で言った。

コリンが彼女の脚を開き、体の側面に手を滑らせ、太腿にたどり着いて、強くつかんだ。「ぼくにすべてまかせてくれ」息を乱して言う。

ペネロペは彼の尻をつかんで自分のほうに引き寄せた。「いや」強い口調で言った。「教えて」

コリンはほんの一瞬動きをとめ、驚いたように彼女を見つめた。「ぼくにさわってくれ」

「どこに？」

「どこでも」

彼の尻をつかんだ手の力をわずかにゆるめて、微笑んだ。「もうさわってるわ」

「動かすんだ」コリンが唸り声で言う。「手を動かしてごらん」

ペネロペは彼の太腿のほうへ指をたどらせ、そっと円を描いて、体毛のしなやかさを感じた。「これでいい？」

コリンはびくんとうなずいた。

ペネロペはさらに指を先へ滑らせ、股間すれすれに近づいた。「ここも？」

コリンが即座にその手をつかんだ。「いまはだめだ」ざらついた声で言う。

ペネロペは困惑顔で彼を見つめた。

「あとでわかる」コリンは呻くように言い、彼女の脚をさらに広げて、ふたりの体のあいだに片手を滑らせ、彼女の最も密やかな部分に触れた。

「コリン！」ペネロペは息を呑んだ。

コリンがいたずらっぽく笑う。「ぼくがこんなふうにさわるとは思わなかったかい？」あたかも要点を説明するかのように、一本の指を繊細な襞にくぐらせる。ペネロペは思わずベッドから背をそらせて尻を完全に持ちあげたあと、快感に身をふるわせてばったりと腰を落とした。

コリンが耳もとに唇を寄せた。「まだこれからだぞ」と囁く。

ペネロペはもう尋ねようとは思わなかった。ここまででもう、母から教えられたことよりはるかに多くのことが起きている。

コリンは一本の指を彼女のなかに入れて、ふたたび息を呑む音を聞いてから（コリンのほうは嬉しくて笑いが漏れた）、ゆっくりと撫ではじめた。

「ああ、なんてこと」ペネロペは呻いた。

「きみはもうほとんど準備ができている」コリンの呼吸が速まってきた。「とても濡れているが、締めつけはとてもきつい」

「コリン、あなたは何を――」

コリンはもう一本指を差し入れて、理性的な問いかけを巧みに打ち切った。

ペネロペは広げられながら、心地良さに浸った。ひたすらもっと脚を大きく開いて彼にすっかり見てほしいと思うのだから、きっと自分はほんとうはとても淫らで、ふしだらな女性なのかもしれない。いまとなっては、コリンはこの体に好きなように触れ、どのようなこともできてしまうだろう。

彼がその手をとめないかぎり。

「もう待てない」コリンが息を切らして言った。

「待たなくていいわ」

「きみが欲しい」

ペネロペは手を伸ばして彼の顔をとらえて自分のほうに向けさせた。「わたしもあなたが欲しい」

すると彼の指がするりと抜けた。ペネロペが妙に物足りない虚しさを感じたのも束の間、すぐにまた何かが、硬くて熱いものが入口に強く、強く迫るように押しあてられた。

「これで傷つけてしまうかもしれない」コリンは成り代わって痛みを覚悟するかのように奥歯を嚙みしめた。

「かまわないわ」

コリンは、彼女にとって心地良いものにしてやらなければならないと思った。どうしても。「やさしくする」とはいえ、いまや凄まじい欲望に駆り立てられていて、そんな約束が守れるとはとても思えない。

「あなたが欲しい」ペネロペが言う。「あなたが欲しい。それに、何かわからないものが欲しくてたまらない」

コリンはほんのわずかに前へ押しだしたが、いまにもすっぽり飲み込まれてしまいそうだった。

自分の下でペネロペが沈黙し、荒々しい息づかいだけが聞こえている。

また少し、もう一段階、至福の地に近づけた。「ああ、ペネロペ」コリンは呻いて、自分の重みで彼女を押しつぶさないよう両腕を突っぱって体を支えた。「気持ちいいと思えたら、ぼくにそう教えてくれ。頼む」

そうではないと言われたら、なんとしても引き抜かなければならないからだ。

ペネロペはうなずいたが、言い添えた。「ちょっとだけ待って」

コリンは息を吸い込んで、いっきに鼻から吐きだした。食いとめることに意識を集中するための唯一の手段だ。ペネロペにはきっと筋肉の緊張をゆるめて彼になじむ時間がもう少し必要なのだろう。これまで男性を受け入れたことがないので、彼女のなかはきわめてきつい。

とはいえ、こちらのほうは、もう安心して進んでいいと言われるまで持ちこたえられそうもない。

ペネロペの緊張がわずかにやわらいだのを感じるや、ほんのわずかに前に進めると、まぎれもない純潔のしるしに突きあたった。「ああ、ここだ」コリンは呻いた。「痛むぞ。ぼくにはどうにもできないが、約束する。その痛みは一度きりだし、それほど長くない」

「どうしてわかるの？」ペネロペが訊く。

コリンは苦悶に目を閉じた。ペネロペらしい理に適った質問だ。「ぼくを信じてくれ」そう言ってはぐらかした。

そうして奥へ突き、すっかり埋め込まれてぬくもりにおさまると、そこが自分の居場所なのだと感じた。

「ああっ！」ペネロペがはっとした顔で息を呑んだ。

「大丈夫か？」

ペネロペがうなずく。「たぶん」

コリンはわずかに動いた。「今度はどうかな？」

ペネロペはふたたびうなずいたが、驚いた表情で、いくぶん朦朧としているようにも見える。

コリンの腰が勝手に動きだした。いまにも達しかけているのがはっきりとわかり、もはやじっとしてはいられない。自分を包み込んでいる彼女の感触はまさに完璧だった。コリンはふいに、ペネロペが痛みのせいではなく欲望に駆られて喘いでいることに気づき、全身を駆けめぐる圧倒的な欲望にとうとう身をまかせた。

体の下でペネロペがふるえだし、彼女が達するまではこらえられるよう祈った。ペネロペが速く熱い息づかいで、しゃにむに肩をつかんできた。体の下で彼女に腰をくねられて、渇望は荒れ狂わんばかりに高まった。

やがて、そのときがきた。ペネロペの唇から漏れた声は、コリンがこれまで耳にしたどんな音より甘美に響いた。ペネロペが全身を悦びに張りつめさせて自分の名を叫ぶ声を聞きながら、コリンは思った――いつか、その顔を見よう。彼女が悦びのきわみに達した顔を。

でも、きょうはだめだ。コリンはすでに昇りつめ、快感の凄まじさにきつく目を閉じていた。彼女の名を荒々しく呼びながら最後にもう一度突いて、完全に力を奪われ、彼女の上に倒れ込んだ。

まる一分間、沈黙が続いた。ふたりはただ胸を上下させて呼吸を整え、肉体のとてつもない興奮が、最愛の人の腕のなかでしか味わえない、ゆったりとした至福のぬくもりのなかで鎮まるのを待った。

少なくとも、コリンはそんなふうに感じていた。これまでにも何人かの女性たちとベッドをともにしてきたが、自分のベッドにペネロペを横たわらせて、ほんのひとつのキスから親密な交わりを始めたときにやっと、自分はほんとうに愛しあったことはなかったのだと気づいたのだ。

それはかつて感じたことのないものだった。

これが、愛だ。
だから、両手でしっかりとつかんでいなければならない。

19

結婚式の日取りを早めるのはさして難しいことではなかった。

コリンはブルームズベリーの自宅に戻って（その前に、ひどく身なりの乱れたペネロペをメイフェアの自宅へこっそり送り届けた）、ふと、今回のことが、なるべくすぐに結婚しなければならない格好の理由になるかもしれないと思いついた。

むろん、たった一回の交わりでペネロペが妊娠するとは考えにくい。それに、たとえ妊娠したとしても、予定されている結婚式から生まれるまでには八カ月はかかり、結婚式からわずか半年やそこらで生まれる子供が山ほどいる世の中では、たいして取り沙汰されるようなことでもない。しかも、初産はたいてい遅れるものらしいので（コリンには大勢の姪や甥がいるので、それが事実であることも知っている）、結婚式から八カ月半先の出産となれば、なんら問題はないということになる。

というわけで、じつのところ、結婚式を早める必要性は見あたらない。

個人的な希望を除けば。

そこで、コリンは両家の母親たちにちょっとした物語を話した。あからさまな描写はいっさい省いて事情を話して聞かせると、ふたりとも結婚を急ぐという案にすぐさま同意した。

なにより、ペネロペと親密な行為をもったのが数週間前なのだとほのめかしたのが効いたらしい。

まあ、それでも、まもなく大きな喜びがもたらされるとするならば、ほんのささやかな嘘くらいたいして大きな罪とは言えないだろう。

というわけで、結婚式は早められ、コリンは毎晩ベッドに横になってはペネロペと過ごしたひとときを思い起こし、彼女がそばにいて、ほんとうにさらなる喜びがもたらされる日のことを心から待ちわびた。

このところ結婚式の準備で離れられない仲となっているふたりの母親たちは、当初、結婚の日取りを早めることでよくない噂(今回の場合は完全に事実だが)をたてられることを心配していたのだが、いわばレディ・ホイッスルダウンが間接的に救い主となった。

レディ・ホイッスルダウンとクレシダ・トゥオンブレイがほんとうに同一人物であるかどうかという憶測は、ロンドンではかつて例をみない騒ぎを起こしている。実際、どこに行ってもその噂話ばかりで逃れることはできないため、ブリジャートン家とフェザリントン家の結婚式の日取りが変更されたことにまで気にかけていられる者はいなかった。

それはブリジャートン家とフェザリントン家にとって、非常に好都合なことだった。

ただし、コリンとペネロペだけはべつで、ふたりとも、レディ・ホイッスルダウンの話が出ると、くつろいではいられなかった。ペネロペにしてみればこの十年、自分の前でレディ・ホイッスルダウンの正体について誰かが無駄な憶測を披露しない月はないほどだったので慣れていたが、コリンのほうがいまだその秘密の暮らしに激しい動揺と怒りを抱いていたので、ペネロペもしだいに気詰まりを感じるようになっていた。そこで何度かその話を持ちだそうとしたのだが、コリンはまるで似つかわしくない口調で、その話はしたくないと言い、ぴたりと口を閉ざしてしまう。

ペネロペには、コリンが自分のことを恥じているとしか思えなかった。というより、正確に言えば、レディ・ホイッスルダウンの仕事を。その事実はペネロペの胸に深くこたえた。記事の執筆は自分にとって、大いなる誇りと達成感をもって人生の一部とも言いきれるものだ。何かをやり遂げたという自負がある。たとえ名前を残すことはできなくとも、すばらしい成功をおさめた。男性であれ、女性であれ、同時代に生きる人々のなかで同じようなことを達成できる人間がどれほどいるだろう。

これからはレディ・ホイッスルダウンの名は胸の奥にしまい、コリン・ブリジャートンの妻、そしていつか生まれくる子供の母として新たな人生を生きていくことになるとしても、自分が成し遂げたことを少しも恥じるつもりはない。

コリンも同じようにこの功績に誇りを感じてくれたならどれほどいいだろう。

それでも、愛してくれていることは、体の神経のすみずみにまで感じとれた。コリンはそういうことにはけっして嘘をつかない。愛の言葉を口にしなくとも、気の利いた言葉と、いたずらっぽい笑みでじゅうぶん女性を幸せな満ち足りた気持ちにさせることができる。けれども、ペネロペはコリンのふるまいを見ていて、人は誰かを愛していても、その相手を恥じたり、不満に感じたりすることができるのだと悟った。

コリンにそんなふうに思われているのが、これほどつらいことであるとは考えてもいなかった。

結婚式を数日後に控えたある日の午後、ふたりでメイフェアをのんびりと歩いていたとき、ペネロペはもう一度その話題を切りだそうとした。前回試みたときとコリンの態度が奇跡的に変わるとも思えないので、なぜそうする気になったのかはわからない。それでも、試さずにはいられなかった。それに、そこらじゅうに人の目がある屋外にいるということで、コリンがやむなく笑顔で話を聞いてくれるのではないかという期待もあった。

ペネロペは、茶会が開かれる〈五番地〉までの距離を目算していた。コリンに屋敷内にせき立てられて話題を変えられてしまうまでに五分は話せると見込んで切りだした。「わたしたち、未解決の問題を話しあっておかなくてはいけないのではないかしら」

コリンは片眉を上げ、もの問いたげな目を向けながら、なおも陽気な笑みを浮かべていた。ペネロペは彼のもくろみをはっきりと読みとった。茶目っ気と天性の機知で、会話を自分が望む方向へ誘導しようとしているのだ。きっと、すぐにも陽気な笑みは少年っぽいにやりとした笑いとなり、さりげなく話題を変えるきっかけの言葉を口にするはずだ。たとえば――。

「こんなによく晴れた日にやけに深刻だな」

ペネロペは唇をすぼめた。予測した言葉どおりとは言わないまでも、だいたいの調子は同じだった。

「コリン」ペネロペは辛抱強く粘ろうとした。「わたしがレディ・ホイッスルダウンの話を持ちだすたびに話題を変えようとするのはやめて」

コリンは淡々と抑制のきいた声で言った。「きみは彼女の名を口にしてはいないよな。それとも、きみの名と言ったほうがいいのかもしれないが。それに、ぼくはただ、いい天気を褒めただけだ」

ペネロペは、できることならその場に足を踏んばって、彼をぐいと引きとめたかったが、なにぶんそこは屋外なので（このような場所で話を切りだしたのは失敗だったのだろう）、小さなこぶしを握りつつも、物静かになめらかな足どりで歩きつづけるより仕方なかった。

「あの晩、わたしの最後のコラムが発行されたとき――あなたはわたしに腹を立てていたわ」と続けた。

コリンが肩をすくめた。「もう終わったことさ」

「そうは思えないわ」

コリンはわざとらしくへりくだった態度で彼女のほうを向いた。「だったら、いま、ぼくがどう感じていると言いたいんだい？」

そのような意地悪な言い方をされて応酬せずにはいられない。「妻がそんなことを言えると思う？」

「きみはまだぼくの妻ではない」

ペネロペは三つ——いや、十にしたほうがいい——数えてから、言い返した。「わたしがしたことで怒らせてしまったのなら謝るわ。でも、ほかに選択肢がなかったのよ」

「世の中には選択肢は必ずあるはずだが、その問題については、このブルートン・ストリートで話しあう気はない」

たしかに、ふたりはもうブルートン・ストリートに立っていた。ああ、もう、これほど早く着いてしまうとは、ペネロペの完全な計算違いだった。〈五番地〉の玄関前の階段を上がるまでにはせいぜいあと一、二分しか残されていない。

「断言できるわ」ペネロペは言った。「例のあの人は、もう二度と復帰しない」

「とてもじゃないが、安心できない」

「そういう皮肉な言い方はしないで」

コリンはぎらついた目で向きなおった。つい先ほどまでの穏やかでのんびりとした顔とはあまりに違う表情に、ペネロペはあとずさりかけた。「言葉に気をつけろよ、ペネロペ」コリンが言う。「皮肉は本音をこらえるための唯一の手段なんだ。ぼくを信じて、そこのところは具体的に聞かないほうがいい」

「聞いたほうがいいと思うわ」ペネロペはとても小さな声で言った。内心では、ほんとうにそうしたほうがいいのかどうかはわからなかった。

「きみの秘密が知れたら、いったいどうやってきみを守ればいいのかと考えずにいられる日は一日もない。きみを愛してるんだ、ペネロペ。神に助けを請いたいぐらいだが、ほんとうり心地いい。

ペネロペは神の助けを請うまでもなく同じ言葉を返せるのにと思ったが、愛の告白はやはりに愛している」

「あと三日で」コリンは続けた。「ぼくはきみの夫になる。死がふたりを分かつまで、きみを守ることを固く誓う。それがどういうことなのかわかるか？」

「牛頭の怪物《ミノタウロス》が襲ってきたら助けてくれるのよね？」ペネロペはおどけてみせようとした。

コリンの表情が、ちっとも面白くないと告げている。

「そんなに怒らなくてもいいじゃない」ペネロペは不満げにつぶやいた。

コリンは信じられないといった表情を向けた。どんなことであれ、おまえには不満を言う権利はないと言わんばかりだ。「ぼくが怒っているとすれば、それはほかの人々と同じときに、きみの最後のコラムを読まされたことが気に入らないからだ」

ペネロペはうなずき、下唇を嚙んでから言った。「それについては謝るわ。あなたにはたしかに、事前に知る権利があったと思うから。だけど、話すことができたと思う？　あなたはわたしをとめようとしたはずだもの」

「そのとおり」

ふたりはもう〈五番地〉まであと数軒のところまで来ていた。何か尋ねるとするならば急がなければいけない、とペネロペは思った。「あなたはきっと――」言いかけて、その質問をすべきかどうかわからなくなって口をつぐんだ。

「ぼくはきっと、なんだというんだ？」

ペネロペは小さく首を振った。「なんでもないわ」

「なんでもないはずがないだろう」

「わたしはただ……」あたかもロンドンの街並みが、言葉を続ける勇気を与えてくれるのではないかというように脇へ目をやった。「わたしはただ……」

「はっきり言うんだ、ペネロペ」

コリンに似つかわしくないぶっきらぼうな口調に煽り立てられて続けた。「思ったのよ。あなたがわたしの、つまり……」

「秘密の暮らし？」コリンが間延びした口調で言葉を差し挟んだ。

「そう呼びたいのならそれでいいわ」ペネロペは応じた。「わたしはふと思ったのよ。あなたが心配しているのはきっと、事実があきらかになれば、わたしの評判を守らなければならないからだけではないのだと」

「それは、具体的にどういうことなんだ？」コリンが早口にきつい調子で訊く。

先に問いかけたのは自分なのだから、もはやすっかり正直に話すより仕方がないのだとペネロペは心を決めた。「あなたはわたしのことを恥じているのではないかしら」

コリンはゆうに三秒は無言で見つめてから答えた。「きみのことを恥じてはいない。それはすでに話してあるはずだ」

「だったら、どうして？」

コリンは足がもつれ、次の行動を考える余裕もないままブルートン・ストリート三番地の前に立ちどまっていた。母の家はほんの二軒先で、本来なら五分ほど前には到着してお茶を飲んでいるはずだった。だが……

だが、どうしてもその先が一歩踏みだせない。

「きみのことを恥じてはいない」コリンは繰り返した。とにかく真実を伝えることだけはできない——嫉妬しているなどとは。ペネロペが成し遂げたことにも、彼女自身にも嫉妬しているとは。

それは胸が悪くなるような、どうしようもなく不快な感情だった。目下ロンドンじゅうの噂を独占し、日に十回はその名を聞くレディ・ホイッスルダウンのことを誰かが口にするたび、漠然と沸きあがる自分への恥ずかしさに苛《さいな》まれていた。しかも、その感情をどうすればいいのかわからない。

妹のダフネには以前、つねに言うべきことや、他人をくつろがせる方法を心得ているように見えると言われた。それから数日、そのことを考えてみて、他人を気持ちよくさせる能力は自意識から生じているものに違いないという結論に達した。

コリンはつねにありのままの自分にこのうえない満足を感じていた。これほど恵まれている理由はわからない——おそらく、すばらしい両親のもとに生まれたからだろうし、運にも恵まれていたからだろう。ところが、いまは気まずさや心地悪さを感じていて、生活の端々にその影響があらわれてきている。ペネロペにきびしい言葉を吐き、パーティではろくに会話もしない。

すべてはこの厭わしい嫉妬心と、それにつきまとう恥ずかしさのせいだ。

それだけだろうか？

すでにおのれの人生に物足りなさを感じていなかったとしたら、ペネロペに嫉妬心を覚えただろうか？

興味深い心理学的な問題だ。せめて、自分以外のほかの誰かのことであれば、そう考えることもできたのだろうが。

「母が待っている」コリンはそっけなく言った。問題を避けているだけのことで、そういう自分が腹立たしいが、ほかにどうすることもできない。「それに、きみの母上もいらしているだろうから、遅れないほうがいい」

「もう遅れてるわ」ペネロペは指摘した。

コリンは彼女の腕をつかみ、〈五番地〉へ引っぱっていった。「だからよけいにぐずぐずしてはいられないんだ」

「あなたはわたしを避けているわ」ペネロペが言う。

「きみの腕を取っているのに、どうして避けられるんだ？」

そのひと言にペネロペは顔をしかめた。「あなたはわたしの質問を避けてるわ」

「それについてはあとで話しあおう」コリンは答えた。「ブルートン・ストリートの真ん中で、誰に窓から見られているのかわからないようなときではないときに」

そうして、それ以上の反論は許さないと言わんばかりに彼女の背中に手をかけて、やさしさのかけらもないそぶりで〈五番地〉の階段へせきたてた。

一週間後、ペネロペは、姓のほかは何も変わってはいないのだと思い返していた。結婚式はささやかに執り行なわれ、ロンドンの社交界を落胆させたにせよ、ペネロペにとっては夢のようなひとときだった。そして、結婚初夜も――ああ、夢をみているようだった。

実際、結婚生活も夢のようだった。コリンはすばらしい夫だ――茶目っ気があり、やさしくて、思いやりにあふれ……。

ただし、レディ・ホイッスルダウンの話題になると一変した。

その話題になると、コリンは……どこがどうなるとは明確には説明できないが、とにかく彼らしくなくなるように思えた。気さくな物腰も、屈託のない口調も、ペネロペが長いあいだ恋してきた彼のすばらしい点がすべて消えてしまう。

ある意味では、皮肉ともいえる成り行きだった。とても長いあいだ、ペネロペはこの男性との結婚に夢を馳せていた。そうするうちにいつしか、夢のなかで秘密の暮らしを彼に打ち明ける光景を想像するようになっていた。そのことを抜きには考えられなかった。ペネロペが夢みていたのはコリンと完璧な絆で結ばれる結婚で、つまり、互いになんでも正直に語りあえる関係なのだから。

夢のなかで、ペネロペは夫を坐らせて、恥じらいながら秘密を打ち明ける。コリンは初め、信じられないといった顔をするが、すぐに嬉しそうに誇らしげな表情に変わる。何年ものあいだロンドンじゅうの人々の目をあざむいていた賢さ、あのような気の利いた文章を書ける機知に驚く。彼女の才能に感嘆し、成功を称えてくれる。ときには、コリンが秘密の記者役を申し出てくれる夢さえみていた。

コリンなら楽しんで、面白がりさえするだろうし、巧妙なやり方に感心してくれるだろうと思っていた。

でも、そうではなかった。

コリンは彼女を恥じてはいないと言い、自分ではたしかにそう思い込んでいるのかもしれないが、ペネロペにはどうしてもその言葉が信じられなかった。ペネロペは、ただ彼女を守りたいだけなのだと言う彼の顔を見ていた。守りたいという感情は激しく熱烈なものであるはずなのに、コリンがレディ・ホイッスルダウンのことを話しているときの目は暗く閉ざされ、生気がなかった。

あまり落胆してはいけないのだとペネロペは思った。夢を叶えることをコリンに期待する権利はないし、彼のことを勝手に理想化していただけなのだと自分に言い聞かせようとした。

でも……。

それでもやはり、コリンが夢にみていた男性のようであってほしいと願ってしまう。

そして、ふいにまた落胆を覚えては、いつも後ろめたさに襲われる。相手はコリンなのよ！　夢にみていたコリン。それ以上には望めないくらい完璧に近いコリンだ。彼の難点を気にすることなどできる立場ではないのだけれど……。

それでもやはり、気にしてしまう。

ペネロペはコリンに自分を誇りに思ってほしかった。その思いは、どんなものより、何年も遠くから彼を見つめて焦がれていた気持ちより強かった。

けれども、この結婚はとても大切なもので、気まずい瞬間を除けば、夫をとてもいとおしく感じている。だから、ペネロペはレディ・ホイッスルダウンの話をするのはやめた。コリンのなかば目を閉じた表情にはうんざりしていた。不機嫌そうに皺を寄せた口もとも見たくない。

永遠にその話題を避けられるとは思わない。社交界の催しに出かければ必ずといっていいほど、もうひとりの自分についての話題を耳にするからだ。でも、家にまでその話題を持ち込む必要はない。

というわけで、ある朝、ペネロペはコリンと朝食の席につき、新聞を眺めたり、機嫌よく言葉を交わしたりしながら、懸命にほかの話題を探そうとした。

「新婚旅行に行きたいわよね？」問いかけて、マフィンにラズベリージャムをたっぷりと広げた。食べすぎはよくないことだと思いつつ、そのジャムはほんとうにおいしくて、そのうえ、不安なときにはつい食欲が増す癖がある。

ペネロペはマフィンを見て、それからどこを見るともなく眉をひそめた。自分がこれほど不安になっていたとは気づかなかった。レディ・ホイッスルダウンの問題は心の奥に押しやれていると思っていたのに。

「今年の終わりくらいには行けるかな」コリンは答えて、ペネロペが手を離したばかりのジャムに手を伸ばした。「トーストを取ってくれないか?」

ペネロペは無言で手渡した。

コリンが目を上げた。こちらを見ているのか、燻製ニシンの皿を見ているのか、見定めがつかない。「がっかりしたみたいだな」コリンが言う。

コリンが食べ物から目を上げるとは喜ぶべきことなのだろう。それとも、燻製ニシンを見ようとしてたまたまこちらに目が向いただけなのかもしれない。たぶん、後者に違いない。食べ物をさしおいて、コリンの関心を勝ちとれるとは考えにくい。

「ペネロペ?」コリンが問いかけた。

ペネロペは目をしばたたいた。

「がっかりしたのかい?」改めて訊いた。

「ああ、ええ、まあ、そんなところね」ペネロペは曖昧な笑みを浮かべた。「わたしはどこへも行ったことがなくて、あなたはあちこちへ行ったことがある。だから、あなたが特に気に入った場所に連れて行ってもらえたらと思ってたのよ。ギリシアとか。イタリアでもいいわ。イタリアにはずっと行ってみたいと思っていたの」

「気に入ると思うな」コリンはうわの空でつぶやいた。どうやら彼の関心は卵のほうに向いているらしい。「とりわけ、ヴェニスは」

「それなら、どうして連れて行ってくれないの？」

「連れて行くよ」コリンは言って、ひと切れのピンク色のベーコンを突き刺し、口に放り込んだ。「いまはだめだけど」

ペネロペはマフィンに塗ったジャムを少し舐めて、拍子抜けした気持ちを隠そうとした。

「いうまでもないことかもしれないが」コリンがため息まじりに言う。「ここを離れたくない理由は……」あけ放したドアを見やり、いらだたしげに口をすぼめた。「とにかく、ここを離れられないんだ」

ペネロペは目を大きく見開いた。「つまり……」テーブルクロスの上に指で大きくWの文字を書く。

「そうだ」

ペネロペは驚いて夫を見つめた。みずからその話題を持ちだしたばかりか、さほど不機嫌そうに見えないのが少し意外だった。「でもどうして？」ようやく訊いた。

「秘密がばれたときに」コリンはいつものようにふいに使用人が現れた場合に備えて、隠語めいた言い方で続けた。「損害を抑えるために街にいたい」

ペネロペは椅子に沈み込んだ。損害と言われたのはけっして喜べることではない。彼はすでにその損害を被っているということだ。といっても、まだ間接的にだが。ペネロペはマフィンを見つめ、自分が空腹であるかどうかをたしかめようとした。もうあまり空腹ではない。

それでも、食べるしかなかった。

20

数日後、ペネロペが、エロイーズ、ヒヤシンス、フェリシティとの買い物に出かけて家に戻ると、夫は書斎の机についていた。背を丸めていつになく熱心に本なのか書類なのかわからないものを読みふけっている。

「コリン？」

コリンはびくりと顔を上げた。足音に気づかなかったのだろう。ペネロペは足音を立てないよう気をつけていたわけでもないので、ややふしぎに思った。「ペネロペ」コリンは答えて、妻が部屋に入ってくると立ちあがった。「きみは何かの用事で、まあ、どういう用事でもいいが、出かけていたのではなかったのかい？」

「買い物よ」ペネロペは面白がるような笑みを浮かべて言った。「買い物に出かけていたの」

「そうか。そうだったよな」コリンはどことなく落ちつかなげに重心を移した。「何を買ったんだい？」

「ボンネットよ」ペネロペは答えて、ほんとうに聞いているのかどうかをたしかめるために、〝それにダイヤモンドの指輪も三つ〟と言い添えたい衝動をこらえた。

「それはよかった」コリンはそう言いながら、見るからに机の上にあるものに視線を戻したがっている。

「何を読んでるの？」ペネロペは尋ねた。

「べつに」コリンはほとんど反射的に答えてから、「いや、じつはぼくの日記の一部なんだ」と言い添えた。

コリンはいかにもそれを読んでいるのを見られ、しかも質問されてばつが悪いというように、少し恥ずかしげで、少しむっとしてもいるらしい不自然な顔つきをしている。

「見てもいい？」ペネロペは努めてやさしく、威圧感を与えないような口ぶりで尋ねた。コリンが何かに不安を感じているとすれば珍しいことだ。けれども、日記だと答えた声には、驚きと……びくついているような傷つきやすさが感じとれた。

ペネロペはずっと長いあいだ、コリンのことを幸せと喜びにあふれた無敵の人物として眺めていた。ブリジャートン家の一員であったなら、どれほど楽に生きられるものだろうかといつもうらやましく思っていた。

エロイーズや彼女の家族との茶会から家に戻り、ベッドに身を丸めて、ブリジャートン家に生まれていたら、どれほどよかっただろうかと幾度――とても数えきれない――考えたことだろう。ブリジャートン家の人々にとって、人生は楽なものに違いない。賢く、魅力的で、裕福な、誰からも好かれているように見える一族。

しかも、とても親切でもあるのだから、そのようなすばらしい人々を人として嫌える者はいない。

そして、いま、生まれつきではないにせよ結婚によって自分もブリジャートン一族となって、実際に生きやすくなった。自分自身に大きな変化があったわけではないものの、夫を心から愛していて、信じられないような奇跡のおかげで彼にも同じように想ってもらえている。でも、たとえブリジャートン家の人々であろうと、人生は必ずしも完璧なものではないこともわかってきた。

おおらかな笑みと茶目っ気で人気者のコリンでさえ、弱い部分がある。コリンは見果てぬ夢と秘めた不安に苦しめられている。コリンの人生を考えれば、弱みくらいなければ不公平であるようにも思えるけれど。

「ぜんぶ見せてくれとは言わないわ」励ますように言った。「ほんの一段落か二段落でも。あなたが選んでくれればいいわ。とりわけ気に入っているところがあるでしょうから」

コリンは開いた日記帳を見おろして、外国語で書かれてでもいるようにぼんやりと眺めた。「どこを選んでいいのかわからない」つぶやいた。「ほんとうに、どこも同じようなものなんだ」

「そんなはずはないわ。わたしには誰よりそれがわかるもの。わたしは――」ペネロペはふっと見まわして、ドアがあいていることに気づき、すぐさま歩いていって閉めた。「わたしは数えきれないほどコラムを書いてきたのよ。だから言えるの。どれも同じであるはずがない。気に入ることがあるのよ」思ったことをとりわけうまく表現できたときに満足感や誇りで胸がいっぱいになった気持ちがよみがえり、懐かしそうに微笑んだ。「すてきな気持ちだった。あなたにもわかるでしょう?」

コリンは首を振った。

「つまり」ペネロペは懸命に説明した。「的を射た言葉を見つけたときに感じる気持ちのことよ。じっと坐って、真っ白な頁を見つめて、どう書けばいいのだろうと考えあぐねて思い悩んだあとだからこそ、ほんとうに嬉しく思えるんだわ」

「それはわかる」コリンが言う。

ペネロペは笑みをこらえた。「あなたならその至福の気持ちがわかるはずよ。コリン、あなたはすばらしい書き手だわ。読ませてもらったもの」

コリンは警戒するような目を向けた。

「もちろん、ほんの少しだけれど」ペネロペは安心させるように言い添えた。「あなたの日記は、あなたの許しがなければ読めないわ」と言いながら、許しを得ずキプロスへの旅についての箇所を読んだことを思いだして顔を赤らめた。「あの、もういまは、ということだけれど」と言い訳した。「でも、あれはすばらしかったわ、コリン。あなたには何かふしぎな力が備わっているのではないかと思うくらいに。それは信じて」

コリンは答えようがないといったふうに、ただじっとこちらを見つめている。ペネロペは、同じような表情を浮かべた人々の顔を何度となく見てきたが、コリンがそのような顔をするのは見たことがなかったので、とても妙な気分を覚えた。泣きたいし、彼を抱きしめたい。なにより、彼に笑顔を取り戻させたいという激しい衝動にとらわれた。

「あなたも、わたしが説明したような体験をしているはずだわ」粘り強く続けた。「何かをうまく表現できたときに感じる気持ちよ」ペネロペは期待を込めた目を向けた。「わたしの言っていることはわかるわよね？」

反応はない。

「わかるわ」ペネロペは続けた。「わかるはずなのよ。わからなければ、書けるはずがないもの」

「ぼくは物書きじゃない」コリンが言う。

「間違いなく、物書きだわ」ペネロペは日記を手ぶりで示した。「これがなによりの証拠よ」歩み寄る。「コリン、お願い。もう少し読ませてもらえないかしら？」

コリンが迷う姿を初めて目にして、ペネロペの胸に少しだけ優越感が芽生えた。「あなたは、わたしがいままで書いたものをほとんどすべて読んでいるのよ」おもねるように言う。「これでおあいこになるだけ――」

ペネロペは彼の顔を見て口をつぐんだ。どう表現したらいいのかわからないが、心を閉ざし、遮断して、まったく何も寄せつけないような顔だった。

「コリン？」ペネロペは小声で呼びかけた。

「これは自分だけのものにしておきたいんだ」コリンはぶっきらぼうに言った。「きみさえよければ」

「ええ、もちろん、かまわないわ」ペネロペは応じたが、その言葉が偽りであることは互いにわかっていた。

コリンがじっと黙り込んでいるので、ペネロペは立ち去らざるをえなくなり、なす術もなくドアを見つめ、彼をひとり残して部屋を出た。

コリンは彼女を傷つけた。

そのつもりはなかったというのは言い訳にはならない。ペネロペが手を差しのべてきても、きっとその手を取れなかっただろう。

一番の問題は、ペネロペが理解していないということだった。夫が自分のことを恥じていると思い込んでいる。それは否定したはずなのだが、真実――嫉妬していること――を言いだせなかったために、信じてもらえているとはとうてい思えなかった。

たしかに、自分が彼女の立場ならやはり信じられないだろう。べつの意味で嘘をついているのだから、いかにも嘘をついているように見えるのも仕方がない。いや、嘘とは言わないまでも、真実を隠しているのだから居心地が悪かった。

だが、ペネロペに彼女が書いたものはすべて読んでいるはずだと言われたとき、自分のなかで何か暗い邪悪な感情が頭をもたげた。

彼女が書いたものをすべて読んでいるのは、彼女が書いたものはすべて発行されているからだ。かたや、自分の走り書きは、日記帳のなかにどんよりと生気もなくとどまり、しまい込まれたまま人の目に触れることはない。

誰にも読まれないのならば、書く内容など重要ではないのではないだろうか？　誰にも届かない言葉に意味などあるのだろうか？

数週間前、ペネロペに勧められるまで、日記を出版しようなどと考えたことはなかった。いまはその考えが四六時中（もちろん、ペネロペのことを考えていないときにかぎられるが）、頭を離れない。それと同時に、猛烈な恐怖にとらわれていた。自分の作品を出版してくれる者などいないのではないだろうか？　たとえいたとしても、それは自分が裕福で有力な一族の人間だからに過ぎないのではないだろうか？　名前や地位や、笑顔や人柄さえも関係なく、なにより本来の自分の才能を認められたい。

いっぽうで、あまりに恐ろしい想像も働いた。出版されたとしても、誰にも好まれないのではないだろうか？

そうだとしたら、どのような顔をすればいいのだろう？　敗者としてどのように生きていけばいいのだろう？

それとも、このままでいるほうがもっと恥ずべきことではないのか？　いわば、臆病者なのだから。

その晩遅く、ペネロペがとうとう席を立ち、気付け薬に一杯のお茶を飲んで、ぼんやりと寝室のなかを歩きまわってから、さほど読む気もしない本を手に枕に背をあずけたとき、ようやくコリンが現れた。

すぐには何も言わず、立ったまま微笑みかけてきたが、いつもの笑みとは違っていた。つまり、つい心なごんで笑い返したくなるような笑みではなかった。

口もとを少しゆるめただけの、気恥ずかしげな笑み。詫びる笑みだった。

ペネロペは本をお腹の上に置いて、背を起こした。

「いいかな？」コリンが彼女の隣を示して尋ねた。

ペネロペは右へずれた。「もちろんだわ」つぶやいて、本をベッド脇のテーブルに移した。

「数カ所、選んでみたんだ」コリンはベッドの隣に腰かけて日記帳を差しだした。「もし読んでくれるのなら」咳払いする。「意見を聞かせてくれ。これが――」ふたたび空咳をした。

「受け入れられるかどうか」

ペネロペは、夫の手のなかにある優美な深紅の革装の日記帳を見て、その顔に視線を戻した。真剣な目で深刻そうな顔つきをして、微動だにしないが――引きつったり、そわそわしたりはしていない――、緊張しているのがはっきりと見てとれた。

緊張とコリン。あまりに不似合いな組みあわせに思える。

「光栄だわ」ペネロペは静かに答えて、彼の手から日記帳をそっと抜きとった。所々の頁に飾り紐が挟み込まれていることに気づき、慎重な手つきで、コリンが選んだ頁のひとつを開いた。

一八一九年三月十四日

浅黒いスコットランド高地

「スコットランドにフランチェスカを訪ねたときのものだ」コリンが口を挟んだ。

ペネロペはちらりとやさしく微笑みかけて、読むのを中断させたことをやんわり咎めた。

「ごめん」コリンはつぶやいた。


〝丘陵地と言えば、少なくともイングランドの人々が想像するものは鮮やかなエメラルド色をしている。つまるところ、スコットランドも同じ島にあり、雨に悩まされているのはイングランドと同じだと聞く。

だが独特な薄茶色の丘陵地は台地と呼ばれ、荒涼として侘《わび》しげな浅黒い土地だ。それでも、どこか魂が揺さぶられるものがある〟


「かなり高地へのぼったときに書いたものだ」コリンが説明した。「もっと低いところや、湖畔ではまた景色がまるで違う」

ペネロペはちらりと目を向けた。

「ごめん」コリンがつぶやく。

「たぶん、わたしの肩越しに読んでいるから、落ち着かないのではないかしら？」ペネロペは問いかけた。

コリンが驚いた表情で目をしばたたいた。

「あなたにはすべてわかっている内容だものね」ぽかんと見つめる彼に言い添えた。「また読み返す必要はないでしょう」しばし待ったが、反応がないので、「だから、わたしの後ろに張りついている必要はないわ」と締めくくった。

「そうだよな」コリンは少しだけ身を離した。「ごめん」

ペネロペはけげんそうに彼を見つめた。「ベッドから離れて、コリン」

コリンはすっかり消沈してベッドから重い腰をあげ、部屋の片隅の椅子にどっかと坐ると、腕組みをして、ひどくいらだたしげに足を踏み鳴らしはじめた。

トン、トン、トン。トトン、トン、トン。

「コリン！」

コリンがほんとうにはっとしたように目を上げた。「なんだい？」

「足を踏み鳴らすのはやめて！」

コリンは外来生物でも見るように自分の足を見おろした。「踏み鳴らしてたのか？」

「ええ」

「そうか」コリンは腕を胸の前できつく組みなおした。「ごめん」

ペネロペは日記帳に目を戻した。

トン、トン。

さっと顔を上げる。「コリン！」

コリンはしっかと絨毯を踏みしめた。「どうにもならないんだ。そうしていることに自分でも気づけない」腕組みをほどいて、布張りの椅子の肘掛けに手をおいたが、くつろいでいるようには見えない。両手の指をぴんと反り返らせている。

ほんとうにじっとしていることができるのだろうかと、ペネロペはしばし見守った。

「もう足は鳴らさない」コリンが請けあった。「約束する」

ペネロペは最後にもう一度見定めるような目を向けてから、目の前の文字に視線を戻した。

〝一般に、スコットランド人はイングランド人を敵視していると言われ、多くの人々がそれを肯定するだろう。だが、個々にはみな、きわめて心温かく親切で、一杯のウイスキーに、温かい食事を熱心に勧めてくれるし、暖かい寝床を提供してくれる。イングランド人のグループでは――あるいはいかにもイングランド人らしい身なりの人々では――スコットランドの村で温かくもてなしてはもらえまい。だが、イングランドの気さくな男がひとりで目抜き通りをぶらぶらと歩いていれば、地元の人々は両手を広げ、満面の笑みで挨拶してくれる。

ファイン湖のほとりにあるインバラレイ城を訪れたときもそうだった。そこは、アーガイル公爵が村全体を新たな城にふさわしく整備しようと決断した際にロバート・アダムによって設計され、きちんと区画整理がなされた町である。水辺に位置し、白い漆喰《しっくい》の建物が直角に交わる道沿いに整然と建ち並んでいる（わたしのようにロンドンの曲がりくねった街路に囲まれて育った者の目には、異様な光景に映る）。

わたしはジョージホテルで夕食をとりながら、イングランドの同じような場面で口にするエールの代わりに上質のウイスキーを味わいつつ、次の目的地までの行き方もわからなければ、所要時間も見当がつかないことを考えていた。そこで、店主（ミスター・クラークという）のところへ行き、ブレア城を訪ねるつもりであることを説明したのだが、あっという間に店のほかの客たちもこぞって助言に乗りだしてきたのには驚くばかりだった。「ブレア城だって？」ミスター・クラークが声高に言った（静かに話すことのできない地声の大きい男なのだ）。「ううむ、そうだな、ブレア城へ行きたいって言うんなら、西へピトロッホリーまで行って、そこから北へ向かうのがいいだろう」

賛成の大合唱が起きて、いっぽうで同じぐらいの人数が反対の声をあげた。「おっと、違うぞ！」誰かが叫んだ（のちにこの男の名はマックボゲルだとわかった）。「それじゃ、テイ湖を渡らなくちゃならなくなる。大惨事の危険をおかすことはねえだろう。ここから北へ行って、それから西へ向かったほうがいい」

「そうだな」三人目の男が相槌を打った。「だがそれだと、ベンネヴィス山を越えなきゃならんぞ。山越えのが、ちんけな湖を渡るより楽だと言うのかい？」

「テイ湖がちんけだと？　言わせてもらうが、おれはテイ湖の水辺で育ったんだ。おれの前でちんけだなんぞ呼ぶこた、誰にも許さねえ」（この発言をしたのが誰なのかはわからない。実際、ほとんどいっきにまくしたてられたからだ。だが、どの言葉も親切心にあふれ、説得力があった）。

「わざわざベンネヴィス山まで行くこた、ないだろう。グレンコーで西に折れりゃあいい」

「おーい、ウイスキーのボトルを持ってきてくれ。グレンコーから西へはまともな道なんぞない。気の毒な若者を殺す気かよ?」

そんな具合にやりとりが続いた。というわけで、お気づきだろうが、もはや誰が何を言ったのかを書き留めるのはやめにした。圧倒されるほどの騒がしさに声の区別もつかなくなったからだ。そんな状態が少なくとも十分は続いたあとで、ついに、確実に八十は超えている長老アンガス・キャンベルが口を開いたので、全員、敬意を払って静まり返った。

「彼が選ぶべきは」アンガスがしゃがれ声で言った。「キンタイア半島へ南下し、北へ引き返してローン湾をマル島へ渡る経路じゃ。そうすれば、アイオナ島をめぐって、スカイ島へ行き、本土のウラプールに渡ってインヴァネスに足を伸ばし、カロデンの戦場で死者の冥福を祈ることもできる。そこから南のブレア城へ向かう。気が向けば、グランピアンに立ち寄って正統なウイスキーの造り方を見学してもいいじゃろう」

この発言に、一同はしんと静まり返った。ようやく勇敢な男が指摘した。「でも、それでは何カ月もかかっちまうな」

「だからなんだと言うのじゃ?」老いたキャンベルがほんの少しむきになって言った。「イングランドからわざわざスコットランドを見るためにやって来とるんじゃろ。ここからパースシャーへまっすぐ行くだけだとすれば、何を見たと言える？」

わたしは思わず微笑んでいた。そして、その場で腹は決まった。老人が示した経路のとおりに行くことにしたのだ。ロンドンへ戻ったとき、スコットランドを見たのだと心の底から思えるように〟


コリンは、ペネロペが読んでいる様子を見つめていた。彼女が時折り微笑むたび、胸が躍った。そして、いつしかふと、彼女の微笑みがそのままずっと続いていることに気づいた。笑いをこらえようとするかのように唇をすぼめている。

コリンも気がつけば微笑んでいた。

ペネロペに初めて日記を読まれたときには、その反応にただ驚くばかりだった。ペネロペは情熱的な語り口ながら、しっかりと的確に分析してみせたのだ。いまとなれば、それも当然のことだったのだと納得できる。彼女はずっと記事を書いていたのだし、しかもおそらくは自分より優れた書き手であり、書き方や言葉の選び方といったことはよく心得ているはずだ。

ペネロペに助言を求めようと思えるまでに、これほど時間がかかったことが信じられなかった。たぶん、恐れに押しとどめられていたのだろう。恐れや、不安や、自分では気づかぬふりをしていたあらゆるつまらない感情に支配されていた。

たかが女性ひとりの意見がそれほど重要なものとは誰に想像できるだろうか。コリンは何年ものあいだ日記をつけて、自分の旅を詳しく記録し、見たもの、したことのみならず、感じたことを表現しようと努めてきたが、誰かに見せようとは思いもしなかった。

これまでは。

見せたいと思える相手がいなかった。いや、ほんとうは違う。心の奥底では、多くの人々に読んでもらいたかったのだが、まだそのような時機ではないし、見せたところで人々はみな気をつかって心とは裏腹にお世辞を口にするだけだろうと思っていた。

でも、ペネロペは違う。彼女は記者だ。それも、きわめて筆がたつ。その彼女が日記の中身を評価してくれたなら、それは真実だと信じられる気がした。

ペネロペがわずかに唇をすぼめて頁をめくり、紙を押さえそびれて眉をひそめた。中指を舐めて、間違ってめくれた頁を戻して押さえつけ、ふたたび読みはじめた。

そして、ふたたび微笑んだ。

コリンはほっと息を吐いて、自分が呼吸をとめていたことに気づいた。

ようやく、ペネロペが読んでいた頁を開いたままにして膝の上に日記帳を置いた。目を上げて、言う。「この話の最後まで読ませてもらえないの?」

コリンは予想外の言葉を聞いて、とまどった。「いや、きみが」口ごもる。「きみがもっと読んでくれるというのなら、嬉しいが」

ペネロペに微笑みかけられ、まるで突如、太陽が現れたかのように思えた。「もちろん、もっと読みたいわ」ペネロペは即答した。「キンタイア半島、マル島、それに」眉間に皺を寄せて、開いたままの日記帳を確認する。「スカイ島、ウラプール、カロデン、グランピアンで、どんなことがあったのか読むのが待ちきれない。それから」もう一度、日記帳に目を戻す。「もちろん、ブレア城のことも。書かれていればだけれど。ご友人を訪ねるつもりだったのよね」

コリンはうなずいた。「ああ、マレイを」アソール公爵の弟で学生時代の友人の名を告げた。「でも、先に明かしてしまうが、ぼくは結局、長老のアンガス・キャンベルに教えられたとおりの経路をたどれなかったんだ。なにしろ、道さえ見つけられなくて、彼が言った場所の半分にもたどり着けなかった」

「それなら」ペネロペは夢見るような目で言った。「ぜひ、わたしたちの新婚旅行で訪ねましょうよ」

「スコットランドへ？」コリンはいたく驚いて訊いた。「暖かくて異国情緒豊かなところでなくていいのかい？」

「ロンドンから百マイルも離れたことのない人間には、スコットランドだって異国だわ」ペネロペはむくれて言った。

「それなら」コリンは笑いながら部屋を横切って歩いていき、ベッドの端に腰かけた。「間違いなく、イタリアのほうが異国情緒がある。それにもっと、ロマンチックだ」

ペネロペは頰を染めて、コリンを喜ばせた。「まあ」つぶやいて、どことなく気恥ずかしそうなそぶりをした（恋愛の物語や、そのなかで繰り広げられる行為をたっぷり話して聞かせたら、どのぐらいペネロペの恥じらった顔を見ていられるのだろう)。「スコットランドへはまたべつの機会に行こう」コリンは約束した。「ぼくにとっては、フランチェスカを訪ねて毎年のように出かけられる場所だから」

わずかに間があって、ペネロペが言った。「あなたがわたしに意見を求めてくださるなんて、驚いたわ」

「ほかに訊ける相手がいるかい?」

「わからない」ペネロペは答えて、突如妙に熱心にベッドカバーをいじりはじめた。「たとえば、お兄様たちとか」

コリンは彼女の手の上に手を重ねた。「これを読んで、ふたりに何がわかる?」

ペネロペが顔を上げ、その澄んだ温かい褐色の目がコリンの目と合った。「貴重な意見をくださると思うわ」

「そうだな」コリンは認めた。「だが、ぼくには、きみの意見のほうがもっと貴重なんだ」

コリンはじっと見つめ、ペネロペの顔にとまどいの表情がよぎるのを見てとった。「でも、わたしの書いたものを嫌っているのに」その声には、ためらいと期待の両方が含まれていた。

コリンは彼女の柔らかな頬に触れ、そっと包み込んで、しっかりと自分の顔に向けさせて話しだした。「それは誤解もいいところだ」強い熱意のこもった言葉を継いだ。「きみはすばらしい書き手だと思う。人の本質を簡潔に、比類なき機知を働かせてずばりと言いあてる。十年間、きみは人々を笑わせ、たじろがせてきた。そして、人々に考えさせたんだ、ペネロペ。きみは人々に考えさせてきた。それほど見事な功績がほかにあるだろうか」

「しかもいうまでもなく」コリンは、いまやいったん語りだしたらとまらないという勢いで続けた。「きみが書いたのはこともあろうに社交界のことだ。われわれがみなしじゅう退屈でうんざりしている社交界について、面白おかしく、皮肉を込めて書いていた」

それからしばらく、ペネロペは何も言葉を返せなかった。ペネロペは何年ものあいだ誇りを持って仕事を続けてきて、誰かが自分の書いたコラムを話題にしたり、皮肉めいた表現に笑ったりするたびほくそ笑んでいた。けれども、その喜びを分かちあえる相手はいなかった。

匿名を使うとは孤独に書きつづけなければならないということだ。

でも、いまはコリンがいる。それに、たとえ世間ではこれからも、レディ・ホイッスルダウンがじつは平凡で目立たない、ほんの少し前までいき遅れと呼ばれていたペネロペ・フェザリントンであったのだと知られる日が来なくとも、コリンが知っていてくれる。ペネロペはいまになってようやく、それが最も大事なことなのだとわかってきた。

それでもなお、コリンの行動は不可解に思えた。

「それならなぜ」ペネロペはゆっくりと言葉を選んで尋ねた。「わたしがその話を持ちだすといつも、とてもいやそうな冷たい態度をとっていたの？」

コリンは詰まりがちに言葉を継いだ。「説明するのは難しい」

「わたしは聞き上手なのよ」ペネロペは穏やかに言った。

コリンは、やさしく彼女の顔を包んでいた手を自分の膝の上におろした。それから、ペネロペが想像もできなかった言葉を口にした。

「ぼくは嫉妬している」力なく肩をすくめた。「ほんとうに悪かった」

「言っている意味がわからないわ」ペネロペは囁こうとしたわけでもないのだが、それ以上大きな声は出なかった。

「いいかい、ペネロペ」コリンは彼女の両手を取って、手のひらを向かいあわせた。「きみは大きな成功をおさめた」

「匿名での成功だわ」ペネロペは改めて強調した。

「だが、きみ自身も、ぼくも、それが誰だかわかっている。それに、ぼくはそういうことを言ってるんじゃない」コリンは片方の手を放し、髪を掻きあげながら言葉を探した。「きみはひとつの事をやり遂げた。あまたの作品を生みだしたんだ」

「だけど、あなただって――」

「ぼくが何をした、ペネロペ？」コリンはむっとした声でさえぎり、立ちあがって歩きだした。

「ぼくに何があると言うんだ？」

「でも、あなたにはわたしがいるわ」ペネロペは言ったが、その言葉に力はなかった。そういう話ではないことを承知している。

コリンは疲れたように妻を見やった。「そういうことを言ってるんじゃないんだ、ペネロペ――」

「わかってるわ」

「――指し示せるものがほしい」コリンは彼女の低い声にかぶさるように続けた。「目的がほしいんだ。アンソニー兄さんにも、ベネディクト兄さんにもそれがあるのに、ぼくはただぶらぶらしているだけなんだ」

「コリン、それは違うわ。あなたは――」

「もううんざりなんだよ、周りからはいつもただの――」コリンはぴたりと口を閉じた。

「どうしたの、コリン?」ペネロペは、突如彼の顔に浮かんだ厭わしげな表情に少し驚いて問いかけた。

「なんてこった」コリンはさらに低い声で罵り言葉を吐き捨てた。

ペネロペは目を丸くした。コリンはみだりに悪態をつくような男性ではない。

「信じられない」コリンはつぶやき、びくついてさえいるようにくいと左へ顔をそむけた。

「何が?」ペネロペは辛抱強く尋ねた。

「ぼくはきみに文句を言った」コリンが信じられないといった面持ちで言う。「レディ・ホイッスルダウンについて、きみに文句を言ってたんだ」

ペネロペは顔をゆがめた。「多くの人がしていることだわ、コリン。わたしも言っていたのだもの」

「信じられないよ。レディ・ホイッスルダウンがぼくを人気者だと書いたことについて、きみに文句を言っていたなんて」

「わたしは熟しすぎたオレンジだと書かれたわ」ペネロペはなるだけ軽い口調で言った。

コリンがほんの一瞬だけ足をとめ、不機嫌そうな目を向けた。「ぼくが後世にホイッスルダウンのコラムでしか名を残せないとこぼすのを聞いて、きみはずっと心のなかで笑っていたのか？」

「とんでもないわ！」ペネロペは声をあげた。「わたしがそういう人間ではないことくらい、わかるでしょう」

コリンは考えられないといったそぶりで首を振った。「きみの前に坐って、〈ホイッスルダウン〉の記事をすべて書いていたきみに、ぼくは何も成し遂げていないと文句を言っていたなんて、信じられないんだ」

ペネロペはベッドからおりて立ちあがった。夫に檻のなかの虎のようにうろつかれていては、じっとなどしていられない。「コリン、あなたは事実を知りようがなかったのよ」

「よしてくれ」コリンはうんざりだといわんばかりに息をついた。「そういう皮肉も、ぼくに直接向けられたものでなければ感心できるんだろうな」

ペネロペは話しだそうと唇をわずかに開いたものの、どう言えば胸のうちをきちんと伝えられるのかはわからなかった。コリンはそれこそ数えきれないほど多くのことを成し遂げてきた。それは〈レディ・ホイッスルダウンの社交界新聞〉の記事のように指し示せるものではなくとも、格別な功績だ。

それ以上のものと言えるかもしれない。

　ペネロペは、コリンがいつも人々を笑わせていた姿や、舞踏会ではいつも人気の高い令嬢たちを素どおりして壁の花の女性たちにダンスを申し込んでいた姿を思い起こした。そして、コリンがきょうだいたちとほとんど夢のような強い絆を築いていることを思った。そうしたことを功績と呼ばずに、何をそう呼べるのだろう。

　けれども、コリンがそのような行動の軌跡を残したいと言っているのではないことも、ペネロペにはわかっていた。彼が求めているのは、人生の目的と呼べるものだ。

　世の中に、自分は人々に思われていた以上の人間なのだと示せるもの。

「あなたの旅行の記録を出版すべきだわ」

「それは――」

「出版するのよ」ペネロペは繰り返した。「思いきってやってみるべきだわ」

　コリンは一瞬目を合わせ、それから、まだ彼女が手にしている日記帳に視線を移した。

「編集が必要だよな」つぶやく。

　ペネロペはとうとう求めていたものを探りあてたことを悟って、微笑んだ。そして、コリンもようやく、本人はまだ気づいてはいないにしろ、目的を見いだしたのだ。

「編集は誰にでも必要なのよ」話すうちに顔がほころんだ。「といっても、もちろん、わたしはべつよ」冗談めかして言う。「でも、ほんとうは必要だったのかもしれないわ」肩をすくめて付け加えた。「編集してもらうわけにはいかなかったから、いまとなってはもうわからないけれど」

コリンが唐突に目を上げた。「どうしてたんだい？」

「どうしてたって、何を？」

コリンはいらだたしげに唇をすぼめた。「わかるだろう。コラムをどうしてたんだい？ただ書くだけではすまないはずだ。印刷して、配布しなければならない。きみの正体を知る人間がいなければできるはずがない」

ペネロペは大きく息をついた。ずいぶんと長いあいだ秘密にしてきたことなので、夫にであれ、打ち明けるのは妙な気がする。「長い話なの。坐ったほうがいいと思うわ」

コリンは妻をふたたびベッドに導いていき、それぞれ枕に背をあずけて足を前に投げだして、くつろげる体勢を整えた。

「わたしはとても若いときに書きはじめたわ」ペネロペは切りだした。「まだ十七のときよ。しかも、まったく偶然の成り行きだったの」

コリンは微笑んだ。「そういうことが偶然に始まるものなのかい？」

「わたしは、冗談のつもりで書いていたのよ。最初のシーズンでとても惨めな思いをしたから」真剣なまなざしを夫に向けた。「あなたは憶えているかどうかわからないけれど、わたしは当時、いまよりずっと太っていたの。いまも社交界一般の見方からすれば細身とは言えないけれど」

「きみは完璧だとぼくは思ってる」コリンが誠実に言う。

これが、自分も同じように彼を完璧だと感じる理由のひとつなのだとペネロペは思った。

「ともかく」ペネロペは続けた。「わたしは幸せな気分ではなかった。それで、前夜に出かけたパーティについてちょっと辛らつな記録をつけてみたの。それを次々に書いていった。レディ・ホイッスルダウンという署名はしていなかったわ。面白半分で書いて、自分の机の抽斗《ひきだし》にしまっていただけだったから。ところがある日、それをしまうのを忘れてしまった」

コリンはすっかり話に惹きつけられて身を乗りだした。「何があったんだ？」

「家族は全員外出していて、とうぶん帰ってこないことはわかっていた。当時はまだ母が、姉のプルーデンスを最上質のダイヤモンドにできるものと信じていて、一日じゅう、買い物に時間を費やしていたのよ」

コリンが核心に入ってくれとせかすように、肩を持ちあげて手のひらを上に返した。

「とにかく」ペネロペは話を再開した。「わたしはその日、客間で書くことにした。誰かが――たぶん、わたし自身だと思うけれど――暴風雨のさなかに窓をあけ放したままにしていたせいで、自分の部屋が湿ってかび臭くなっていたから。それで客間で書いていたら、どうしても行きたくなって……わかるわよね」

「いや」コリンはすかさず言った。「わからない」

「用を足しに行ったのよ」ペネロペは顔を真っ赤にして囁いた。

「ああ、そうか」コリンはあきらかにそこには興味がないというそぶりで、ぞんざいに言った。「進めてくれ」

「戻ってみると、父の事務弁護士がいらしてたの。そして、わたしが書いたものを読んでいた。ぞっとしたわ！」

「それでどうなった？」

「しばらく口も利けなかった。でも、そのうち、彼が笑っていることに気づいたの。それも、わたしをばかにしているのではなくて、感心して」

「ああ、きみの文章は見事だものな」

「いまならそう思えるわ」ペネロペは苦笑して言った。「でも、思いだして。わたしは十七だったのよ。しかも、わたしはそこにとてもひどいことを書いていたの」

「きっと、ひどい人々のことだったんだろう」コリンが言う。

「ええ、まあ、でも……」記憶がいっきによみがえってきて、ペネロペは目を閉じた。「人気の高い人たちのことを書いていた。有力な人たちよ。わたしのことをあまり気に入っていない人たち。わたしが書いたことが明るみになって、その人たちを怒らせてしまうのはたいして気にもならなかった。問題は、そのせいで、さらにひどい目に遭わされることだった。わたしは身を滅ぼすことになり、家族にまで迷惑をかけてしまう」

「それでどうなったんだ？　彼が発行しようと提案したんだろう」

ペネロペはうなずいた。「ええ。彼が印刷業者とすべての段取りをつけてくれて、印刷業者が配達の少年たちを手配してくれた。最初の二週間は無料で配るというのも、彼のアイデアだった。貴族たちを夢中にさせなくてはいけないと言われたわ」

「そのコラムが始まったとき、ぼくはちょうど国外にいたんだ」コリンは言った。「だが、母と妹たちにあれこれ聞かされたものだ」

「二週間、無料で配ったあと、配達少年たちが代金を要求すると、みんな文句を言ったわ」

ペネロペは続けた。「でも、結局みんな払ったのよ」

「きみの事務弁護士のもくろみが当たったわけだな」コリンがつぶやいた。

「ええ、とても機知の働く人だった」

コリンは、彼女が過去形を使ったことに反応した。「だった？」

ペネロペはしんみりとうなずいた。「数年前に亡くなったの。でも、彼は自分が病にかかったことを知って、亡くなる前に、わたしに続ける意思があるかどうかを尋ねた。そのときにやめることもできたのでしょうけれど、わたしの人生にはほかに何もなかったし、結婚できる見込みもなさそうだった」慌てて目を上げた。「べつに、わたしは、だからといって――」

コリンが唇をゆがめて自嘲ぎみに笑ってみせた。「何年も前に求婚しなかったのは責められても仕方がない」

ペネロペも同じような笑みを返してみせた。こんなふうに言える男性を愛さずにいられるだろうか？

「だが」コリンはいくぶん力を込めて言った。「肝心な話が終わってからにしてくれ」

「わかったわ」ペネロペは答えて、話の続きに気持ちを戻した。「ミスター――」ためらいがちに目を上げる。「彼の名を出していいものかどうか、わからないわ」

おそらくペネロペは、夫への愛情と信頼、そして実の父親亡きあと父親代わりであったはずの男性への恩義との狭間で心が揺れているのだろうとコリンは察した。「わかった」穏やかに言う。「彼はもうこの世にいない。名前はいらないだろう」

ペネロペは柔らかな息をついた。「ありがとう」そう言って、下唇を嚙んだ。「あなたを信用していないわけではないのよ。ただ――」

「わかってる」コリンは安心させるように言い、ぎゅっと手を握った。「あとで言いたくなったら聞かせてくれればいい。でも、そうならなくても、まるでかまわない」

ペネロペはうなずき、口角をこわばらせた。人が泣くのをこらえようとするときの張りつめた表情だ。「彼が亡くなってから、わたしは直接印刷業者とやりとりをするようになったわ。記事を受け渡す手順を決めて、支払いはそれまでどおりの方式を続けた――わたし名義の秘密の口座に入金された」

長年のあいだにどれほど貯まったのだろうかとコリンは考え、息を吸い込んだ。といっても、その資金をあやしまれずに使うことなどできたのだろうか？「いくらかでも引きだせたのかい？」

ペネロペはうなずいた。「書きはじめて四年経った頃、大叔母が亡くなって、遺産は母が相続したわ。遺言書を作成していたのは父の事務弁護士だった。大叔母はたいして資産がなかったから、わたしの資金を彼女のものだったように見せかけることにしたのよ」ペネロペは顔を赤らめて、あきれたそぶりで首を振った。「母は驚いていたわ。ジョーゼット叔母がそれほど裕福だとは思っていなかったから。母の顔は何カ月もゆるみっぱなしだったわ。そういうことは初めてだった」

「きみはとてもやさしい人だ」コリンが言う。

ペネロペは肩をすくめた。「じつのところ、それしか使い道がなかったのよ」

「だが、きみは母上にあげてしまった」コリンは指摘した。

「わたしの母だもの」ペネロペはそれですべての説明がつくとばかりに言った。「わたしを育ててくれたわ。それはちゃんと身に沁みてるのよ」

コリンは言葉を継ごうとしたが、やめておいた。ポーシャ・フェザリントンはペネロペの母親で、ペネロペが彼女を愛したいというのなら、自分が口を出せることではない。

「それからは」ペネロペが言う。「手をつけていないわ。いいえ、自分のためにはということだけれど。慈善団体には少し寄付したわ」表情をゆがめた。「匿名で」

コリンはしばし黙って、彼女は何年ものあいだ、その何もかもをひとりで密かに行なってきたのだと思いめぐらせた。「そのお金を使いたいと思うのなら」ようやく口を開いた。「いま、使うべきだ。きみが突然大金を使いはじめても誰にもあやしまれる心配はない。なにしろ、きみはもうブリジャートン一族なのだから」控えめに肩を持ちあげた。「アンソニー兄さんが、きょうだいたち全員にじゅうぶんな資産分与を設定していることはよく知られている」

「何に使ったらいいのか見当もつかないわ」

「何か買えばいい」コリンは提案した。女性はみな買い物好きではなかったのか？

ペネロペは不可解ともいえる妙な表情で夫を見つめた。「どれぐらいの資金が貯まっているか、あなたにはわからないかもしれないけれど」遠まわしに言う。「ぜんぶ使いきれるとは思えないわ」

「だったら、ぼくたちふたりの子供たちのために残しておこう」コリンは言った。「父と兄はぼくにもじゅうぶんな財産を分与してくれたから幸福だったが、長男以外の男子がみなそれほど恵まれているわけではないからな」

「娘たちにもね」ペネロペは念を押した。「わたしたちの娘には自分自身の財産を持たせましょう。結婚持参金とはべつに」

コリンは微笑まずにはいられなかった。そのような取り決めはまれだが、いかにもペネロペらしい提案だ。「きみの望みどおりにしよう」やさしい笑みで応じた。

ペネロペは微笑んで吐息をつき、枕にゆったりと背を戻した。彼の手の甲を指でぼんやりとたどりながらも、遠い目をしている。指を動かしていることにも気づいていないのではないだろうかとコリンは思った。

「打ち明けなければいけないことがあるの」静かに、やや気弱さすら感じる声で言う。

コリンは疑わしげに妻を見やった。「ホイッスルダウンよりも、驚くことかい？」

「そういうことではないわ」

「なんだろう？」

ペネロペは意識を振り向けようとするように壁の適当な場所から目を離し、夫をしっかりと見据えた。「ここしばらく」唇を噛みしめてひと呼吸おき、言葉を選んだ。「あなたにちょっとだけもどかしさを感じていたの。いいえ、それでは正しい言い方ではないわ。ほんとうは、がっかりしてた」

コリンは胸にちくりと妙な痛みを感じた。「どんなところにがっかりしてたんだい？」慎重に尋ねた。

ペネロペの肩がわずかに持ちあがった。「あなたはわたしに怒っているように見えたからよ。ホイッスルダウンのことで」

「その理由はもう話しただろう、つまり――」

「いいえ、待って」ペネロペは言って、彼の胸を手でそっと押さえた。「お願い、最後まで言わせて。あなたに話したように、わたしはあなたに恥ずかしいと思われているのだと感じて、それを考えないようにしていたけれど、ほんとうはとても傷ついていた。わたしは、あなたのことはわかっていると思い込んでいたから、その人がわたしを見下して、わたしが成し遂げたことを恥ずかしいと思っているとは信じられなかったのよ」

コリンは黙って彼女を見つめ、続きの言葉を待った。

「でも、滑稽なことに……」ペネロペは皮肉めかした笑みを向けた。「滑稽なことに、あなたはわたしをまったく恥ずかしいとは思っていなかった。それどころか、自分も同じようなことをしたいと望んでいた。ホイッスルダウンのようなことを。いまとなってはばかげたことに思えるけれど、わたしはあなたが夢にみていた完璧な人ではなかったのかもしれないと、とても不安になっていたの」

「完璧な人間などいない」コリンは静かに言った。

「わかってるわ」ペネロペは身を乗りだして、衝動的に彼の頰にキスをした。「あなたはたしかに完璧な人ではなかったけれど、そのほうがよかった。わたしはあなたのことをずっと完全無欠な人だと思っていたの。人気者の人生を送っていて、心配も、恐れも、叶わない夢もない人だと。でも、それでは公平だとは思えなかった」

「ぼくはきみを恥ずかしいと思ったことはないよ、ペネロペ」コリンは囁いた。「一度たりとも」

ふたりはしばしそのまま坐って心地良い沈黙に浸り、やがてペネロペが口を開いた。「少し遅い新婚旅行に連れていってと頼んだことは忘れてないわよね？」

コリンはうなずいた。

「その旅行にも、わたしのホイッスルダウンのお金を使いましょうよ」

「新婚旅行の費用は、ぼくがもつ」

「わかったわ」ペネロペはとりすました表情で言った。「あなたへの三カ月ごとのお手当てを使ってもらうわ」

コリンはぎょっとした顔をして、すぐにあきれたような笑い声を立てた。「きみがぼくに小遣いをくれると言うのかい？」こらえきれず、にんまりと笑って訊いた。

「原稿科よ」ペネロペは訂正した。「だから、せっせと日記を書いてちょうだい」

「原稿科か」コリンは考えるように言った。「いい響きだな」

ペネロペは微笑んで、彼の手に手を重ねた。「あなたが好き」

コリンは妻の手を握りしめた。「ぼくも、きみが好きだ」

ペネロペは夫の肩に頭をあずけて吐息をついた。「人生って、こんなにすばらしいものなのかしら？」

「同感だ」コリンはつぶやいた。「心からそう思うよ」

21

一週間後、ペネロペは客間にある書き物机に向かって、コリンの日記を読みながら、質問や気づいた点をべつの紙に書きだしていた。編集作業の手伝いを頼まれ、胸躍らせて取り組んでいた。

もちろん、コリンに重要な仕事をまかされたのは嬉しくてたまらなかった。夫が自分の判断力を信頼し、知性を見込んで、書いたものを読みとり、よりいいものにできると信じてくれているということだからだ。

けれども、それ以上に、ペネロペにはその作業が幸せに感じられる理由があった。何か取り組める仕事を求めていたのだ。〈ホイッスルダウン〉の執筆をやめて最初の頃は、新たにできた自由な時間を存分に楽しんだ。十年ぶりにとれた休暇のような気分だった。買ったまま読む時間がとれなかった小説などの本を手あたりしだいに読みあさった。さらに、長い散歩に出かけたり、公園で乗馬をしたり、マウント・ストリートに面した家の裏手の小さな中庭に腰かけて春の爽やかな晴天を楽しみ、一度に一、二分空をあおぎ見て、ぬくもりを感じつつも頬は焼けない程度に陽光に浴した。

それから、当然ながら、結婚準備とそれに伴う様々な雑事に自分の時間のほとんどを費やした。そのため、じつのところ、自分の人生で失われたものについて考える暇もなかった。コラムを書いていたときには、書くこと自体にはさほど時間はかからないものの、つねに注意深く目や耳を働かせていなければならなかった。そして、コラムを書いていないときにも、取りあげる内容を考え、気の利いた言いまわしを懸命に探して、家に着くなり忘れずに書き留めた。

しばらく目先のことに追われていたので、こうしてふたたび仕事をする機会が与えられるまで、どれほど心が張りあいを求めていたのかということに気づけなかった。

コリンの日記の二冊目、百四十三頁に書かれた、トスカナ様式の邸宅の描写について疑問点を書きだしていたとき、執事があけ放したドアを控えめにノックして、自分が来ていることを知らせた。

ペネロペは気恥ずかしげに微笑んだ。作業に没頭してしまう癖があるので、ダンウッディは試行錯誤の末、注意を引きたいときには少しばかり音を立てることを学んでいた。「お客様がおみえです、奥様」執事が告げた。

ペネロペは微笑んで目を上げた。きっと姉妹のうちの誰か、もしくはブリジャートン家のきょうだいのいずれかに違いない。「そう。どなたかしら?」

執事は進みでて、名刺を手渡した。ペネロペは目を落とし、まずは驚き、それから惨めさを呼び起こして息を呑んだ。乳白色の紙に風格のある古典的な黒い文字が刻まれていた。レディ・トゥオンブレイ。

クレシダ・トゥオンブレイ？　いったいどのような用件で訪ねてきたのだろう？　ペネロペは胸騒ぎを覚えた。クレシダがいやがらせの目的でもないかぎり、訪ねて来るはずがない。いやがらせの目的でもないかぎり、何か行動を起こすわけがない。

「お引取り願いますか？」ダンウッディが尋ねた。

「いいえ」ペネロペはため息まじりに答えた。自分は臆病者ではないし、クレシダ・トゥオンブレイが来たからといって臆病になる必要もない。「お会いするわ。書類を片づけるまで少しお待ちいただいて。ただ……」

ダンウッディが足をとめ、頭をわずかにかしげて、その先の言葉を待った。

「いえ、なんでもないわ」ペネロペはつぶやいた。

「ほんとうによろしいのですか、奥様？」

「ええ。いえ」ペネロペは唸った。こうしてうろたえさせられていることも、これまでクレシダがおかした罪業の長いリストに加えなければならない――ペネロペは口のまわらない愚か者になりかけていた。「わたしが言おうとしたのは――彼女がこの部屋に入って十分経ったら、何か緊急の用事でも考えて、わたしを呼びに来てもらえないかしら？　わたしがすぐに席を立たなければいけないような用事が何かある？」

「おまかせください」

「ありがたいわ、ダンウッディ」ペネロペは弱々しく微笑んだ。安易な逃避手段かもしれないが、クレシダとの会話中に適切な頃合を計って退出を言いだせる自信はないし、午後いっぱい客間に彼女とふたりでこもることになるのはどうしても避けたかった。

執事が軽く頭をさげて立ち去ると、ペネロペはメモしていた紙を手早くきちんと重ねて揃え、あいている窓から入るそよ風で飛ばされないよう、その上に、コリンの日記帳を閉じてのせた。立ちあがり、ソファのほうへ歩いていって中央に坐り、平静にくつろいで見えるよう祈った。

クレシダ・トゥオンブレイの訪問を受けて、くつろげることなどありうるとすればだが。

ほどなく、ダンウッディが客人を案内してやって来て、抑揚をつけてレディ・クレシダの名を告げると、あいている戸口から彼女が部屋のなかへ入ってきた。相変わらず、見事な金色の髪は完璧に整えられ、いかにも美しい。肌はなめらかで、目は輝き、最新の流行のドレスをまとい、その装いにぴったりの手提げ袋《レティキュール》をさげている。

「クレシダ」ペネロペは呼びかけた。「いらしてくださるとは驚きだわ」驚きという言葉は、その状況で思いつけた最も丁寧な言いまわしだった。

クレシダはいわくありげに唇をゆがめ、狡猾とも呼べる笑みを浮かべた。「そうでしょうね」低い声で応じた。

「お坐りにならない？」ペネロペはほとんど習慣的に勧めた。礼儀を心がけて生きてきたので、いまさら急には変えられない。それでもそばにある、部屋のなかで最も坐り心地の悪い椅子をつい示していた。

クレシダは椅子に浅く腰かけて、けっして満足していないとしても、物腰からはいっさいそのそぶりは感じさせなかった。優美にすっと背を伸ばし、笑みを絶やさず、しごくあたりまえのように涼しげに落ち着いて坐っている。

「わたくしがなぜここへ来たのか、妙なことだとお思いでしょうね」クレシダが言う。

ペネロペは否定する理由もほとんどないと思い、うなずいた。

すると、唐突にクレシダが訊いた。「結婚生活はいかが？」

ペネロペは目をぱちくりさせた。「どういうことかしら？」

「生活の様子が驚くほど変わったでしょうから」とクレシダ。

「ええ」ペネロペは用心深く答えた。「でも、気に入ってるわ」

「あら、そうなの。自由な時間がたっぷりできたはずだものね。時間を持て余しているでしょう」

ちくりと刺されたような痛みがペネロペの肌を伝って広がった。「おっしゃっている意味がわからないわ」

「そう？」

クレシダがあきらかに返事を待っているそぶりなので、ペネロペはいくぶんつっけんどんに答えた。「ええ、わからないわね」

クレシダはしばし黙り込んだものの、舌なめずりする猫のような表情がそのぶん雄弁に語っていた。部屋を見まわし、ペネロペがつい先ほどまで坐っていた書き物机に目を留めた。

「あの書類は何かしら？」

ペネロペは、コリンの日記帳でしっかりと押さえつけられた、机の上の紙の束にさっと目を向けた。それが特別なものだということをクレシダが知っているはずはない。彼女が部屋に入ってきたときにはすでに自分はソファに腰かけていたはずだ。「わたしの個人的な書類を、あなたにご心配いただく必要はないわ」

「あら、怒らないでよ」クレシダは言い、ややぞっとさせる低く涼やかな笑い声を立てた。「わたくしは礼儀正しく会話しているだけのことだわ。それで、あなたがご興味のありそうなことをお尋ねしたのよ」

「そう」ペネロペは沈黙をつくるまいとして言った。

「わたくしはとっても観察力に長けているの」クレシダが言う。

ペネロペはいぶかしげに眉を上げた。

「実際、わたくしのずば抜けた観察力は、社交界でもとりわけ上流の人々のあいだではよく知られているわ」

「たぶん、わたしはそういった目立った方々とおつきあいがないんだわ」ペネロペはつぶやいた。

けれども、クレシダは話すほうに夢中で、ペネロペの言葉を聞こうともしなかった。「だからこそ」思慮深い口調で続ける。「社交界の人々に、じつはわたくしがレディ・ホイッスルダウンだったのだと信じ込ませることができると思ったのよ」

ペネロペの鼓動が響いた。「つまり、あなたではないと認めるのね？」慎重に訊く。

「あら、あなたは、わたくしではないことを知っていると思っていたわ」

ペネロペは喉を締めつけられるような気がした。どうにか——どうしてできたのかわからないが——懸命に平静を保って言った。「どういうことかしら?」

クレシダは微笑んだが、その楽しげな表情をすぐさま狡猾で非情な笑みに変えた。「この策略を考えついたとき、失敗はないと思った。わたくしがレディ・ホイッスルダウンだと世間に思い込ませることができればいいし、たとえ信じてもらえなかったとしても、レディ・ホイッスルダウンを探りだすためにわざとその名を騙ったのだと言えば、とても賢い婦人だと見なされる」

ペネロペはただじっと押し黙っていた。

「ところが、わたくしのもくろみどおりには事は進まなかった。レディ・ホイッスルダウンは、わたくしが考えていたよりもはるかに心の捻じ曲がった、狭量な人物だったのよ」クレシダは目を細め、それからさらに、いつもはとても美しい顔が邪悪に見えるほど目をすがめた。「彼女は最後のつまらないコラムで、わたくしを笑いものにした」

ペネロペは黙って、かろうじて呼吸を続けていた。

「しかも……」クレシダが声を低く落として言う。「しかも、あなたが——あなたよ!——厚かましくも、社交界の人々の面前で、わたくしを侮辱した」

ペネロペは小さく安堵の息をついた。たぶん、クレシダは秘密を知らない。訪ねてきた理由は、おおやけの場で侮辱されたことだけなのに違いない。クレシダが嘘つきであることを非難したし、ほかにも――いったいなんと言ったのかまったく思いだせない。ひどく辛らつな言葉を浴びせたのかもしれないが、彼女はそう言われて当然のことをしたのだ。

「ほかの誰かに言われたのなら我慢もできたわ」クレシダが続ける。「けれども、あなたのような人から言われたのでは――黙っていられない」

「わたしの家で、わたしを侮辱するのは思慮が足りないわ」ペネロペは低い声で言った。それから、夫の名に頼るのは気が進まないながらも付け加えた。「わたしはいま、ブリジャートン家の人間なのよ。彼らの後ろ盾を得て、それなりの影響力もあるわ」

その警告も、クレシダの美しい顔に貼りついた満足げな仮面をへこますことはできなかった。「脅しをかける前に、わたくしの話を聞いたほうが身のためよ」

ペネロペは聞かなければならないことを悟った。目を閉じて、万事順調なふりをするより、クレシダが何を知っているのかを聞くことのほうが先決だ。「続けて」わざとそっけない口調で言った。

「あなたは重大な過ちをおかしたわ」クレシダは人差し指をペネロペのほうへ向け、時計の短針のごとく揺らしてみせた。「わたくしが侮辱をけっして許さないということを、あなたは知らなかったのかしら？」

「何が言いたいのよ、クレシダ？」力強い口調で言おうとしても、囁きにしかならなかった。

クレシダは立ちあがり、尊大にも見えるしぐさでわずかに腰を振りながらゆっくりとペネロペから離れていった。「あなたに言われた言葉は正確に覚えてるわ」一本の指で頬を軽く打った。「ああ、もう、思いだしたくもない。でも、勝手によみがえってしまう。そうよ、あなたはこう言ったの」ペネロペのほうへ向きなおった。「ずっと、レディ・ホイッスルダウンが好きだった。それから、あなたはこうも言ったの。その女性が、レディ・トゥオンブレイのような人物だとしたら――あれほど印象的で忘れられない言いまわしを使えるとは感心するわ――、わたしの胸は張り裂けてしまう、って」クレシダは微笑んだ。「それはこちらのせりふよ」

ペネロペは口の乾きを覚えた。手がふるえ、肌がひんやりと冷えてきた。

原因は、クレシダを侮辱した言葉ははっきりと思いだせなくとも、誤って婚約舞踏会で、配布された、ほんとうに最後となったコラムに何を書いたのかは憶えているからだ。あのコラムには――

そのコラムが書かれた新聞を、クレシダが目の前のテーブルにぱしりと叩きつけた。

『――淑女、紳士のみなさま、筆者は断じて、レディ・トゥオンブレイではない。彼女はたくらみを持つ偽者にほかならない。長年の苦労の成果を彼女ごときに奪われては、筆者の胸は張り裂けてしまう』

ペネロペは一語一句を憶えているにもかかわらず、コラムをじっと見おろした。「だからどうだと言うの？」もはやクレシダの意図に気づかないふりをしても無駄であるのは知りつつ訊いた。

「あなたはそれほど愚かではないはずよ、ペネロペ・フ、ェ、ザ、リ、ン、ト、ン」クレシダが言う。

「わたしの言いたいことはおわかりよね」

ペネロペは証拠となった一枚刷りの新聞を見つめ、決定的な文字から目が離せなくなった

――


〝胸は張り裂けてしまう〟。

胸が張り裂ける。

胸が張り裂ける。

胸が――

「おっしゃりたいことは？」クレシダが訊いた。ペネロペはその顔を見ずとも、きつい高慢な笑みを浮かべているのが感じとれた。

「あなたのことは誰も信じないわ」ペネロペはか細い声で言った。

「わたくし自身も信じられないくらいだものね」クレシダがとげとげしく笑いながら言う。

「よりにもよって、あなただなんて。でも、あきらかに、あなたは何か奥深いものを隠していたし、見かけより少しは利口だった。少なくとも」わざとらしくもったいをつけて言い添えた。「わたしがこのとびきりのゴシップにひとたび火を放てば、野火のように広まることくらいわかるはずよ」

ペネロペはくらくらと不快なめまいを感じた。ああ、いったいコリンになんと言えばいいのだろう？　どのように話せばいいの？　話さなければいけないことはわかっていても、ど

うやって伝えればいいのかわからない。

「最初は誰も信じないかもしれない」クレシダは続けた。「それについては、あなたの言うとおりだわ。でも、そのうち誰もが考えはじめて、ゆっくりだとしても間違いなく、パズルのピースは正しい場所に嵌《は》め込まれていく。コラムに書かれた内容を、たしかあなたに話していたことを思いだす人もいるでしょうね。あなたが特定のホーム・パーティにいたことや、エロイーズ・ブリジャートンが情報を嗅ぎまわっていたことにも気づくかもしれない。あなたたちふたりがなんでも話している仲だというのは誰もが知っているのではなくて？」

「何が望み？」ペネロペは呆然とした低い声で尋ね、ついに顔を上げて宿敵と向きあった。

「ああら、その質問を待ちわびていたのよ」クレシダが背で両手を組んで、のんびりと歩きだした。「わたくしはこの件についてずいぶんと考えたのよ。実際、決心をつけてここにあなたを訪ねるまでに、一週間近くもかかったわ」

ペネロペは、クレシダに一週間近く前から重大な秘密を知られていたのだと思うと気分が悪くなって唾を飲み込んだ。空が崩壊しかけていることにも気づかず、無邪気に暮らしていたようなものだ。

「もちろん、最初からいただくものは決まっていたわ」クレシダが言う。「お金よ。でも、問題は――いくらにするかということよ。いうまでもなく、あなたのご主人はブリジャートン家の男子で、潤沢な資産をお持ちでしょうけれど、そうはいっても長男ではないから、子爵様ほどお持ちではないし」

「いくらなの、クレシダ」ペネロペは奥歯を噛みしめて言った。クレシダが苦しめようとわざと返事を引き延ばしているのはわかっているし、前おきなしで率直に金額を口にすることは望めない。

「でもそれから気づいたの」クレシダはペネロペの質問を無視して（予想どおり）続けた。「あなたのほうも相当裕福なはずだということに。あなたがまったくのまぬけでもなければ――これほど長く、つまらない秘密を隠していられたことを考えると、あなたへのわたくしの当初の見解を撤回せざるをえないから、もうあなたをまぬけだとは思っていないわ――、長年、例のコラムを書いてきたのだから、ひと財産できているはずだものね。それに、うわべを見るかぎり――」ペネロペの昼間用のドレスを冷ややかに一瞥した。「――お金を使っているふうでもないし。つまり、すべてどこかの秘密の銀行口座に溜め込まれて、引きだされる日を待っているとしか思えない」

「いくらなのよ、クレシダ？」

「一万ポンド」

ペネロペは息を呑んだ。「どうかしてるわ！」

「とんでもない」クレシダが笑った。「すばらしく冴えてるわ」

「一万ポンドなんて持ってないわ」

「嘘だわ」

「嘘ではないわよ！」嘘ではなかった。ペネロペが前回、口座の残額を確認したときには八千二百四十六ポンドで、それから利息がついたとしても、数ポンドしか増えていないはずだ。それでもたしかに、分別ある人物が幸せな生涯を何度か繰り返せるほどの大金だが、一万ポンドには足りないし、ましてクレシダ・トゥオンブレイには何ひとつ渡したくない。

クレシダは悠然と微笑んだ。「どうにでもなるはずよ。あなたの貯蓄とご主人の資産を考えあわせれば、一万ポンドなんて微々たる金額でしょう」

「一万ポンドは微々たる金額ではないわ」

「お金を用意するまでにどれくらいかかるかしら?」クレシダはペネロペの反論を完全に無視して訊いた。「一日? 二日?」

「二日?」ペネロペはあきれておうむ返しに訊いた。「二週間あっても用意する気はないわ!」

「あら、つまり持ってはいるわけね」

「持ってないわよ!」

「一週間」クレシダは語気を強めて言った。「一週間で渡してちょうだい」

「あなたには渡せないわ」ペネロペはクレシダにではなく自分自身に誓うようにつぶやいた。

「あなたは払うわ」クレシダが自信たっぷりに言う。「そうしなければ、破滅するのだから」

「奥様?」

ペネロペが顔を上げると、ダンウッディが戸口に立っていた。

「ご指示願いたい緊急の用件がございます。いますぐに」

「ちょうどよかったわ」クレシダが言い、ドアのほうへ向かった。「わたくしは失礼します」戸口を抜け、廊下に出るとすぐに振り返り、ペネロペが仕方なく見やると、その姿は戸枠に完璧な構図で収まっていた。「すぐにお返事くださるわね?」まるで単にパーティへの招待や、慈善集会の議題のことでも語っているように、穏やかに屈託なく問いかけた。

ペネロペは早く追い返したい一心で小さくうなずいた。

でも、追い返したところでどうにもならなかった。玄関扉が勢いよく閉じて、クレシダの姿が消えても、ペネロペの苦難がどこかへ消え去るわけではなかった。

22

三時間後、ペネロペはまだ客間にいて、まだソファに坐り、まだ宙を見つめて、数々の問題を解決する策を探していた。

訂正。問題はひとつだ。

問題はひとつだけなのだが、その大きさからすれば、千個ぶんにも感じられる。

攻撃的な性格ではないし、暴力的なことを最後に考えたのはいつだったのかも思いだせないくらいだが、あの瞬間、クレシダ・トゥオンブレイの首を絞めてしまいたいとさえ思った。

宿命をあきらめた陰うつな気分でドアを見つめて夫の帰りを待ちながら、秒針が進むたび、正念場のときに近づいているのを感じた。コリンにすべてを打ち明けなければならない。

コリンは、だから言っただろうとは言わないだろう。そのようなことを言う人ではない。

でも、心のなかではそう思うに違いない。

黙っていようとは一瞬たりとも考えなかった。クレシダの脅迫は夫に隠しておけるような類いのものではないし、なにより彼の助けが必要なのだ。

どうすればいいのかはわからないものの、どうするにせよ、ひとりで切り抜けられることとは思えない。

けれど、ひとつだけ、はっきりとわかっていることがある――クレシダにお金を払ってはならない。クレシダが一万ポンドで満足するはずもなく、もっとせしめようと考えるに決まっているからだ。ここで屈服すれば、この先一生、クレシダに口どめ料を払いつづけなければならなくなる。

ということはつまり、一週間後、クレシダ・トゥオンブレイは、ブリジャートン家に嫁いだ元ペネロペ・フェザリントンが、悪名高きレディ・ホイッスルダウンであることを世間に公表するということだ。

ペネロペはふたつの選択肢を考えた。嘘をつき、クレシダを愚か者呼ばわりして、みんなが自分を信じてくれることを願う。もしくは、クレシダの暴露を自分に有利な方向に利用する策を見つけだす。

といっても、肝心の策がまったく思いつかないのだが。

「ペネロペ？」

コリンの声だ。ほんとうは腕のなかに飛び込みたくても、まともに振り向くことすらできなかった。

「ペネロペ？」今度は心配そうに呼びかけ、歩を速めて部屋を横切ってくる。「ダンウッディから、クレシダが来ていたと聞いたが」

コリンは隣に腰をおろして妻の頰に触れた。ペネロペが振り向いてその顔を見ると、心配そうに目の端に皺を寄せ、唇をわずかに開いて彼女の名をつぶやいた。

それでとうとう、ペネロペは泣きだしてしまった。

彼の姿を目にするまで、正気を保って涙をこらえていられたのがふしぎに思えた。でも、いまは彼がここにいて、抱き寄せられて、その温かい胸に顔をうずめて身をすり寄せていられればそれでよかった。

なぜか彼がそばにいるだけで問題はすべて消し去れるような気がする。

「ペネロペ？」コリンが静かに心配そうな声で問いかけた。「どうしたんだ？　何かあったのか？」

ペネロペは首を振り、その動作のわずかなあいだに言葉を考え、勇気を奮い起こし、涙をとめようとした。

「ああ、コリン」どうにか気力を奮い立たせて、彼の顔が見えるよう身を引いた。「彼女に気づかれたの」

「彼女に何をされた？」

コリンは青ざめた。「どうして？」

ペネロペはすすり泣いて、手の甲で鼻をぬぐった。「わたしのせいなの」かすれ声で答えた。

コリンは彼女の顔から目を離さずにハンカチを手渡した。「きみのせいじゃない」語気鋭く言う。

ペネロペは口もとにふっと悲しげな笑みを浮かべた。コリンのきつい口調がクレシダに向けられたものであるのはわかっているが、自分も同じような言われ方をされても当然のことをしたのだ。「いいえ」あきらめまじりの声で言った。「わたしのせいだわ。あなたの言ったとおりになったのよ。わたしが注意を払って書かなかったから。わたしは過ちをおかした」

「きみが何をしたんだ?」コリンが訊く。

ペネロペは、クレシダが部屋に入ってきてから金銭を要求するまでの一部始終を話して聞かせた。自分が言葉の選択を間違えたために破滅に追い込まれることになり、ほんとうに胸が張り裂けそうな気持ちなのだから皮肉な成り行きであることも認めた。

けれども、話しているあいだじゅう、コリンがうわの空であるようにペネロペは感じていた。話は聞いているのだが、彼の心はそこになかった。どことなく遠くを見るような目をしたかと思えば、その目をすがめて真剣そうな顔つきになる。

コリンは何か策略をめぐらせている。ペネロペはそう確信した。

戦慄を覚えた。

と同時に、興奮を掻き立てられた。

コリンが何をくわだて、何を考えているにせよ、すべては自分のためなのだと、ペネロペは思った。自分の愚かさのせいでコリンをこのような苦しい立場に追い込んでしまったことはやりきれないものの、彼を見つめ、肌を粟立たせる刺激的な興奮を抑えることはできなかった。

「コリン?」ペネロペはためらいがちに呼びかけた。一分以上も話しつづけていて、まだひと言も返ってきていない。

「ぼくにすべてまかせてくれ」コリンが言った。「きみは何も心配しなくていい」

「無理だわ」ペネロペは声をふるわせて言った。

「ぼくは心から真剣に結婚の誓いを立てたんだ」コリンは威嚇するかのような口ぶりで答えた。「きみを大切に守ると約束したはずだ」

「わたしにも手伝わせて」ペネロペはとっさに訴えた。「一緒に解決しましょうよ」

コリンの口の片端が上がり、かすかに笑みが浮かんだ。「解決策があるのかい？」

ペネロペは首を振った。「ないわ。ずっと考えていたのだけれど、見つからなくて……でも……」

「でも、なんだい？」コリンは眉を上げて尋ねた。

ペネロペは唇をわずかに開き、すぼめて、ふたたび開いて言った。「レディ・ダンベリーに協力を求めるというのはどうかしら？」

「まさか、クレシダにお金を払ってくれと頼むのかい？」

「違うわ」彼の口調から真剣に訊いたのではないことはわかっていたが、否定して続けた。

「わたしになってもらうのよ」

「どういうことかな？」

「どのみち、みんな、彼女がレディ・ホイッスルダウンだと思っているわ」ペネロペは説明した。「少なくとも、大多数の人々はそう考えている。彼女が名乗りでれば――」

「クレシダがすぐさま反論するだろう」コリンがさえぎった。

「レディ・ダンベリーよりクレシダを信じる人がいるかしら？」ペネロペは大きく開いた真剣な目を向けた。「どんなことについても、わたしはレディ・ダンベリーに逆らえない。もし、彼女に自分がレディ・ホイッスルダウンだと言われたら、わたし自身もきっと信じてしまうわ」

「きみはどうして、自分のために嘘をついてくれるようレディ・ダンベリーを説得できると思うんだ？」

「それは」ペネロペは下唇を噛んだ。「わたしを好いてくれているから」

「彼女がきみを好いている？」コリンはおうむ返しに言った。

「ええ、それも相当に。しかもクレシダをわたしと同じぐらい嫌っているから、快く助けてくれるのではないかしら」

「きみへの好意から、社交界の人々みんなの前で嘘をついてくれるというのかい？」コリンは疑わしげに訊いた。

ペネロペは椅子に沈み込んだ。「そう言われれば、そうよね」

コリンは前ぶれもなく立ちあがり、窓のほうへ歩いていった。「彼女のところへは頼みに行かないと約束してくれ」

「でも――」

「約束するんだ」

「約束するわ」ペネロペは答えた。「でも――」

「でもは無用」コリンが言う。「どうしても必要となったら、そのときにはレディ・ダンベリーに連絡しよう。だが、それまではべつの方法を考えてみよう」片手で髪を掻きあげる。「何かほかにも手があるはずだ」

「期限は一週間よ」穏やかに言いつつ、心強い言葉は見つかりそうもなかった。コリンのほうも見つけられるとは思えない。

コリンがくるりと向きなおった。元軍人だったのかと思うほどちょうど百八十度の方向転換だ。「すぐに戻る」そう言うと、ドアのほうへ向かった。

「どちらへ？」ペネロペはすばやく立ちあがって大きな声をかけた。

「考えなくてはいけない」コリンはドアノブに手をおいたところで立ちどまって答えた。

「わたしと一緒では考えられないの？」ペネロペは声を落として訊いた。

コリンが表情をやわらげ、引き返してきた。妻の名をつぶやき、その顔をやさしく両手で包み込んだ。「愛してる」低く熱っぽい声で言う。「いまのぼくと、これまでのぼくと、これからのぼくのすべてを懸けて、きみを愛している」

「コリン……」

「過去のぼくもきみを愛しているし、未来のぼくもきみを愛している」身をかがめて、一度だけそっと唇を触れあわせた。「いつか生まれてくる子供たちのために、そしてこれからともに歩む年月のために、きみを愛する。ぼくの笑顔はひとつ残らず、きみを愛するためにあるんだ。それにもちろん、きみの笑顔も」

ペネロペはそばの椅子の背にもたれかかった。

「きみを愛してる」コリンは繰り返した。「わかってくれたかい？」

ペネロペはうなずき、目を閉じて彼の手に頬をすり寄せた。

「やらなければいけないことがあるんだ。でも、きみが泣いているのではないかと心配したり、傷ついているかもしれないと悩んだり、きみのことを考えていては集中できそうもない」

「わたしは大丈夫よ」ペネロペは囁いた。「ほんとうにもう大丈夫」

「この件はぼくがなんとかしてみせる」コリンは誓った。「とにかく、ぼくを信じてほしい」

ペネロペは閉じていた目を開いた。「わたしの命を懸けて信じるわ」

コリンが微笑み、ペネロペはふと彼の言葉に間違いはないと思えた。すべてがうまくいくような気がする。きょうでもなく、あすでもなく、いますぐに。この世に、コリンの笑顔と共存できる悲劇などあるはずがない。

「そこまで大げさなことではないだろう」コリンはにこやかに言って、彼女の頬をいとおしげにひと撫でしてから腕を両脇におろした。ドアのほうへ戻っていき、ノブに手をかけるや振り向いた。「今夜の妹のパーティを忘れないように」

ペネロペは短い唸り声を漏らした。「出席しなくてはだめ？　おおやけの場にはできるだけ出たくないわ」

「だめだ」コリンが言う。「ダフネが舞踏会を催すのはそうあることではないし、ぼくたちが出席しなければ、ひどくがっかりするだろう」

「そうね」ペネロペはため息まじりに答えた。「そうよね。わかっているのに愚痴をこぼしてしまうなんて。ごめんなさい」

コリンが苦笑いした。「いいんだ。きょうは少しくらい不機嫌になるのも無理はないさ」

「ええ」答えて、無理やり笑みを返した。「そうよね」

「では、またあとで」とコリン。

「どちらへ――」ペネロペは訊きかけて、はっとして口をつぐんだ。コリンはあきらかに、たとえ妻からでさえ質問に答えたい気分ではなさそうだ。

けれども驚いたことに、夫は答えた。「兄に会いに行く」

「アンソニーお兄様に？」

「ああ」

ペネロペは元気づけるようにうなずいて言った。「いってらっしゃい。わたしは大丈夫よ」ブリジャートン家の人々はつねに家族から力を与えられている。コリンが兄の助言を必要と感じているのなら、すぐにでも会いに行くべきだ。

「ダフネの舞踏会への準備をしておいてくれ」コリンは念を押した。

ペネロペは気乗りしない会釈を返して、部屋を出て行く夫の姿を見送った。

それから、歩いていく夫を見ようと窓辺に移動したのだが、その姿はいっこうに現れなかった。裏口からまっすぐ廐に向かったのだろう。ペネロペはため息をついて、窓の下枠に腰かけて寄りかかった。自分がそれほどまで彼をもうひと目見たがっていたとは思わなかった。

コリンが何をしようとしているのかをどうしても知りたい。

彼にはすでに考えがあるのだと信じたい。

同時に、妙な安心感も覚えていた。コリンならこの件をなんとかしてくれる。本人がそう言ったのだし、けっして嘘をつく人ではない。

とはいえ、レディ・ダンベリーの力を借りるという案が完璧な解決策ではないとしても、コリンがもっと適切な策を見つけられなければ、ほかにどうすればいいというのだろう？

とりあえずいまは、すべてを頭から振り払おうと、ペネロペは思った。とても弱っているし、とても疲れていて、いまはただ目を閉じて、夫の緑色の目と、まばゆいばかりの笑顔だけを思い浮かべていたい。

あす。

あすになったら、コリンと協力して問題を解決する。

きょうは静養しよう。眠れることを祈って仮眠をとって、今夜、社交界の人々にどのような顔で会えばいいのかを考えよう。そこにはクレシダも来るはずで、少しでも過ちをおかしはしないものかと監視されることは目にみえている。

十二年近くもただの壁の花に過ぎなかったペネロペ・フェザリントンはじつは仮の姿で、

正体を隠していたなどと思う人間はいないはずだった。

でも、それは秘密が守られていたときの話だ。いまや状況はまったく変わってしまった。

ペネロペはソファに身を丸めて、目を閉じた。

状況はまったく変わってしまったとしても、もっと悪くなるともかぎらないのではないだろうか？

すべてうまくいくかもしれない。きっとそうだ。そうでなくてはならない。

そうでしょう？

コリンは、兄の家へ馬車で行くことにした決断を後悔しはじめていた。

もともと歩いて行こうと思っていた——脚や足首の筋肉を活発に動かすことくらいしか、社会的に認められる怒りの発散方法はないのではないだろうか。だが、一刻の猶予も許されない事態なので、たとえ道が混んでいようと二本の脚で進むよりは四輪馬車のほうがメイフェアに早く着けるだろうと考えたのだ。

ところがいま、馬車のなかはあまりに狭く感じられ、空気はどんよりとして息苦しく、あろうことか、横転したミルク運搬車に道をふさがれていた。

コリンは、馬車がまだ完全にとまりきらないうちに扉から顔を突きだした。「なんてことだ」つぶやいて、その光景をとくと眺めた。割れたガラスの破片が道に散らばり、いたるところにミルクが流れて、誰のものともつかない甲高い声が響いている——まだ手綱に絡まったままの馬たちの鳴き声なのか、ドレスをミルクで濡らした通りがかりのご婦人たちの悲鳴なのかすらわからない。

コリンは片づけを手伝うつもりで馬車から飛びおりたものの、すぐに、自分が手を貸そうが貸すまいが、オックスフォード・ストリートの混乱は少なくとも一時間は収まらないものと見てとった。ミルク運搬車の馬たちがしっかりとなだめられているのを確認してから、御者にそこから歩いていくことを告げ、その場を離れた。

通りすがりの人々の顔をいちいち睨みつけるように見て、あからさまな敵意に視線をそらす様子を意地悪く楽しんだ。そのうちの誰かに文句をつけられれば暴言を返したいとさえ思っていた。ほんとうに絞め殺したい相手がクレシダ・トゥオンブレイひとりだけであることなど、もうどうでもよかった。いまや誰であれ格好の標的に見える。

怒りのせいで、気分は不安定で、理性を欠いている。自分らしくない。

クレシダに脅されたことをペネロペから聞いたときには、まだ自分に何が起きているのかわかっていなかった。コリンは、怒りどころか、憤怒よりもはるかに激しい感情に襲われていた。それは肉体にまで影響を及ぼし、体内の血液をめぐり、皮膚の下で脈打っている。

誰かを殴りたい。

何かを蹴飛ばし、こぶしで壁を突き破りたい。

ペネロペが最後のコラムを発行したときにも猛烈に腹が立った。実際、それ以上、激しい怒りを感じることはありえないと思ったほどだ。

それは間違いだった。

それとも、ひょっとしてこの感情は怒りとは異なる種類のものなのだろうか。自分が誰より愛する人が、手ひどく傷つけられようとしている。

そんなことが耐えられるだろうか？　そんなことを許せるのか？

答えは明快だ。許せるはずがない。

だから、とめなければならない。何か手を打たなくてはいけない。

何年ものあいだ気楽に生きてきて、他人の滑稽なふるまいを笑いもしたが、ついにみずから行動を起こさねばならないときがきた。

ふと目を上げて、すでにブリジャートン館の前に来ていたことにいささか驚いた。もう自分の家のようには感じないとはふしぎなものだ。育った場所であるはずなのに、いまはどう見ても兄の家だ。

わが家はブルームズベリーにある。ペネロペとともに住む家。

どこであれ、ペネロペがいる場所が自分の家だ。

「コリン？」

コリンは振り返った。アンソニーが、何かしら用事をすませてきたのか人と会ってきた帰りらしく、舗道に立っていた。

兄は玄関扉のほうへ顎をしゃくった。「ノックしようとしてたんだろう？」

コリンはぼんやりと兄を見つめ、ようやく、ずいぶんと長いあいだ階段の上で完全に固まってしまっていたことに気づいた。

「コリン？」アンソニーがふたたび呼びかけ、気づかわしげに眉間に皺を寄せた。

「兄さんの力を借りたい」コリンは言った。そのひと言でじゅうぶんだった。

女中がコリンの書付を手渡しに来たときには、ペネロペはすでに舞踏会用のドレスに身を包んでいた。

「ダンウッディが使いの者から受けとったそうです」女中は説明し、ペネロペがひとりで読めるよう、すばやく膝を曲げてお辞儀をすると部屋を出ていった。

ペネロペは手袋をした指で封書の下側を軽く打って、口を広げ、一枚の紙を引きだした。

コリンの日記の編集を始めてからすっかり見慣れた達筆な手書き文字が綴られていた。


今夜の舞踏会へは用事をすませてから行く。

〈五番地〉を訪ねてくれ。母、エロイーズ、ヒヤシンスがきみを連れてヘイスティングス館へ向かう手はずになっている。

心から愛を込めて
コリン

あれほど表現豊かに日記を書ける人なのに、手紙は苦手なのだろうと、ペネロペは苦笑した。

立ちあがり、上質な絹地のスカートの皺を伸ばす。少しでも勇気を奮い起こせるようにと願って、大好きな灰緑色のドレスを選んでいた。母はいつも、女性は美しく見えるときには気分も明るくなると言っていたが、たしかにそのとおりだと思った。なにしろ、母が美しく見えるというドレスを着せられて、八年ものあいだ暗い気分で過ごしたのだ。

髪はゆるめに高く結いあげて顔を引き立たせ、赤みがかった髪の房が目立つよう女中に（遠慮がちに）頼んで念入りに櫛をとおしてもらった。

もちろん、赤毛は流行の色ではないが、コリンから以前に、蠟燭の明かりに照らされてより色鮮やかに見えるところが気に入っていると言われたので、この点については必ずしも流行に合わせることはないのだと自信を得ていた。

階下へおりていくと、馬車が待機しており、御者はすでに〈五番地〉へ向かうよう申しつけられていた。

コリンがすべての段取りを整えたことはあきらかだった。驚くことはないのかもしれない。もともと細かなことにも気のまわる男性なのだ。でも、きょうの彼は何かにとらわれているようにも見えた。すでに本人に書付をよこしてあるのに、使用人にもわざわざ母親の家に妻を送り届けるよう指示するとはあまりに念が入っている。

コリンは何かをくわだてている。でも、いったい何を？　クレシダ・トゥオンブレイを捕まえて、流刑地へ追い払おうとでもいうのだろうか？

いいえ、それはあまりに芝居がかった想像だわ。もしかしたら、クレシダの秘密を探りだして、脅し返そうとしているのかもしれない。秘密は秘密で黙らせる。

ペネロペのうなずきを合図に、馬車はオックスフォード・ストリートを走りだした。答えは必ずあきらかになる。コリンならきっと恐ろしく抜け目ない見事な解決策を見つけられるはずだ。とはいえ、これほど短い時間でクレシダの秘密を探りだすことなどできるものだろうか？　長年、レディ・ホイッスルダウンとして執筆するなかで、クレシダの名を傷つける噂話は何ひとつ聞こえてこなかった。

クレシダは意地悪く卑劣な女性だが、社交界の規律を破るようなことはけっしてしない。これまでにとったほんとうに大胆な行動といえば、レディ・ホイッスルダウンの名を騙ったことくらいだ。

馬車はメイフェアへ向かって南へ折れ、数分後、〈五番地〉の正面につけた。窓から眺めていたのか、エロイーズがまさに飛ぶように階段をおりてきて、馬車に突進しかけたところを、ちょうど地面におりた御者にさえぎられた。

御者が馬車の扉をあけるのを足踏みして待っている。実際、あまりにじれったそうにしているので、みずから取っ手を開かずに待てたことにペネロペは感心した。とうとう扉が開くと、エロイーズは御者の差しだした手に見向きもせず、スカートに足を引っかけそうになりながら転がり込むように馬車のなかに入った。体勢を立てなおすや、左右に目を配り、ひどくこそこそした表情で唇をすぼめ、御者の鼻を挟みかねない勢いで扉を閉めた。

「いったい」エロイーズが勢い込んで言う。「どうなってるの？」

ペネロペは親友をじっと見つめた。「そっくり同じ言葉を返したいわ」

「あなたが？　どうして？」

「馬車が転倒しかねないほど慌てて乗り込んでくるのですもの！」

「あら」エロイーズは鼻で軽く笑い飛ばした。「そうさせたのは、あなた自身じゃない」

「わたし？」

「ええ、そうでしょう！　わたしは何が起きているのか知りたいのよ。今夜はどうしても」

クレシダに口どめ料を払うよう脅されていることを、コリンは妹に話していないのだとペネロペは確信した。つまり、コリンのくわだては、クレシダをエロイーズの説教攻めに遭わせるというものでないことだけは間違いない。「あなたが言っていることがわからないわ」

「わかるはずだわ！」エロイーズが食いさがり、家のほうをちらりと振り返った。玄関扉が開きかけている。「まあ、まずいわ。お母様とヒヤシンスがもうおりてきてしまう。話してってば！」

「何を話すのよ」

「どうして、コリンお兄様があんなわけのわからない書付をよこして、今夜はずっとあなたにべったり張りついていろだなんて、わたしたちに指示してくるのよ」

「そんなものをよこしたの？」

「ええ、さらに言わせてもらえば、〝べったり〟に下線が引かれてたわ」

「そこはあなたの誇張なのかと思ったわ」ペネロペは淡々と言った。

エロイーズがむくれた。「ペネロペ、わたしをからかっている場合ではないでしょう」

「いつならからかっていいの？」

「ペネロペ！」

「ごめんなさい、つい口が滑ったのよ」

「書付の内容は知ってる？」

ペネロペは首を振った。嘘ではないと、自分自身に言い聞かせた。コリンが今夜くわだてていることはほんとうに知らないのだ。

ちょうどそのとき扉が開いて、ヒヤシンスが乗り込んできた。「ペネロペお姉様！」意気揚々と言う。「何が起きてるの？」

「知らないそうよ」エロイーズが言う。

ヒヤシンスはいらだたしげにちらりと実姉を一瞥した。「こっそり先に来てたのね」

ヴァイオレットが頭を覗かせた。「けんかしているの？」ペネロペに訊く。

「少しだけ」ペネロペは答えた。

ヴァイオレットはヒヤシンスの隣に、ペネロペとエロイーズと向かいあって腰をおろした。

「仕方ないわね。どうせ、わたしがとめられるものでもないし。でも、教えて。コリンがわたしたちに、あなたにべったり張りついていろと書付をよこしたのはどういうわけなのかしら？」

「わたしにもわからないんです」

ヴァイオレットは、ペネロペの返答の真偽を見定めるかのように目を狭めた。「ずいぶんと力の入った書き方だったわ。〝べったり〟に下線が引かれていたのよ」

「聞きましたよ」とペネロペが答えたのと同時に、エロイーズも「話したわ」と言った。

「二本も下線が引いてあったのよ」ヒヤシンスが言い添えた。「インクがあれ以上に濃かったら、飛びだしていって馬の首を絞めつけちゃってたかも」

「ヒヤシンス！」ヴァイオレットが声を張りあげた。

ヒヤシンスはおとなしく肩をすくめた。「とっても興味をそそられるんだもの」

「それより」ペネロペはどうにか話題を変えようと口を挟んだ。せめて、少しでもべつのことへ気をそらしたい。「コリンが何を着て来るのか心配です」

その言葉が三人の注意を引いた。

「家を出るときは昼間の服装でしたわ」ペネロペは説明した。「それから戻っていないんです。夜会の正装以外で舞踏会に出席することを、公爵夫人がお許しくださるとは思えませんわ」

「きっとアンソニーお兄様から借りているわよ」エロイーズがこともなげに言う。「体格がほとんど同じだもの。グレゴリーもなのよ。ベネディクトお兄様だけは違うけれど」

「五センチ背が高いのよね」ヒヤシンスが言う。

ペネロペはうなずいて、いかにも気になるそぶりで窓の外を見やった。グロヴナー・スクウェアにごった返すほかの馬車のあいだを通り抜けようとしているのか、ちょうど速度が落ちていた。

「今夜はどのくらいのお客様がいらっしゃるのですか?」ペネロペは尋ねた。

「五百人は招待したはずよ」ヴァイオレットが答えた。「ダフネはめったにパーティを開かないけれど、回数の少ないぶん規模で埋めあわせているのね」

「言わせてもらえば」ヒヤシンスが不満げに言う。「人込みは嫌いなのよね。今夜はまともに息ができそうもないわ」

「あなたが最後の子でよかったわ」ヴァイオレットが疲れた笑みを浮かべて言う。「先に産んでいたら、間違いなく気力を使い果たしていたもの」

「だとしたら、最初の子に生まれてこられなかったのは残念だわ」ヒヤシンスが生意気そうに笑って言った。「愛情を独り占めできたはずなのに。もちろん、財産も」

「あなたにはいまでもちゃんと相続資産があるでしょう」とヴァイオレット。

「いつも注目の的になりたがるんだから」エロイーズがからかうように言う。

ヒヤシンスはただにんまりと笑った。

「もう聞いているかしら?」ヴァイオレットがペネロペに問いかけた。「今夜は、わたしの子供たち全員が出席するのよ。勢ぞろいするのはいつ以来のことかしら」

「お母様の誕生パーティのときは?」エロイーズが言う。

ヴァイオレットは首を振った。「グレゴリーが大学から戻って来られなかったでしょう」

「もう身長順に並ばされて、お祝いの曲を歌わされることはないわよね？」ヒヤシンスが冗談半分に訊いた。「いまならさしずめ、ブリジャートン家合唱隊よね。舞台に上がれば、ひと財産つくれそう」

「今夜は元気いっぱいね」ペネロペは答えた。

ヒヤシンスが肩をすくめる。「これからべったり張りつく準備をしているだけだわ。相当な心がまえが必要だもの」

「張りつく心がまえ？」ペネロペはやんわりと訊いた。

「そのとおりよ」

「さっさと嫁がせたほうがいいわね」エロイーズが母に言う。

「お姉様が先だわ」ヒヤシンスがやり返した。

「わたしは動いてるわよ」エロイーズが謎めいた言い方をした。

「どういうこと？」三人が同時に発したために、そのひと言が大きく反響した。

「これ以上は言わないわ」その口調から、エロイーズにはほんとうに言う気がないことを三人とも悟った。

「この真相は、わたしが突きとめてみせるわ」ヒヤシンスが母とペネロペに請けあった。

「そう言うだろうと思ったわ」とヴァイオレット。

ペネロペはエロイーズに向いて言った。「隠しきることはできないわよ」

エロイーズはただ顎を突きだして、窓の外を見やった。「着いたわ」

四人の女性たちは御者が扉をあけるのを待って、ひとりずつ馬車をおりた。

「なんてすてきなんでしょう」ヴァイオレットが感嘆して言った。「ダフネはすばらしい仕事をしているわ」

誰もが立ちどまって眺めずにはいられなかった。ヘイスティングス館全体が光り輝いていた。すべての窓が蠟燭の明かりに彩られ、外壁の燭台には松明が灯されて、従僕の隊列が到着する馬車を出迎えている。

「もうレディ・ホイッスルダウンがいないのが、とても残念だわ」ヒヤシンスが、先ほどまでの生意気そうな鋭さはない声で言った。「気に入ってくれたはずだもの」

「きっと、来てるわよ」エロイーズが言う。「間違いなく、いるはずよ」

「ダフネはクレシダ・トゥオンブレイも招いてるの？」ヴァイオレットが訊いた。

「そのはずだわ」とエロイーズ。「彼女がレディ・ホイッスルダウンだとは思わないけれど」

「もうそのことについて考えている人がいるとは思えないわ」ヴァイオレットは答えて、階段の一段目に足を踏みだした。「さあ、行きましょう。わたしたちの晩が始まるわよ」

ヒヤシンスが母に続いて階段に踏みだし、エロイーズはその後ろでペネロペと並んだ。

「魔力のようなものを感じるわ」エロイーズが言い、まるで初めてロンドンの舞踏会にやって来たかのように辺りを見まわした。「あなたは感じない？」

ペネロペは、口を開けば秘密をすべて話してしまいそうな気がして、ただじっと親友を見返した。エロイーズの言うとおりだった。その晩はなんとなく肌を粟立たせる得体の知れないものが漂っていた——雷雨が来る直前に感じる、パチパチと音を立てる熱気のようなものが。

「転機を迎えようとしているのではないかしら」エロイーズが思いめぐらせて言った。「この一夜で、誰かの人生ががらりと一変してしまうような」

「何が言いたいの、エロイーズ？」ペネロペは親友の目の表情に不安を覚えて訊いた。

「何も」エロイーズは肩をすくめた。けれども、謎めいた笑みを口もとに残したまま、ペネロペの腕に腕をかけてつぶやいた。「行きましょう。夜の始まりよ」

23

ペネロペは、これまで正式なパーティや、もっと気軽な訪問で、ヘイスティングス館を何度も訪れていたが、荘厳で古めかしい建物がその晩ほど美しく――しかも魅惑的に――見えたことはなかった。

ペネロペとブリジャートン家の女性たちは、一番乗りの出席者たちのなかに含まれていた。レディ・ブリジャートンはつねづね、家族に対してですら気どって遅れて現れようと考えることは無作法だと語っていた。この日ばかりはほんとうに、いち早く到着したのは正解だったとペネロペは思った。ひしめく人々を掻きわけずとも装飾をしっかりと眺められたからだ。

先週のエジプト風の舞踏会や、先々週のギリシア風の舞踏会と異なり、ダフネは特別な趣向を凝らしているわけではなかった。むしろ、本人のふだんの暮らしの趣きと同じ、素朴でかつ優美な装飾が施されていた。壁やテーブルに飾られた何百もの蠟燭の明かりが夜闇に揺らめき、天井から吊るされた巨大なシャンデリアに反射している。窓は、いかにも妖精が着ていそうな、きらきら光る銀色の布でまとわれている。使用人たちのお仕着せもいつもとは違っていた。ペネロペはヘイスティングス館の使用人たちがたいてい青と金の柄の服を着ているのを見ていたが、今夜は青地に銀色の飾りがついた装いだ。

女性たちを、おとぎ話のお姫様のような気分にさせてくれる設《しつら》えだった。

「どれくらい費用がかかったのかしら」ヒヤシンスが目を丸くして言った。

「ヒヤシンス！」ヴァイオレットが娘の腕を軽く叩いて叱った。「そういうことを尋ねることが失礼なのはわかっているわね」

「尋ねてないわ」ヒヤシンスが弁明した。「考えてみただけよ。それに、相手はダフネお姉様なんだし」

「姉と言っても、ヘイスティングス公爵夫人なのよ」母が言う。「つまり、その立場にふさわしい責任を負っているのよ。あなたはそれをしっかりと胸に留めておかなくてはいけないわ」

「でも」ヒヤシンスは母の腕に腕を絡ませてきて、軽く手を握った。「わたしのお姉様だという事実のほうが、とても大切なことであるはずよね？」

「ここに呼んでもらえたのだものね」エロイーズが笑って言った。

ヴァイオレットはため息をついた。「ヒヤシンス、わたしの死因は間違いなく、あなたになりそうね」

「あら、わたしではないわ」ヒヤシンスは反論した。「グレゴリーよ」

ペネロペは笑いを嚙み殺した。

「コリンお兄様はまだいらしてないようね」エロイーズが首を伸ばして言った。

「そう？」ペネロペは部屋を見渡した。「どうしたのかしら」

「兄は先に来ていると言ってた？」

「いいえ」ペネロペは答えた。「でも、なんとなくそう思い込んでいたわ」

ヴァイオレットが嫁の腕を軽く叩いた。「もうすぐ来るわよ、ペネロペ。そうすれば、なぜあの子がわたしたちに、あなたのそばに張りついていてくれと頼んだのか、大きな謎があきらかになるわ。だからといって」不安げに見開いた目で慌てて付け加えた。「面倒な仕事だなんて思っているわけではないのよ。あなたと一緒にいられるのは嬉しいのだから」

ペネロペは安心させるように微笑みかけた。「わかっています。わたしも同じ気持ちですもの」

ペネロペたちの前には数人の招待客しか並んでおらず、たいして待たずにダフネとその夫のサイモンに挨拶する順番がめぐってきた。

ダフネは、ほかの招待客たちが声の届かないところへ離れるとすぐに前おきもなく訊いた。「いったい、コリンに何が起きてるの？」

その質問がほとんど自分に向けられているのはあきらかだったので、ペネロペは答えざるをえなかった。「わからないんです」

「お姉様のところにも書付が届いたの？」エロイーズが訊く。

ダフネはうなずいた。「ええ、彼女から目を離すなと書いてあったわ」

「それならまだましね」ヒヤシンスが言う。「わたしたちは、べったり張りついていろと指示されたのよ」身を乗りだす。「〝べったり〟に下線が引かれてたわ」

「自分がそれほど厄介者だなんて思わなかったわ」ペネロペは皮肉まじりに言った。

「あら、そんなこと言ってないわ」ヒヤシンスがあっけらかんと言う。「でも、べっ、べったりだなんて、面白いわよね。ついからかいたくなってしまうでしょう？　べったり、なのよ。べえええったり」

「わたしと妹、どちらのほうがいかれているかしら？」エロイーズが言う。

ヒヤシンスは肩をすくめてやり過ごした。「絶対に、事件の匂いがするわ。何か大がかりな諜報活動に加わっているような気分だもの」

「諜報活動だなんて」ヴァイオレットが唸った。「神よ、われらを救いたまえ」

ダフネがやけに芝居がかったしぐさで身を乗りだした。「じつは、コリンはわたしたちにはほかにも――」

「こら、競いあうようなことではないだろう」サイモンが口を挟んだ。

ダフネはむっとした目を夫に向けてから、母と妹たちのほうへ顔を戻して言った。「コリンの書付には、妻をレディ・ダンベリーから遠ざけておくようにと書かれていたの」

「レディ・ダンベリー！」みないっせいに声をあげた。

ペネロペだけは、なぜコリンが自分を老齢の伯爵夫人から遠ざけようとしているのか、ほとんど察しはついていた。きっと、レディ・ダンベリーにレディ・ホイッスルダウンであると嘘をついてもらうことよりも優れた計画を考えついたのだ。

脅し返す策としか思えない。ほかにどんな手があるというのだろう？　コリンはきっと、クレシダの恐ろしい秘密を探りだしたに違いない。

　ペネロペは嬉しさにめまいすら覚えた。

「あなたはどちらかといえば、レディ・ダンベリーと親しい間柄だと思っていたわ」ヴァイオレットが言う。

「そうですわよね」ペネロペは当惑したふりで答えた。

「興味深いわ」ヒヤシンスが人差し指で頬を打った。「じつに興味深いわね」

「エロイーズ」ダフネが突如口を挟んだ。「今夜はずいぶん静かなのね」

「わたしのことはいかれていると言ったけど」ヒヤシンスが指摘した。

「えっ、何？」エロイーズは宙を見ていて――あるいは、ダフネとサイモンの後ろの何かを見ていたのかもしれない――うわの空だった。「ああ、だって、言いたいことがないんだもの」

「あなたが？」ダフネが疑わしげに訊く。

「わたしもまったく同じことを考えてたわ」ヒヤシンスが言う。

　ペネロペもヒヤシンスと同じ思いだったが、それは黙っていることにした。意見のひとつも口にしないのはエロイーズらしくない。それも、刻一刻と謎が深まっていく、このような晩に。

「言いたいことは、みんながぜんぶ言ってしまったからよ」エロイーズが言う。「これでは、わたしが口を挟みようがないでしょう？」

その言葉に、ペネロペは違和感を覚えた。皮肉めかした言いまわしは彼女らしいとはいえ、エロイーズはいつでも差し挟むべき意見を持っている。

エロイーズが肩をすくめてみせた。

「もう行くべきだわ」ヴァイオレットが言った。「ほかの招待客のみなさんをお待たせしてしまうでしょう」

「ではまた、のちほど」ダフネが約束した。「あっ、そうそう」

全員、身を乗りだした。

「知りたいでしょうから言っておくと」ひそひそ声で言う。「レディ・ダンベリーはまだ、いらしてないわ」

「わたしの役割はもっと簡単なものにしてくれよな」サイモンが陰謀じみたやりとりに、ややうんざりぎみに言った。

「わたしの仕事でもないわよ」ヒヤシンスが言う。「わたしは張りついていなければいけないんだもの。それも――」残りの全員――ペネロペも含めて――が、その続きに声を合わせた。「べったりと」

「そのとおり」とヒヤシンス。

「べったりと言えば」エロイーズがダフネとサイモンから離れるとすぐに言った。「ペネロペ、少しだけこのふたりといてもらってもいいかしら？　ちょっと外に出たいのよ」

「わたしも行くわ」ヒヤシンスが声高らかに言った。

「ふたりとも行ってはだめでしょう」ヴァイオレットが言う。「コリンはきっと、ペネロペをわたしとふたりだけにさせたくなかったのよ」

「だったら、お姉様が戻ってきてからなら行っていい?」ヒヤシンスはしかめっ面をした。

「我慢できないことなのよ」

ヴァイオレットが何かを期待するようにエロイーズに顔を向けた。

「どうしたの?」エロイーズが訊く。

「あなたも同じことを言うのではないかと思ったのよ」

「わたしははるかに気品があるもの」エロイーズは鼻で笑った。

「もう、ひどいんだから」ヒヤシンスがつぶやいた。

ヴァイオレットが唸った。「あなたは、ほんとうにわたしたちにそばにいてほしい?」ペネロペに尋ねた。

「選択の余地はないと思ってましたわ」ペネロペは三人のやりとりを愉快に思って答えた。

「お行きなさい」ヴァイオレットがエロイーズに言った。「でもすぐに戻ってくるのよ」

エロイーズは母にうなずきを返してから、手を伸ばしてペネロペを軽く抱きしめて三人を驚かせた。

「どうしたのよ?」ペネロペはやさしい笑みで訊いた。

「なんでもないわ」エロイーズは答えて、コリンにそっくりのいたずらっぽい笑みを返した。

「ただ、あなたにとって特別な晩になるような気がするから」

「そうなの？」ペネロペはエロイーズに何を気づかれたのだろうかと不安な思いで、慎重に尋ねた。

「ええ、何かが起ころうとしているのは間違いないわ」エロイーズが言う。「こんなふうに秘密めいた行動をとるなんて、コリンお兄様らしくないもの。それに、あなたの力になりたかったから」

「すぐに戻って来るでしょう」ペネロペは言った。「何が起こったとしても――実際に何かが起これればの話だけれど――あなたが見逃すはずがないわ」

エロイーズが肩をすくめた。「直感なのでしょうね。十数年来の友情がなせる直感」

「エロイーズ・ブリジャートン、わたしのことが恋しくなってきたのね？」

「いまごろ？」エロイーズは怒ったふりで言った。「そんなことないわよ」

「エロイーズお姉様」ヒヤシンスが話をさえぎった。「行かないの？　ひと晩じゅうは待てないわよ」

エロイーズは軽く手を振って、去っていった。

それから一時間ほど、ペネロペとヴァイオレットとヒヤシンスは舞踏場の所々でほかの招待客たちと言葉を交わしつつ、三人でひとつの生き物のごとく動きまわった。

「三つの頭と六本の脚を持つ動物みたいだわ」ペネロペがつぶやいて窓のほうへ歩いていくと、ブリジャートン家のふたりの女性たちがそそくさとそのあとを追った。

「何か言った？」ヴァイオレットが訊く。

「ほんとうに窓の外が見たいの？」ヒヤシンスがぼやく。「それとも、わたしたちを試しているのではないわよね？　それに、エロイーズお姉様はどこに行ったのよ？」

「試しているのも同然よね」ペネロペは認めた。「それと、エロイーズはきっとどこかでほかの招待客につかまっているんだわ。これだけ大勢の人々がいらしてたら、わたしたちと同じで会話から逃れるのはなかなか容易ではないでしょう」

「もおう」それがヒヤシンスの返答だった。「べったりの意味を誰かがお姉様に一度説明しなおす必要があるわ」

「ヒヤシンス」ペネロペは言った。「数分程度なら、どうぞ出てらっしゃい。わたしは大丈夫だから」ヴァイオレットのほうを向く。「お母様も、必要であれば、どうぞ出てらしてください。おふたりが戻ってこられるまで、この片隅でじっとしていますから」

ヴァイオレットは驚いた表情でペネロペを見つめた。「コリンとの約束を破れと言うの？」

「でも、実際に会って約束されたわけではありませんわよね？」ペネロペは尋ねた。

「ええ、でも、あの子はそのつもりでいるでしょうし。あら、見て！」ヴァイオレットが唐突に声をあげた。「あそこにいるわ！」

ペネロペはそっと夫に合図を送ろうとしたのだが、控えめな努力はすべて、ヒヤシンスの元気いっぱいの手ぶりと大声によって水の泡と化した。「コリンお兄様！」

ヴァイオレットが唸った。

「はいはい、わかってます」ヒヤシンスが屈託なく言う。「もっと淑女らしくします」

「わかっているのなら」ヴァイオレットがいかにも母親らしく言う。「どうして初めからそうしないの？」

「いまさら答えても仕方ないことよね？」

「こんばんは、ご婦人方」コリンは呼びかけ、母の手にキスを落としてからごく自然にペネロペの隣に移って腰に手をまわした。

「それで？」ヒヤシンスが訊く。

コリンはただ片眉を吊りあげた。

「わたしたちにお話があるのよね？」ヒヤシンスが食いさがる。

「そのうちな、かわいい妹よ」

「お兄様はいやな性分ね、いやな男性だわ」ヒヤシンスが不満げにつぶやいた。

「ところで」コリンは辺りを見まわした。「エロイーズはどうしたんだ？」

「とてもいい質問だわ」ヒヤシンスがつぶやくなり、ペネロペが答えた。「もうすぐ戻るはずよ」

コリンはたいして関心もなさそうにうなずいた。「母上」呼びかけて、ヴァイオレットのほうへ向きなおった。「いかがされてましたか？」

「街じゅうに妙な書付を配っておいて」ヴァイオレットがきつい調子で言う。「いかがされてましたかですって？」

コリンはにんまり笑った。「ええ」

ヴァイオレットはしっかりと指を突き立て、三男に向かって振りはじめた。おおやけの場ではけっしてしてはならないと子供たちに禁じてきたしぐさだ。「まったくもう、いい加減になさい、コリン・ブリジャートン。説明を聞かずには逃がしませんからね。わたしはあなたの母親なのよ。母親なの！」

「血縁関係は承知してますよ」コリンがつぶやく。

「あなたはここにワルツを踊りに来たのでも、気の利いたせりふや、魅力的な笑顔でわたしのご機嫌をとりに来たわけでもないはずよ」

「ぼくの笑顔は魅力的なんですね？」

「コリン！」

「でも、すばらしい提案をしてくれましたよ」コリンは言った。

ヴァイオレットが目をしばたたいた。「わたしが？」

「はい。ワルツのことです」コリンはわずかに首を横に傾けた。「ちょうど曲が聞こえてきたぞ」

「なんにも聞こえないわよ」ヒヤシンスが言う。

「聞こえない？　それは気の毒に」コリンはペネロペの手をつかんだ。「さあ、行こう。間違いなく、ぼくたちのための曲だ」

「でも、誰も踊ってないわ」ヒヤシンスが唸るように言った。

コリンは妹に自信たっぷりの笑みを見せた。「そのうち踊るさ」

そうして、誰もかける言葉を見つけられずにいるうちに、ペネロペの手を引いて、人込みを縫うように進んでいった。

どう見てものんびりと休憩中の小さな楽隊の前を通り過ぎるとすぐに、ペネロペは息を切らして訊いた。「ワルツを踊りたかったの？」

「いや、逃げたかっただけさ」コリンは言うと、ペネロペを連れて脇扉からこっそり抜けだした。

それからほどなく、ふたりは狭い階段をのぼり、小さな応接間のような所へ入った。窓の外で燃え立つ松明が唯一の明かりをちらちらと投げかけている。

「ここはどこなのかしら？」ペネロペは部屋を見まわして訊いた。

コリンは肩をすくめた。「わからない。ほかの部屋に劣らず快適そうだ」

「どうなっているのか話してくれる？」

「いや、まずはきみにキスしたい」

そして、彼女に返事をする間も与えず（ペネロペには抵抗のしようがなかった）、唇を重ねて、貪欲さと切迫とやさしさが同時にこもったキスをした。

「コリン！」ペネロペは彼がほんの一瞬唇を離した隙に息を切らせて言った。

「ちょっと待って」コリンがつぶやいて、ふたたび唇を重ねる。

「でも――」その先は彼の唇に掻き消された。

唇を齧られ、お尻をつかまれ、背中をたどられ、頭から爪先まで包み込まれるようなキスだった。いまにも膝がくずおれて、ソファに倒れ込み、そそられるままどんどん淫らになって、どんなことでも許してしまいそうなキス。けれども、ほんの何メートルか先には五百人もの貴族たちがいて――

「コリン！」ペネロペはどうにか唇を引き離して声をあげた。

「しいっ」

「コリン、やめなくてはだめ」

コリンは道に迷った子犬のような顔をした。「だめ？」

「ええ、だめよ」

「すぐ先の部屋にはみんながいるからだと言いたいんだな」

「いいえ、それも中断を考えるにはもっともな理由ではあるけれど」

「考えるということは、まだ気が変わる可能性もあるんだな？」コリンが期待するように尋ねた。

「ないわよ！　コリン――」ペネロペは彼の腕のなかから身を引き、ぬくもりに誘われて自制心を奪われないよう、一、二メートル離れた。「コリン、まずは何をしようとしているのか話してほしいの」

「だから」コリンがゆっくりと言う。「キスをしようとしてたわけで……」

「そういうことを言っているのではないわ。わかるでしょう」

「わかったよ」コリンが歩きだし、靴音がペネロペの耳に大きく響いた。振り返ったコリンの表情は真剣そのものに変わっていた。「クレシダの件をどうするか決めたんだ」

「決めた？　どういうふうに？　聞かせて」

コリンの表情がわずかに苦しげにゆがんだ。「ほんとうは、計画を決行するまで、きみには言わないほうがいいと思うんだ」

ペネロペは信じられないといった表情で夫を見つめた。「本気ではないわよね」

「いや……」コリンはあきらかに逃げ道を求めて、恨めしそうにドアのほうを見ている。

「話して」ペネロペは迫った。

「わかったよ」コリンはため息をついて、すぐにもう一度ため息をついた。

「コリン！」

「公表する」コリンはそれだけでわかるだろうといわんばかりに断言した。

その瞬間、ペネロペは押し黙り、少し考えさえすれば言葉の意味を解せるのだろうと思った。けれども、やはりわからないので、ゆっくりと慎重に尋ねた。「公表って何を？」

コリンが決然と表情を引き締めた。「真実を公表する」

ペネロペは息を呑んだ。「わたしのことを？」

コリンがうなずく。

「だめよ！」

「ペネロペ、ぼくはそれが最善の策だと思う」

体のなかで不安が急激に膨らみ、どうしようもないほど胸が締めつけられた。「だめよ、コリン、やめて！　そんなことをしてはだめ！　あなたの秘密ではないでしょう！」

「これから一生、クレシダに口どめ料を払いつづけたいのか？」

「いいえ、もちろん、いやよ。でも、レディ・ダンベリーに頼めば――」

「きみは自分のために嘘をついてくれとレディ・ダンベリーには頼めない」コリンはぴしゃりとさえぎった。「きみはそうすることに耐えられないし、それは自分でもわかっているはずだ」

ペネロペは彼の鋭い口調に言葉を失った。でも、心の奥底では、そのとおりであることはわかっていた。

「それほど簡単にほかの誰かに名声をゆずり渡すことができるのなら、相手がクレシダでもかまわないはずだ」

「渡せないわ」ペネロペはつぶやいた。「彼女には」

「けっこう。だとすれば、ともに立ち向かって、その結果を堂々と受けとめようじゃないか」

「コリン」ペネロペはかすれ声で言った。「わたしは破滅するわ」

コリンが肩をすくめる。「一緒に田舎へ越せばいい」

ペネロペは首を振り、懸命に適切な言葉を探した。

コリンは妻の手を取った。「それほど気にすることだろうか？」穏やかに言う。「ペネロペ、ぼくはきみを愛している。ふたりでいられれば、それで幸せなんだ」

「そういうことではないの」ペネロペは涙をぬぐいたくて、つかまれている手を引き戻そうとした。

だが、コリンは放そうとしなかった。「では、どういうことなんだ？」

「コリン、あなたも破滅するのよ」泣き声で言う。

「かまわない」

ペネロペは信じられない思いで夫を見つめた。想像もつかないほど人生を変えてしまいかねないことを、コリンはいとも軽々しく、のんきに言ってのけた。

「ペネロペ」コリンのきわめて理性的な声にペネロペはかろうじて言葉を呑み込んだ。「解決策はそれしかないんだ。公表するか、クレシダの言いなりになるのか」

「クレシダにお金を払えばいいわ」ペネロペは囁いた。

「ほんとうにそう思うのか？」コリンが訊く。「きみが一生懸命に働いて稼いだものを彼女にすべて渡したいのか？　レディ・ホイッスルダウンだと名乗りでた彼女の言葉を認めるのも同然なんだぞ」

「あなたを巻き込みたくないのよ」ペネロペは言った。「社交界からはじきだされるというのがどういうことなのか、あなたに理解できているとは思えない」

「きみにはわかるのか？」コリンは訊き返した。

「あなたよりはわかるわ！」

「ペネロペ――」

「あなたはたいしたことでもないようにふるまおうとしているけど、ほんとうはそうではないのはわかってるわ。わたしが最後のコラムを出したとき、あなたがあれほど怒ったのはすべて、秘密が漏れる危険をおかすべきではないと考えていたからでしょう」

「そして結局」コリンが言う。「ぼくが正しかった」

「そうでしょう？」ペネロペはすかさず訊いた。「そうなのよね？　あなたはまだそのせいでわたしのことを怒ってるんだわ！」

コリンは大きく息を吐きだした。会話が意図していた方向へ進まない。秘密の人生を誰にも言うべきではないという自分の当初の主張を、ペネロペが蒸し返すとは考えていなかった。

「きみが最後のコラムを出さなければ、このような状況には追い込まれなかった。それは事実だ。だが、いまそれを論じても仕方ないんじゃないか？」

「コリン」ペネロペが低い声で言う。「もし、わたしがレディ・ホイッスルダウンなのだと公表して、人々が予想どおりの反応をしたとすれば、あなたが日記を出版できる日は来ないわ」

一瞬、コリンの心臓はとまった。

そのとき、ようやくほんとうに彼女の気持ちが理解できたからだ。

ペネロペはいままでも愛していると言ってくれていたし、その愛を夫に教えられたあらゆる方法で表現してくれた。けれども、これほどはっきりと、率直に、生々しく伝えてくれたことはなかった。

ぐっと押し戻した。

ペネロペが必死に公表しないでほしいと言っていたのはすべて、ぼくのためだったのだ。コリンは言葉を見つけられず、呼吸すら難しくなって、喉もとにこみあげてきた感情をぐっと押し戻した。

ペネロペが哀願するような目で、頬を涙で濡らし、手を伸ばして夫の手に触れた。「自分自身をけっして許せなくなるわ。あなたの夢を打ち砕きたくないの」

「きみに見せるまでは夢でもなんでもなかった」コリンはかすれ声で答えた。

「日記を出版したくないの？」ペネロペが困惑顔で目をしばたたいて訊く。「わたしに勧められてそのつもりになっただけなの？」

「違う」彼女にはどうしてもしごく正直に話さずにはいられない。「出版したい。それがいまはぼくの夢だ。でも、きみが与えてくれた夢でもある」

「だからといって、わたしがその夢を取りあげてもいいということにはならないわ」

「きみが取りあげるわけじゃない」

「いいえ、わたし――」

「違う」コリンは強い調子で言った。「そうじゃないんだ。自分の作品が出版できたとしても……つまり、ぼくのほんとうの夢に比べればたいしたことではないということさ。その夢とは、残りの人生をずっときみとともに過ごすことだ」

「その夢ならもう叶ったようなものだわ」ペネロペは静かに言った。

「ああ」コリンは微笑んで、それからさらに得意げな笑みを浮かべた。「だからもう、失って困るものなんてあるだろうか？」

「きっと想像以上のものを失うわ」

「たいしたことはない」コリンは言い含めるように続けた。「ぼくがブリジャートン一族だということを忘れてはいけない。いまはきみもそうなんだ。ぼくたち一族はこの街でちょっとした影響力を持っている」

ペネロペが目を見開いた。「何が言いたいの？」

コリンはさりげなく肩をすくめた。「アンソニー兄さんが全面的にきみを支える用意を整えている」

「お兄様に話したの？」ペネロペは息を詰めて訊いた。

「アンソニー兄さんには言わなければならなかった。一族の当主だからね。それに、この地球上で、あの兄に逆らえる勇気のある人間はめったにいない」

「そうね」ペネロペは下唇を嚙みしめて、夫の言葉を反芻した。それから、どうしても知らなければならないと思った。「なんておっしゃった？」

「兄は驚いていた」

「無理もないわ」

「それに、ずいぶんと嬉しそうだった」

ペネロペの顔がぱっと輝いた。「ほんとうに？」

「しかも、面白がっていた。何年ものあいだ、こんなふうに秘密を隠してこらえた人物を称賛せずにはいられないと言ったんだ。ケイトに話すのが待ちきれないと」

ペネロペはうなずいた。「それでもう、公表しなければならないわけね。秘密は漏れているのですもの」

「アンソニー兄さんは、ぼくが頼めば、胸におさめてくれるはずだ」コリンは言った。「ぼくが真実を公表しようとしているのはそれとは関係ない」

ペネロペは夫を見つめて、用心深く答えを待った。

「じつは」コリンは妻の手をつかみ、その体を自分のほうへ引き寄せた。「ぼくはきみをとても誇りに思っている」

ペネロペは思わず微笑んでいた。つい先ほどまで、ふたたび笑えるとは想像もできなかったのだから、とても妙な気がする。

コリンは身をかがめ、互いの鼻先を触れあわせた。「ぼくがどれほどきみを誇らしく思っているか、みんなに示したいんだ。それが叶えば、きみがいかに聡明な女性であるかということを認めない人間はこのロンドンに誰ひとりいなくなる」

「それでも、わたしを嫌うかもしれない」ペネロペは言った。

「そうかもしれない」コリンは認めた。「でも、それはその人々の問題で、ぼくたちには関係ない」

「ああ、コリン」ペネロペは吐息をついた。「わたしはあなたを愛してる。それはほんとうに、すばらしいことだわ」

コリンはにやりと笑った。「わかってる」

「違うの。いまはほんとうに愛してるのよ。これまでもあなたを愛していると思っていたし、たしかにそうだったのだけれど、いま感じているようなものとは違ってた」

「よかった」コリンは独占欲たっぷりに目をきらめかせて言った。「そういうふうに言われるのは嬉しいよ。さあ、ぼくと一緒に来てくれ」

「どこへ？」

「こっちだ」コリンは言うと、ドアを押しあけた。

驚いたことに、ふたりは舞踏場全体が見渡せる小さなバルコニーに立っていた。「まあ、なんてことと」ペネロペは唾を飲み込み、後ろの暗い部屋へコリンを引き戻そうとした。まだ誰にも気づかれてはいない。いまならまだ逃げられる。

「こらこら」コリンがたしなめた。「わが妻よ、勇気を出して」

「新聞に告知記事を載せてもらうというのはどうかしら？」ペネロペはせっぱ詰まって囁いた。「そうでなければ、誰かに話して噂を広めてもらうというのはどう？」

「堂々とした態度で、言いたいことを伝えるのがいちばんなんだ」

ペネロペは喉をひくつかせて唾を飲み込んだ。自分の態度としては、これでも堂々とした部類に入る。「注目の的になるのはあまり得意ではないのよ」と答え、いつもの速さで呼吸する方法を思いだそうとした。

コリンは妻の手を握りしめた。「心配はいらない。ぼくがいる」ひしめく人々を見渡して、招待主で義理の兄のヘイスティングス公爵と目を合わせた。コリンがうなずくと、公爵は楽隊のほうへ歩いていった。

「公爵様もご存じなの？」ペネロペは息を凝らして訊いた。

「ここに来て話した」コリンは気もそぞろにつぶやいた。「そうでなければ、ここにバルコニー付きの部屋があることを知っているはずがないだろう？」

それから、なんとも驚くべきことが起こった。どこからともなく、まさしく従僕の一団が現れて、招待客全員に縦長のシャンパングラスを配りはじめたのだ。

「ぼくたちのはここにある」コリンは満足げに言って、片隅に用意されていたふたつのグラスを手に取った。「頼んでおいたんだ」

ペネロペは、自分の周りで起きていることがいまだよくのみ込めないまま、黙ってグラスを受けとった。

「もう、このシャンパンはちょっと気が抜けてしまっているかもしれないな」コリンはいかにも気分をくつろがせようとするように、ひそひそ声で語りかけた。「これでも精一杯準備したんだけど」

ペネロペが恐ろしさからコリンの手につかまり、なす術もなく眼下を見つめるうち、サイモンが楽隊の演奏をとめ、大勢のパーティ出席者たちにバルコニーの弟夫婦のほうへ注目するよう呼びかけた。

弟夫婦という言葉に、ペネロペは呆然とし、ブリジャートン一族の結束の強さに胸に打たれた。自分が公爵に妹として紹介される日が来るとは思いもしなかった。

「淑女、紳士のみなさま」コリンの力強い、自信にあふれた声が大広間に響き渡った。「この世で最もすばらしい女性のため、乾杯を提唱したいと思います」

舞踏場に低いざわめきが広がり、ペネロペは自分を見つめる人々を見つめ返して凍りついた。

「ぼくは新婚の夫です」コリンは、いつものいたずらっぽい笑みでパーティ参加者たちにおどけてみせた。「ですから、みなさんは、ぼくののろけ話を我慢して聞かねばならない定めなのです」

人々のなごやかな笑い声がさざめいた。

「ぼくがペネロペ・フェザリントンに求婚したときには、みなさんの多くが驚かれたことと思います。ぼく自身も驚いていました」

冷ややかな忍び笑いがわずかに漏れたものの、ペネロペはしっかりと威厳を保って微動だにしなかった。コリンなら正しいことを言ってくれる。そう確信していた。コリンはつねに言うべきことを心得ている。

「彼女に恋したことを驚いていたのではありません」コリンはきっぱりと言い、戯言を挟ませない強い視線を聴衆に向けた。「むしろ、とても長い時間がかかったことに驚いていたのです」

「ご存じのとおり、彼女のことは何年も前から知っていました」声をやわらげて続けた。

「けれどもどういうわけか、それまで彼女の内面を見ようとはせず、美しく、有能で、機知に富む女性に成長していたことにも気づかなかったのです」

ペネロペは頬を伝う涙を感じながら、動けなかった。呼吸するのもやっとだった。すぐに秘密が明かされるものと思っていたのに、コリンは信じられない贈り物をしてくれた。すばらしい愛の告白を。

「そこで」コリンは言った。「ここにいるみなさんに証人になっていただき、ぼくは、ペネロペに改めて告白したいと思います」ペネロペに向きなおり、あいているほうの手を取って言った。

「きみを愛している。きみが大好きだ。きみが好きでたまらない」

聴衆のほうへ向きを変え、グラスを掲げて呼びかけた。「ぼくの妻に！」

「あなたの妻に！」一瞬の魔法にかけられたように、みないっせいに声をあげた。

コリンがシャンパンを飲み、ペネロペも飲みつつ、夫はいったいいつ、ここに立った本来の趣旨を話しだすつもりなのだろうかとふしぎに思わずにはいられなかった。

「グラスを置こう」コリンが囁いて、妻のグラスを取りあげ、傍らに置いた。

「でも――」

「きみは、でもが多すぎるぞ」コリンは叱ってから、貴族一同を前にしたバルコニーで、たちまち妻の唇に熱烈に口づけた。

息をついた隙に、ペネロペは慌てて言った。「コリン！」

温かな祝福の声に包まれて、コリンは貪欲そうににやりと笑った。

「そうそう、最後にもうひとつ！」コリンは聴衆に呼びかけた。

いまやみな地団駄を踏みかねないほど、コリンの一言一句を待ちわびている。

「ぼくはこのパーティを早めに失礼させていただきます。じつを言えば、いますぐにでも失礼したいのですが」いたずらっぽく横目でちらりとペネロペに笑いかけた。「理由はすでにお察しのとおりです」

男性たちにはやし立てられ、ペネロペは頬を真っ赤に染めた。

「ですが、その前に、最後にもうひとつ、お知らせがあります。ぼくの妻がロンドンじゅうで最も機知に富み、聡明で、魅力的な女性であることを、まだ信じられない方がおられるとするならば、もうひとつだけ、お聞きください」

「言わないで！」後方から声がして、クレシダの声だとペネロペは気づいた。

けれども、さすがのクレシダも大勢には太刀打ちできず、見向きもされなければ、取り乱した叫びに耳を傾ける者さえいなかった。

「いうなれば、ぼくの妻はふたつの旧姓を持っているのです」コリンは思慮深げな声で続けた。「もちろん、彼女がペネロペ・フェザリントンであったことは、誰もがご存じのとおりです。ですが、みなさんはご存じないはずですし、ぼくも思慮不足で、本人に打ち明けられるまでわからなかったのですが……」

コリンはひと呼吸おき、舞踏場が静まり返るのを待った。

「……彼女はまた、有能で、機知に富む、驚くべき偉大な人物でもあり――もう、みなさんは、ぼくが誰のことを申しあげようとしているのか、お察しのことでしょう」聴衆へ向かって腕を振りあげた。

「わが妻をご紹介します！」愛情と誇りのみなぎる声を響かせた。「レディ・ホイッスルダウンです！」

一瞬、沈黙のみに満たされた。まるで誰もが息さえとめているようだった。

それから突如、音がした。一回、二回、三回と、手を叩く音。ゆっくり、整然と、けれども、とても力強く、決意の込められた音に、誰もが振り返らずにはいられなかった。この衝撃に呑まれた静寂を破った人物が誰なのか、たしかめるために。

レディ・ダンベリー。

老婦人は誰かほかの人物の手に杖を押しやって両腕を高く持ちあげ、誇らしく嬉しそうな笑顔で、大きく堂々と手を叩いていた。

やがて、ほかのところからも拍手が聞こえてきた。ペネロペが音のするほうへ顔を振り向けると……。

アンソニー・ブリジャートンが手を叩いていた。

ヘイスティングス公爵、サイモン・バセットがあとに続く。

そして、ブリジャートン家の女性たち、さらに、フェザリントン家の女性たち、それから、次から次へ手を叩く人々が増えていき、ついには舞踏場全体が喝采に包まれた。

ペネロペは信じられなかった。

あすになれば、みな自分への憤りや、何年ものあいだ欺かれてきたことへの腹立たしさを思い起こすのかもしれないが、今夜は……。

今夜は、誰もがただ称賛と喝采を送っている。

功績のすべてを隠してこなければならなかった女性にとって、それはなにより夢みていたことだった。

いいえ、なによりもではない。

ほんとうになにより夢みていたのは、こうして彼の隣に立ち、抱きしめられていることのほうだ。そして、ペネロペは目を上げて、最愛の男性の顔を見つめ、愛と誇らしさに満ちた笑みを向けられて、息を詰まらせた。

「おめでとう、レディ・ホイッスルダウン」コリンは囁きかけた。

「ブリジャートン夫人と呼ばれるほうが嬉しいわ」

コリンはにんまり笑った。「すばらしい選択だ」

「もう行かない？」ペネロペは囁いた。

「いますぐかい？」

ペネロペはうなずいた。

「ああ、そうしよう」コリンは意欲満々に同意した。

それから数日のあいだ、誰もふたりの姿を見なかった。

エピローグ

一八二五年、ロンドン
ブルームズベリー、ベッドフォード・スクウェア

「できた、できたぞ！」

ペネロペは自分の机に広げた紙から目を上げた。コリンが、彼女の小さな書斎の戸口に立って、子供のように足踏みしている。

「あなたの本ね！」意気込んで言い、身重の体でできるかぎりすばやく立ちあがった。「ああ、コリン、見せて。早く。待ちきれないわ！」

コリンはにやつきをこらえきれずに自分の本を妻に差しだした。

「これなのね」ペネロペは神妙に言い、薄い革装の本を両手にのせた。「まあ」本を顔の高さに持ちあげ、深く息を吸い込んだ。「新しい本の匂いって、ほんとうにいいわよね？」

「ここを見てくれ、ここを」コリンはせっかちに言って、表紙に記された自分の名を指し示した。

ペネロペはにっこり笑った。「ええ。ここもとてもすてきよ」文字を指でたどりながら読みあげる。『イタリアのイングランド人』、コリン・ブリジャートン著」

コリンは誇らしさで胸がはちきれんばかりに見えた。「なかなかいいだろう?」

「なかなかどころではないわ、完璧よ! 『キプロスのイングランド人』はいつ出るの?」

「出版社は半年おきにと言ってきている。そのあとに『スコットランドのイングランド人』を発行したいそうだ」

「ああ、コリン、あなたをとても誇りに思うわ」

コリンは妻を腕のなかに引き寄せて、その頭の上に顎をのせた。「きみがいなければ、できなかった」

「いいえ、きっとできたわ」ペネロペは敬意を込めて答えた。

「おとなしく、賛辞を受け入れてくれよ」

「わかったわ」ペネロペは夫に見えていないことは知りつつ、にっこり笑った。「できなかったことにしておくわ。こんな有能な編集者がいなければ、あなたは間違いなく出版できなかったのよね」

「きみは、ぼくの反論を受けつけないものな」コリンは穏やかに言って、妻の頭のてっぺんにキスを落としてから手を放した。「坐ろう」言い添えた。「きみはあまり長い時間立っていてはいけない」

「平気よ」ペネロペは請けあったが、とりあえず坐った。妊娠を伝えた瞬間から、コリンはかいがいしく妻の体を気づかうようになった。出産予定日までわずか一カ月と迫ったいまでは、口うるさいほどになっている。

「その書類はなんだい？」コリンは、妻が何か書きつけていたものに視線を落として尋ねた。

「これ？　ああ、なんでもないのよ」ペネロペは紙を集めて揃えだした。「ちょっとした予定を立てていただけよ」

「そうなのかい？」コリンは向かいあって腰をおろした。「どんな？」

「ええと……つまり……なんていうか……」

「なんなんだ、ペネロペ？」コリンは口ごもった妻をいたく面白がっている表情で訊いた。

「あなたの日記の編集を終えてから、なんだか手持ち無沙汰だったのよ」ペネロペは説明した。「それで、書きたくてたまらないことに気づいたの」

コリンは微笑んで身を乗りだした。「何を書こうとしてるんだい？」

ペネロペは顔を赤らめた。その理由は自分でもわからない。「小説」

「小説？　すばらしいじゃないか、ペネロペ！」

「そう思う？」

「もちろんだとも。なんという題名なんだい？」

「まだ、数十頁しか書けてないの」ペネロペは言った。「これから、だいぶ書くことになるわ。でも、大幅に内容を変更しないかぎり、『社交界の壁の花』にしようと思うの」

コリンの目が温かみを帯び、潤んですら見えた。「ほんとうに？」

「ちょっとだけ自叙伝的なものなの」ペネロペは打ち明けた。

「ちょっとだけ？」コリンが繰り返す。

「ちょっとだけ」

「でも、幸せな結末なんだろう？」

「ええ、もちろん」ペネロペは熱っぽく答えた。「それしかありえないわ」

「ありえない？」

ペネロペはテーブル越しに手を伸ばし、コリンの手の上に重ねた。「幸せな結末しか書けないのよ」囁いた。「ほかの結末の書き方はわからないから」

訳者あとがき

十一年前、十七歳のとき、ペネロペ・フェザリントンは、ロンドンのハイド・パークで出くわした男性に恋をした、その相手は、社交界でも抜きんでて有力な一族であるブリジャートン子爵家の三男コリン。兄たちに劣らず容姿端麗で、とびきり魅力的な笑顔を見せる人気者の紳士だ。互いの住まいが近く、家族ぐるみの付きあいはあるものの、ちょっぴり太めで内気なペネロペはコリンにとって妹も同然の存在。それでもペネロペは、とうてい叶わぬ恋だと知りながら、心密かに一途に彼を想いつづける。歳を重ねるうち、周りの令嬢たちが次々に嫁いでいこうとも、コリンが独り身でいるかぎり、あきらめをつけることはどうしてもできなかった。

時は流れ、社交界にデビューして十一年目のシーズンがめぐってきた。ペネロペはもはや自他ともに認める老嬢となり、もっぱら妹の付き添い役として舞踏会へ出席するようになっていた。コリンのほうもまだ独身とはいえ、結婚には目もくれず、世界じゅうを旅することに夢中な様子。

そんな折、シーズン初めの舞踏会で、長らく話題を振りまいてきた謎のゴシップ記者、レディ・ホイッスルダウンが誰なのかについての賭けが持ちかけられ、社交界ではいっきに正体探しが過熱する。そして、コリンもまた、ふとしたことから妹のひとりがホイッスルダウンなのではないかと疑念を抱き、妹の親友であるペネロペに不安な気持ちを打ち明ける。それをきっかけに、ふたりの友情はそれまでになく深まり、長いあいだ気づかなかった互いの驚くべき一面を知り……。

ブリジャートン子爵家、八人きょうだいのなかでもとりわけお茶目な三男コリンの物語、シリーズ第四作をお届けします。

ブリジャートン家シリーズ前三作をすでに読まれた方ならお気づきのことと思いますが、本作の主人公のコリンとペネロペはどちらも、辛辣なゴシップ記者レディ・ホイッスルダウンや、社交界の長老レディ・ダンベリーとともに、一八一三年を舞台とした第一作から必ずと言っていいほど勘どころに顔を覗かせてきた登場人物です。本書、第四作の舞台は一八二四年。著者は第一作から随所に遊び心あふれる伏線を敷き、本作の十一年越しの恋物語に繋げています。

十年あまりが経ち、主人公たちの周囲の人々の様子もそれぞれに変化しています。コリンのふたりの兄たち、すぐ下の妹ダフネはすでに結婚して子供たちに恵まれ、評判の芳しくなかった、ペネロペのふたりの姉もどうにか嫁ぎ、人気ゴシップ紙〈レディ・ホイッスルダウンの社交界新聞〉は創刊から十一年目を迎えています。前三作のきょうだいたちの恋愛では茶目っ気のあるキーマンぶりを発揮していたコリンですが、いよいよ自身が愛することの意味を考えざるをえないときに直面し、ふたりの兄や妹の恋愛を顧みて、自分なりの愛の形を見いだそうと葛藤します。そのなかで、次兄ベネディクトや妹ダフネの恋物語がコリンの視点で改めて綴られるのも本書の面白みのひとつです。ついにレディ・ホイッスルダウンの正体が追究されるという点も含め、シリーズ前半四作の終結篇とも言える作品となっています。

主人公のふたりは二十八歳と三十三歳という設定で、いわば大人の恋愛なのですが、描かれる言葉のやりとりや触れあいは初々しさすら感じさせます。それもすべては、清廉なペネロペの一途な恋心と、成熟した紳士となってなお少年っぽさを併せ持つコリンの魅力によるものなのでしょう。著者ジュリア・クインは、シリーズの前三作と同様、本作でも登場人物たちの心情の機微を細やかに描写しており、軽快な筆致に導かれつつ、読みごたえを味わっていただけるに違いありません。

人知れない魅力を秘めたペネロペの一途な恋心は、はたして社交界随一の人気者コリンの胸に届くのか。さらに、レディ・ホイッスルダウンの正体とは……？　その答えをじっくりと読みといていただければ幸いです。

本書（原題 *Romancing Mister Bridgerton*）は、二〇〇三年のＲＩＴＡ（全米ロマンス作家協会）賞の長篇ヒストリカルロマンス部門賞のファイナリストに残った作品です。作中、コリンが日記に綴っているキプロスの情景は、著者が学生時代の夏休みに紀行作家のアルバイトでキプロスを訪れたときの体験がもとになっています。同じく日記のスコットランドの記述についても、二〇〇一年の春に旅行した際の実体験をもとに描いたとのこと。著者の旅行好きな一面が垣間見えます。

本書の冒頭で、著者と親交の深い作家、リサ・クレイパスとステファニー・ローレンスへの謝辞が捧げられていることについて付記しておきます。本作では、著者が大好きな作品であると公言している、リサ・クレイパス著*Dreaming of You*（原書房刊『あなたを夢みて』）の主人公サラ・フィールディングの著作『マチルダ』がペネロペの部屋にある本として、ステファニー・ローレンス著*Devil's Bride*（ヴィレッジブックス刊『この身を悪魔に捧げて』）の主人公ホノーリア・ウェザビーの兄マイクル・アンストルザー＝ウェザビーが〈レディ・ホイッスルダウンの社交界新聞〉のなかで舞踏会に出席する注目の紳士として、それぞれちらりと登場しています。

最後に今回の新装版の刊行にあたり、Ｎｅｔｆｌｉｘにて配信中の本シリーズを原作としたオリジナルドラマシリーズ『ブリジャートン家』についての新情報を。二〇二一年四月よりシーズン２の制作を再開していますが、合わせてシーズン３と４の制作も継続して行なわれることが発表されました。ドラマではコリンとペネロペそれぞれの恋がどのように描かれるのか、ますます楽しみなところです。

二〇二一年四月　村山美雪

本書は、2008年11月17日に発行された〈ラズベリーブックス〉「恋心だけ秘密にして」の新装版です。

ブリジャートン家4
恋心だけ秘密にして

２０２１年１２月１７日　初版第一刷発行

著……………………………………………… ジュリア・クイン
訳…………………………………………………………… 村山美雪
ブックデザイン……………………………………… 小関加奈子
本文ＤＴＰ…………………………………………………… ＩＤＲ

発行人……………………………………………………… 後藤明信
発行………………………………………………… 株式会社竹書房
〒102-0075　東京都千代田区三番町８－１
三番町東急ビル６Ｆ
email：info@takeshobo.co.jp
http://www.takeshobo.co.jp
印刷・製本……………………………… 中央精版印刷株式会社